Irene Hannon

Wo die Schatten wohnen

Über die Autorin:

Irene Hannon studierte Psychologie und Journalistik. Sie kündigte ihren Job bei einem Weltunternehmen, um sich dem Schreiben zu widmen. In ihrer Freizeit spielt sie in Gemeindemusicals mit und unternimmt Reisen. Die Bestsellerautorin lebt mit ihrem Mann in Missouri.

Bibliografische Information Der Deutschen Bibliothek
Die Deutsche Bibliothek verzeichnet diese Publikation in der
Deutschen Nationalbibliografie; detaillierte bibliografische Daten sind im
Internet über http://dnb.ddb.de abrufbar.

ISBN 978-3-86827-430-1
Alle Rechte vorbehalten
Copyright © 2012 by Irene Hannon
Originally published in English under the title
Lethal Legacy
by Revell, a division of Baker Publishing Group,
Grand Rapids, Michigan, 49516, USA
All rights reserved.
German edition © 2014 by Verlag der Francke-Buchhandlung GmbH
35037 Marburg an der Lahn
Deutsch von Dorothee Dziewas
Umschlagbilder: © shutterstock.com / Aleshyn_Andreis
© shutterstock.com / Captblack76s
Umschlaggestaltung: Verlag der Francke-Buchhandlung GmbH /
Christian Heinritz
Satz: Verlag der Francke-Buchhandlung GmbH
Druck und Bindung: CPI Moravia Books, Pohorelice

www.francke-buch.de

Prolog

Vincentio Rossi hob sein Glas mit einem zehn Jahre alten Lombardi Brunello di Montalcino, schloss die Augen und atmete das komplexe Bouquet des rubinroten Weines ein.

Vollkommen.

Andererseits konnte man das auch erwarten, wenn die Flasche hundert Dollar kostete.

Aber die Kosten spielten keine Rolle. Nach achtundzwanzig Jahren unfreiwilliger Abstinenz geizte er nicht bei seinen Vergnügungen. Als Vierundsiebzigjähriger mit zu hohem Blutdruck und einem Cholesterinwert jenseits von Gut und Böse war es seine Absicht, jede Minute zu genießen. Wer wusste schon, wie viele Jahre – oder Monate – ihm noch blieben?

Vincentio trank einen kleinen Schluck und ließ den pfeffrigen Geschmack mit einer Note von wilden Champignons und Trüffel auf seiner Zunge nachklingen, während er im *Romano's* saß und aus dem Fenster auf die vertraute Kulisse der Buffalo Street hinausblickte. Der Privattisch, an dem er in den letzten drei Jahren an jedem Werktag gesessen hatte, gefiel ihm, weil er von dort aus beobachten konnte, ohne selbst gesehen zu werden.

Aber er aß nicht gern alleine. Isabella sollte ihm eigentlich auf dem leeren Stuhl gegenübersitzen. Das *Romano's* war ihr Lokal gewesen, und in all den Jahren, die sie voneinander getrennt gewesen waren, hatte er sich darauf gefreut, endlich wieder mit ihr hier zu sitzen. Aber alle seine Beziehungen und all sein Geld waren nicht in der Lage gewesen, den Krebs aufzuhalten, der ihr vor fünf Jahren das Leben geraubt hatte.

Und das Schlimmste war, dass er am Ende nicht bei ihr sein konnte, um ihre Hand zu halten und Lebewohl zu sagen.

Vincentio führte das Glas an seine Lippen und trank einen großen Schluck des erdigen Weines. Er wünschte, er könnte die Zeit zurückdrehen und mit ihr zu den Hügeln Siziliens zurückkehren, in denen sie ihre Flitterwochen verbracht hatten.

Und er wünschte, er hätte nicht den entscheidenden Fehler begangen, der ihn alles gekostet hatte.

Als sein Telefon plötzlich zu vibrieren begann, zuckte seine Hand. Die dunkelrote Flüssigkeit schwappte bis zum Rand des Glases, und er stellte den Weinkelch vorsichtig auf den Tisch, um das Handy von seinem Gürtel zu ziehen.

Früher hatte er Nerven aus Stahl gehabt.

Noch etwas, das sich geändert hatte.

Er kniff die Augen zusammen, um die Nummer auf dem Display zu erkennen. Seine Augen waren auch nicht mehr besonders gut. Aber es spielte keine Rolle, die Anruferkennung war unterdrückt.

Die Stimme, die ihn grüßte, war jedoch vertraut. Ein Adrenalinstoß ließ seine Nervenenden kribbeln, und er wandte sich von den anderen Besuchern des Restaurants ab.

„Gibt es Neuigkeiten?" Vincentio verschwendete keine Zeit damit, den Gruß des Mannes am anderen Ende der Leitung zu erwidern.

„Sie hatten mit Ihrer Vermutung recht. Er ist in der Stadt."

Vincentios Finger schlossen sich fester um den Stiel seines Weinglases. „Sind Sie sicher?"

„Ich habe ihn selbst gesehen. Er ist älter geworden – aber es besteht kein Zweifel."

Ein Gefühl der Erregung durchströmte Vincentio, sodass ihm einen Moment lang beinahe ein wenig schwindelig war. Er hatte sehr, sehr lange auf diesen Augenblick gewartet.

„Sie wissen, was ich brauche."

„Ja. Ich werde Ihnen die Information zukommen lassen, sobald ich sie habe."

„Hervorragend. Sie werden gut entlohnt werden, wie immer."

Mit zitternder Hand schob Vincentio das Handy in seine Halterung zurück und kramte in der Innentasche seiner Anzugjacke nach einem kleinen, zusammengefalteten Stück Papier. Im Laufe der Jahre war das Papier brüchig geworden, und er entfaltete den vergilbten Zettel vorsichtig.

Alle Namen, die er vor mehr als zwei Jahrzehnten notiert hatte, waren mit einem Häkchen versehen und durchgestrichen. Bis auf einen.

Er strich das Papier auf der Tischdecke glatt, holte einen Stift aus seiner Jacke und hakte den letzten Namen ab.

Schritt Nummer eins.

Dann faltete er den Zettel wieder zusammen, steckte ihn ein und umfasste erneut den Stiel seines Weinglases.

Draußen eilten die Menschen an diesem kühlen Apriltag an ihm vorbei. Am Ufer des Eriesees würde der Frühling noch nicht so bald kommen, aber ihm war plötzlich frühlingshaft zumute. Er hatte die Hoffnung beinahe aufgegeben, den Verräter, der seine Großzügigkeit mit Untreue erwidert hatte, jemals zu finden. Den Mann, der seinen Sohn gegen ihn aufgestachelt hatte. Der sich bemüht hatte, alles zu untergraben …

Der dünne Stiel des Glases zerbrach unter dem Druck seiner Finger, und Vincentio sah zu, wie die dunkelrote Flüssigkeit sich über das schneeweiße Leinen ergoss und es rot färbte.

Rot wie Blut.

Ein Lächeln erschien auf seinen Lippen. Er glaubte an Zeichen. Und das hier war ein gutes Zeichen.

Kapitel 1

Sechs Monate später

„Und was hatte es mit deinem Soloauftritt bei Jakes und Liz' Hochzeit am Samstag auf sich?"

Detective Cole Taylor unterdrückte ein Stöhnen, als er die Frage hörte. Er wollte die Woche *nicht* damit beginnen, über die Hochzeit seines Bruders zu plaudern. Schon gar nicht mit seinem Kollegen Mitch Morgan, der sich bei besagter Hochzeit mit Coles Schwester verlobt hatte.

„Was meinst du damit?" Er blickte nicht von seinem Schreibtisch auf. Wenn er so tat, als wäre er beschäftigt, würde Mitch ihn vielleicht in Ruhe lassen.

„Ich meine, wo war die heiße Begleitung, mit der du normalerweise bei gesellschaftlichen Anlässen aufkreuzt?"

Alleine zu gehen, war ein strategischer Fehler gewesen. Das hatte Cole fünf Minuten nach Beginn der Feier erkannt. Er hätte jemanden mitbringen sollen. Egal, wen. Mit einer Frau am Arm hätte er all die dummen Bemerkungen seiner Verwandten und die Fragen darüber, wann *er* denn an der Reihe sei, vermeiden können. Die Verhöre waren so schlimm geworden, dass er sich irgendwann hinter einer Reihe großer Zimmerpflanzen versteckt und Champagner getrunken hatte.

Viel Champagner.

„Ich war nicht in der Stimmung für eine Verabredung."

„Ach ja? Wie kommt's?" Mitch hockte sich auf Coles Schreibtischkante.

Coles Hoffnung, er könnte seinen zukünftigen Schwager schnell loswerden, zerbrach.

Resigniert verzog Cole die Lippen zu einem großspurigen Grinsen, drehte sich mit seinem Schreibtischstuhl herum und faltete die Hände auf dem Bauch. „Die Auswahl war an dem Abend nicht sehr groß, und ich bin wählerisch. Ich will gutes Aussehen *und* Intelligenz."

„Seit wann denn *das*? Vor zwei Wochen bei Dougs Party hattest du aber nicht gerade eine Gehirnchirurgin im Schlepptau."

„Das hätte auch Alison sagen können." Coles Grinsen verwandelte sich in ein Stirnrunzeln. „Hat meine Schwester dich auf mich angesetzt?"

„Nö. Aber sie hat sich gewundert, weil du alleine da warst."

„Hör mal, ich weiß es wirklich zu schätzen, dass sich plötzlich alle so für mein Privatleben interessieren." Seine Stimme triefte vor Sarkasmus. „Aber das habe ich durchaus selbst im Griff, das kannst du mir glauben."

„Da bin ich ja froh. Ich will schließlich nicht, dass du dir die Chance auf den seligen Zustand des Verheiratetseins entgehen lässt."

Cole schnaubte verächtlich. „Woher willst *du* denn wissen, ob das ein seliger Zustand ist? Du bist doch gerade mal zwei Tage verlobt."

„Weil ich deine Schwester kenne." Er grinste Cole an. „Und wenn du noch mehr Beweise brauchst, kannst du ja Jake fragen, wenn er und Liz von ihren Flitterwochen auf den Bermudas zurück sind." Er stand auf und streckte sich. „Kommst du mit zum Mittagessen?"

„Nein. Ich habe zu viel zu tun."

„Soll ich dir einen Burger mitbringen?"

„Nein. Ich habe keinen Hunger."

Mitch sah ihn überrascht an. „Du hast immer Hunger."

„Ich habe gut gefrühstückt." Er scheuchte seinen Kollegen mit einer Handbewegung fort und wandte sich wieder seinem Schreibtisch zu. „Ich hole mir später was aus dem Automaten."

Aus dem Augenwinkel sah er, wie Mitch zögerte und fragend den Kopf schief legte. Dann ging er schulterzuckend fort.

Endlich.

Nachdem Mitch gegangen war, lehnte Cole sich auf seinem Stuhl zurück und starrte auf das Foto auf seinem Schreibtisch. Es war ein Familienschnappschuss, bei der Geburtstagsfeier seiner Mutter entstanden, kurz nachdem Jake von einem Einsatz der U.S. Marshals im Irak nach St. Louis zurückgekehrt war. Seit dem Tod seines Vater vor sechs Jahren waren sie nur noch zu viert. Aber jetzt hatten sie noch eine Schwägerin. Und bald noch einen Schwager dazu. Und Cole vermutete, dass es nicht lange dauern würde, bis er Nichten und Neffen bekam. Seine Schwester und sein Bruder würden mit ihren Familien beschäftigt sein. Seine Mutter lebte jetzt bei ihrer Schwester in Chicago, nicht sehr weit von St. Louis entfernt, aber doch weit genug. Er wäre dann das fünfte Rad am Wagen.

Und ständig auf die Pirsch zu gehen, verlor für ihn allmählich seinen Reiz.

Verärgert über das plötzliche Leeregefühl in seinem Magen richtete Cole sich auf. Das musste die Hochzeitskrankheit sein. Es war nicht so einfach, den Mangel an Romantik in seinem Leben zu ignorieren, wenn man von verliebt guckenden Pärchen umgeben war und Eheglück in der Luft lag. Aber wenn es passieren sollte, würde es schon passieren. Es hatte keinen Sinn, sich deswegen verrückt zu machen.

Und es hatte auch keinen Sinn, deswegen eine Mahlzeit ausfallen zu lassen.

Während er überlegte, was er zu Mittag essen sollte, nahm er sein Jackett von der Rückenlehne des Stuhls und zog es über. Vielleicht würde er das Burger-Angebot von Mitch doch annehmen. Wenn er sich beeilte, könnte er ihn beim Aufzug oder in der Lobby noch einholen.

Aber er hatte sich erst zwei Schritte von seinem Schreibtisch entfernt, als das Telefon klingelte.

Als er innehielt, läutete es wieder.

„Gehst du nun dran?" Luke Adams, mit dem er sich ein Büro teilte, blickte am Schreibtisch nebenan genervt von seinem Computerbildschirm auf. Der Mann war in der Praxis ein erstklassiger Ermittler, aber er hasste Computer. Und Cole sah nicht ein, warum er Lukes schlechte Laune ausbaden sollte.

„Mach ich ja schon."

Luke grunzte nur und begab sich wieder an seine mühselige Computerrecherche, während Cole zu seinem Schreibtisch zurückging und den Hörer abnahm.

„Taylor."

„Bist du beschäftigt?"

Als Cole die kurz angebundene Frage seines Vorgesetzten hörte, sank er resigniert auf seinen Stuhl.

Jetzt war er es.

„Es ist nichts, was nicht warten könnte."

„Gut. Du musst mit einer Frau sprechen, deren Vater vor fünf Monaten gestorben ist. Wir haben damals angenommen, dass es ein Suizid war. Aber die Tochter behauptet jetzt, dass sie neue Informationen hat, die uns dazu bringen könnten, unsere Meinung zu ändern."

„Wer hat in dem Fall ermittelt?"

„Alan. Aber sie will nicht warten, bis er aus dem Urlaub zurück ist. Und nur zu deiner Information: Sie war nicht glücklich mit unseren Ermittlungen. Obwohl die Tochter uns nicht zu irgendwelchen Verdächtigen oder Motiven führen konnte, behauptet sie, dass jemand es auf ihren Vater abgesehen hatte, und dass es ein Mord war."

Cole unterdrückte einen Seufzer. Super. Eine Frau mit Verschwörungstheorie. Solchen Leuten war er schon öfter begegnet. Und da Alan gerade zu einem zweiwöchigen Urlaub in die Karibik aufgebrochen war, würde diese Frau ihn vierzehn Tage lang nerven können.

„Ist gut. Ich gehe runter und treffe sie im Foyer. Wie heißt sie?"

„Kelly Warren. Der Name ihres Vaters war John."

„Alles klar." Cole legte auf, nahm einen Notizblock und erhob sich. Sein Mittagessen musste warten.

* * *

Kelly hockte auf der Kante des schlichten Stuhls im Wartebereich. Sie hatte ihre Finger um den Riemen ihrer Handtasche gelegt, die Beine überschlagen und wippte mit dem Fuß. Sie wollte nicht hier sein. Diese ganze Polizei-Atmosphäre erinnerte sie an die traumatischen Ereignisse, die mit dem Tod ihres Vaters verbunden waren. Aber es hätte nicht die gleiche Wirkung gehabt, die neuen Informationen telefonisch durchzugeben. Die Beamten sollten wissen, dass sie diese Sache sehr ernst nahm – und dass sie vorhatte, sich davon zu überzeugen, dass *sie* es auch taten.

Die Tür zum Bürotrakt öffnete sich und ein dunkelhaariger Mann Mitte dreißig in einer sandfarbenen Stoffhose, einem Sakko mit dezentem Fischgrätmuster und einem weißen Hemd betrat das Foyer.

„Ms Warren?"

„Ja." Sie erhob sich, ging auf ihn zu und ergriff die Hand, die er ausstreckte. Mit ihren eins fünfundsiebzig hielt sie sich für eher groß gewachsen, aber sie musste einige Zentimeter nach oben blicken, um in die auffallend kobaltblauen Augen des Mannes zu sehen – eine Farbe, die genau zu der seiner Krawatte passte.

Sie hatte das Gefühl, in diesem Blau zu ertrinken.

„Detective Cole Taylor. Bitte kommen Sie mit." Er öffnete ihr die Tür. „Der erste Raum auf der rechten Seite."

Kelly schob sich an ihm vorbei und konzentrierte sich auf den beruhigend beigefarbenen Teppich. Das war besser.

Er folgte ihr wortlos. An der Tür, auf die er gezeigt hatte, sah sie sich schnell in dem Besprechungsraum um. Ein großer Tisch, der von bequemen Stühlen umringt war, nahm den größten Teil des Raumes ein. Sie ging zum nächstgelegenen Stuhl.

Der Beamte schloss die Tür und setzte sich in einem rechten Winkel zu ihr. „Wenn ich das richtig verstehe, haben Sie neue Beweise, den Tod Ihres Vaters betreffend?"

„Ja." Sie fingerte an der Schließe ihrer Handtasche herum. „Ich würde sie ja lieber Detective Carlson geben, da er in dem Fall ermittelt hat, aber ich wollte nicht zwei Wochen warten."

„Ich bespreche die Angelegenheit gerne mit Ihnen." Der Mann schlug sein Notizbuch auf und holte einen Stift heraus. „Ich bin mit den Einzelheiten des Falles nicht vertraut, aber erzählen Sie mir doch einfach, was Sie haben, und dann sehen wir weiter."

Sein Tonfall war höflich, seine Worte dienstlich korrekt. Aber etwas an seiner Art wirkte reserviert. So, als wäre es ihm nicht recht, dass sie die Schlussfolgerungen seines Kollegen hinterfragte. Oder vielleicht hatte er einfach viel zu tun und verschwendete nicht gerne seine Zeit mit Beweisen, die er in einem gründlich untersuchten Fall für unerheblich hielt.

Schade.

Ihre Finger schlossen sich um die Handtasche, und sie reckte energisch das Kinn vor. „Bevor ich Ihnen zeige, was ich habe, müssen Sie wissen, dass ich nie an einen Selbstmord meines Vaters geglaubt habe."

Er betrachtete sie. „Mein Vorgesetzter hat das erwähnt."

„Sie sollten außerdem wissen, dass ich nicht aufgeben werde. Ein Selbstmord widersprach allem, an was mein Vater glaubte. Jemand hat ihn umgebracht."

Die Worte hinterließen einen bitteren Nachgeschmack auf ihrer Zunge, und plötzlich spürte sie einen Kloß im Hals. Bestürzt über ihren Mangel an Selbstbeherrschung, senkte sie den Kopf und berührte wieder den Verschluss ihrer Tasche. „Entschuldigen Sie … könnte ich vielleicht ein Glas Wasser haben?"

Der Detective schob seinen Stuhl zurück und stand auf. Gleich darauf verschwand er aus ihrem Blick. Sie hörte, wie die Tür sich hinter ihr schloss.

Kelly kramte in ihrer Handtasche nach einem Taschentuch und schnäuzte sich die Nase. Dann trocknete sie ihre Augen. Früher hatte sie nie geweint, aber seit fünf Monaten kamen ihr immer die Tränen, wenn sie an die schmerzliche Leere dachte, die der Tod ihres Vaters in ihrem Leben hinterlassen hatte.

Aber Tränen würden die Polizei nicht davon überzeugen, dass die Nachricht, die sie erhalten hatte, mehr als eine merkwürdige Laune des Schicksals war. Sie musste stark und selbstbewusst sein und sich beherrschen, wenn sie wollte, dass man sie ernst nahm, anstatt sie wie eine trauernde Tochter zu behandeln, die sich an jeden Strohhalm klammerte.

Nachdem sie sich noch einmal über die Wangen gewischt hatte, steckte Kelly das Taschentuch in ihre Handtasche und setzte sich aufrecht hin. Dann betete sie im Stillen um Kraft.

Und wappnete sich für den Kampf.

* * *

Cole lehnte an der Wand neben der Tür zum Besprechungsraum und sah auf seine Armbanduhr. Er hatte keine Minute gebraucht, um die Flasche eiskalten Wassers zu holen, die jetzt in seiner Hand langsam warm wurde. Doch angesichts Kelly Warrens niedergeschlagener Miene hatte er sich entschlossen, ihr ein paar zusätzliche Minuten zu geben, damit sie ihre Fassung wiedergewinnen konnte.

Aber jetzt war ihre Schonzeit abgelaufen.

Er nahm sich Zeit damit, die Tür aufzumachen, damit sie vorbereitet war, und betrat den Raum.

Er hatte halbwegs erwartet, sie in Tränen aufgelöst vorzufinden, ihr Gesicht aufgedunsen und verheult. Weinende Frauen, das hatte er in den vergangenen vierzehn Jahren Polizeiarbeit festgestellt, sahen nur in Filmen gut aus. Aber sie überraschte ihn. Ein einziger, winziger Tropfen Feuchtigkeit, der noch an der Spitze einer ihrer vollen Wimpern hing, und eine gewisse Anspannung ihrer feinen Gesichtszüge waren die einzigen Anzeichen für vergangene Tränen.

Er stellte die Wasserflasche vor ihr auf den Tisch und setzte sich wieder.

„Danke." Sie schraubte den Verschluss auf und nahm einen kräftigen Schluck.

Einen Moment lang war er ganz gebannt von ihrem schlanken Hals und ihren umwerfenden, sanft gelockten rotbraunen Haaren. Sie hatte sie in der Mitte gescheitelt und das Volumen rechts und links mit einer Jadespange gebändigt. Am liebsten hätte er in diesem Moment ihre Haare berührt.

Sie hob das Kinn, und ihm stockte der Atem, als ihre smaragd-grünen Augen ihn ansahen.

Sie runzelte die Stirn und bewegte sich unbehaglich auf ihrem Stuhl. „Ist irgendetwas?"

Cole räusperte sich, senkte den Blick und nahm den Stift in die Hand. *Reiß dich zusammen, Taylor. Das hier ist eine trauernde Tochter und keine Partygängerin, die erobert werden will.*

„Nein. Ich dachte nur, dass … Sie mir bekannt vorkommen." *Was für ein dämlicher Spruch.* Er versuchte, keine Grimasse zu ziehen.

„Haben Sie denn an dem Fall meines Vaters mitgearbeitet?"

„Nein."

„Dann bezweifle ich, dass wir uns schon einmal begegnet sind." Sie zog ein bedrucktes Blatt Papier aus ihrer Tasche und schob es ihm über den Tisch zu. „Das hier kam heute Morgen zusammen mit einer Lieferung Blumenzwiebeln."

Froh darüber, dass er einen Grund hatte, sich auf etwas anderes zu konzentrieren, nahm Cole den Zettel. Er entpuppte sich als Lieferschein für eine Bestellung über zwei Dutzend Tulpenzwiebeln der Sorte „Fliegender Teppich", die Ende Oktober geliefert werden sollten.

„Oben links in dem Kästchen steht eine Nachricht."

Er entdeckte das Kästchen und überflog den Text.

Herzlichen Glückwunsch zum Geburtstag, Kelly! „Fliegender Teppich" – klingt das nicht exotisch? Wir werden die Blumenzwiebeln an deinem großen Tag gemeinsam pflanzen. Ich bringe Kuchen mit! Alles Liebe, Dad.

Cole versuchte, die Bedeutung dieser Nachricht zu verstehen, aber es gelang ihm nicht.

„Bestimmt war es ein Schock für Sie, Ms Warren, dass diese Lieferung so lange nach dem Tod Ihres Vaters eingetroffen ist." Er las den Text noch einmal, auf der Suche nach dem Hinweis, den er übersehen hatte. „Aber viele Leute bestellen Blumenzwiebeln für den Herbst lange im Voraus."

Ihr Mund verzog sich ärgerlich, als er sie ansah, und sein Blick wanderte zu ihren Lippen hinunter.

Nett.

„Das ist mir durchaus bewusst, Detective Taylor. Aber sehen Sie sich das hier an." Sie tippte auf ein Datum unten auf dem Lieferschein, um seine Aufmerksamkeit darauf zu lenken. „Er hat die Bestellung einen Tag vor seinem Tod aufgegeben, von dem die Polizei behauptet, dass es Selbstmord war. Mit anderen Worten, keine vierundzwanzig Stunden, bevor er gestorben ist, hatte mein Vater noch vor, fünf Monate später mit mir Tulpen zu pflanzen."

Na gut. Das war merkwürdig.

„Wissen Sie was? Geben Sie mir ein, zwei Tage, um mich in die Akte einzulesen. Dann melde ich mich bei Ihnen und wir können über diese Sache sprechen."

Ihre gerunzelte Stirn verriet ihm, dass ihr die Verzögerung nicht passte.

„Gibt es vielleicht jemand anderen, der sich schneller damit befassen kann?"

Cole tippte mit dem Stift gegen das gestreifte Tablett, das vor ihm auf dem Tisch stand. Er war versucht, ihr zu sagen, dass keiner der Ermittler herumsaß und Däumchen drehte. Dass jeder von ihnen ungelöste Fälle bearbeitete, die sofortiges Handeln erforderten. Dass ein paar Tage mehr für ihren Vater keine Rolle spielen würden.

Aber Alison schimpfte immer mit ihm wegen seines Mangels an Taktgefühl. Also holte er tief Luft und formulierte seine Antwort vorsichtig.

„Ms Warren, bitte glauben Sie mir, dass ich diese Angelegenheit sehr ernst nehme. Aber da Detective Carlson im Urlaub ist, brauche ich etwas Zeit, um mich mit den Fakten in dem Fall vertraut zu machen und zu verstehen, wie meine Kollegen damals zu ihren Schlussfolgerungen kamen. Jeder andere Ermittler würde dasselbe tun. Aber wenn es Ihnen lieber ist, werde ich meinen Vorgesetzten bitten, jemand anderen damit zu beauftragen, Ihnen zu helfen."

Sie durchbohrte ihn mit einem prüfenden Blick, dem er, ohne zu blinzeln, standhielt. Schließlich ließ sie ihre Handtasche zuschnappen und stand auf. Er erhob sich ebenfalls.

„Also gut. Ich warte auf Ihren Anruf. Morgen, hoffe ich."

„So bald wie möglich."

Ihre Augen verengten sich ein wenig, und er erkannte, dass ihr nicht entgangen war, dass er mehr Zeit herauszuschlagen versuchte.

„Hören Sie, Detective, mir ist klar, dass dieser Fall für Sie keine hohe Priorität hat, anders als für mich. Aber ich kannte meinen Vater dreiunddreißig Jahre lang. Ich habe jeden Tag mit ihm gesprochen. Ich habe ihn erlebt, als er schlimme Zeiten durchgemacht hat, darunter auch den Tod meiner Mutter, und er war hart im Nehmen. Ein Mann voller Stärke und Glauben, der bei Gott Hilfe gesucht hat, wenn es schwierig wurde, und nicht bei Tabletten oder Kohlenmonoxid. Die Fakten Ihrer Ermittlungen kann ich nicht abstreiten, aber die Schlussfolgerung, die Sie daraus gezogen haben, kann ich nicht teilen. Ich bin überzeugt, dieses Dokument" – sie ließ den Finger auf den Lieferschein niedersausen, der auf dem Tisch lag – „beweist, dass Sie etwas übersehen haben."

Er betrachtete sie eine ganze Zeit lang. Wenn John Warren ein starker Mann gewesen war, hatte seine Tochter diese Eigenschaft in hohem Maße geerbt. Ihre Stimme klang selbstbewusst, und die Entschlossenheit in ihren Augen war Respekt einflößend.

„Ich habe das Gefühl, dass Ihr Vater stolz auf Sie wäre."

Cole war sich nicht sicher, woher das plötzlich gekommen war. Oder warum er es gesagt hatte. Aber die Bemerkung schien sie zu entwaffnen. Die Anspannung ihrer Schultern ließ ein wenig nach, und ihre strenge Miene wurde weicher.

„Er war ein guter Mann." Die sanften, von Trauer geprägten Worte berührten sein Herz. „Er hat es verdient, in Frieden zu ruhen. Deshalb will ich die Wahrheit wissen. Ich will sicher sein, dass der Gerechtigkeit Genüge getan wird."

„Das wollen wir auch." Cole nahm den Lieferschein. „Wenn wir etwas übersehen haben, kann ich Ihnen versprechen, dass wir unser Möglichstes tun werden, um den Fehler zu berichtigen. Kommen Sie, ich bringe Sie zur Tür."

Er folgte ihr den Gang entlang und wünschte, er könnte ihr die Lösung geben, die sie sich erhoffte – die Gewissheit, dass ihr

Vater sich nicht das Leben genommen hatte. Aber die Ermittler in der Kriminalabteilung der Polizei von St. Louis waren Profis. Es war unwahrscheinlich, dass er irgendwelche Fehler finden würde. Trotzdem gab ihm die Nachricht auf dem Lieferschein zu denken. Und wenn seine Kollegen etwas übersehen hatten, würde er nicht so tun, als wäre es nicht so. Er war Ermittler geworden, um für die Gerechtigkeit zu kämpfen, und nicht, um die Wahrheit zu vertuschen.

Kelly blieb an der Tür zum Foyer stehen und streckte die Hand aus. „Danke, dass Sie sich die Zeit genommen haben."

Obwohl ihre Schultern straff und ihr Blick direkt waren, fuhr ein leichtes Zittern durch ihre kalten Finger, als er sie umfasste.

„Ich melde mich."

Sie nickte, drehte sich um und ging auf den Ausgang zu.

Cole sah ihr nach, und sein Blick blieb an den rotbraunen Locken hängen, die sich über die seidig glänzende Bluse ergossen, die sie in den Bund ihrer schmalen schwarzen Hose gesteckt hatte.

Sie wäre seine ideale Begleitung zu Jakes Hochzeit gewesen.

„Nett."

Als er diese Bemerkung dicht an seinem Ohr vernahm, fuhr Cole herum. Mitch stand da und sah Kelly hinterher.

Verärgert schloss Cole die Tür zum Eingangsbereich und drängte seinen Kollegen unsanft mit der Schulter beiseite. „Hast du dich nicht gerade erst verlobt? Mit meiner Schwester?"

Mitch grinste. „Schönheit zu würdigen ist nicht dasselbe, wie einer Frau hinterherzuschmachten."

„Ich habe nicht geschmachtet." Hoffte er jedenfalls. „Außerdem trenne ich Dienstliches und Privates ganz strikt."

„Wenn du es sagst! Du hast auf jeden Fall die Aussicht genossen. Wer ist sie denn?"

„Ihr Vater ist vor fünf Monaten gestorben. Sie kauft uns unser Suizidurteil nicht ab. Es war Alans Fall." Cole machte sich auf den Weg zurück in sein Büro.

„Ich erinnere mich daran. Nach allem, was ich gehört habe, war es eine klare Sache."

Cole blieb abrupt stehen, und Mitch stieß um ein Haar mit ihm zusammen. „Wie kommt es, dass *ich* mich nicht daran erinnere?"

„Du warst mit einem prominenten Vermisstenfall beschäftigt."

„Ach ja." Zwei komplette Wochen hatte er damit zu tun gehabt – und es hatte kein Happy End gegeben.

„Was wollte die Tochter denn?"

„Sie hat einen neuen Hinweis, der ihrer Meinung nach ihre Ansicht stützt, dass es Mord war." Cole ging weiter und Mitch schloss zu ihm auf.

„Und tut er das?"

„Er wirft zumindest Fragen auf. Aber ich muss mir erst einmal die Akte ansehen."

„Vielleicht findest du ja einen guten Grund, sie zu besuchen."

Cole blieb an der Tür zu seinem Büro stehen, das er sich mit Adams und anderen Ermittlern teilte, und sah seinen Freund streng an. „Ich habe es dir gerade erklärt: Ich trenne Dienst und Vergnügen."

„Die Indizien sagen etwas anderes – aber ich werde mir nicht mehr den Mund verbrennen." Mitch grinste und hob eine weiße Tüte hoch, auf der das Logo einer bekannten Imbisskette abgebildet war. „Ich habe dir trotzdem einen Burger mitgebracht. Betrachte ihn als Friedensangebot."

Während er Cole die Tüte gab, zog er sein vibrierendes Handy vom Gürtel und sah auf die Anruferkennung. „Keine ruhige Minute hat man hier. Guten Appetit." Er hob das Telefon ans Ohr und verschwand den Gang entlang.

Der Duft des Burgers, den die Tüte ausströmte, ließ Coles Magen knurren, und er ging zu seinem Schreibtisch. Merkwürdig. Plötzlich hatte er doch Hunger.

Er biss genüsslich in den üppig belegten großen Burger und schlang die Hälfte davon hinunter, bevor er einen Schluck aus seiner beinahe leeren Coladose trank, die er auf dem Tisch hatte stehen lassen. Die Cola war warm, aber wenigstens war sie nass.

Nachdem sein Hunger ein wenig gestillt war, ging Cole wieder an seinen Computer und lud sich die Akte über John Warren herunter. Er konnte ja schon mal einen Blick darauf werfen, während er Mittagspause machte.

Es dauerte nicht lange, bis er die wichtigsten Fakten kannte: Warren, ein Buchhalter im Ruhestand, war tot in seiner Garage aufgefunden worden. Seine Tochter Kelly war verreist gewesen, hatte ihn nicht erreicht und eine Nachbarin gebeten, nach ihm zu sehen. Als Todesursache wurde eine Kohlenmonoxidvergiftung festgestellt. Sichtbare Verletzungen gab es nicht und auch keine Hinweise auf einen Kampf. Die toxikologischen Untersuchungen hatten Schlafmittel und einen erhöhten Alkoholspiegel im Blut ergeben.

Alans Ermittlung hatte diese Ergebnisse bestätigt. Eine leere Bierdose und eine kleine Packung mit Schlaftabletten waren neben der Leiche des Mannes gefunden worden, der dicht neben dem Auspuffrohr an der Wand zusammengesunken war. Drei weitere leere Bierdosen befanden sich im Müll in der Küche. Weil Warrens Tochter darauf bestanden hatte, hatte Alan verschiedene Bekannte ihres Vaters befragt, darunter auch den Pastor der Kirche, zu der die beiden jeden Sonntag gingen. Alle Befragten waren angesichts des vermeintlichen Selbstmordes vollkommen überrascht und schockiert gewesen. Warren hatte auch nirgendwo eine psychiatrische Behandlung in Anspruch genommen.

Allerdings war kurz vorher bei ihm Lungenkrebs diagnostiziert worden, und eine Operation stand ihm bevor, gefolgt von Bestrahlungen und Chemotherapie. Selbst seine Tochter hatte zugegeben, dass er in den letzten Wochen seines Lebens stiller gewesen war als sonst – fast sogar ein wenig deprimiert.

Cole konnte an Alans Schlussfolgerung nichts aussetzen. Alle Indizien deuteten auf Selbsttötung hin. Mit seinen neunundsechzig Jahren konnte John Warren beschlossen haben, dass es den ganzen Schmerz und die Mühen nicht wert war, einen Krebs zu bekämpfen, der nur sehr schwer zu besiegen war.

Und doch hatte er an dem Tag vor seinem Tod eine fröhliche Nachricht an seine Tochter geschrieben und über Pläne für die Zukunft gesprochen.

Kelly hatte recht.

Es passte nicht zusammen.

Trotzdem war es möglich, dass er die Schlaftabletten gekauft hatte, um sie griffbereit zu haben, wenn es wirklich schlimm kam. Und dann hatte er in einem Augenblick der Verzweiflung beschlossen, seinem Leben ein Ende zu setzen.

Cole trommelte mit den Fingern auf den Lieferschein, den Kelly ihm gegeben hatte, dann nahm er die andere Hälfte seines Burgers und las den Fallbericht noch einmal, während er Mitchs Friedensangebot verspeiste. Er musste an diesem Nachmittag noch zwei Zeugen in einem Fall von Fahrerflucht aufspüren, und er hatte keine Zeit, sich die Einzelheiten der Warren-Akte jetzt anzusehen. Aber er würde es tun. Entweder heute Abend noch oder morgen früh.

Aber wenn er von seiner ersten kurzen Durchsicht der Akte ausging, würde er wahrscheinlich keine Unregelmäßigkeiten finden. Er hatte in Dutzenden Fällen gemeinsam mit Alan ermittelt, und sein Kollege war kein Detective, der Dinge übersah.

Allerdings wäre Kelly Warren sehr, sehr enttäuscht, wenn sich der Selbstmord ihres Vaters bestätigen sollte.

Ihr die schlechte Nachricht zu überbringen, war nichts, worauf er sich freute.

Kapitel 2

Achtundzwanzig Stunden später, als Cole den gepflasterten Weg zur Haustür von Kelly Warrens Bungalow hinaufging, sagte er sich, dass Mitgefühl und Nächstenliebe ihn zu seinem Besuch bewegt hatten. Er wollte nur den Schlag für Kelly abfedern, indem er sein Ergebnis persönlich überbrachte.

Dennoch beschleunigte sich seltsamerweise sein Pulsschlag, als er die Klingel betätigte. Vorher hatte er sich auf der Herrentoilette im Büro noch schnell rasiert. Nun stand er da und rückte nervös seine Krawatte zurecht. Als er hörte, wie die Tür aufgeschlossen wurde, fuhr ihm ein Adrenalinstoß durch die Adern. Sein Atem stockte, als Kelly öffnete und ihn mit großen grünen Augen ansah, ihr Gesicht umrahmt von ihren sanft gewellten Haaren. „Detective Taylor! Das ist aber eine Überraschung."

Er sah die Hoffnung in ihren Augen aufflackern – und kam sich vor wie ein Schuft.

„Ich dachte, es wäre besser, wenn wir uns persönlich unterhalten. Darf ich reinkommen?"

„Ja, natürlich." Sie zeigte in Richtung Wohnzimmer. „Setzen Sie sich doch."

Er wählte einen blauen Ohrensessel neben ihrem Kamin. Sie setzte sich auf die Kante des cremefarbenen Sofas.

„Sieht so aus, als hätte ich Sie gestört." Er deutete auf den mit Farbflecken übersäten Lappen in ihrer Hand.

Sie blickte auf ihre Finger hinunter, als hätte sie völlig vergessen, dass sie noch das Tuch festhielt, dann warf sie es achtlos auf die Glasplatte des Couchtischs, wo es den einzigen unordentlichen Gegenstand in dem makellosen Raum bildete. „Nein. Ich wollte sowieso gerade Schluss machen." Sie wischte ihre Handflächen an ihrem weiten Hemd ab, das wie ein Malerkittel wirkte und mit Farbspritzern übersät war. Dann rieb sie über einen hartnäckigen grünen Fleck auf ihrem rechten Handrücken. „Tut mir leid. Ich hätte etwas Sauberes angezogen, wenn ich gewusst hätte, dass Sie kommen. Ich lebe von meiner Malerei, und im Atelier kann es schon mal hoch hergehen."

„Sie malen Aquarelle, richtig? Für Zeitschriftenillustrationen, Kinderbücher, Grußkarten ... ich bin beeindruckt."

Sie neigte den Kopf. „Ich auch. Darf ich annehmen, dass Sie diese Informationen aus der Akte meines Vaters haben?"

„Ja. Detective Carlson war sehr gründlich."

Sie wusste, was er andeuten wollte, und versteifte sich. „Sie wollen mir damit sagen, dass mein neues Indiz kein Grund ist, den Fall noch einmal aufzurollen, nicht wahr?"

Die Kälte in ihrer Stimme konnte nicht ihre Enttäuschung und Verzweiflung verbergen.

Cole lehnte sich vor, stützte die Ellenbogen auf die Armlehnen seines Sessels und faltete die Hände, während er sich um einen professionellen, aber mitfühlenden Ton bemühte. „Die Nachricht wirft Fragen auf, aber bei meiner sorgfältigen Durchsicht der Akte habe ich nichts gefunden, was darauf hindeuten könnte, dass bei den Untersuchungen nicht jeder Stein umgedreht wurde. Soweit ich es beurteilen kann, ist Detective Carlson jeder Information, die er hatte, nachgegangen und hat nichts entdeckt, wodurch er zu einem anderen Schluss hätte kommen können."

Kelly stand auf und durchquerte das Zimmer bis zur anderen Seite, wo sie mit dem Rücken zu ihm stehen blieb. Ihre angespannte Haltung zeigte ihm, dass ihr die Angelegenheit naheging.

Als sich das Schweigen hinzog, versuchte er es noch einmal.

„Ms Warren, es gibt klare Indizien für Suizid. Ihr Vater hat eine Überdosis starker Schlaftabletten eingenommen. Er hat Alkohol getrunken, was die Wirkung verstärkt hat. Er wurde in einer Garage neben dem Auspuff eines Wagens gefunden, dessen Schlüssel im Zündschloss steckte und dessen Tank leer war. Es gab keine Anzeichen eines Kampfes oder einer Fremdeinwirkung. Die Spurensicherung hat keine Fingerabdrücke oder andere Spuren gefunden. Die Nachbarn haben nichts Ungewöhnliches bemerkt. Das Einzige, was fehlte, war ein Abschiedsbrief. Aber nur fünfundzwanzig Prozent aller Menschen, die sich das Leben nehmen, hinterlassen eine letzte Nachricht."

„Und wie erklären Sie sich dann das, was er einen Tag vor seinem Tod geschrieben hat?"

Er wusste, auch ohne dass sie sich umdrehte, dass sie Mühe hatte, ihre Fassung zu wahren. Er konnte das Zittern in ihrer Stimme hören.

„Ich kann es nicht erklären."

„Finden Sie nicht, dass die Nachricht auf ein Verbrechen hinweist?" Sie fuhr herum und er konnte deutlich den Schmerz in ihren Gesichtszügen sehen. „Und warum sollte er Schlaftabletten nehmen und Alkohol trinken? Wenn er sich umbringen wollte, hätte er einfach in die Garage gehen und den Motor des Wagens anlassen können."

„Vielleicht haben die Tabletten und der Alkohol es ihm leichter gemacht, den letzten Schritt zu tun."

Ihre Augen verengten sich. „Mein Vater war ein mutiger Mann, Detective. *Wenn* er beschlossen hätte, etwas so Drastisches zu tun, dann hätte er es nicht beschönigt. Außerdem habe ich mit seinem Arzt gesprochen. Er hatte *kein Rezept* für die Schlaftabletten. Und ich habe auch seine Kreditkartenabrechnung überprüft, um zu sehen, ob er sie bei einem ausländischen Versand bestellt hat, bei dem man kein Rezept braucht. Nichts. Woher also hatte er die Tabletten?"

„Es gibt auch hier in den Staaten einen Schwarzmarkt für Medikamente jeder Art."

Sie sog scharf die Luft ein, als hätte er sie geschlagen. „Mein Vater hat nichts Verbotenes getan. Wenn er Schlaftabletten hätte haben wollen, hätte er seinen Arzt gefragt." Sie durchbohrte ihn mit einem finsteren Blick. „Jemand hatte es auf meinen Vater abgesehen, Detective."

„Aber wer? Und warum?"

„Die gleiche Frage hat Detective Carlson mir auch gestellt. Ich weiß es nicht. Ist es nicht Ihre Aufgabe, das herauszufinden?"

„Ja, aber wir können nur von den Hinweisen ausgehen, die wir haben. In der Akte steht, dass Sie selbst ausgesagt haben, Ihr Vater hätte keine Feinde gehabt."

„Keine, von denen ich *wüsste*."

„Detective Carlson hat alle Personen, die Sie ihm genannt haben, befragt. Das hat auch zu nichts geführt."

„Aber diese Personen haben alle auch nicht geglaubt, dass mein Vater sich das Leben genommen hat."

„Menschen können in einer Krisensituation untypische Dinge tun, Ms Warren." Er bemühte sich um einen weicheren Tonfall. „Und eine Lungenkrebsdiagnose ist ziemlich ernst. Die Sterberate ist extrem hoch. Einer meiner Onkel ist an dieser Krankheit gestorben. Es war kein schöner Tod."

Ihre starre Haltung lockerte sich und ein Anflug von Mitgefühl erwärmte ihre Augen. „Das tut mir wirklich sehr leid. Und ich verstehe durchaus, was Sie sagen. Auch wenn der Krebs noch im Anfangsstadium war, wussten wir beide, dass es ein schwerer Kampf sein würde. Aber er *war* ein Kämpfer. Und er war außerdem ein Mann mit einem felsenfesten Glauben, der von der Heiligkeit des Lebens überzeugt war und immer auf Gott vertraut hat. Selbsttötung war keine Möglichkeit gewesen, die er in Erwägung gezogen hätte."

Sollte er jemals in Schwierigkeiten geraten, hoffte Cole, dass er das Glück hätte, eine Kelly Warren auf seiner Seite zu haben. Sie hatte die Hartnäckigkeit einer Bulldogge, wenn es darum ging, jemanden zu verteidigen, den sie liebte.

Cole erhob sich, stemmte eine Hand in die Hüfte und fuhr sich mit der anderen durchs Haar. Als er heute hierhergekommen war, hatte er vorgehabt, ihr die Wahrheit schonend beizubringen. Er hatte ihr nahelegen wollen, dass ihr Vater seine Verzweiflung einfach vor ihr verborgen hatte. Er hatte sie daran erinnern wollen, dass nicht jeder, der sich das Leben nahm, vorher seine Absichten deutlich erkennen ließ.

Aber die Stärke ihrer Überzeugung ließ ihn schwanken. „Ich sehe, dass ich Sie nicht überzeugt habe."

„Ich kannte meinen Vater gut, Detective Taylor." Sie reckte energisch das Kinn vor – eine Geste, die er inzwischen an ihr kannte. „Ich werde erst glauben, dass er sich selbst das Leben genommen hat, wenn ich eine Nachricht in seiner Handschrift finde. Und selbst dann hätte ich noch Zweifel."

„In Ihrer Aussage haben Sie eingeräumt, dass er in den letzten Wochen seines Lebens etwas niedergeschlagen wirkte."

„Nein!" Ihre Augen blitzten, und ihre Nasenflügel blähten sich. „Das habe ich nie gesagt. Er war ein wenig ... nachdenklich, vielleicht. Stiller als sonst. Aber wer wäre das nicht nach einer solchen Diagnose? Aber er war nicht *deprimiert*."

Ihre heftige Reaktion wirkte überzeugend. Cole holte Luft und kapitulierte. „Also gut. Machen wir es so: Ich werde mit Detective Carlson sprechen, wenn er wieder da ist. Wir beide werden den Fall wieder aufnehmen und vielleicht noch ein paar andere Leute hinzuziehen, um eine frische Sicht auf die Dinge zu bekommen. Haben Sie alle Unterlagen Ihres Vaters durchgesehen?"

„Nein. Ich will zwar das Haus verkaufen, aber ich hatte nicht vor, alles durchzusehen, bis ich die Einzelheiten mit einem Makler besprochen habe." Sie hakte die Finger ineinander und blickte auf ihre ineinandergeschlungenen Hände hinunter. „Es ist sehr schwer für mich ... das jetzt zu tun."

„Das kann ich verstehen. Aber es besteht die Chance, dass Sie etwas Hilfreiches finden, das *nur Sie* als bedeutsam erkennen. Und wenn Sie etwas finden, dann verspreche ich, dass wir der Sache nachgehen werden."

Sie hob das Kinn und ein schwacher Hoffnungsschimmer flackerte wieder in ihren Augen auf. „Das heißt, Sie schlagen die Tür nicht ganz zu?"

„Nein. Wenn hier ein Justizirrtum vorliegt, haben wir ebenso ein Interesse daran, ihn aufzudecken, wie Sie es haben."

„Gut. Ich fange an, seine Sachen durchzugehen." Sie atmete aus und ihre verkrampfte Haltung entspannte sich ein wenig. „Danke."

„Ich mache nur meine Arbeit. Und jetzt lasse ich Sie wieder an Ihre gehen."

Er durchquerte den Raum in Richtung Tür und drehte sich um, als er dort angekommen war. Sie war ihm einen Teil des Weges gefolgt, und die Abendsonne, die durch das Fenster fiel, ließ ihr Haar wie von Feuer leuchten. Ihre schlanke Gestalt wirkte plötzlich verloren und einsam in dem großzügigen Raum. Tatsächlich musste sie auch einsam sein. Denn wie er aus der Akte wusste, hatte sie keine Familie mehr. Ihre Mutter war gestorben, als sie zwölf Jahre alt gewesen war, und sie hatte keine Geschwister.

Cole hingegen war sein ganzes Leben lang von Liebe umgeben gewesen. Er hatte noch seine Mutter, und auch wenn er sich darüber beschwerte, dass Alison unabhängiger war, als ihr guttat, und Jake seine Rolle als großer Bruder manchmal zu ernst nahm – er wusste doch, dass er sich auf seine Geschwister bedingungslos verlassen konnte. Kelly Warren hatte kein solches Netzwerk.

Stark und intelligent und entschlossen zu sein, entschädigte nicht für diese fehlende Unterstützung.

Einen flüchtigen Moment lang kam in ihm das starke Bedürfnis auf, ihre Hand zu nehmen und ihr zu versichern, dass sie nicht alleine war. Dass sie sich, wenn sie irgendwelche Hilfe brauchte, jederzeit an ihn wenden konnte.

Aber das war verrückt. Wie er Mitch gerade gestern noch gesagt hatte, trennte er Dienstliches und Privates immer ganz strikt – und er hatte nicht vor, das jetzt zu ändern.

Cole umfasste die Türklinke und zog die Tür auf, um auf die kleine Veranda hinauszutreten. „Ich melde mich, Ms Warren."

Mit diesen Worten ging er den Weg zu seinem Wagen zurück, ohne sich noch einmal umzusehen.

Denn wenn er ihre einsame Gestalt in der Tür sähe, würde es für ihn noch schwerer sein, professionelle Distanz zu wahren.

Doch er fürchtete, dass ihm das in diesem Fall sowieso nicht gelingen würde.

* * *

Als in der drückenden Stille im Haus ihres Vaters plötzlich ihr Handy klingelte, ließ Kelly vor Schreck den Ordner fallen, den sie gerade aus seiner Schreibtischschublade gezogen hatte. Bestürzt sah sie, wie der Inhalt in wildem Durcheinander auf den Teppich segelte.

Sie murmelte eine ärgerliche Bemerkung, erhob sich von ihrem Stuhl und begab sich in die Küche. Als ihre Finger sich in den Tiefen ihrer Handtasche endlich um ihr Handy schlossen, klingelte es bereits zum dritten Mal. Sie drückte auf die Gesprächstaste, ohne auf das Display zu sehen, bevor sie Hallo sagte.

„Hi, Kelly. Lauren hier. Ich hatte gerade eine gute Idee. Was hältst du davon, wenn wir die Schlittschuhe aus dem Schrank kramen und auf die Eisbahn gehen?"

Kelly lehnte sich an die Wand, erstaunt von dem Vorschlag ihrer Freundin. Auch wenn sie als Sechzehnjährige zusammen bei einem Eiskunstlaufkurs gewesen waren, in dem viel jüngere Kinder ihnen die Show gestohlen hatten, trafen sie sich heutzutage meist beim Mittagessen oder zu einem Kaffee. „Ich bin seit *Jahren* nicht mehr Schlittschuh gelaufen."

„Ich auch nicht, aber ich werde es versuchen. Wenn wir uns als Teenager gegenseitig beim Aufstehen helfen konnten, während die kleineren Kinder hinter unserem Rücken kicherten, können wir es jetzt auch. Und ich wette, wir schaffen immer noch drei Umdrehungen und einen Walzersprung. Jetzt, wo der Herbst da ist, habe ich Lust auf Wintersport."

Kelly starrte aus dem Fenster ihres Elternhauses. Der Herbst war tatsächlich gekommen. Es war beinahe zwei Wochen her, seit Detective Taylor bei ihr gewesen war, und die Blätter der drei großen Ahornbäume, die den Garten bewachten, zeigten eine spektakuläre Farbenpracht.

Ihr Vater hatte das herrliche Herbstlaub geliebt.

Der Anblick verschwamm vor ihren Augen, und Kelly wandte sich ab, während sie die Tränen zurückblinzelte. „Ich bin sicher, du hast an einem Samstagvormittag etwas Besseres zu tun, als auf einer Eislaufbahn ein paar gebrochene Knochen zu riskieren. Geh mit deinem tollen Mann aus. Oder geh mit den Zwillingen an so einem sonnigen Tag in den Park. Das ist vielleicht eure letzte Chance vor dem Winter." Auch wenn sie versuchte, optimistisch zu klingen, würde Lauren sich von ihrem zu fröhlichen Tonfall nicht täuschen lassen. Dafür kannten sie einander zu gut.

„Meine Familie kommt auch mal einige Stunden ohne mich aus, und Shaun muss ohnehin mal ein bisschen Zeit allein mit den Kindern verbringen. Ich habe ihn schon überredet, mit ihnen in den Freizeitpark ins Magische Haus zu gehen."

Während Lauren sprach, ging Kelly in das Büro ihres Vaters zurück und ließ den Blick über die Blätter schweifen, die auf dem Boden verteilt lagen. Sie hatte in jeder Nische und Ecke des Hauses gekramt und etwas – irgendetwas – gesucht, mit dem sie das Interesse der Polizei wecken könnte. Etwas, das ihnen vielleicht eine konkrete Spur gab, die sie verfolgen konnten. Einen Grund, den Fall wieder aufzunehmen.

Bislang hatte sie nichts gefunden.

Aber sie war noch nicht bereit, das Handtuch zu werfen.

„Ich weiß das Angebot wirklich zu schätzen, Lauren, aber mit zwei Abgabeterminen im Nacken konnte ich den Unterlagen meines Vaters nicht so viel Zeit widmen, wie ich es eigentlich wollte. Ich sollte den Vormittag hier verbringen."

„Bist du jetzt im Haus?"

„Ja."

„Soll ich dir Gesellschaft leisten? Ich könnte auf dem Weg Kaffee holen."

Kelly ließ sich auf den Schreibtischstuhl fallen, und ihre Kehle war wie zugeschnürt. Lauren wusste, dass sie und ihr Vater sich jeden Samstag zum Kaffee getroffen hatten – und dass sein Tod besonders an diesem Wochentag und zu dieser Zeit eine schmerzliche

Lücke hinterlassen hatte. „Ich habe mir auf dem Weg hierher Kaffee mitgebracht. Aber danke, dass du eine so gute Freundin bist."

„Du, ich suche nur nach einem guten Grund, aus dem Haus zu flüchten. Wenn ich hierbleibe, muss ich das Badezimmer putzen."

„Warum? Nutz die Zeit doch lieber, um ein schönes Entspannungsbad zu nehmen."

„Ohh. Dieser Schlag hat gesessen. Du weißt doch, dass das zu meinen Lieblingsgenüssen zählt!"

„Und ich wette, bei zwei Fünfjährigen im Haus kommst du nicht oft dazu. Wir treffen uns *nächsten* Samstag zum Kaffee, versprochen."

„Hmm." Einen Augenblick lang blieb es am anderen Ende der Leitung still. „Ich muss zugeben, dass ein heißes Bad besser klingt als eine kalte Eisbahn."

„Los, nutz die Gelegenheit! Ich rufe im Laufe der Woche an und dann machen wir etwas für Samstag aus."

„Schon gut, schon gut. Du hast mich überredet. Viel Erfolg bei der Suche."

„Danke. Bis bald."

Als das Gespräch beendet war, schaltete Kelly ihr Telefon aus und lehnte sich auf dem Stuhl ihres Vaters zurück, während sie versuchte, einen Anflug von Neid zu unterdrücken. Lauren hatte alles. Eine tolle Karriere als aufstrebende Anwältin in St. Louis. Einen liebevollen Ehemann. Eine glückliche Familie. Ein Zuhause voller Liebe, in das sie abends zurückkehrte.

Verärgert über diesen Anfall von Eifersucht, ließ Kelly sich auf dem Boden nieder und fing an, die Papiere ihres Vaters einzusammeln. Natürlich hätte sie alle diese Dinge auch gerne, aber das bedeutete nicht, dass sie Lauren ihr Glück nicht gönnte. Sie waren eben in unterschiedlichen Lebenssituationen. Schließlich war es nicht einfach, den richtigen Mann zu treffen, wenn man alleine von zu Hause aus arbeitete. Nur wenige Männer wie Cole Taylor traten über ihre Türschwelle.

Kelly erstarrte, als das Bild des groß gewachsenen, dunkelhaarigen Detectives vor ihrem inneren Auge erschien – dann rückte sie kopfschüttelnd die eingesammelten Blätter in der Mappe zurecht.

Es war erbärmlich. Sie musste es wirklich nötig haben, wenn sie schon über einen völlig Fremden fantasierte. Cole Taylor war nur aus *einem Grund* in ihr Leben getreten – um den Tod ihres Vaters noch einmal gründlicher zu untersuchen. Dabei gab es keinen Platz für Romantik.

Offensichtlich verbrachte sie zu viel Zeit alleine vor ihrer Staffelei.

Während sie den Ordner auf den Schreibtisch legte und sich für die nächste Schublade wappnete, war sie froh, dass sie sich wenigstens für den kommenden Samstag mit Lauren verabredet hatte. Ein paar Stunden mit ihrer Freundin würden helfen, ihr ansonsten recht einsames Privatleben erträglicher zu machen.

Aber sosehr sie sich auch darauf freute, Lauren zu sehen, hatte es nicht den gleichen Reiz wie eine Verabredung mit einem attraktiven Detective.

* * *

„Tut mir wirklich leid, dass ich mich verspätet habe." Cole war gerade in dem beliebten Lokal im West County angekommen, das für seinen legendären Sonntagsbrunch bekannt war. Er umrundete den Tisch und beugte sich vor, um seine frischgebackene Schwägerin zu umarmen. „Willkommen daheim!" Er richtete sich auf und gab Jake die Hand. „Wie waren die Flitterwochen auf den Bermudas?"

Jake grinste ihn an, wackelte vielsagend mit den Augenbrauen und zog seine Braut näher an sich. Liz errötete.

„O.K., ich will es lieber nicht wissen." Cole lächelte sarkastisch, als er sich auf den einzigen noch leeren Stuhl setzte und eine Speisekarte nahm. „Alles klar."

„Und was hast *du* heute Morgen so gemacht?" Neben ihm stützte Alison einen Ellenbogen auf den Tisch und legte ihr Kinn in die Hand.

„Gearbeitet." Er versteckte sich hinter der großen Karte.

Sie schob das Menü mit einem Finger zur Seite. „Und du hattest keine Stunde Zeit, um mit deiner Familie in die Kirche zu gehen?"

Cole warf ihr einen ärgerlichen Blick zu. Seit er vor vier Jahren aufgehört hatte, in den Gottesdienst zu gehen, versuchte sie unerbittlich, ihn wieder auf den Pfad der Tugend zurückzuholen. Sie hätte FBI-Beamtin werden sollen anstatt Sozialarbeiterin beim Jugendamt. Sie besaß die nötige Hartnäckigkeit für Verhöre.

„Sie hat recht", schaltete Jake sich ein. „Es könnte dir nicht schaden, gelegentlich einen Fuß in eine Kirche zu setzen."

„Als wärest du so ein eifriger Kirchgänger gewesen!"

„*Jetzt* bin ich es."

„Ich frage mich bloß, warum?" Er blickte betont in Liz' Richtung.

„He – es war allein seine Entscheidung! Ich bestimme nur bei Gericht das Schicksal von Menschen", protestierte Jakes Frau.

Jake nahm ihre Hand. „Richterin Michaels hat recht. Sie hat mich dazu gebracht, darüber nachzudenken, aber die Entscheidung habe ich selbst getroffen. Um ein Klischee zu bemühen: Ich hatte eine Erleuchtung."

„Warte mal ..." Alison lehnte sich vor, und ihre Miene war nachdenklich. „Vielleicht ist das die Antwort. Wenn wir Cole mit einer netten Christin verkuppeln, könnte sie einen positiven Einfluss auf ihn haben."

Cole warf einen Blick in Richtung Ausgang. Vielleicht sollte er einen Anruf vortäuschen und so tun, als müsste er weg und dringend an einem Fall arbeiten.

„Ja." Mitch genoss es, das Spiel noch ein wenig weiterzutreiben. „Wie wäre es mit der Rothaarigen, mit der du vor zwei Wochen geliebäugelt hast?"

„Was für eine Rothaarige?" Alisons Kopf fuhr zu ihrem Verlobten herum.

„Halt die Klappe." Cole warf seinem Kollegen einen warnenden Blick zu.

„Kommt nicht infrage", protestierte Alison und konzentrierte sich wieder auf ihn. „Jetzt bin ich neugierig geworden. Wer ist diese Frau?"

„Ich habe sie kennengelernt, weil ich ihren Fall bearbeite."

„Wenn du den Fall gelöst hast, ergeben sich für dich und sie ganz neue Möglichkeiten." Mitch ließ den Orangensaft in seinem Glas kreisen und grinste. „Du interessiert dich doch für sie. In den letzten zwei Wochen hast du sie bestimmt ein Dutzend Mal erwähnt."

Hatte er das? Cole spürte, wie sein Nacken warm wurde.

Ja, vielleicht.

„Und neulich habe ich gesehen, wie du sie gegoogelt hast. Du hast dir Aquarelle von Waldfeen angeguckt."

Alisons Kinnlade fiel herunter. „Waldfeen!?"

Cole knirschte mit den Zähnen. „Ich habe recherchiert. Sie ist Illustratorin."

„Und geht in die Kirche. Hast du nicht erwähnt, dass sie und ihr Vater immer zusammen in den Gottesdienst gegangen sind?", fügte Mitch hinzu.

Cole schnaufte entrüstet und blickte in die Runde. „Also gut. Ich bin zum Brunch hierhergekommen und nicht zum Verhör. Alison, da du davon angefangen hast, werde ich meinen Kommentar an dich richten. *Falls* und *sobald* ich beschließen sollte, wieder mit in die Kirche zu kommen, wirst du die Erste sein, die es erfährt. Bis dahin, um es so diplomatisch wie möglich zu formulieren, halt dich bitte aus meinen Angelegenheiten raus."

Seine Schwester starrte ihn an, schniefte theatralisch und machte sich wieder daran, die Speisekarte zu studieren. „Gut. Ich wollte dir nur Mut machen, das Richtige zu tun. Von jetzt an musst du alleine klarkommen."

„Ist das ein Versprechen?"

Sie zog eine Grimasse. „Ich vermute, das bedeutet, dass du uns auch nichts über diese Frau erzählen willst?"

„Nö." Er trank einen Schluck Wasser.

„Macht nichts." Sie hakte ihren Verlobten unter und lächelte Cole selbstgefällig an. „Ich quetsche Mitch später aus."

Jake hielt sich eine Serviette vor den Mund und unterdrückte ein Lachen. Liz hingegen versuchte nicht einmal, ihre Belustigung zu verbergen.

Cole bedachte Mitch mit einem vorwurfsvollen, warnenden

Blick. Der jedoch zuckte nur verlegen mit den Schultern. Offenbar war der ehemalige Kampfschwimmer der Navy Wachs in den Händen seiner Zukünftigen.

Gut zu wissen. Von jetzt an würde er in der Gegenwart seines Schwagers in spe sehr sorgfältig überlegen, was er sagte.

Sie gaben ihre Bestellung auf, und das Gespräch wandte sich den Flitterwochen auf den Bermudas zu und kreiste dann um Mitchs und Alisons Hochzeitspläne. Cole ließ die Unterhaltung um sich herum fließen, oft ohne ihr zu folgen, während er sich auf das Essen konzentrierte, das gebracht wurde. Das Thema deprimierte ihn. Er hatte sich nie viele Gedanken darüber gemacht, ob er die richtige Frau finden und heiraten würde. Er hatte gedacht, es würde einfach irgendwann passieren. Doch er musste zugeben, dass die Frauen, mit denen er in den vergangenen Jahren ausgegangen war, seinen Kriterien für eine Partnerin fürs Leben nicht entsprochen hatten.

Und was seine Beziehung zu Gott betraf – da bezweifelte er, dass eine Versöhnung in absehbarer Zeit wahrscheinlich war.

Er biss in den Toast, der mit pochiertem Ei belegt war, doch das Essen hatte jeden Geschmack für ihn verloren. Er trank einen Schluck Orangensaft, um den Bissen herunterzuspülen. Dann legte er die Gabel auf den Tisch und schob seinen Teller von sich.

„Was ist denn mit *dir* los?" Mitch zeigte auf das Essen. „Normalerweise putzt du das doch bis zum letzten Bissen weg."

Das Gespräch verstummte, als alle auf seinen noch halb vollen Teller blickten. Wieder spürte er die Wärme seinen Nacken hinaufsteigen.

„Bist du krank?" Alison runzelte die Stirn.

„Nein. Satt."

„Bist du sicher, dass alles in Ordnung ist?" Jake kniff die Augen zusammen.

Genervt von ihrer Aufdringlichkeit öffnete Cole den Mund, um seiner Verärgerung Ausdruck zu verleihen.

Doch dann dachte er an Kelly Warren, die keine Familie mehr hatte, die ihr auf die Nerven gehen konnte. Keine Familie, die sich um sie Sorgen machte.

Er schloss den Mund wieder.

Alison zog eine Augenbraue hoch. „Willst du uns nicht sagen, dass wir uns um unsere eigenen Angelegenheiten kümmern sollen?"

„Nein. Ich weiß eure Fürsorge zu schätzen."

Sie sah erstaunt Jake an und dann wieder ihn. „Ist das jetzt ernst gemeint?"

„Ja. Ich weiß, dass ihr nur mein Bestes wollt."

Alison legte ihre eigene Gabel ab und widmete ihm ihre ganze Aufmerksamkeit. „Cole Taylor, der Diplomat. Das ist neu. Welchem Umstand verdanken wir denn deine bemerkenswerte neue Sensibilität?"

„Könnte es etwas mit Kelly Warren zu tun haben?" Mitch grinste ihn an.

„Wer ist Kelly Warren?", fragte Alison.

„Die Rothaarige."

„Aha." Alison nickte weise. „Interessant."

Cole musste alle seine Selbstbeherrschung zusammennehmen, um einen gelassenen, unbeteiligten Gesichtsausdruck an den Tag zu legen. „Ihr alle zieht voreilige Schlüsse. Ich habe die Frau bisher nur zweimal gesehen."

„*Zweimal?* Sie war noch mal da?" Mitchs Gabel verharrte auf halbem Weg zu seinem Mund.

Fantastisch. Das hatte er sich jetzt selbst eingebrockt.

Er hob gleichgültig eine Schulter, während er seinen Kaffeebecher nahm. „Ich habe ihr die schlechten Nachrichten bezüglich der Wiederaufnahme des Falles persönlich überbracht. Ihre Wohnung lag auf meinem Heimweg."

„Sehr rücksichtsvoll." Mitch verbarg sein süffisantes Grinsen, indem er den Mund öffnete und eine Gabel voll Essen hineinschob.

Cole warf ihm über den Rand seiner Tasse einen finsteren Blick zu.

„Ich würde diese Frau gerne kennenlernen", sagte Alison.

„Mach dir da mal keine zu großen Hoffnungen."

„Warum nicht? Willst du denn nie heiraten?"

Cole verschluckte sich an dem Kaffee, den er gerade getrunken hatte. Wenigstens hatte er aufgrund des Hustens ein paar Sekunden, um sich zu sammeln. „Alison, ich weiß, dass du nichts als Romantik im Kopf hast, seit du verlobt bist, aber nicht jeder hat es so eilig, vor den Altar zu treten."

„Du bist sechsunddreißig, Cole. Das würde ich kaum als eilig bezeichnen."

„Sehr witzig."

Liz, die das Geplänkel belustigt verfolgt hatte, erbarmte sich seiner schließlich. „Ich schlage etwas vor. Da dies ein Brunch sein soll und kein Verhör, sollten wir vielleicht einfach über unsere Pläne für Thanksgiving reden."

Als die Unterhaltung eine neue Richtung einschlug, sandte Cole seiner neuen Schwägerin über den Tisch hinweg ein wortloses Danke zu. Sie antwortete mit einem Augenzwinkern.

Aber eine halbe Stunde später kam ihm das Gespräch über Kelly Warren – und über seinen Glauben – wieder in den Sinn, als er seinen Wagen durch einen Stau manövrierte, der an der Parkplatzausfahrt einer Kirche entstanden war. Obwohl er das vor seinen Geschwistern niemals zugeben würde, gab es tatsächlich Lücken in seinem Leben. Er hatte keine Partnerin, und seine Beziehung zu Gott war am Tiefpunkt angelangt.

Beides hatte ihm bis vor Kurzem keine besonderen Kopfschmerzen bereitet. Aber auf einmal hatte er Sehnsucht nach der Gesellschaft einer Frau, die mehr war als nur eine unverbindliche Verabredung. Er sehnte sich nach einer intelligenten Frau mit Charakter und Mut.

Einer Frau wie Kelly Warren.

Als er auf die Autobahn auffuhr und beschleunigte, um sich in den Verkehr einzufädeln, verspürte er zum ersten Mal seit Langem, wenn auch erst schwach, das Bedürfnis, wieder mit Gott in Verbindung zu treten. Es war der aufkeimende Wunsch, wieder das völlige Vertrauen in Gott zu haben, das doch einmal das Fundament seines Lebens gewesen war.

Leider hatte er keine Ahnung, wie er auch nur eines dieser Ziele erreichen konnte.

Kapitel 3

„Cole? Ich habe deine Nachricht bekommen. Was ist los?"

Cole wandte sich vom Kopiergerät ab und sah Alan Carlsons sonnengebleichtes blondes Haar und seinen gebräunten Teint. „Wow. Sieht so aus, als hättest du jede Minute am Strand verbracht, was?"

Sein Kollege grinste. „Nicht ganz. Aber man kann nicht in die Dominikanische Republik fahren, ohne den feinen weißen Sandstrand zu genießen."

„Kann ich mir vorstellen. Vielleicht fahre ich bald auch mal dahin. Ich könnte Urlaub gebrauchen."

„Mit einem märchenhaften Strand, der Möglichkeit zum Mountainbiking und schönen Mädels in Bikinis kann man kaum was falsch machen."

„Ich wusste nicht, dass du dein Fahrrad mitgenommen hast."

„Habe ich auch nicht. Ich habe mir ein Mountainbike geliehen. Ich kann dir sagen, es ist unglaublich, wenn du in der Karibik auf einem Maultierpfad einen Berg raufgestrampelt bist."

Cole grinste. „Ach, darauf verzichte ich gerne. Aber wenn es dir Spaß gemacht hat …"

„Die ganze Reise war super." Alans Lächeln ließ ein wenig nach. „Aber mit Cindy wäre es besser gewesen."

„Klar." Cole wusste nicht, was er sonst sagen sollte. Alan und seine Frau hatten sich vor sechs Monaten nach dreijähriger Ehe getrennt und damit alle in der Abteilung überrascht. Er und Cindy hatten immer wie ein gutes Team gewirkt. Aber die Arbeitszeiten und Risiken dieses Berufes waren eine große Belastung für Ehen, und nicht alle überlebten das. Cole hatte gehört, dass Cindy in ihre Heimatstadt Chicago zurückgezogen war. „Besteht die Chance, dass ihr zwei wieder zusammenkommt?"

„Vielleicht. Ich arbeite dran, und wir sind noch in Verbindung. Aber was kann ich für dich tun?"

Cole nahm die Unterlagen, die er gerade kopiert hatte. „Nichts wirklich Dringendes, aber sobald du dein Postfach und deine E-Mails gesichtet hast, würde ich gerne mit dir über den Fall John Warren reden."

Alan runzelte die Stirn. „Der Selbstmord? Vor etwa fünf Monaten?"

„Genau."

„Der Fall ist doch abgeschlossen."

„Ich weiß. Aber die Tochter des Mannes war hier, während du im Urlaub warst. Sobald du einen Moment Zeit hast, bringe ich dich auf den aktuellen Stand."

„Wie wäre es jetzt gleich?" Alan zog einen Mundwinkel hoch. „Ich habe es sowieso nicht eilig, mein E-Mail-Postfach zu sichten."

„Kann ich mir vorstellen." Cole grinste mitfühlend. „Ich hole nur schnell etwas von meinem Schreibtisch, dann können wir versuchen, einen freien Besprechungsraum zu finden."

Fünf Minuten später hatten sie endlich einen freien Raum gefunden, und Cole schaltete das Licht an, schloss die Tür und ließ sich in einen der bequemen Sessel fallen. Alan nahm neben ihm Platz.

„Also, was gibt es?" Alan lehnte sich bequem zurück und faltete die Hände über dem Bauch.

„Vor ungefähr zwei Wochen bekam Warrens Tochter ein Geburtstagsgeschenk von ihrem Vater. Mit einer Nachricht. Oben links." Er reichte Alan die Kopie des Lieferscheins und wartete, während sein Kollege las. „Sieh dir das Bestelldatum an."

Alan überflog die Seite und spitzte die Lippen. „Das ist ziemlich dicht an dem Tag dran, an dem er sich das Leben genommen hat."

„Sehr dicht. Einen Tag vorher."

Alan runzelte die Stirn. „Das ist allerdings etwas seltsam."

„Das fand seine Tochter auch. Deshalb hat sie uns den Lieferschein gebracht. Ich habe mir die Akte angesehen und kann an deinen Schlussfolgerungen nichts aussetzen. Alle Indizien lassen auf Suizid schließen. Das Einzige, was fehlte, ist ein Abschiedsbrief."

Alan legte nachdenklich die Zeigefinger gegeneinander. „Ich weiß noch, dass seine Tochter ziemlich verzweifelt war. Sie hat den fehlenden Brief erwähnt, aber ich habe ihr gesagt, dass nicht jeder Betroffene einen hinterlässt. Sie hat sich geweigert, unsere Schlussfolgerung zu akzeptieren."

„Das hat sich auch nicht geändert. Wegen ihrer unerschütterlichen Überzeugung und dieser Nachricht" – er tippte auf den Lieferschein – „überlege ich, ob wir uns die Sache noch einmal ansehen sollten."

Alan zuckte mit den Schultern. „Ich bin nicht dagegen, wenn wir bloß etwas hätten, das wir uns näher anschauen könnten. Ich habe schon mit allen Personen gesprochen, die sie genannt hat, die Autopsie war eindeutig, und die Spurensicherung hat nichts gefunden."

„Ich weiß. Das habe ich ihr auch noch mal erklärt. Ich habe vorgeschlagen, dass sie das Haus ihres Vaters durchsucht und nachsieht, ob sie irgendetwas findet, das einen neuen Ansatzpunkt liefert."

Alans Miene wurde skeptisch. „Das klingt so, als würde man die Nadel im Heuhaufen suchen."

„Stimmt. Aber mehr ist mir nicht eingefallen."

„Hast du seitdem wieder von ihr gehört?"

„Nein. Sie sagte, sie wolle meinen Rat befolgen, aber sie hat auch gesagt, dass es ihr schwerfällt, in dem Haus zu sein."

„Das kann ich verstehen. Sie hatte nur ihren Vater, und die beiden standen sich sehr nahe." Ein Anflug von Schmerz zeichnete seine Züge und betonte die Härte in seinem Gesicht, die vor der Trennung nicht da gewesen war. „Es ist schwer, jemanden zu verlieren, den man liebt."

„Stimmt." Das mit Cindy und ihm war eine Schande. Alan ging die Trennung offensichtlich sehr nahe. „Den Eindruck hatte ich bei Ms Warren auch."

Alan räusperte sich, zog den Lieferschein näher und untersuchte ihn noch einmal. „Oberflächlich betrachtet ergibt das keinen Sinn. Aber wir wissen, dass Warren diese Pillen hatte. Es kann sein, dass er sie für den Fall bereithielt, dass er es nicht mehr aushalten würde. Vielleicht war dieser Zeitpunkt nun gekommen."

„Dieses Szenario erschien mir auch möglich, aber Kelly Warren will nichts davon wissen." Er zog eine Schulter hoch. „Man muss ihre Hartnäckigkeit bewundern."

„Es könnte auch Sturheit sein."

Das zu glauben fiel Cole schwer. Aber die Tatsachen des Falles zählten und nicht das, was er von Kelly hielt.

Er stand auf und nahm das Blatt Papier. „Willst du dir den Fall trotzdem noch mal ansehen?"

„Okay." Alan erhob sich ebenfalls. „Und ich setze mich mit ihr in Verbindung. Tut mir leid, dass du in die Sache hineingezogen wurdest. Ich kann jetzt wieder übernehmen."

Cole runzelte die Stirn. Alan war natürlich der ermittelnde Detective. Es war logisch, dass er den Fall wieder übernahm. Und trotzdem wollte Cole nicht so recht loslassen – aus Gründen, die mindestens ebenso viel mit einem Paar wundervoller grüner Augen zu tun hatten wie damit, der Gerechtigkeit Genüge zu tun.

„Cole? Gibt es ein Problem?"

Er wandte sich der Tür zu, als er Alans Frage hörte. „Nein. Ich lege die Kopie in die Akte zurück. Und falls du Hilfe brauchst, melde dich."

„Ich weiß das Angebot zu schätzen, aber ich bezweifle, dass es dazu kommen wird."

Als sie sich auf dem Flur trennten und Cole wieder zu seinem Büro ging, las er die Nachricht auf dem Lieferschein noch einmal. Seine eigene Durchsicht der Akte hatte keine Unstimmigkeiten zutage gefördert. Alan würde wahrscheinlich auch keine finden.

Das bedeutete jedoch, dass John Warrens Nachricht ein ungelöstes Rätsel bleiben würde.

Falls Kelly nicht doch etwas Interessantes in den Unterlagen ihres Vaters fand.

* * *

Am folgenden Samstag stieß Kelly wie versprochen die Tür zum *Perfect Blend* auf, und schob sich, gefolgt von einer Windböe, in das überfüllte Café. Lauren winkte ihr von einem winzigen runden Tisch an der hinteren Wand aus zu, und sie hob die Hand, um den Gruß zu erwidern. Dann bahnte sie sich zwischen den vollen Tischen hindurch einen Weg zu ihrer Freundin.

„Ich liebe dieses Café!" Lauren stand auf, um sie zu umarmen, dann deutete sie mit einer ausladenden Handbewegung auf die farbenreichen, modernen Gemälde, die an den Wänden hingen. „Tolle Kunst. Wie kommt es, dass ich noch nie von dem Laden gehört habe?"

Kelly setzte sich auf ihren Stuhl. „Es gibt ihn erst seit sechs Monaten. Ich war das erste Mal hier, als Dad gestorben war. Zu Starbucks, wo wir uns immer getroffen hatten, konnte ich nicht zurückgehen." Sie schluckte und rang sich ein Lächeln ab. Sie würde heute nicht in Tränen ausbrechen. „Jedenfalls komme ich jetzt regelmäßig her. Sie haben fantastische Muffins, und die Zimtschnecken sind ein Gedicht."

„Prima, ich habe Lust auf eine Kuchenorgie!" Lauren fischte das Portemonnaie aus ihrer Handtasche. „Zu Ehren dieser seltenen Zusammenkunft bist du eingeladen."

„Das brauchst du aber nicht zu tun."

„Ich mache es aber gerne."

Kellys Wangen röteten sich. Ihre Freundin sagte ihr immer wieder, sie sollte lernen, ebenso gerne etwas anzunehmen, wie sie anderen gab. Doch das gelang ihr noch nicht so recht. „Danke."

„So ist es besser." Lauren lächelte und stand auf. „Lass mich raten. Mokka mit weißer Schokolade."

„Bin ich so vorhersehbar?"

„Nennen wir es konsequent."

„Wohl eher langweilig. Aber danke, dass du es netter ausdrückst." Kelly streifte den Mantel von ihren Schultern. „Viel Glück beim Kampf gegen die Menge." Sie nickte mit dem Kopf in Richtung

Schlange am Verkaufstresen. „Es ist jeden Samstag so, und an Wochentagen ist es auch nicht viel besser."

„Klingt so, als wärest du auch an anderen Tagen regelmäßig hier."

„Stimmt. Wenn ich nicht zwei oder drei Mal in der Woche in ein Café gehen würde, wäre ich schon lange eine menschenscheue Einsiedlerin. Das ist einer der Nachteile, wenn man von zu Hause aus arbeitet." Sie blickte sich noch einmal in dem Lokal um. „Ich staune, dass du einen Tisch gefunden hast."

„Es war knapp. Als ich kam, war alles besetzt, aber dann habe ich gesehen, wie der Typ, der hier saß, seinen Laptop zuklappte, und da habe ich mich angeschlichen. Ich glaube, er war nicht begeistert, dass ich neben ihm gewartet habe, aber ich habe schon vor langer Zeit gelernt, dass ich mir erkämpfen muss, was ich haben will. Du musst mal Shaun fragen." Lauren grinste und tippte auf den Tisch. „Ich verteidige ihn mit meinem Leben."

Während Lauren sich einen Weg zwischen den Tischen hindurch bahnte und zum Verkaufstresen ging, lehnte Kelly sich auf ihrem Stuhl zurück. Ihre Freundin war heute leger gekleidet in Jeans, Stiefeln mit Absatz, einer weißen Bluse und Lederjacke. Einfach, aber modisch. Mit ihrem schicken Kurzhaarschnitt, dem perfekten Make-up und der tollen Figur war sie eine Frau, nach der Männer sich umdrehten. Selbst der untersetzte grauhaarige Mann hinter ihr in der Schlange musterte sie durch die Glasbausteine seiner Brille hindurch bewundernd.

Kelly stützte den Ellenbogen auf den Tisch und legte ihr Kinn in ihre Hand. Sie zog sich hübsch an, wenn sie musste, aber ihr war Bequemlichkeit wichtiger als Stil. Im Zweifelsfall würde sie sich immer für eine ausgewaschene Jeans, ein weiches Baumwollhemd, bequeme flache Schuhe und eine Fleecejacke entscheiden. War es ein Wunder, dass Lauren die Aufmerksamkeit eines attraktiven Kerls wie Shaun erregt hatte, während sie noch Single war?

Die Schlange bewegte sich, und nachdem Lauren bezahlt hatte, nahm sie zwei Teller in die Hand. Auf dem, den sie kurz darauf vor Kelly abstellte, lag eine Zimtschnecke.

„Die habe ich aber gar nicht bestellt."

„Nein, aber du wolltest sie." Lauren stellte einen Teller mit einem Blaubeermuffin auf ihren eigenen Platz und setzte sich. „Aber bist du sicher, dass das Teilchen in Ordnung ist? Ich habe einmal mitbekommen, was passiert, wenn deine Erdnussallergie auftritt, und diese Erfahrung möchte ich nicht noch einmal wiederholen."

Kelly beugte sich über ihren Teller und atmete den Zimtduft ein. Himmlisch. „Kein Problem. Ich habe mich lange mit dem Besitzer unterhalten, als ich zum ersten Mal hier war. Er hat mir versichert, dass sie keinerlei Produkte mit Erdnüssen verarbeiten."

„Lauren!"

Als der Barista ihren Namen rief, wollte ihre Freundin aufstehen. Aber Kelly legte eine Hand auf ihren Arm. „Lass mich wenigstens die Getränke holen. Was hast du dir bestellt?"

„Einen Kakao mit Karamell."

Kelly grinste, als sie aufstand. „Wir sind heute wirklich dekadent, oder?"

„Ich kann die überschüssigen Kalorien nächste Woche wieder abhungern." Lauren grinste verschwörerisch. „Heute feiern wir unseren Mädchenvormittag."

Lächelnd ging Kelly zwischen den Tischen hindurch, und sie war froh, dass Lauren auf ihrem Treffen bestanden hatte. Zwei Stunden mit ihrer besten Freundin waren genau das, was sie brauchte, um nach der bislang ergebnislosen Suche im Haus ihres Vaters ihre Stimmung zu heben.

Sie gesellte sich zu der Gruppe der Kunden vor der Getränkeausgabe und schob sich bis zum vorderen Ende der Schlange durch. Vier Getränke warteten darauf, abgeholt zu werden, und sie versuchte die Hieroglyphen zu entziffern, die der Barista auf die Becher gekritzelt hatte. Der heiße Kakao war ziemlich einfach zu erkennen. Ihr eigenes Getränk zu identifizieren, gelang ihr nicht so leicht.

Als sie gerade eine Bedienung um Hilfe bitten wollte, trat der untersetzte grauhaarige Mann mit der Brille, der in der Schlange hinter Lauren gestanden hatte, zu ihr. Er hielt einen Becher in der Hand und sah genauso verwirrt aus, wie sie sich fühlte.

„Haben *Sie* einen Mokka bestellt?"

„Ja."

Er grinste verlegen und sein Schnurrbart zuckte. „Ich glaube, das hier ist Ihrer." Er hielt den Becher in seiner Hand hoch. „Offensichtlich habe ich den falschen Kaffee erwischt. Möchten Sie diesen hier, oder soll ich die Bedienung bitten, Ihnen einen neuen zu machen?"

„Ich habe keine Angst vor Bakterien." Sie lächelte ihn an und streckte die Hand nach dem Becher aus. „Der hier ist völlig in Ordnung."

Er zog seinen dicken Mantel um sich und rieb seine behandschuhten Hände aneinander, als er sich über die Theke beugte und die übrigen Becher betrachtete. „Da ist er. Ein Americano." Er nahm den Becher. „Tut mir leid wegen der Verwechslung, Miss. Schönen Tag noch."

Sie blickte ihm nach, während er hinkend davonging. Seinem Gang nach zu urteilen quälte ihn offenbar eine Verletzung oder Rheuma im Bein. Es war zwar kalt draußen, aber dieser Mann war wirklich auf den tiefsten Winter eingestellt. Doch manchmal froren Menschen leichter, wenn sie älter wurden. Das hatte sie auch bei ihrem Vater bemerkt.

Nachdem sie sich durch die Menge geschoben hatte, stellte sie die Getränke auf den Tisch und setzte sich wieder.

„Wer war denn dein Bewunderer?" Lauren warf ihr einen neckenden Blick zu, während sie sich über ihren Muffin hermachte.

„*Du* warst diejenige, die er bewundert hat. Ich habe ihn beobachtet, als er hinter dir in der Schlange stand." Kelly brach mit der Kante der Gabel ein Stück von ihrer Zimtschnecke ab. „Er ist vielleicht alt, aber deine engen Jeans haben ihm offenbar das Gefühl gegeben, wieder jung zu sein." Kelly grinste, als sie die Gabel in den Mund schob, und schloss die Augen. „Ah. Himmlisch!"

„Der Muffin ist auch wunderbar." Lauren nippte an ihrem Kakao, der sich unter einer Sahnehaube verbarg.

Kelly grinste. „Dein Schnurrbart ist beinahe so beeindruckend wie der von deinem Verehrer."

„Sehr witzig." Lauren nahm ihre Serviette und wischte sich den weißen Schaum von der Oberlippe. „Ich habe nie gelernt, wie man Kakao trinkt, ohne die Sahne überallhin zu schmieren – aber ich hasse diese Plastikdeckel. Also, erzähl mir, was es Neues gibt. Hast du in letzter Zeit neue Aufträge bekommen?"

„Ich habe einen Vertrag über ein Dutzend neue Grußkarten. Blumenmotive. Und das Institut für Landschaftspflege will, dass ich vier saisonale Titelseiten für den nächsten Jahrgang der Zeitschrift gestalte. Details aus der Natur."

„Cool. Ich nehme an, du holst die Wanderschuhe raus, um Ideen und Bilder zu sammeln, richtig?"

„Genau." Kelly lächelte und trank einen Schluck von ihrem Mokka.

„Du könntest dir auch Fotos in Büchern anschauen."

„Und die Chance verpassen, mit der Natur Zwiesprache zu halten? Das Wandern ist bei dieser Art Job doch der halbe Spaß." Sie spießte noch einen Bissen ihrer Zimtschnecke auf.

„Für dich vielleicht. Für mich wäre das ein echtes Opfer. Da würde ich immer einen Gerichtssaal vorziehen."

„Das liegt daran, dass du einen Sinn fürs Dramatische hast und ich nicht." Sie spülte das Gebäck mit einem großen Schluck von ihrem Mokka hinunter und hob den Becher. „Das perfekte Getränk für einen kalten Tag. Noch mal danke."

„Gern geschehen. Und, hast du im Haus deines Vaters etwas gefunden?"

„Nein." Sie nippte an ihrem Kaffee. „Ich habe sein Büro durchkämmt und die Schubladen und Schränke in der Küche. Jetzt mache ich mich an die Kleiderschränke. Aber ich weiß nicht, was ich finden könnte, das der Polizei eine handfeste Spur liefert. Alan Carlson, der frühere Ermittler, hat angerufen, um mir zu sagen, dass er alles noch mal durchgesehen und leider keine neuen Erkenntnisse gewonnen hat. Sein Kollege, mit dem ich zwischenzeitlich gesprochen habe, hat sich auch noch mal gemeldet und mich ermutigt, weiterzusuchen. Doch ich glaube, er wollte nur nett sein." Sie kramte ein Taschentuch aus ihrer Tasche und putzte sich die Nase.

„He." Lauren streckte die Hand aus und berührte ihren Arm.

„Lass dich nicht entmutigen, okay? Wenn es etwas zu entdecken gibt, wirst du es finden."

„Und was ist, wenn es nichts gibt?" Kellys Kehle war wie zugeschnürt, und sie schniefte. „Du kanntest meinen Dad, Lauren. Glaubst du wirklich, er hätte sich das Leben genommen?"

Lauren biss sich auf die Unterlippe und seufzte. „Es ist wirklich schwer zu glauben. Aber als Juristin weiß ich, welche Macht Beweise haben. Und der Mangel an Beweisen für einen Mord an deinem Vater, verbunden mit einem Mangel an Verdächtigen oder Motiven, bringt die Polizei in Verlegenheit."

Eine Welle der Übelkeit stieg in Kelly auf, und ihre Lippen fingen an zu kribbeln. Sie hatte angenommen, ihre laufende Nase und das Engegefühl im Hals hätten mit der emotionalen Achterbahnfahrt zu tun, die sie seit dem Tod ihres Vaters erlebte. Doch auf einmal hatte sie einen anderen Verdacht.

„Kelly?" Lauren berührte wieder ihren Arm, ihr Tonfall war unsicher.

Kelly stand auf und tastete nach ihrer Handtasche, die sie über die Rückenlehne ihres Stuhls gehängt hatte. „Ich muss auf die Toilette."

Sie versuchte, tief Luft zu holen.

Es gelang ihr nicht.

Bitte, Gott, nicht! Keinen Allergieanfall!

Während sie zu den Damentoiletten stolperte, kramte sie in ihrer Tasche nach dem Injektionsstift mit Epinephrin. Ihre Finger schlossen sich darum und sie zog den Injektor heraus, doch er rutschte ihr aus der Hand. Bestürzt sah sie, wie der Stift auf den Fliesenboden aufschlug.

Noch bevor sie sich bücken konnte, um ihn aufzuheben, war Lauren an ihrer Seite. Sie bückte sich und hob den Injektor auf, dann schob sie Kelly zu den Toilettenräumen.

„Sag mir, was ich tun soll." Die Stimme ihrer Freundin klang gepresst. Panik schwang darin mit.

Kelly keuchte jetzt und kämpfte um Luft. Sie packte die Kante des Waschtischs, als ihr schwindelig wurde.

„Nimm ihn … aus dem … Etui. Fass ihn … in der … Mitte an … die schwarze … Spitze … nach unten. Dann zieh … den grauen … Sicherheitsverschluss auf."

Nachdem Lauren ihren Anweisungen gefolgt war, nahm Kelly den Injektionsstift. Sie hielt ihn senkrecht über ihren Oberschenkel, holte mit dem Arm aus und ließ ihn dann auf ihr Bein niedersausen. Sie hielt den Druck aufrecht, während sie bis zehn zählte. Nachdem sie die Hand weggezogen hatte, überprüfte sie, ob die Injektion funktioniert hatte, während sie ihren Oberschenkel massierte.

„Wird es dir gleich wieder besser gehen?" Lauren stand mit bleichem Gesicht neben ihr.

Sie blickte auf das Sichtfenster des Injektionspens. Es war rot. „Müsste eigentlich."

Aber es wurde nicht besser.

Während die Sekunden verstrichen, wurde ihr Atem immer flacher. Und die Übelkeit wurde heftiger, anstatt nachzulassen.

Irgendetwas stimmte hier nicht.

Der Raum um sie herum fing an zu verschwimmen. Sie hielt sich am Waschbecken fest und rang nach Luft.

Das Letzte, woran sie sich erinnerte, war das Gefühl, in ein tiefes, dunkles Loch zu fallen.

Kapitel 4

Cole verließ das Behandlungszimmer der Notaufnahme im St. Luke's Hospital, sah auf seine Uhr und stieß frustriert die Luft aus. Den verletzten Zeugen eines bewaffneten Raubüberfalls zu befragen, hatte für den Samstag nicht auf seinem Programm gestanden. Und jetzt war der halbe Vormittag im Eimer. Dazu noch völlig grundlos, wie sich herausgestellt hatte. Die vage Beschreibung des Täters durch den Zeugen war so gut wie wertlos.

Eigentlich hatte er vorgehabt, mit Jake eine Runde Basketball zu spielen.

Er ging gerade auf den Ausgang zu, als die breiten Türen zur Notaufnahme aufschwangen, und er trat schnell zur Seite, um den Sanitätern Platz zu machen. Während er zu seinem Handy griff, warf er einen schnellen Blick auf die fahrbare Krankenliege, die sie an ihm vorbeischoben. Vielleicht konnte er sein Treffen mit Jake auf den Nachmittag verschieben, wenn sein Bruder und Liz nicht …

Er erstarrte, als sein Blick auf das rotbraune Haar auf dem weißen Laken fiel.

Die gleiche Farbe wie Kelly Warrens Haare.

Die Liege verschwand in einem Behandlungsraum, und die Sanitäter und die Krankenschwester, die ihnen folgte, versperrten ihm die Sicht auf die verletzte Frau.

Er starrte ihnen hinterher.

Das konnte nicht sein!

Kelly war ja auch nicht die einzige Frau mit Haaren in der Farbe von leuchtendem Herbstlaub.

Trotzdem näherte er sich der gläsernen Tür und reckte den Hals, um besser sehen zu können. Gerade waren die Sanitäter dabei, die Frau mit geübten Bewegungen in ein Krankenhausbett umzubetten. Die Patientin hatte eine Sauerstoffmaske über dem Gesicht, aber er konnte genug sehen, um sie eindeutig zu identifizieren.

Es war tatsächlich Kelly!

Sein Herzschlag stockte und verdoppelte dann seine Geschwindigkeit. Ohne nachzudenken, betrat er den Raum, wo er am Fußende des Bettes mit der Krankenschwester zusammenstieß.

„Achtung, Detective." Sie schwankte und stützte sich an ihm ab. Als er versuchte, sich an ihr vorbeizudrängen, hielt sie ihn zurück. „Ich dachte, Sie wären hier fertig?"

„Das dachte ich auch." Sein Blick war unverwandt auf Kellys Gesicht gerichtet. Die Sauerstoffmaske verdeckte einen großen Teil davon, aber er konnte sehen, dass ihre Augen geschlossen waren.

Das war kein gutes Zeichen.

„Was ist passiert?"

„Sind Sie ein Angehöriger?"

„Nein. Ich bin …" Was genau war er eigentlich? Die Antwort fiel ihm nicht ein, und er gab den Versuch auf, seine Rolle zu beschreiben. „Aber ich kenne sie."

Ein Mann im weißen Kittel betrat den Raum und ging direkt auf Kelly zu.

„Tut mir leid." Die Krankenschwester erhöhte den Druck ihrer Hand auf seinem Brustkorb und schob ihn in Richtung Tür. „Wir haben hier zu tun."

„Im Wartezimmer ist jemand, der bei ihr war, da können Sie nachfragen, was passiert ist", warf einer der Sanitäter ein, als er sich an Cole vorbeischob.

Er warf dem Mann einen dankbaren Blick zu. „Danke."

Mit einem letzten Blick auf Kelly verließ er das Zimmer und begab sich durch die Gänge der Notaufnahme in den Wartebereich. Auf halbem Weg dorthin wurde ihm bewusst, dass er den Sanitäter nicht gefragt hatte, ob es sich bei Kellys Begleitung um einen Mann oder eine Frau handelte.

Perplex hielt er in der Nähe der Tür inne. Aus irgendeinem Grund war es ihm nie in den Sinn gekommen, dass es in Kellys Leben einen Mann geben könnte.

Er merkte, dass ihm dieser Gedanke nicht besonders gefiel.

Eine Krankenschwester betätigte den Schalter an der Wand neben ihm, um die Familie eines Patienten hereinzulassen, und als die Sicherheitstür zum Wartezimmer aufging, trat er hindurch. Wenn ihre Begleitung ein Mann war und es ihm nicht passte, dass Cole sich einmischte, war das eben Pech.

Der Wartebereich war nur halb besetzt, und er sah sich schnell um. Die meisten Personen saßen in Grüppchen zu zweit oder dritt zusammen. Zwei Frauen und ein Mann waren offensichtlich allein. Der Mann war so um die vierzig. Er hing auf seinem Stuhl und gähnte, während er in einer Zeitung blätterte.

Cole hoffte, dass es sich bei ihm nicht um Kellys Freund handelte. Sie hatte einen Mann verdient, der besorgt im Flur auf und ab ging und auf der Suche nach Antworten war, anstatt die Sportergebnisse zu überprüfen.

Eine der Frauen war mittleren Alters und las ein Formular, die Brille auf der Nase. Die andere Frau, eine modische Blondine, war eher in Kellys Alter. Sie saß auf der Stuhlkante, die Beine übergeschlagen, und ihr Fuß wippte aufgeregt auf und ab, während sie in ein Handy sprach. Ihre Haltung und Miene strahlten extreme Besorgnis aus.

Er beschloss, mit ihr zu beginnen.

Als er näher kam, sah sie auf. „Ich weiß nicht, Shaun. Wir sind gerade erst hier angekommen, und mich haben sie ins Wartezimmer geschickt. Sobald ich etwas weiß, sage ich dir Bescheid. Warte mal kurz." Sie nahm das Telefon vom Ohr. „Kann ich Ihnen helfen?"

„Sind Sie zufällig mit Kelly Warren hier?"

„Ja."

„Wenn Sie mit Ihrem Telefonat fertig sind, würde ich gerne mit Ihnen reden."

„In Ordnung." Sie hielt sich das Handy wieder ans Ohr. „Shaun, ich muss Schluss machen. Ich rufe dich in ein paar Minuten wieder an." Sie unterbrach die Verbindung und schob das Handy in ihre Handtasche, während sie sein Sakko und seine Krawatte begutachtete. „Sind Sie Arzt?"

„Nein. Mein Name ist Cole Taylor. Ich bin Detective bei der Bezirkspolizei von St. Louis."

Sie sah ihn einen Augenblick lang wortlos an. „Sind Sie der Beamte, mit dem Kelly über die Nachricht von ihrem Vater gesprochen hat?"

„Ja."

Die Frau streckte die Hand aus. „Lauren Casey. Kelly und ich sind alte Freundinnen."

Er umschloss ihre kalten Finger mit seinen und drückte sie fest. „Ich war gerade in der Notaufnahme, um einen Zeugen zu befragen, als sie hereingebracht wurde. Können Sie mir erzählen, was passiert ist?" Während er ihre Hand losließ, setzte er sich auf den Stuhl neben ihr.

„Sie hatte einen anaphylaktischen Schock. Kelly reagiert extrem allergisch auf Erdnüsse. Schon eine halbe Erdnuss kann tödlich sein, wenn Kelly nicht sofort behandelt wird."

Sein Magen zog sich zusammen. „Und, wurde sie sofort behandelt?"

„Nein." Die Frau verkrampfte ängstlich die Hände auf ihrem Schoß. „Sie hat immer eine Epinephrin-Injektion bei sich, aber aus irgendeinem Grund hat die nicht funktioniert. Das Café, in dem wir waren, hat sofort den Notarzt gerufen, und er war auch schnell da, aber sie war schon ohnmächtig und ihre Lippen waren b-blau angelaufen." Laurens Stimme zitterte und ihre Fingerknöchel traten weiß hervor. „Ich verstehe nicht, wie das passieren konnte. Sie geht regelmäßig ins *Perfect Blend* und hat die ganzen Produkte dort überprüft."

Das Wort *tödlich* flimmerte immer noch vor seinem geistigen Auge. Die Gründe für diesen medizinischen Notfall konnten sie später noch herausfinden. Im Moment wollte er nur wissen, wie es ihr ging.

„Wissen Sie, wer befugt ist, in einem Notfall Entscheidungen zu treffen, jetzt, wo ihr Vater nicht mehr lebt?"

„Ja. Ich und ihr Pastor."

„Gut." Er stand auf, nahm ihren Arm und zog sie vorsichtig von ihrem Sitz hoch. „Dann werden wir uns jetzt ein paar Antworten holen."

* * *

Ihre Lippen hatten aufgehört zu kribbeln. Und sie konnte wieder atmen.

Danke, Gott.

„Sind Sie wieder bei uns, Kelly?"

Als sie die Frage hörte, öffnete sie die Augen. Eine Frau mittleren Alters mit OP-Kleidung machte sich an einem Tropf neben ihrem Bett zu schaffen.

„Ja." Ihre Stimme klang merkwürdig, weil sie durch eine Sauerstoffmaske drang.

„Schön. Das war knapp, aber der Arzt sagt, es wird wieder. Soll ich Ihre Freunde bitten, hereinzukommen?"

Freunde? Plural? „Wer ist denn hier?"

„Eine blonde Frau und ein dunkelhaariger Detective von der Bezirkspolizei."

Sie runzelte die Stirn. „Warum ist denn ein Polizist hier?"

„Er war in der Notaufnahme, als Sie hergebracht wurden. Ich glaube, er hatte eine Zeugenbefragung für irgendeinen Fall. Er hat gesagt, er kennt Sie, und ist zu Ihrer Freundin ins Wartezimmer gegangen." Während die Frau sich vorbeugte und die Sauerstoffmaske von ihrem Gesicht entfernte, dachte Kelly über ihre Worte nach. Die einzigen Polizeibeamten, die sie kannte, waren Alan Carlson und Cole Taylor, und Carlson war blond. Es musste Cole sein. Aber warum sollte er hier warten und sie sehen wollen? Nachdem er am Dienstag angerufen hatte, um ihr zu sagen, dass Carlson den Fall ihres Vaters noch einmal überprüfte, hatte sie nicht erwartet, je wieder von ihm zu hören.

50

„Also, sind Sie in der Lage, Besuch zu empfangen?"

„Ja. Danke."

Die Krankenschwester verschwand, und drei Minuten später erschien Lauren in der Tür, mit dem fraglichen Mann unmittelbar auf den Fersen.

„Oh, Kelly." Lauren durchquerte den Raum und beugte sich über sie, um sie zu umarmen. „Wie geht es dir?"

„Nicht schlecht. Anaphylaxis ist leicht zu behandeln, solange man es rechtzeitig tut."

„Das hätten wir beinahe nicht geschafft."

Kelly wollte nicht darüber nachdenken. Stattdessen wandte sie ihre Aufmerksamkeit Cole zu, der an der Tür stehen geblieben war, einen Kaffee in der Hand. „Hi."

Als sie ihn begrüßte, trat er an ihr Bett, gegenüber von Lauren. Zwei steile Falten waren auf seiner Stirn zu sehen, als er sie prüfend betrachtete. „Sie hatten einen aufregenden Vormittag."

Sie rümpfte die Nase. „Ich könnte mir nettere Orte für ein bisschen Aufregung vorstellen als die Notaufnahme." Sie zupfte an der Decke und überlegte, wie sie unauffällig herausfinden konnte, warum er hier war. „Ich habe gehört, Sie haben hier einen Zeugen befragt."

„Stimmt. Die halbe Abteilung arbeitet an einem Doppelmord, also springen die anderen ein, wenn sich in einem Fall ein Durchbruch ergibt oder Hilfe gebraucht wird."

„Sind Sie immer noch im Dienst?"

„Nein."

Das war alles, was er als Erklärung anbot, sodass sie immer noch nicht wusste, warum er geblieben war. War er einfach ein barmherziger Samariter – oder hatte er ein persönlicheres Interesse an ihrem Wohlergehen?

Lauren blickte zwischen Kelly und Cole hin und her, bevor sie sprach. „Und was passiert jetzt? Behalten sie dich hier?"

„Das kann ich beantworten." Die Krankenschwester im OP-Kittel kam wieder herein. „Ihre Werte sind alle wieder normal, aber wir möchten Sie noch einige Stunden hierbehalten, für den Fall, dass eine biphasische Reaktion auftritt."

„Was ist denn das?", fragte Cole.

„Eine zweite Symptomwelle. Das kommt manchmal vor." Kelly wandte sich an Lauren. „Du musst nach Hause und dich für deine zwillingslose Verabredung mit deinem Mann fertig machen. Ich weiß, wie sehr du dich darauf gefreut hast. Mir geht es gut. Jetzt muss ich nur noch ein bisschen warten."

Lauren winkte ab. „Wir können einen neuen Termin finden. Außerdem muss dich jemand nach Hause bringen, wenn sie dich gehen lassen."

„Dafür gibt es Taxis."

„Ich kann Sie gerne fahren."

Als sie Coles Angebot hörte, blickte Kelly erstaunt zu ihm. Von ihrer liegenden Position aus hatte sie eine perfekte Sicht auf ein Grübchen an seinem markanten Kinn, das ihr bei ihren früheren Begegnungen entgangen war. Ihr Herz setzte einen Schlag lang aus – und ihre plötzliche Atemlosigkeit hatte nichts mit Erdnüssen zu tun.

„Das ist eine gute Idee!", rief Lauren begeistert.

Kelly unterdrückte ein Stöhnen, als sie das schelmische Aufblitzen in den Augen ihrer Freundin sah. Lauren hatte in den Partnervermittlungsmodus umgeschaltet, und Feingefühl war nicht gerade ihre Stärke.

Es war höchste Zeit, ein Ausweichmanöver zu versuchen.

Kelly konzentrierte sich wieder auf Cole. „Das kann ich wirklich nicht annehmen. Was wollen Sie denn drei Stunden lang hier machen?"

„Sie unterhalten?" Er warf ihr ein schiefes Lächeln zu.

„Perfekt!" Lauren knöpfte ihre Jacke zu und drückte Kellys Finger. „Ich sehe, dass du in den besten Händen bist. Ich rufe dich heute Abend an." Sie grinste zu Cole hinüber, hob die Hand zum Gruß und verschwand durch die Tür.

Als sie gegangen war, senkte sich eine verlegene Stille über den Raum. Cole blieb an ihrem Bett stehen, und Kelly lächelte ihm entschuldigend zu. „Hören Sie, Sie brauchen wirklich nicht zu bleiben. Ich bin sicher, dass Sie an einem Samstagvormittag etwas Besseres zu tun haben, als hier die Zeit totzuschlagen, bis ich entlassen werde. Aber ich weiß Ihre Bereitschaft sehr zu schätzen."

Er trank einen Schluck Kaffee und beobachtete sie nachdenklich. „Wenn Sie lieber keinen Besuch haben, ist das natürlich in Ordnung. Aber falls Sie ein bisschen Gesellschaft gebrauchen können, bleibe ich gerne. Ich habe wirklich keine anderen Pläne. Mein Einsatz heute Morgen hat die geplante Basketballrunde mit meinem Bruder sowieso schon zunichtegemacht."

Ihr Herz wurde warm. Sein Grund hierzubleiben war also doch persönlicher Natur. „Also gut, wenn Sie sicher sind, dass Sie das wollen."

„Ich *bin* sicher." Er schob den Plastikstuhl, der in der Ecke des Zimmers stand, näher zum Bett und setzte sich. „Erzählen Sie mir doch von heute Morgen. Ihre Freundin war sehr durcheinander, und ich habe keine eindeutige Erklärung aus ihr herausbekommen."

„Das liegt daran, dass es keine gibt." Sie seufzte und strich sich das Haar aus dem Gesicht. „Ich habe keine Ahnung, was da schiefgelaufen ist. Sie hat Ihnen von meiner Erdnussallergie erzählt, oder?"

„Ja. Von einer schlimmen, wie es scheint."

„Sehr schlimm. Ein Bruchteil einer Erdnuss oder etwas, das in Erdnussöl gebraten wurde oder Spuren von Erdnüssen enthält, kann zu einem anaphylaktischen Schock führen. Und das ist heute passiert. Aber ich verstehe nicht, warum. Ich bin sehr, sehr vorsichtig und vergewissere mich immer, dass das Essen, das ich in einem Restaurant bestelle, keinen Kontakt zu Erdnüssen hatte. Ich habe bei meinem ersten Besuch sogar mit dem Besitzer des Cafés gesprochen. Er hat mir versichert, dass sie in ihrem Gebäck keinerlei Erdnussprodukte verarbeiten, die Sachen werden vor Ort gebacken, und diese Zimtschnecke habe ich schon oft gegessen."

„Was haben Sie getrunken?"

„Das Übliche. Einen Mokka mit weißer Schokolade."

Cole trank noch einen Schluck von seinem Kaffee, und seine Miene war nachdenklich. „Also gut, lassen wir die Ursache mal einen Augenblick beiseite … Ihre Freundin sagte, Sie hätten ein Medikament dabeigehabt, das nicht funktioniert hat?"

„Ja. Ich habe immer einen Injektionsstift mit Epinephrin dabei. Er hat sich auch entleert – aber ich habe ihn fallen lassen, als ich ihn aus der Handtasche holte. Trotzdem kann ich mir nicht vorstellen, dass der Wirkstoff dabei ausgelaufen sein könnte."

„Haben Sie ihn vorher schon mal fallen lassen?"

„Nicht, dass ich wüsste."

„Was ist mit dem Injektionspen geschehen?"

„Die Sanitäter haben ihn wahrscheinlich mitgebracht. Warum?"

Er zog eine Schulter hoch. „Ich mag keine Rätsel. Vielleicht können Sie sich die Sache erklären, wenn Sie ihn sehen."

„Wir haben den Injektionspen", schaltete sich die Krankenschwester im OP-Kittel, die gerade wieder das Zimmer betreten hatte, ein. „Er ist völlig entleert. Wann haben Sie ihn das letzte Mal überprüft?" Ihre Bemerkung war an Kelly gerichtet, während sie den Tropf einstellte.

„Vor sechs oder acht Wochen, glaube ich. In den letzten Monaten war ich ein wenig abgelenkt."

„Ich würde den Stift gerne sehen", sagte Cole.

„Kein Problem, ich werde ihn für Sie auftreiben."

Kelly blickte der Schwester nach und kam sich plötzlich wie eine Idiotin vor, als sie Cole verlegen ansah. „Normalerweise überprüfe ich den Injektionsstift jede Woche. Wahrscheinlich ist die Injektion ausgelaufen, ohne dass ich es gemerkt habe."

„Sie hatten schließlich eine Menge anderer Sorgen."

Sie wusste das Mitgefühl in seinen Augen zu schätzen. „Danke, dass Sie mich deswegen in Schutz nehmen. Es tut mir immer noch leid, dass ich Ihnen den Samstag verdorben habe."

„Er ist nicht verdorben." Cole fuhr fort, ohne ihr die Gelegenheit zu geben, länger über diese Antwort nachzudenken. „Aber selbst wenn Sie, was das Medikament betrifft, ganz gewissenhaft gewesen wären – es bleibt immer noch die Frage, warum die Reaktion überhaupt aufgetreten ist."

„Vielleicht haben sie die Rezeptur im Café geändert. Mich kennen sie dort mittlerweile und wissen auch von meiner Allergie, aber heute hat Lauren die Bestellung für uns aufgegeben. Da ich zu ihr gesagt habe, dass alles ohne Erdnuss hergestellt wird, hat sie nicht extra nachgefragt." Ein plötzliches Gähnen überwältigte Kelly, und sie lächelte entschuldigend. „Tut mir leid."

Einer seiner Mundwinkel zuckte, und er stand auf. „Sie hatten einen anstrengenden Vormittag. Vielleicht können Sie ja ein bisschen schlafen. Ich muss sowieso noch ein paar Anrufe tätigen."

Ihre Augenlider fühlten sich tatsächlich schwer an. Und ein kleines Nickerchen klang reizvoll. Aber die Schuldgefühle nagten an ihrem Gewissen. „Ich sollte Sie doch wenigstens ein bisschen unterhalten."

„Sie können mich später unterhalten. In der Zwischenzeit bin ich ganz in der Nähe, falls Sie mich brauchen sollten." Er warf seinen leeren Becher in den Mülleimer und lächelte ihr noch einmal zu, bevor er ging.

Und während ihr die Augen zufielen und sie in den schwerelosen Zustand zwischen Wachen und Schlafen hinüberglitt, ertappte sie sich bei dem Wunsch, seine Bemerkung möge viel länger gelten als nur für die Dauer ihres unerwarteten Krankenhausaufenthalts.

* * *

Cole sah zum Patientenschalter hinüber, als er Kellys Zimmer verließ, und entdeckte die Krankenschwester, die versprochen hatte, ihm den Injektionspen zu holen. Er ging auf sie zu.

Sie sah ihn kommen und als er bei ihr angekommen war, hatte sie bereits den Stift in der Hand. „Suchen Sie das hier?"

„Genau." Er nahm den Pen, den sie ihm reichte. Er war wieder in seine Plastikhülle gesteckt worden, und Cole hielt ihn mit der Spitze nach unten. Durch das Sichtfenster konnte er erkennen, dass keine Flüssigkeit mehr darin war.

„Meine Vermutung ist ein Leck", sagte die Schwester. „Nach einer normalen Injektion müsste wenigstens noch ein kleiner Rest zurückbleiben."

„Der Stift entleert sich nicht vollständig?"

„Nein. Nur, wenn der Stift beschädigt ist."

Er untersuchte ihn, aber wenn es einen Riss oder eine andere undichte Stelle daran gab, war sie für das bloße Auge nicht zu erkennen.

Sie beugte sich vor und untersuchte den Injektionspen ebenfalls. „Es könnte sein, dass ein Haarriss ein langsames Leck verursacht hat. Den sieht man unter Umständen nur mit dem Röntgenapparat."

Das Büro des Gerichtsmediziners war ihm noch ein paar Gefallen schuldig. Je nachdem, was er sonst noch entdeckte, war dies vielleicht eine Gelegenheit, den Schuldschein einzulösen.

„Können Sie ihn für mich aufbewahren? Ich möchte den Stift gerne mitnehmen, wenn wir gehen."

„Natürlich."

Als sie sich umwandte, weil ein Arzt etwas zu ihr gesagt hatte, zog Cole sein Handy heraus und ging zum Ausgang, wo er besseren Empfang hatte. Mithilfe der Auskunft hatte er schon eine Minute später den Besitzer des *Perfect Blend* in der Leitung.

Nachdem er sich als Freund von Kelly vorgestellt und dem besorgten Mann versichert hatte, dass es ihr gut ging, fragte er, ob irgendwelche Rezepte in den letzten paar Tagen geändert worden seien.

„Nein. Und wie ich der jungen Frau sagte, als sie das erste Mal hier war, enthalten meine Getränke und Backwaren nie Erdnüsse oder Erdnussprodukte. Ich habe einen Neffen mit Erdnussallergie, der sich schon mehrmals ein Notfallmedikament injizieren musste, weil er im Restaurant Dinge gegessen hatte, von denen er glaubte, sie wären in Ordnung. Ich weiß, wie gefährlich das sein kann."

Cole schob eine Seite seines Sakkos zurück und stemmte die Hand in die Hüfte, während in seinem Kopf alle möglichen Szenarios abliefen. „Haben Sie in letzter Zeit Ihre Zulieferer gewechselt?"

„Nein. Es ist alles wie immer."

„Gut. Danke für die Information."

Frustriert beendete Cole das Gespräch und schob das Telefon zurück in die Gürtelhalterung. Das alles ergab überhaupt keinen Sinn.

Er war zu aufgewühlt, um stillzusitzen, und so ging er wieder hinein und wanderte umher, bis er einen kleinen Flur unweit von Kellys Zimmer gefunden hatte, in dem er etwas von seiner rastlosen Energie ablaufen konnte. Der ganze Zwischenfall hatte einen schlechten Beigeschmack. Auch wenn es Zufälle gab, war es doch merkwürdig, dass ausgerechnet an dem Tag, an dem sie Erdnüsse zu sich genommen hatte, ihr Injektionspen leer gewesen war.

Was ihm jedoch am meisten zu schaffen machte, war die Tatsache, dass all das geschehen war, nachdem sie begonnen hatte, Fragen über einen abgeschlossenen Fall zu stellen, der in ihren Augen ein Mordfall war.

Cole war nicht Ermittler geworden, weil er Rätsel liebte. Er war Ermittler, weil er Rätsel *lösen* wollte.

Und während er sich auf die Suche nach einem weiteren Kaffee machte, formulierte er in seinen Gedanken bereits die nächsten Fragen für Kelly.

Kapitel 5

Das Zuschnappen eines Türschlosses durchdrang Kellys vom Schlaf benebeltes Gehirn, und sie öffnete die Augen. Sie blinzelte verwirrt in das grelle Licht und starrte zur weißen Decke hinauf.

Wo war sie?

Als sie den Tropf entdeckte, fiel es ihr wieder ein. Der allergische Schock. Die Panik, als sie nicht mehr atmen konnte. Die Fahrt im Krankenwagen.

Cole Taylor.

Sie drehte den Kopf und sah, dass er auf dem Stuhl saß, den er sich vorhin herangezogen hatte.

„Hallo." Er lächelte und prostete ihr mit einem Pappbecher zu.

„Wie lange habe ich geschlafen?" Noch während sie die Frage stellte, drehte sie ihr Handgelenk und blickte auf ihre Armbanduhr.

„Zwei Stunden."

Sie riss die Augen auf. „Sie haben die *ganze* Zeit gewartet, während ich geschlafen habe?"

„Ich habe doch versprochen, dass ich in der Nähe bleibe. Und ich halte meine Versprechen immer." Er hielt ihrem Blick einen Moment lang stand, bevor er sich erhob, um ans Bett zu treten. „Sie sehen besser aus."

„Ich fühle mich auch gut. Vielleicht lassen sie mich bald raus und dann können Sie auch gehen." Sie warf einen hoffnungsvollen Blick in Richtung Tür.

„Ich habe es nicht eilig." Er trank einen Schluck von seinem Kaffee. „Können Sie mir ein paar Fragen beantworten, während wir warten?"

Ihr Blick wanderte zu ihm zurück, und die kaum merkliche Veränderung in seinem Verhalten entging ihr nicht. Sein Tonfall war immer noch unbeschwert und seine Art freundlich, aber sie spürte, dass er gerade in seine dienstliche Rolle geschlüpft war. Die Rolle, die er einnahm, wenn er Zeugen befragte. Oder Verdächtige. Oder Opfer.

Die Rolle, die für kriminalistische Ermittlungen reserviert war.

Sie nickte aufmerksam. „Natürlich."

„Ich würde gerne Ihre Version der Ereignisse im Café heute Morgen hören. Können Sie mir alles der Reihe nach erzählen?"

„Gut. Aber darf ich fragen, warum?"

Er zögerte, so als überlege er, was er antworten solle. Als er sprach, waren seine Worte bedächtig und sorgfältig gewählt. „Sagen wir mal, ich habe eine Weile über die Sache nachgedacht, während Sie geschlafen haben, und danach hatte ich mehr Fragen als Antworten. Vor allem, da der Besitzer vom *Perfect Blend* mir versichert hat, dass keine der Zutaten geändert wurde. Haben Sie noch andere Allergien, die diesen Schock hätten auslösen können?"

„Nein."

„Dann lautet die Frage, wie die Erdnüsse in Ihren Körper gekommen sind. Ich hoffe, wenn Sie mir der Reihe nach erzählen, was geschehen ist, von Ihrer Ankunft dort bis zu dem Anfall, fällt mir vielleicht irgendetwas auf."

Kelly runzelte die Stirn, denn sie erkannte, worauf er hinauswollte – und es gefiel ihr gar nicht. „Wollen Sie damit sagen, dass die Sache kein Unfall war? Dass vielleicht … eine böse Absicht dahintersteckt?"

„Ich weiß es nicht. Aber mir gefällt der scheinbare Zufall nicht, dass Sie ungewollt Erdnüsse zu sich nehmen und ausgerechnet an diesem Tag Ihr Injektionsstift leer ist. Also tun Sie mir den Gefallen, ja?"

Ein Schauer lief ihr über den Rücken, und sie zog die dünne Decke, mit der sie zugedeckt war, ein wenig höher. „Was wollen Sie wissen?"

„Fangen Sie damit an, wie Sie das Café betreten haben, und erzählen Sie mir ganz genau, was passiert ist. Lassen Sie keine Einzelheiten aus, egal, wie unwichtig sie Ihnen erscheinen mögen."

Sie tat, worum er sie gebeten hatte, indem sie ihm von den Ereignissen des Vormittags berichtete und zwischendurch seine Fragen beantwortete. Als sie zu dem Zeitpunkt kam, als sie die Getränke abgeholt hatte, hielt sie jedoch inne und biss sich auf die Lippe.

Er kniff die Augen zusammen. „Was ist?"

Kelly war froh, dass sie beide auf derselben Seite waren. Dies war kein Mann, dem sie bei einem Verhör hätte begegnen wollen. Ihm entging keine Nuance.

„Etwas Ungewöhnliches ist geschehen, obwohl es mir in dieser Situation nicht ungewöhnlich vorkam. Im Café war es sehr voll, und als ich unsere Getränke an der Bar abholen wollte, standen mehrere Becher dort. Die Handschrift des Baristas war schwer zu entziffern, und ich konnte meinen Mokka nicht finden. Ein älterer Mann tauchte neben mir auf und sah genauso verwirrt aus. Wie sich herausstellte, hatte er versehentlich mein Getränk genommen. Er entschuldigte sich und bot an, die Bedienung um einen neuen Becher zu bitten, aber ich sagte, das sei nicht nötig."

Coles Lippen bildeten eine grimmige Linie, die ihr verriet, dass er nicht an einen Fehler des Mannes glaubte.

„Dieser Typ hatte also Ihr Getränk in der Hand."

„Ja. Aber er war ein älterer Mann, und ich konnte verstehen, dass er durcheinandergekommen war. An der Situation war nichts Bedrohliches." Sie zerknüllte die Decke zwischen ihren Fingern. „Glauben Sie, er hat Erdnüsse in mein Getränk getan?" Die Vorstellung schien ihr absurd.

Cole stellte seinen Kaffee auf ihren Nachttisch, nahm den Hörer des Wandtelefons ab und wählte eine Nummer, nachdem er im Adressbuch seines Handys nachgesehen hatte. „Haben Sie eine andere Erklärung für das, was geschehen ist?"

Sie überlegte, aber ihr fiel nichts ein. „Aber warum sollte jemand das tun?"

Er signalisierte ihr, kurz zu warten, denn er hatte das *Perfect Blend* in der Leitung. Er fragte nach dem Geschäftsführer des Cafés, bevor er sich ihr wieder zuwandte. „Haben Sie Feinde?"

„Nein."

„Aber Sie haben angefangen, neue Fragen über den Tod Ihres Vaters zu stellen. Haben Sie jemandem erzählt, dass Sie sein Haus durchsuchen?"

„Ja. Lauren und Dads Nachbarn, die vorbeikamen, als ich im Haus war. Und meinem Pastor."

Kelly starrte ihn an und versuchte, seine Schlussfolgerung zu verdauen, während er den Geschäftsführer nach dem Termin für die Müllabfuhr fragte. Seine frustrierte Miene verriet ihr, dass er mit der Antwort nicht zufrieden war.

Sobald er aufgelegt hatte, ergriff sie das Wort. „Sie glauben also, jemand will mich töten, damit ich aufhöre, Fragen zu stellen?" Ihr Magen fühlte sich plötzlich bleischwer an.

„Ich weiß es noch nicht genau, aber ich kann das Timing nicht ignorieren. Leider werden wir keine Antwort bekommen, was Ihr Getränk betrifft. Der Müll wurde heute Mittag abgeholt, also haben wir kein Glück, es sei denn, wir wollen einen ganzen LKW voller Müll durchsuchen. Und für eine solche Durchsuchung bekomme ich nicht die Leute, wenn ich nicht harte Fakten in der Hand habe."

Obwohl sie gerührt war, dass er eine so extreme Maßnahme überhaupt in Erwägung zog, schien es ihr doch ziemlich übertrieben. Schließlich hatte sie ja keine Beweise gefunden, um die Polizei dazu zu bewegen, den Fall wieder aufzunehmen. Und es war auch nicht sehr wahrscheinlich, dass sie etwas fand, wenn sie die mageren Ergebnisse ihrer bisherigen Suche in Betracht zog.

Es sei denn … Vielleicht gab es ja irgendwo im Haus ihres Vaters Beweise, von denen nur sein Mörder wusste.

Das war ein erschreckender Gedanke.

„Können Sie den Mann beschreiben?"

Coles Frage brachte sie auf ihr Gespräch zurück. „Er hatte graue Haare und einen buschigen Schnurrbart, und er trug eine dicke Brille. Ich glaube, er war korpulent, aber sicher bin ich nicht, weil er einen dicken Mantel trug. Er ging etwas gebeugt, sodass er ungefähr in Augenhöhe mit mir war, und ich bin eins dreiundsiebzig groß. Außerdem hat er gehinkt."

„Haben Sie eine Vermutung, wie alt er war?"

„Um die sechzig, würde ich sagen, wegen der grauen Haare und der Haltung."

„Irgendwelche besonderen Merkmale?"

Sie sah Cole entschuldigend an. „Ich habe nicht so darauf geachtet. Wir haben nur kurz miteinander gesprochen. Tut mir leid."

„Ist schon in Ordnung. Sie hatten ja auch keinen Grund, ihn sich genauer anzusehen."

Während er die Hand nach seinem Kaffee ausstreckte, kam die Schwester zurück. „Der Arzt sagt, Sie können jetzt gehen. Ich klemme den Tropf ab und erkläre Ihnen, was er gesagt hat. Dann können Sie sich anziehen und nach Hause gehen."

Cole ging zur Tür. „Ich warte draußen."

Als er sich zurückzog und die Tür hinter sich schloss, ging die Krankenschwester um Kellys Bett herum. „Ihr Chauffeur?"

„Ja."

„Sie Glückliche." Die Frau grinste. „Bei meinem Glück hätte ich Homer Simpson abbekommen statt eines gut aussehenden Detectives."

Die Schwester entfernte den intravenösen Zugang und Kelly drückte den Tupfer auf die Einstichstelle, wie ihr aufgetragen worden war. Sie hatte wirklich das Gefühl, Glück zu haben, weil sie Cole Taylor als Begleitung hatte. Aber die Fragen, die er ihr in den Kopf gesetzt hatte, waren beunruhigend.

War der Zwischenfall heute wirklich ein Anschlag auf ihr Leben gewesen und kein Unfall?

Aber wenn ja, *wer* hatte es auf sie abgesehen?

Und würde er es noch einmal versuchen?

* * *

Cole folgte Kellys Wagen und fuhr in die Einfahrt, wo er anhielt und die Handbremse anzog. Sie hatte darauf bestanden, ihr Auto bei dem Café abzuholen, obwohl er ihr angeboten hatte, sie später am Tag zu fahren, wenn sie noch ein paar Stunden Zeit gehabt hatte, sich zu erholen. Aber vielleicht war es so besser. Wenn er später noch mal herkam, müsste er das Essen mit Mitch und Alison absagen. Und seine Schwester würde Einzelheiten wissen wollen, die er nicht bereit war zu erzählen.

Als Kelly in ihre kleine, ans Haus angebaute Garage gefahren war, den Sicherheitsgurt losgemacht und den Motor ausgestellt hatte, stand Cole bereits neben ihrer Tür. Sie lächelte zu ihm auf, als er die Wagentür für sie öffnete.

„Einen solchen Service bin ich gar nicht gewöhnt."

Das solltest du aber sein.

Er behielt den Gedanken für sich, während sie ausstieg. Aber er konnte sich nicht vorstellen, warum eine attraktive, intelligente Frau wie Kelly nicht liiert war.

Es sei denn, es gab doch irgendwo einen Freund.

„Sie wollen doch wohl nicht sagen, dass Ihre Verehrer so schlechte Manieren haben, oder?" Er sagte es in einem beiläufigen Tonfall und hoffte, sie würde nicht merken, dass er etwas herauszufinden versuchte.

„Die meisten Männer heutzutage scheinen zu glauben, dass Frauen lieber alleine klarkommen." Sie stieg aus, den Schlüsselbund in der Hand. „Ich jedenfalls weiß solche Höflichkeiten zu schätzen. Danke."

Das beantwortete seine Frage nicht. Er versuchte es noch einmal mit einer direkteren Vorgehensweise.

„Gern geschehen. Und wenn Sie einen festen Partner haben, hoffe ich, dass er Sie diesbezüglich nicht enttäuscht."

Sie schob den Schlüssel ins Schloss der Tür, die von der Garage ins Haus führte, und drehte sich zu ihm um. Der Tag war verhangen, und in der Garage war es dämmrig, aber er entdeckte dennoch etwas Wehmut in ihrer Miene. „Ich habe keinen festen Partner. Aber sollte ich einmal einen haben, dann wird es ein Mann sein, der aufmerksam ist." Sie sah ihn mit diesen faszinierenden grünen Augen an und ihr Blick wich seinem nicht aus. „So wie Sie."

Puh!

Und *er* hatte sich Sorgen gemacht, er könnte zu direkt sein.

Er war so überrumpelt, dass er einen Augenblick brauchte, um sich zu sammeln. Er war Flirtversuche gewohnt. Aus irgendeinem Grund schienen viele Frauen ein Faible für Gesetzeshüter zu haben. Aber Kellys stille Ernsthaftigkeit ließ ihre Bemerkung in einem völlig anderen Licht erscheinen, und sie berührte ihn so, wie nichts – und niemand – ihn seit Langem berührt hatte.

Nicht seit Sara.

Als er sich an die sanfte, dunkelhaarige Schönheit erinnerte, zog sich sein Magen zu einem festen, schmerzhaften Knoten zusammen.

Während er nur wortlos dastehen konnte, röteten sich Kellys Wangen sichtlich. Sie wandte sich zur Tür um und fingerte an dem Schlüssel herum, peinlich berührt durch seine fehlende Reaktion auf ihre Offenheit.

Gut gemacht, Taylor! So sammelst du garantiert Punkte.

Cole schob die Erinnerung an Sara beiseite und berührte ihre Schulter. Ihre Hand erstarrte und sie versteifte sich. „He, ich weiß Ihre Offenheit zu schätzen. Sehr sogar."

Auf seine heisere Antwort hin warf sie ihm über die Schulter einen kurzen, verunsicherten Blick zu. „Es sah aber nicht so aus."

Er überlegte, wie viel er preisgeben sollte. Er hatte noch nie jemandem von Sara erzählt. Nicht einmal seiner Familie. Und doch war er versucht, Kelly jetzt davon zu erzählen.

Aber dies war nicht der richtige Zeitpunkt. Nicht nach allem, was sie heute durchgemacht hatte.

„Meine Reaktion hatte nichts mit Ihnen zu tun. Ihre Bemerkung hat mich nur an ein schmerzliches Ereignis in meiner Vergangenheit erinnert. Vielleicht erzähle ich es Ihnen irgendwann einmal." Ohne ihr die Gelegenheit zu geben, weiter darüber nachzudenken, zeigte er auf die Tür. „Haben Sie etwas dagegen, wenn ich mich kurz umsehe, bevor ich gehe?"

Sie umfasste den Türknauf und etwas von der Farbe wich aus ihrem Gesicht. „Meinen Sie, in meinem eigenen Haus könnten Gefahren lauern?"

„Das habe ich nicht gesagt. Aber angesichts dessen, was heute Morgen geschehen ist, bin ich lieber übervorsichtig."

Ohne ein weiteres Wort zu sagen, drehte sie den Schlüssel im Schloss, stieß die Tür auf und trat ein.

Er folgte ihr und bemerkte die Abwesenheit eines Zahlenfelds neben der Tür. Er runzelte die Stirn. „Sie haben keine Alarmanlage?"

„Nein. Ich habe noch nie eine gebraucht."

Jeder brauchte eine. Wenn die Leute nur die Hälfte von dem sehen könnten, was er sah, wüssten sie das.

„Okay. Geben Sie mir fünf Minuten. Soll ich irgendwo *nicht* hinschauen?"

„Nein. Aber ignorieren Sie bitte das Durcheinander. Ich habe heute keinen Besuch erwartet." Sie versuchte zu lächeln, aber es gelang ihr nicht.

Cole nahm eine schnelle, aber gründliche Inspektion des ausgesprochen ordentlichen Hauses vor. Alles war in Ordnung, aber die Schlösser an ihren Türen gefielen ihm nicht. Es waren einfache Modelle, die mit einem Dietrich oder einem Schlagschlüssel sofort zu öffnen waren. Keine Türverriegelung. Keine Schubriegel, außer an der Haustür – wo sie am wenigsten gebraucht wurden. Die Kellerfenster waren Kippfenster mit Scharnieren an der unteren Kante und überhaupt nicht gesichert, und die Fenster im Erdgeschoss hatten keine Öffnungsbegrenzer.

Sie musste ihre Sicherheitsvorkehrungen verbessern, und das sagte er ihr auch, als er sich in der Küche wieder zu ihr gesellte, wo sie gerade ihre Wanderschuhe auszog.

Sie sah ihn unglücklich an und massierte ihre Nasenwurzel. „Ich habe mich hier immer sicher gefühlt."

Er wollte nicht derjenige sein, der ihr Angst machte, aber ängstliche Menschen waren auch vorsichtig. Und es war ihm lieber, dass sie Angst hatte und wachsam war als viel zu zuversichtlich und ungeschützt. Es gab zu viele unbeantwortete Fragen, die ihn beunruhigten. Darunter auch die Frage, die ihm gekommen war, als er ihr vom Café nach Hause gefolgt war.

„Sicherheit ist ohne erstklassige Sicherheitsanlage eine Illusion. Auch wenn das heute nicht passiert wäre, würde ich ein paar grundlegende Verbesserungen vorschlagen. Aber die Sache heute *ist* passiert, und ich habe noch eine Frage an Sie. Als Sie den Injektionspen herausgeholt haben, war die Hülle innen feucht?"

Sie sah ihn verständnislos an. „Ich habe keine Ahnung. Lauren hat sie für mich geöffnet. Warum?"

„Wenn das Medikament ausgetreten ist, wäre es doch in das Etui gelaufen, oder nicht?"

Zwei steile Falten erschienen auf ihrer Stirn. „Ja, das stimmt. Aber ich glaube nicht, dass Lauren sich daran erinnert. Sie war ganz durcheinander."

„Würden Sie sie bitte trotzdem fragen?"

„Das kann ich machen. Ich rufe sie noch an diesem Wochenende an."

„Gut. Und kann ich den Pen so lange behalten?"

„Natürlich. Ich kann nichts damit anfangen. Aber warum wollen Sie ihn haben?"

„Ich hebe Beweismaterial immer auf, während ich mich im Stadium der Recherche befinde." Er milderte die Bemerkung mit einem Lächeln ab. „Und was haben Sie heute noch vor?"

„Ich wollte eigentlich wandern gehen. Deshalb hatte ich die da an." Sie zeigte auf die Wanderstiefel. „Ich bin vielleicht nicht so modebewusst wie Lauren, aber selbst *ich* ziehe Wanderschuhe nur zu diesem Zweck an. Aber ich glaube, heute ist mir nicht mehr danach."

Sie war gerne draußen. Nett. Die meisten Frauen, mit denen er ausgegangen war, trugen lieber Pfennigabsätze als Wanderschuhe.

„Wo gehen Sie denn wandern?" Er lehnte sich an die Küchenzeile.

„Hawn State Park. Mark Twain Nationalpark. Naturschutzgebiet Weldon Spring." Sie schob die Finger in die Taschen ihrer Jeans. „Überall."

„Aber zelten tun Sie nicht zufällig, oder?"

„Wenn ich Zeit dafür habe. Meistens mache ich Tagestouren." Sie lächelte, und etwas von der Anspannung in ihrer Miene löste sich. „Ich sage den Leuten immer, dass ich für meine Malerei recherchiere, weil ich viele Naturthemen male. Und ich gehe nie ohne Kamera los, weil ich Fotos mache und Ideen sammle. Aber unter uns gesagt, gehe ich einfach gerne wandern. Zelten Sie gerne?"

„Früher ja, aber es ist eine Weile her. Mir fehlt die Zeit."

„Ich weiß, was Sie meinen. Und wenn der Winter kommt, bin ich auch nicht mehr so oft draußen. Ich wandere zwar gerne, aber ich mag keine Kälte. Wenn das Thermometer gegen null geht, gehe ich nicht mehr raus. Ein warmes Feuer ist mir immer lieber als eine kalte Nase."

Das klang nach einem reizvollen Plan für einen Freitagabend. Ein warmes Feuer … Kelly neben ihm auf der Couch … einen Becher mit heißem Kakao in der Hand … leiser Jazz im Hintergrund.

Wenn das keine Hundertachtzig-Grad-Kehrtwende gegenüber seiner typischen Happy-Hour-Routine war!

Aber auf einmal schien ihm der Glanz des Nachtlebens fad und trüb. Denn plötzlich wollte er sich einer Frau wie Kelly Warren würdig erweisen.

Sie rührte sich und holte ihn damit in die Gegenwart zurück, und ihm wurde bewusst, dass er ihr eine Erwiderung schuldig war. Er räusperte sich und stieß sich von der Küchenzeile ab, weil er das Bedürfnis hatte, etwas auf Abstand zu ihr zu gehen. Er musste die Sache in Ruhe durchdenken.

„Ich bin auch kein Fan von kaltem Wetter." Er zeigte in Richtung Wohnzimmer. „Soll ich vorne rausgehen?"

„Gerne." Sie nahm ihre Schuhe und folgte ihm in den Flur, wo sie den Wandschrank öffnete und die Wanderstiefel genau hinter der Tür auf den Boden abstellte. Sie richtete sie ganz genau an der Stelle aus, die offensichtlich für sie vorgesehen war, und als sie sah, dass er sie beobachtete, wurde sie rot. „Na gut, ich bin ein Ordnungsfreak. Es gibt für alles einen festen Platz, und alles ist, wo es sein soll, und so weiter."

Sie schloss die Schranktür und lehnte sich dagegen. „Wissen Sie, wenn Sie recht haben mit dem, was heute passiert ist … wenn wirklich jemand versucht hat, mich davon abzuhalten, tiefer zu graben … vielleicht gibt es dann ja doch etwas, das ich finden könnte.

Vielleicht fahre ich später zum Haus meines Vaters und suche noch ein bisschen weiter."

Der Gedanke, dass sie allein in dem Haus sein würde, ließ ihn frösteln. „Ich habe in der Akte gesehen, dass sein Haus eine Alarmanlage hat. Ist sie noch aktiviert?"

„Ja. Ich dachte, es ist sicherer, weil das Haus leer steht. Jetzt bin ich froh, dass er eine hatte, obwohl ich nie verstanden habe, warum er sie für nötig hielt. Das Haus ist sehr schlicht, aber er sagte immer, dass überall Einbrüche geschehen."

„Das stimmt. Also schließen Sie die Türen ab, wenn Sie dort sind, und schalten Sie die Anlage wieder ein, wenn Sie gehen, in Ordnung?" Er steckte die Hand in die Tasche seines Sakkos und holte eine Visitenkarte heraus. Nachdem er sie umgedreht hatte, notierte er seine Handynummer darauf und reichte sie ihr. „Alan ist sehr kompetent, und er wird jeder Spur nachgehen, die Sie finden. Aber wenn Sie aus irgendeinem Grund mit mir sprechen wollen, dann rufen Sie diese Nummer an. Ich habe mein Handy immer bei mir. Und ich wüsste gerne, was Ihre Freundin wegen der Flüssigkeit in dem Etui des Injektionspens sagt."

Die Dankbarkeit ließ ihre Augen warm leuchten, als sie die Karte nahm, und es erinnerte ihn daran, wie allein sie war – und wie schwierig es sein musste, in einer Krise keine Familie zu haben, an die man sich wenden konnte.

„Ich rufe sie an und sage Ihnen dann Bescheid. Danke, dass Sie so gründlich und professionell sind."

„Kein Problem."

Aber das war eine Lüge. Denn als Cole sie ansah, fühlte er sich alles andere als professionell. Seine übliche dienstliche Neutralität und Distanziertheit hatten ihn diesmal im Stich gelassen – und so ließ er sich zu einer ungewohnten Bitte hinreißen. „Hätten Sie etwas dagegen, mir auch *Ihre* Handynummer zu geben? Nur für den Fall, dass ich Sie aus irgendeinem Grund schnell erreichen muss."

Wenn sie seine Ausrede lahm oder seine Bitte merkwürdig fand, ließ sie es sich jedenfalls nicht anmerken. Sie nannte einfach ihre

Nummer, die er direkt in das Verzeichnis seines Mobiltelefons einspeicherte.

„Gut." Er schob das Telefon in die Gürtelhalterung zurück und drehte den Türknauf. Er wollte nicht gehen, aber es gab keinen Grund mehr, warum er bleiben sollte. Jedenfalls keinen, der ihm einfiel. „Schließen Sie hinter mir ab." Er trat auf die Veranda hinaus und zog die Tür hinter sich ins Schloss. Einen Augenblick später hörte er, wie der Riegel vorgeschoben wurde.

Sie war so sicher, wie sie es im Moment sein konnte.

Aber was ihn betraf, war sie nicht sicher genug. Sie brauchte eindeutig bessere Sicherheitsvorkehrungen in ihrem Haus.

Und das war ein hervorragender Grund, sie in ein paar Tagen wieder anzurufen.

* * *

Der Morgen war gut gelaufen.

Seine Lippen verzogen sich langsam zu einem Lächeln, während er ein Wattestäbchen in Etikettenlöser tauchte, eine Ecke seines buschigen Schnauzbartes anhob und den angetrockneten Kleber betupfte. In Richtung Spiegel gebeugt bearbeitete er gewohnt effizient den künstlichen Schnurrbart. Er zog ihn vorsichtig ab und warf ihn in einen Plastikbeutel. Dann richtete er sich auf und ließ die Schultern kreisen, um die Verspannung darin zu lösen. Aber das Unbehagen lohnte sich. Die unnatürlich gebeugte Haltung, die er für die Aufgabe eingenommen hatte, veränderte seine gewöhnliche Gestalt und seinen Gang ganz entscheidend.

Als Nächstes entfernte er die grünen Kontaktlinsen. Wahrscheinlich hatte sowieso niemand hinter den dicken Brillengläsern seine Augen bemerkt, aber Details waren bei einer Operation wie dieser wichtig – und er war ein Meister der Details. Deshalb war er bei solchen Jobs so erfolgreich.

Die Kontaktlinsen wanderten auch in den Plastikbeutel … zusammen mit der Brille.

Er hatte schon länger keine Rolle mehr gespielt, aber es war ihm nicht schwergefallen, in diesen Modus zurückzukehren. Und darin war er gut. Er wusste, wie man sich unauffällig unter Leute mischte, und er hatte die Kunst der Verkleidung so weit verfeinert, dass niemand ihn erkennen würde. Selbst seine eigene Frau. Er grinste und schob die Flasche mit auswaschbarer Haarfarbe für Theaterzwecke zu den anderen Gegenständen in die Türe. Sie war beeindruckt gewesen, als er sie zum Spaß getäuscht hatte. Da hatten sie sich noch nicht lange gekannt.

Er verschloss die Tüte mit dem Zipverschluss und legte sie auf den Waschtisch. Eine kleine Fahrt aufs Land hinaus mit einem kurzen Halt auf einer Brücke am Meramec River würde die Spuren seines morgendlichen Ausflugs beseitigen. Er würde die Tüte öffnen und über dem Wasser ausschütten, und schon wäre die ganze Episode Vergangenheit. Auf der Fahrt zurück würde er die Kleidung in den Altkleidercontainer werfen.

Aber zuerst musste er das graue Haar loswerden.

Als er die Dusche aufdrehte und die Wassertemperatur einstellte, dachte er an die Vorbereitungen zurück, mit denen er am vergangenen Abend beschäftigt gewesen war. Soweit er sehen konnte, war die Operation fehlerlos verlaufen. Er hoffte, dass Kelly tot war. Aber selbst, wenn sie überlebte, dürfte die Erfahrung, nur knapp dem Tod entronnen zu sein, sie davon ablenken, gefährliche Fragen über den Tod ihres Vaters zu stellen.

Ein winziger Anflug von Bedauern nagte an seinem Gewissen, als er in die Dusche stieg und seine Haare einschäumte, um anschließend die graue Farbe auszuwaschen. Sie loszuwerden, war anders gewesen, als ihren Vater zu töten. John Warren war sowieso am Ende gewesen. Was schadete es schon, den Prozess ein bisschen zu beschleunigen? Vor allem, wenn dabei so viel zu holen war. Und der Mann hatte nicht gelitten. Es war ein schmerzloser, friedlicher Tod gewesen.

Aber Kelly war jung. Gesund. Begabt. Ein Leben so zu verkürzen, fühlte sich nicht richtig an.

Etwas Seife gelangte in sein Auge, und er blinzelte, weil es brannte, während er nach dem Handtuch tastete, das er über die Duschwand gehängt hatte. Er rieb sich das Gesicht und versuchte, das Shampoo aus dem Auge zu wischen, aber er wurde das Brennen nicht los.

Ähnlich war es mit seinen Schuldgefühlen wegen Kelly.

Aber was hätte er sonst tun sollen? Sie war eine Bedrohung für ihn und für seine Pläne geworden. Sie hatte ihr eigenes Schicksal besiegelt, weil sie zu hartnäckig gewesen war.

Er warf das Handtuch wieder über die Duschwand und wusch sich weiter die Haare, während er die kleine Stimme zu ersticken versuchte, die sagte, er hätte überreagiert. Dass sie vielleicht von alleine aufgegeben hätte, wenn sie im Haus ihres Vaters auf nichts gestoßen wäre.

Aber was, *wenn* sie etwas gefunden hätte?

Das war das Problem.

Wenn man mit hohem Einsatz spielte, durfte man kein Risiko eingehen. Alle noch ungelösten Probleme mussten beseitigt werden. Und sie war ein Problem gewesen.

Ein sehr großes sogar.

Er drehte das Wasser aus, trocknete sich ab und betrachtete dann im Spiegel seine Haare. Es war kein Grau mehr zu sehen. Niemand würde ihn mit Kellys Allergieschock in Verbindung bringen können … oder mit ihrem Tod.

Aber du hättest sie nicht töten müssen. Zumindest noch nicht.

Er runzelte die Stirn, als er sein Spiegelbild ansah. Es sah ihm nicht ähnlich, im Nachhinein Zweifel zu bekommen. Er war gründlich. Professionell. Leidenschaftslos. Er machte seine Arbeit, was auch immer das war, und machte sie gut. Manchmal starben Menschen eben. Das kam vor. Aber bislang hatte ihm das noch nie etwas ausgemacht.

Diesmal allerdings hatte er ein persönliches Interesse am Endergebnis. Und zwar sehr großes Interesse. Und vielleicht … na gut, wahrscheinlich … hatte die Panik sein Urteilsvermögen beeinträchtigt. Eigentlich hätte er zusehen und abwarten müssen.

Verärgert fuhr er mit dem Kamm durch seine Haare. Es hatte keinen Sinn mehr, sich darüber Gedanken zu machen. Für Reue war es ohnehin zu spät, und die Operation war glatt gelaufen. Wenn er seine Verkleidung erst einmal entsorgt hatte, würde nichts ihn mit dem heutigen Vorfall in Verbindung bringen. Im schlimmsten Fall, selbst wenn Kelly Warren überlebte und das Haus ihres Vaters weiter durchsuchte, wäre er genau am gleichen Punkt, an dem er vor ein paar Tagen gewesen war. Falls sie etwas fand, das Fragen aufwarf, würde er sich darum kümmern.

Alles würde gut werden.

Aber als er Jeans und ein T-Shirt anzog, seine Wagenschlüssel nahm und sich für seine Pizzatour bereitmachte, wurde er den nagenden Zweifel nicht los, dass er heute einen Fehler begangen hatte.

Einen, der ihm irgendwann zum Verhängnis werden konnte.

Kapitel 6

Kelly streckte die Hand nach dem Telefon neben ihrer Staffelei aus, ließ sie dann aber wieder sinken. Erneut hob sie die Hand und zögerte wieder.

Dann stieß sie frustriert den Atem aus. Wie schwer konnte es sein, den Hörer zu nehmen, Cole Taylors Nummer zu wählen und eine Information weiterzugeben, die sie von Lauren über den Injektionspen erhalten hatte?

Das sollte doch ein Kinderspiel sein.

Und das wäre es ja auch – wenn sie nicht gleichzeitig noch plante, ihn als Dankeschön für seine Hilfe am Samstag zum Mittagessen einzuladen. Sie war es einfach nicht gewöhnt, Männer um eine Verabredung zu bitten. Vor allem nicht groß gewachsene, dunkelhaarige, attraktive Männer.

Sie rieb ihre feuchten Handflächen an dem weiten Hemd ab, das ihr als Kittel diente, während sie sich selbst einen Dummkopf schimpfte. Sie war dem Mann etwas schuldig, weil er ihr einen großen Teil seines Wochenendes geopfert hatte, und eine einfache Dankeskarte reichte da nicht. Ein Essen schien eine vernünftige Alternative. Und es war ja nicht gerade so, dass sie ihn zu einem Dinner bei Kerzenschein einlud. Ein Mittagessen war etwas Unverfängliches, Lockeres. Was konnte im schlimmsten Fall passieren? Er konnte Nein sagen.

Aber genau das war es, was ihr am meisten Angst machte. Es

würde allerdings auch nichts am Ergebnis ändern, den Anruf hinauszuschieben.

Also nahm sie ihren ganzen Mut zusammen, griff zum Telefon und tippte seine Bürodurchwahl anstelle seiner Mobilnummer ein.

Er ging gleich beim ersten Klingeln dran und verschwendete nicht viele Worte. „Taylor."

Ihre Finger umklammerten das Telefon fester, und sie holte tief Luft, während sie sich um einen freundlichen Plauderton bemühte. „Kelly Warren hier. Störe ich gerade?"

Obwohl er wieder nur mit einem einzigen Wort antwortete, löste die Verwandlung seiner Stimme von brüsk zu erfreut die Anspannung in ihren Schultern.

„Nie."

Kelly wandte sich von ihrer Staffelei ab und blickte zum Fenster hinaus. Der Tag mochte grau und trostlos sein, aber ihr Herz war mit einem Mal wärmer und leichter. „Ich wollte Ihnen nur sagen, dass ich Lauren gefragt habe, ob die Hülle des Injektionspens innen nass war. Sie war sich nicht hundertprozentig sicher, aber sie weiß noch, dass sie die Spritze aus der Packung geschüttelt hat, – wenn Flüssigkeit in der Verpackung gewesen wäre, wäre sie dabei herausgelaufen. Aber so etwas wäre ihr im Gedächtnis geblieben."

„Gut. Das ist wieder eine kleine Information mehr. Wie geht es Ihnen? Haben Sie irgendwelche Nachwirkungen?"

„Nein. So gefährlich ein anaphylaktischer Schock auch ist – wenn man rechtzeitig handelt, erholt man sich sehr schnell davon." Sie biss sich nervös auf die Lippen und sprang ins kalte Wasser. „Abgesehen von der Information von Lauren hat mein Anruf noch einen Grund. Ich habe mich gefragt, ob ich mich irgendwann diese Woche bei Ihnen mit einem Mittagessen für Samstag revanchieren darf."

Schweigen.

Ihr Magen zog sich zusammen und sie schloss die Augen, während sie versuchte, ihre Enttäuschung zu unterdrücken. Sie hatte es wenigstens versucht. „Hören Sie, ich weiß, dass Sie viel zu tun haben. Da verstehe ich, wenn Sie –"

„He, einen Moment! Ein Rückzieher ist nicht erlaubt. Ich lehne doch kein kostenloses Mittagessen ab. Ich war nur überrascht. Wann passt es dir denn?"

Ihr Herz flatterte ein wenig und sie war erstaunt, dass aus dem formellen „Sie" plötzlich ein „Du" geworden war. Doch es gefiel ihr. „Geht Mittwoch um halb eins bei dir?"

„Perfekt."

Seine Antwort kam so schnell, dass sie sich fragte, wie er überhaupt in seinen Kalender hatte sehen können.

„Gut. Was isst du am liebsten? Und sag bitte nicht Mexikanisch."

„Du magst keine gebackenen Bohnen?"

Sie lächelte, als sie seinen neckenden Tonfall hörte. „Nein. Und keine Guacamole, keine Chilischoten, keine Tortillas…"

„Okay, ich habe verstanden." Sein heiseres Lachen am anderen Ende der Leitung ließ ihre Nervenenden angenehm kribbeln. „Wie wäre es mit Italienisch?"

„Das ist in Ordnung. Magst du das *Maggiano's*? Es ist für jeden von uns gut zu erreichen und auf der Speisekarte dort stehen Sachen, die ich essen kann."

„Klingt gut. Ich freue mich darauf. Danke, Kelly."

„Gleichfalls. Bis dann, Cole."

Als die Verbindung unterbrochen war, lächelte sie. Es fühlte sich gut an, dass sie sich nun beim Vornamen nannten.

Und wie erfreut Cole ihre Einladung angenommen hatte, war eine angenehme Überraschung für sie gewesen.

Kelly nahm ihren Pinsel in die Hand, betrachtete die Palette und tauchte die Spitze des Pinsels dann in ein Frühlingsgrün. Sie versuchte, sich auf die fantasievolle Landschaft zu konzentrieren, die bald zum Innenteil eines Bilderbuches gehören würde, in dem eine Fee Wünsche erfüllen konnte.

Aber es war gar nicht so einfach, über Märchen in Büchern nachzudenken, wenn plötzlich im echten Leben Wünsche wahr wurden.

* * *

Cole lehnte sich auf seinem Stuhl zurück, faltete die Hände hinterm Kopf und grinste wie ein Idiot. Aber wen kümmerte das schon? Die Frau, die seine Gedanken beherrschte, seit er sie in der Notaufnahme auf der Krankenliege gesehen hatte, hatte ihn zum Mittagessen eingeladen.

Was für ein großartiger Start in den Montag.

„Du siehst aber glücklich aus!"

Cole fuhr mit seinem Stuhl herum und sah, dass Alan ihn aus ein paar Metern Entfernung beobachtete. Er machte sich nicht die Mühe, sein Grinsen abzuschwächen. „Schuldig im Sinne der Anklage."

Alan kam näher und hockte sich auf die Schreibtischkante. „Ich habe gehört, wie du den Namen Kelly erwähnt hast. Das war nicht zufällig Kelly Warren am Telefon, oder?"

Cole senkte die Arme und ließ die Rückenlehne vor und zurück wippen. „Das war sie tatsächlich."

„Warum habe ich das Gefühl, dass das kein dienstlicher Anruf war?" Alan zog einen Mundwinkel hoch.

„Weil du ein ganz passabler Ermittler bist?"

„Ich bin zufällig ein *hervorragender* Ermittler. Aber selbst ein Amateur würde dein dämliches Grinsen bemerken. Das ist ein ziemlich überzeugender Indizienbeweis. Wann hat es eigentlich zwischen euch beiden gefunkt?"

Etwas von Coles guter Laune verblasste. „Am Wochenende. Sie war in der Notaufnahme, während ich dort einen Zeugen wegen eines bewaffneten Raubüberfalls befragt habe. Sie wäre beinahe gestorben."

Zwei steile Falten erschienen auf Alans Stirn, und sein Blick fiel auf den Injektionspen auf dem Schreibtisch. „Ich habe das Ding vorhin hier liegen sehen. Sie hat eine Erdnussallergie, nicht wahr?"

„Ja. Woher weißt du das?"

„Sie hat es während der Ermittlungen nach dem Tod ihres Vaters erwähnt." Er zeigte auf den Stift. „Ist das ihrer?"

„Ja, aber er hat nicht funktioniert. Offenbar war das Medikament ausgelaufen."

„Das ist Cindy auch mal passiert, aber sie hat das Leck entdeckt und den Pen ersetzt. Sie hat auf Bienenstiche allergisch reagiert, deshalb hatte sie so ein Ding auch immer bei sich." Alan nahm den Injektionspen und betrachtete ihn eingehend. „Ich habe einmal gesehen, wie Kelly eins von diesen Dingern hat fallen lassen. Es fiel heraus, als sie ein Taschentuch aus der Tasche gezogen hat. Ich könnte mir schon vorstellen, dass es beim Aufprall kaputtgeht. Ich vermute, sie hat Erdnüsse zu sich genommen?"

„Ja, aber wir können die Quelle nicht identifizieren." Cole berichtete Alan von den Ereignissen wie auch von seinem Verdacht. „Und hier ist noch etwas Merkwürdiges. Sie glaubt nicht, dass sich in der Hülle des Injektionspens Flüssigkeit befand, als ihre Freundin sie öffnete."

Alan betrachtete den Stift. „Und du fragst dich, warum, wenn das Medikament ausgelaufen ist." Er legte den Kopf schief. „Ich verstehe, was du meinst. Aber warum sollte es jemand auf sie abgesehen haben? Sie hat doch nichts gefunden, weswegen wir den Fall wieder aufnehmen würden."

„Vielleicht hat jemand Angst, dass sie etwas finden könnte. Oder *weiß*, dass sie es wird, wenn sie weitersucht."

„Das heißt, du glaubst ihre Theorie jetzt? Dass der Tod ihres Vaters ein Mord war und kein Suizid?"

Cole nahm einen Stift in die Hand und drehte ihn zwischen den Fingern. Alison beschuldigte ihn immer, kein Taktgefühl zu haben, und in dieser Situation brauchte er es. Er musste eine diplomatische Antwort geben, die keinen Zweifel an der Integrität von Alans Ermittlungen aufkommen ließ. Vor allem, da seine eigene Durchsicht des Falls auch keine Alarmglocken hatte schrillen lassen. „Sagen wir mal, ich habe mir noch keine abschließende Meinung gebildet. Es gibt zu viele Details, die nicht zusammenpassen. Was meinst du?"

Alan nickte. „Das sehe ich auch so. Aber wir haben keinen handfesten Beweis, der eine Wiedereröffnung des Verfahrens rechtfertigt."

„Ich weiß, aber vielleicht bekommen wir den ja noch. Kelly ist entschlossener denn je, das Haus ihres Vaters genau unter die Lupe zu nehmen."

Alan legte den Injektionspen wieder auf den Schreibtisch und erhob sich. „Sie weiß ja, wo wir sind, wenn sie etwas findet. Ich habe sie letzte Woche auch angerufen und ihr versichert, dass ich mich gerne mit irgendwelchen neuen Spuren befasse, wenn sie über etwas stolpert."

Obwohl der Tonfall seines Kollegen beiläufig klang, entging Cole nicht die leichte Betonung des Wortes *ich*. Er verteidigte sein Revier, und Cole konnte es ihm nicht verübeln. Er war der zuständige Ermittler in dem Fall, es sei denn, der Fall wurde jemand anderem zugewiesen. Wenn es anders herum gewesen wäre, hätte Cole auch seine Grenzen abgesteckt, da war er sich sicher – und zwar mit weitaus weniger Feingefühl.

„Das habe ich ihr auch gesagt und ihr versichert, dass du hervorragende Arbeit leistest."

Das schien seinen Kollegen zu besänftigen. „Vielen Dank für die Blumen. Und sieh es mal so: Wenn du die offiziellen Dinge mir überlässt, kannst du dich auf eine persönliche Untersuchung von Ms Warrens Angelegenheiten konzentrieren." Grinsend verließ Alan das Büro.

Cole blickte ihm nach und musste ihm recht geben. Er würde die offiziellen Ermittlungen tatsächlich lieber Alan überlassen. Aber als er seinen Stuhl näher an den Schreibtisch schob und den Injektionsstift in die Hand nahm, wollte die analytische Seite seines Gehirns sich einfach nicht ausschalten lassen.

Alan zufolge hatte Kelly den Injektionspen vor ein paar Monaten fallen lassen. Kein Wunder, dass sie das angesichts ihrer traumatischen Erlebnisse vergessen hatte. Vielleicht hatte der Pen damals schon angefangen, zu lecken. Aber sie hätte doch irgendwann in den letzten vier Monaten sicher bemerkt, dass sich in der Hülle Flüssigkeit gesammelt hatte. Und selbst wenn nicht, hätte die Hülle am Samstag nass sein müssen. Wo war das Epinephrin geblieben?

Und dann war da noch der ältere Mann, der im Café ihr Getränk in der Hand gehabt hatte. Coles Instinkt sagte ihm, dass der verwirrte Kunde der Schlüssel zu Kellys allergischem Schock war. Allerdings war das schwer zu beweisen, selbst wenn sie den Mann fanden.

Trotzdem wäre es ein erster Schritt, ihn zu identifizieren. Vielleicht hatte eine Überwachungskamera in der Nähe des Cafés ihn erfasst.

Cole überlegte, ob er Alan diesen Ansatz vorschlagen sollte, aber er wollte die Zeit seines Kollegen nicht verschwenden, wenn es höchstwahrscheinlich ein vergebliches Unterfangen war. Er konnte doch selbst ein paar Anrufe tätigen. Ein bisschen nachbohren. Wenn er etwas Interessantes fand, würde er es an Alan weitergeben. Wenn nicht, war nur seine eigene Zeit verschwendet worden.

* * *

Sie sollte eigentlich zu Hause bleiben und malen. Ihre Abgabetermine stapelten sich, und sie war im Verzug. Aber seit ihrem allergischen Schock vor vier Tagen hatte Kelly sich verpflichtet gefühlt, sich intensiver mit der Suche im Haus ihres Vaters zu beschäftigen. Sie betete, dass sie, wenn sie tatsächlich etwas Wichtiges fand, dessen Bedeutung auch erkennen würde.

Aber ein kurzer Blick auf die Uhr sagte ihr, dass sie ihrer Suche heute nur noch ein paar Minuten widmen konnte. Es sei denn, sie wollte zu spät zu ihrer Verabredung mit Cole kommen.

Und das wollte sie ganz eindeutig nicht!

Mit einer Hand auf der Kommode betrachtete sie das Schlafzimmer, das ihre Eltern in den sechzehn Jahren ihrer Ehe miteinander geteilt hatten und das ihr Vater in den übrigen einundzwanzig Jahren seines Lebens allein bewohnt hatte. Freiwillig. Ein Mann, der so gütig, attraktiv und intelligent war wie ihr Dad, hätte wieder heiraten können. Doch als sie einmal auf das Thema zu sprechen gekommen war, hatte er ihr gesagt, dass er mit seinen Erinnerungen glücklich sei. Und dass er bereits das große Glück einer Liebe fürs Leben gehabt hatte.

Kelly betrachtete das Hochzeitsfoto ihrer Eltern, das immer auf der Kommode gestanden hatte, und wünschte, sie könnte sich besser an die Frau erinnern, die ihr Vater so sehr geliebt hatte. Vor allem aber wünschte sie, das Leben dieser Frau wäre nicht durch einen erblich bedingten Herzfehler so früh beendet worden. Hypertrophische Kardiomyopathie, hatten die Mediziner geurteilt. Gerade hatte sie noch Tennis gespielt, scheinbar auf der Höhe ihrer Gesundheit, und Sekunden später war sie tot gewesen.

Selbst jetzt, zwei Jahrzehnte später, kam Kelly diese Zeit in ihrem Leben irgendwie surreal vor.

So wie die Wochen rund um den Tod ihres Vaters.

Aber sich an die Vergangenheit zu klammern, würde ihre Eltern nicht wieder lebendig machen. Es würde ihr auch nicht helfen, Gerechtigkeit für ihren Vater zu erwirken.

Sie schob die Erinnerungen beiseite und kniete sich hin, um die unterste Schublade der Kommode durchzusehen, bevor sie ging, um sich mit Cole zu treffen.

Als die Schublade trotz kräftigen Ziehens nicht aufging, packte sie fester zu und verlagerte ihr Gewicht, um eine bessere Hebelwirkung zu haben. Zentimeter für Zentimeter konnte sie schließlich die Lade herausziehen, wenn auch unter quietschendem Protest. Offenbar war dies eine Schublade, die ihr Vater nicht oft benutzt hatte.

Eine flüchtige Durchsicht verriet ihr, dass sich hier eine Menge Müll angesammelt hatte. Aber sie würde nichts unversucht lassen.

Als sie das Durcheinander sortierte, fand sie ein zusammengeknülltes T-Shirt mit dem Logo des Softball-Teams, das ihr Vater trainiert hatte, als sie elf Jahre alt gewesen war; zwei gebrauchte Tennisbälle, die fast alle Spannung verloren hatten; ein Transistorradio, das inzwischen eine Antiquität sein könnte; eine Mütze der Baseballmannschaft St. Louis Cardinals von 1982; ein vierzig Jahre altes Buchhaltungshandbuch; und verschiedene weitere, mit Eselsohren versehene Bände, getragene Kleidungsstücke und andere Habseligkeiten eines Mannes, der beinahe sieben Jahrzehnte gelebt hatte.

Aber all das war lange her. Und hatte bestimmt keine Auswirkungen auf aktuelle Ereignisse.

Als sie die Schublade gerade wieder schließen wollte, fiel ihr Blick auf die abgewetzte Ecke einer Brieftasche, die aus dem Sammelsurium hervorlugte. Die Erinnerung an ihr geliebtes Sonntagmorgen-Ritual überfiel sie, und sie zog die Brieftasche heraus, um über das brüchige

Leder zu streichen. Während ihre Mutter sich für die Kirche schön gemacht hatte, waren ihr Vater und sie zu dem kleinen Laden an der Ecke gegangen, um eine Zeitung zu kaufen. Dieser wöchentliche Ausflug mit ihrem Dad – und der glasierte Donut, den er ihr immer kaufte – war ein Höhepunkt ihrer Woche gewesen.

Aber besonders genossen hatte sie, dass sie die Brieftasche halten durfte. Noch bevor sie den Wert des Geldes verstand, hatte sie gewusst, dass diese Brieftasche ihrem Vater wichtig war. Er hatte das Haus nie ohne sie verlassen. Und trotzdem vertraute er ihr jeden Sonntagmorgen diesen wertvollen Gegenstand an.

John Warren hatte immer gewusst, wie man Menschen das Gefühl gab, wichtig zu sein – und geschätzt zu werden.

Kelly blinzelte die plötzlich aufsteigenden Tränen zurück, die ihre Sicht trübten, und streichelte das abgenutzte Leder, das jetzt an einigen Stellen gerissen war. Es war steif, als sie versuchte, es zu biegen, und als sie es öffnete, war es leer. Die Fotos von ihr und ihrer Mutter waren nicht mehr da, die durchsichtigen Plastikhüllen waren leer und eingerissen, und das Plastikfenster, das einst den Führerschein ihres Vaters geschützt hatte, war vergilbt.

Sie öffnete das Fach für Geldscheine, in dem ihr Vater immer die Ein-Dollar-Scheine, die Fünf-Dollar-Scheine und die Zwanziger in militärischer Präzision aufbewahrt hatte, nach Wert sortiert und mit der Vorderseite in der gleichen Richtung – genauso, wie sie es jetzt auch machte. Auch dieses Fach war leer.

Obwohl … was war das kleine weißliche Dreieck, das unten aus der Ecke herausragte?

Neugierig schob Kelly die Finger in den Zwischenraum. Es fühlte sich an wie ein Stück Papier. Sie fuhr mit dem Finger über das Leder und entdeckte einen vertikalen Riss – oder Schnitt. Sie schob ihren Fingernagel hinein und weitete die Öffnung etwas, sodass sie den kleinen Zettel herausholen konnte.

Als sie das Stück Papier in der Hand hielt, legte sie die Brieftasche beiseite. Der schmutzige, vergilbte Zettel war in der Mitte gefaltet und sie öffnete ihn vorsichtig. Trotz des Alters konnte sie eine Zahlenfolge erkennen.

Es war eine Telefonnummer.

Kelly runzelte die Stirn, nahm die Brieftasche wieder in die Hand und ging damit zum Fenster, damit Licht in die dunkle Ecke fiel, in der sie das Papier entdeckt hatte. Obwohl das Leder an manchen Stellen gerissen war, schien ihr die Öffnung zu gerade und zu absichtlich, um ein zufälliger Riss zu sein.

Es war, als hätte ihr Vater extra für diesen Zettel ein Versteck geschaffen.

Das war merkwürdig.

Sie überflog die ihr unbekannte Nummer mit der vertrauten Vorwahl von St. Louis. Bestand vielleicht die Chance, dass die Leitung noch immer existierte? Ihr Vater hatte diese Brieftasche seit über zehn Jahren nicht mehr benutzt, seit sie ihm von ihrem ersten Honorar für ein Aquarell eine Brieftasche von Gucci geschenkt hatte.

Sechzig Sekunden später, nachdem sie die Ziffern in ihr Handy eingetippt hatte, hörte sie die Ansage, die sie erwartet hatte. Die Rufnummer war nicht mehr vergeben.

Sie sah auf ihre Armbanduhr. Sie musste *jetzt* los, um Cole zu treffen. Wenn die Straßen in der Innenstadt wieder einmal vom vielen Verkehr verstopft waren, würde sie ohnehin zu spät kommen. Und das Parken war auch problematisch.

Nachdenklich holte sie ihre Jacke aus der Küche, während die sorgfältig versteckte Nummer sie weiter beschäftigte. So verwirrend sie war, was konnte eine Telefonnummer, die mehr als zehn Jahre alt war, mit dem Tod ihres Vaters zu tun haben?

Sie nahm ihre Handtasche von der Küchenzeile und zögerte. Was würde Alan Carlson sagen, wenn sie ihm von ihrem Fund berichtete – und von ihrem Gefühl, dass er wichtig war? Würde er glauben, dass sie sich an Strohhalme klammerte, und die Sache abtun?

Vielleicht.

Aber Cole würde das nicht tun. Jedenfalls würde er es ihr nicht ins Gesicht sagen. Sie konnte doch zuerst ihm davon erzählen und sehen, was er dazu meinte, bevor sie sich an Carlson wandte.

Nachdem sie sich entschieden hatte, wie sie vorgehen wollte, ging Kelly wieder in das Schlafzimmer ihres Vaters und steckte den Zettel und die Brieftasche in ihre Handtasche. Es war nicht viel, und sie versuchte, sich keine zu großen Hoffnungen zu machen.

Aber als sie die Alarmanlage ihres Vaters einschaltete und das Haus verließ, konnte sie einen kleinen Funken Optimismus nicht unterdrücken, dass sie vielleicht endlich über einen Hinweis gestolpert war, der ihr helfen konnte, dem Tod ihres Vaters auf den Grund zu gehen.

* * *

Cole blickte auf seine Uhr.

Kelly war spät dran.

Andererseits war er früh hier gewesen.

Zu früh.

Aber drei Minuten später, als er seine Mailbox abgehört und Anrufe erwidert hatte, um sich die Zeit zu vertreiben, stieß sie die Eingangstür auf, und der stürmische Novemberwind wehte ihr die Haare ins Gesicht. Sie entdeckte ihn sofort und winkte. Sie sah gestresst – und wundervoll – aus, während sie auf ihn zueilte.

„Tut mir leid." Mit geröteten Wangen rümpfte sie die Nase, während sie sich atemlos entschuldigte. „Ich habe im Verkehr festgesteckt."

„Kein Problem. Ich habe die Zeit genutzt und ein paar Anrufe erledigt." Er schob das Telefon in seine Gürtelhalterung zurück.

„Dann suchen wir uns am besten einen Tisch. Du hast doch bestimmt nicht viel Zeit."

Doch. Er hatte seinen Kalender bis halb drei frei geräumt, für den Fall, dass ihr Mittagessen länger dauerte.

Was er hoffte.

Als sie einen Tisch gefunden hatten, half er ihr aus der Jacke und schob sich dann ihr gegenüber auf die gepolsterte Bank der Sitzecke. „Du siehst aus, als hättest du dich ganz von der Aufregung am Wochenende erholt."

„Das habe ich auch."

„Und war alles ruhig?"

„Ja. Nichts von einem geheimnisvollen älteren Mann im Café zu sehen. Machst du dir seinetwegen immer noch Sorgen?"

Das tat er. Aber nach ein paar unauffälligen Telefonaten war er zu dem Schluss gekommen, dass der Mann von keinem Video erfasst worden war. Also konnten sie den Mann bisher nicht identifizieren. „Ich glaube, ein bisschen zusätzliche Vorsicht in der nächsten Zeit wäre ganz gut." Er ließ es beiläufig klingen, während er seine Serviette auf dem Schoß ausbreitete.

Die Bedienung erschien, und nachdem der Mann die Tagesgerichte aufgezählt hatte, gaben sie ihre Bestellung auf.

„Danke noch mal für die Einladung." Cole lehnte sich auf seiner Bank zurück und lächelte sie an. „Normalerweise besteht mein Mittagessen aus einem Burger, den ich irgendwo unterwegs hole. Das hier ist eine besondere Gaumenfreude."

„Es ist nur eine kleine Entschädigung dafür, dass ich dich den ganzen Samstag mit Beschlag belegt habe." Bevor er ihr sagen konnte, dass es ihm nicht das Geringste ausgemacht hatte, faltete sie die Hände auf dem Tisch und sah ihn mit ernster Miene an. „Außerdem hätte ich gerne deinen Rat wegen etwas, das ich heute Morgen im Haus meines Vaters gefunden habe."

Sein Radar schaltete sich ein. „Okay."

„Ich weiß, dass Detective Carlson mein offizieller Ansprechpartner ist, und ich will dich nicht in Schwierigkeiten bringen, aber bevor ich mit der Sache zu ihm gehe, wollte ich gerne deine Meinung hören. Wenn du sagst, dass es nicht von Bedeutung ist, werde ich ihn nicht damit belästigen." Sie zog den Reißverschluss ihrer Handtasche auf und holte ein altes Portemonnaie und einen kleinen Zettel heraus.

Er hörte aufmerksam zu, während sie erklärte, wie und wo sie die Gegenstände gefunden hatte. Dann nahm er die Brieftasche und untersuchte sie. Sie hatte recht. Der Riss im Leder schien tatsächlich Absicht zu sein – als wäre er gemacht worden, um ein Versteck zu schaffen.

„Ich war nicht überrascht, dass die Telefonnummer nicht mehr existiert." Sie tippte mit dem Finger auf den Tisch und beendete ihren Bericht. „Und da Dad dieses Portemonnaie seit mehr als zehn Jahren nicht benutzt hat, ist es vielleicht übertrieben zu glauben, es hätte etwas mit seinem Tod zu tun. Außerdem war er kein Geheimniskrämer. Ich kann mir nicht vorstellen, warum er eine Nummer so verstecken sollte."

Cole untersuchte den abgegriffenen Zettel. Er konnte sich mehrere Gründe vorstellen. Aber keiner davon passte zu dem Profil, das Kelly von einem aufrechten Christen gezeichnet hatte. „Weißt du was? Ich werde mit den Kollegen von der Nachrichtentechnik sprechen, vielleicht können sie die Nummer einem Namen zuordnen. Kann sein, dass nichts an der Sache dran ist, aber es könnte sich auch um eine Spur handeln."

„Bist du sicher, dass es dir nichts ausmacht?"

„Ganz sicher." Er zog ein Notizbuch heraus und notierte die Nummer. „Behalte du die Sachen, während ich mich schlaumache."

Sie verstaute beides in ihrer Tasche und warf ihm ein Lächeln zu. „Gut. So viel zum Dienstlichen. Aber das hier soll ja kein Arbeitsessen sein. Erzähl mir doch ein bisschen von dir. Ich fühle mich eindeutig benachteiligt, da du in meiner Akte so viel über mich gelesen hast."

„Was möchtest du denn wissen?"

Sie grinste und nahm ein Stück Brot aus dem Korb. „Erzähl mir, was du so zum Spaß machst, wenn du mal nicht arbeitest."

Mit Frauen zusammen sein, die gerne Spaß haben.

Das war die Wahrheit, und bei jeder anderen Frau hätte er genau das gesagt, begleitet von einem schelmischen Grinsen, das er im Laufe der Jahre perfektioniert hatte. Die Art Frau, mit der er sonst ausging, würde lachen oder so tun, als ob sie schmollte, oder näher rücken, wenn die Sitzgelegenheit es zuließ.

Aber Kelly passte nicht in dieses Muster. Und er konnte sich ihre Reaktion vorstellen, wenn er ihr die übliche Antwort gab. Enttäuschung. Missbilligung. Rückzug.

Und nichts von alldem war für ihn akzeptabel.

Denn auch wenn dieses Essen streng genommen gar keine richtige Verabredung war, hoffte er, dass sie in Zukunft solche „richtigen" Verabredungen haben würden.

Also tat er etwas, was er seit Jahren bei keiner Frau mehr getan hatte. Er ließ Kelly einen Blick in sein Herz und auf das werfen, was ihm wirklich wichtig war.

„Ich bin viel mit meiner Familie zusammen. Ich habe einen Bruder und eine Schwester, und auch wenn wir einander furchtbar auf die Nerven gehen können, verbringe ich gerne Zeit mit ihnen. Meine Mutter ist auch eine tolle Frau."

Ihre Miene wurde wehmütig, und ein Lächeln lag auf ihren Lippen, als sie einen Ellenbogen auf den Tisch aufsetzte und das Kinn auf die Handfläche stützte. „Ich hätte immer gerne Geschwister gehabt. Erzähl mir von deinen, sodass ich mich eine Weile stellvertretend freuen kann."

Er tat ihr den Gefallen, während sie ihre Rigatoni und Lasagne aßen, und unterhielt sie mit Geschichten aus ihrer Jugend, aber auch aus Alisons Arbeit für das Jugendamt und Jakes Karriere als Deputy U.S. Marshal und Mitglied einer Eliteeinheit. Sie stellte viele Fragen, und ihre Augen leuchteten vor Begeisterung und Interesse. Als die Mahlzeit sich ihrem Ende näherte, wurde ihm bewusst, dass er noch nie jemandem außerhalb seiner Familie so viel von sich erzählt hatte. Und dass er sich lange nicht mehr so wohlgefühlt hatte.

„Weißt du, falls du es jemals leid werden solltest, Künstlerin zu sein, solltest du dich für eine Stelle als investigative Journalistin bewerben. Oder als Verhörstrategin. Das FBI könnte dich gut gebrauchen." Er wischte sich den Mund mit der Serviette ab und grinste sie an.

Sie erwiderte sein Lächeln und bestrich ihren letzten Bissen Brot mit Butter. „Es hat Spaß gemacht, von deiner Familie zu hören. Ihr seid ja wirklich eine Truppe aus hoch qualifizierten Leuten. Wie seid ihr eigentlich alle in justizrelevanten Berufen gelandet?"

„Ich glaube, das liegt in den Genen. Mein Dad war Polizeibeamter. Ein einfacher Streifenpolizist, wie er immer sagte. Etwas anderes wollte er auch gar nicht sein. Ein Mann auf der Straße, der Menschen half. Ihm waren Ruhm oder Beförderungen oder Ehrenauszeichnungen egal. Er interessierte sich für Gerechtigkeit und dafür, dass Menschen in Sicherheit lebten. Er war der selbstloseste, charakterfesteste Mann, der mir je begegnet ist." Seine Stimme klang ein wenig belegt, und er versuchte, die ungewohnte Gefühlsäußerung zu überspielen, indem er einen Schluck Kaffee trank und seine Aufmerksamkeit auf Kelly richtete. „Und wie bist du Künstlerin geworden?"

„Im Gegensatz zu dir kann ich nicht behaupten, dass ich in die Fußstapfen meines Vaters getreten bin – außer, was die Ordnungsliebe betrifft." Ein Lächeln umspielte ihre Lippen. „Er war ein Zahlenmensch. Er hat immer gescherzt, er könnte keine gerade Linie zeichnen, und da war etwas dran. Aber er mochte Kunst und hat mich ermutigt, mein Talent zu entwickeln. Er hat immer für zusätzlichen Malunterricht und Sommerkurse und Material bezahlt …" Sie verstummte und ihr Lächeln schwand. „Er war ein wunderbarer Mensch. So ähnlich wie dein Vater."

Ohne nachzudenken, streckte er die Hand über den Tisch und bedeckte ihre Finger mit seinen. Ihre Augen weiteten sich, aber sie zog ihre Hand nicht fort.

„Falls ich es noch nicht gesagt habe: Es tut mir wirklich leid, dass du ihn verloren hast. Und ich bewundere dich für die große Liebe zu deinem Vater, die dich weiter nach Informationen suchen lässt, um deine Theorie in Bezug auf seinen Tod zu beweisen."

„An manchen Tagen fühlt es sich wie ein aussichtsloser Kampf an." Ihre Stimme bebte, und die Muskeln in ihrem Hals zogen sich zusammen, als sie schluckte. „Aber als ich die Tulpenzwiebeln bekam, hatte ich das seltsame Gefühl, Dad wollte mir damit zu verstehen geben, dass an der Geschichte mehr dran ist. Es war der nötige Ansporn, den ich brauchte, um wieder in den Ring zu steigen, obwohl der Fall schon abgeschlossen ist."

„Du bist nicht allein. Es ist genug geschehen, um auch mich misstrauisch werden zu lassen. Warten wir ab, was wir über die Nummer in dem Portemonnaie deines Vaters in Erfahrung bringen."

Ihre Blicke trafen aufeinander, und Kellys Wangen röteten sich. Dann zog sie ihre Finger vorsichtig unter seinen hervor und nahm die Kreditkartenabrechnung.

Sofort vermisste er die Wärme ihrer Hand.

„Ich hatte nicht vor, dir so viel von deinem Nachmittag zu stehlen." Sie hielt den Kopf gesenkt, während sie die Rechnung unterschrieb.

„Mein Zeitplan ist heute flexibel." Er legte seine Serviette auf den Tisch. „Bist du so weit?"

Als Antwort darauf schob sie sich aus der Nische heraus. Er blieb einen Schritt hinter ihr, als sie sich zwischen den Tischen hindurch zum Eingang schlängelten. Er bestand darauf, sie zu ihrem Wagen zu begleiten, als er hörte, dass sie in der Tiefgarage geparkt hatte.

Der böige Wind und die für diese Jahreszeit ungewöhnliche Kälte waren einer Unterhaltung nicht dienlich, als sie mit schnellen Schritten loszogen. Sie fröstelte, als sie in dem schlecht beleuchteten Parkhaus neben ihrem Ford Focus stehen blieben. „Es ist viel zu früh für so niedrige Temperaturen."

„Das stimmt." Er sah sich schnell auf dem Parkdeck um, während sie ihren Wagen aufschloss. Es waren nur wenige Personen zu sehen. „Und bitte park nicht mehr in Parkhäusern, bis wir diese Sache geklärt haben, in Ordnung?"

Sie wandte sich mit gerunzelter Stirn zu ihm um. „Du machst mich noch ganz paranoid."

„Betrachte es einfach als gesunden Menschenverstand." Er öffnete die Wagentür für sie. „Wegen der Nummer rufe ich dich an. Und noch mal vielen Dank für das Essen. Ich habe es sehr genossen."

Wieder stieg ihr die Röte in die Wangen. „Ich auch."

Einen Augenblick lang zögerte sie. So, als wollte sie noch etwas sagen. Stattdessen stieg sie in ihr Auto.

Er schloss die Tür, trat zurück und wartete darauf, dass sie den Motor anließ. Dann ging er zu seinem eigenen Fahrzeug zurück, froh darüber, dass er ganze zwei Stunden für das Mittagessen reserviert hatte.

Und froh darüber, dass die Nummer in seiner Tasche ihm einen Grund gab, sie wieder anzurufen.

Bald.

Kapitel 7

In den darauffolgenden beiden Tagen hielt ihn der Fall einer vermissten Person auf Trab, aber am Freitagnachmittag hatte Cole eine Gelegenheit, sich mit der Technikabteilung in Verbindung zu setzen und die Nummer weiterzugeben, die Kelly gefunden hatte. Eine Leitung zu identifizieren, die vielleicht seit mehr als einem Jahrzehnt nicht mehr in Betrieb war, würde schwierig sein, sagte man ihm. Über einen Zeitraum von vier oder fünf Jahren hinweg war das normalerweise kein Problem. Doch wenn die Telefongesellschaft noch existierte, konnten sie die Nummer zurückverfolgen. In der Zwischenzeit hatte er vor, einen genaueren Blick in den Bericht des Gerichtsmediziners über John Warren zu werfen. Nach seinem ersten Treffen mit Kelly hatte er sich auf die Zusammenfassung und die Todesursache konzentriert und die Einzelheiten nur überflogen. Die logischen Schlussfolgerungen hatten eine detailliertere Untersuchung nicht nötig erscheinen lassen.

Aber angesichts all dessen, was geschehen war, beschloss er, Kellys Beispiel zu folgen und bei diesem Fall alles genau unter die Lupe zu nehmen.

Er lud sich den Obduktionsbericht herunter, beugte sich vor und las. Er hatte oft genug einer Autopsie beigewohnt, um die Terminologie zu verstehen und zu wissen, dass die Befunde über Leichenstarre und Totenflecke mit Alans Schlussfolgerungen übereinstimmten. Aber eine kleine Bemerkung in der Beschreibung des Äußeren fiel ihm auf.

John Warren hatte eine kleine runde Narbe auf der linken Seite des unteren Rückens gehabt.

Rund.

Was verursachte eine runde Narbe?

Eine Kugel?

Außerdem hatte Kellys Vater noch eine acht Zentimeter lange Narbe am linken Unterbauch.

Bestand zwischen den beiden Narben ein Zusammenhang?

Cole behielt diese Fragen im Hinterkopf und widmete sich den Ergebnissen der inneren Untersuchung.

Der Lungenkrebs war erwähnt, aber ansonsten fiel ihm nichts auf, bis er zum Magen-Darm-Trakt kam. Dort hatte der Pathologe alte Schädigungen des Dickdarms auf der linken Seite festgestellt.

Hatten diese Verletzungen etwas mit den Narben zu tun?

Er las den Rest des Berichts, darunter auch die Ergebnisse der toxikologischen Untersuchung, die das Vorhandensein von Ethanol und Schmerzmitteln konstatierten. Das passte zu dem Bier und den Tabletten, die bei der Leiche und im Haus gefunden worden waren.

Er trommelte mit den Fingern auf dem Schreibtisch und scrollte auf der Seite weiter nach unten. Dale Matthews hatte die Untersuchung vorgenommen. Ein kluger Kopf. Jemand mit Intuition, der sehr genau und gründlich arbeitete. Cole war bei einigen seiner Autopsien anwesend gewesen, und die kombinatorischen Fähigkeiten des Mannes hatten ihn beeindruckt. Matthews spontane Bemerkungen waren natürlich nicht Teil des Berichts. Bei einer Obduktion ging es um Fakten, nicht um Mutmaßungen. Aber Matthew hatte einen gesunden Menschenverstand und Erfahrung, und Cole wollte wissen, was er von den Narben und dem verletzten Darm hielt.

Obwohl die Chance, den Mann gleich beim ersten Versuch an die Leitung zu kriegen, gering war, wählte Cole die Nummer des Mediziners.

Überrascht stellte er fest, dass er Matthews in seinem Büro angetroffen hatte. Der Pathologe öffnete den Autopsiebericht, während Cole ihm eine Zusammenfassung des Falles lieferte.

„Ach ja … ich überfliege den Bericht gerade. An den kann ich mich erinnern. So viele Tode durch Kohlenmonoxidvergiftung bekomme ich nicht rein. Was willst du wissen?"

„Du hast eine rûnde Narbe am Rücken des Opfers festgestellt und eine längliche vorne am Unterleib. Und du hast auf Schädigungen am Dickdarm hingewiesen. Glaubst du, die drei Befunde könnten zusammenhängen? Inoffiziell gesprochen."

„Davon würde ich ausgehen. Sie passen alle zu einer Schussverletzung. Meine Vermutung ist, dass die Kugel in den Rücken eingedrungen ist, den Darm verletzt hat und auf der Vorderseite entfernt wurde."

Matthews' Schlussfolgerung bestätigte seinen eigenen Verdacht.

Auf Kellys Vater war geschossen worden.

„Hast du eine Ahnung, wie alt die Verletzung war?"

„Die Narben waren ziemlich alt. Fünfundzwanzig, dreißig Jahre, würde ich sagen. Beim Darm ist es schwerer zu sagen."

„Gut. Das hilft mir weiter. Danke."

„Kein Problem. Viel Glück bei deinen Ermittlungen."

Als die Verbindung beendet war, legte Cole den Telefonhörer auf und lehnte sich auf seinem Stuhl zurück. Er musste diese neueste Information mit Kelly besprechen. Wenn der Schaden von einer alten Kriegswunde stammte, wusste sie vielleicht davon.

Aber er hatte das Gefühl, dass diese Neuigkeit sie überraschen würde. Dass die Verletzung von einem Zwischenfall stammte, von dem ihr Vater ihr nie erzählt hatte.

Aus diesem Grund wollte er darüber nicht am Telefon sprechen.

Er zog sein Handy vom Gürtel, sah in seinem Telefonverzeichnis nach und wählte ihre Nummer. Sie war nach zweimaligem Klingeln mit einem fröhlichen Hallo am Apparat.

„Hi, Kelly." Er drehte nervös einen Stift in seiner Hand. „Wenn du ein paar Minuten Zeit hast, würde ich heute Abend nach der Arbeit gerne kurz bei dir vorbeikommen."

„Klar." Sie klang überrascht, aber erfreut. „Hast du meine geheimnisvolle Telefonnummer identifiziert?"

„Nein. Die Techniker arbeiten noch dran. Aber ich habe heute noch etwas Interessantes erfahren, wovon ich dir berichten will."

„Ist gut. Hör mal ... da du zur Abendessenszeit bei mir auftauchen wirst, was hältst du davon, wenn du mir beim Essen von deinen Neuigkeiten erzählst? Bei mir steht gegrillter Lachs auf dem Plan. Es sei denn ... schließlich ist heute Freitag. Da hast du wahrscheinlich andere Pläne."

Zu seinem üblichen Freitagabendprogramm gehörte es, mit den anderen alleinstehenden Kollegen loszuziehen, aber das hatte er an diesem Abend gar nicht in Erwägung gezogen – dank der rothaarigen Schönheit am anderen Ende der Leitung.

„Ich habe nichts vor. Und Essen klingt gut. Dann bin ich so gegen sechs Uhr bei dir, wenn dir das passt."

„Super. Bis dann."

Als er das Telefon auf die Station fallen ließ, sagte Alan hinter ihm. „Das klingt so, als wärest du heute Abend nicht für die Happy Hour zu haben."

Cole drehte sich mitsamt seinem Stuhl zu ihm um und lächelte. „Ich bin anderweitig vergeben."

„Du sprichst nicht zufällig von einer gewissen Rothaarigen, die wir beide kennen, oder?"

„Vielleicht." Cole musste Alan von seinem Gespräch mit Matthews berichten. Sein Kollege sollte nicht den Eindruck bekommen, dass Cole etwas hinter seinem Rücken tat. Wo war Alison, wenn er sie brauchte, um ihn in Sachen Taktgefühl zu coachen? „Aber es ist überwiegend dienstlich."

Der andere Mann grinste. „Klar."

„Nein, im Ernst." Er versuchte, seine Erklärung so diplomatisch zu formulieren, wie er konnte. „Kelly hat an diesem Wochenende in einem Geheimfach im Portmonnaie ihres Vaters eine Telefonnummer gefunden. Ich lasse sie gerade von der Technikabteilung überprüfen. Und da immer neue Informationen aufzutauchen scheinen, habe ich mir den Autopsiebericht von Kellys Vater noch einmal angesehen und ein paar Dinge bemerkt, die ich beim ersten Lesen übersehen hatte. Ein paar Narben und eine Verletzung des Darms. Ich hatte gerade eine interessante Unterhaltung mit Dale Matthews, dessen Meinung meinen eigenen Verdacht bestätigt hat. Wir glauben, dass vor vielen Jahren auf Kellys Vater geschossen wurde."

Alan starrte ihn erschrocken an. „Wie konnte ich das übersehen?"

„Wenn man die Todesumstände bedenkt, hätte ich einer alten Verletzung wahrscheinlich auch keine Beachtung geschenkt. Aber im Lichte der jüngsten Entwicklungen frage ich mich, ob hier ein Zusammenhang besteht."

„Sie hat nie etwas davon gesagt, dass ihr Vater angeschossen wurde."

„Ich habe das Gefühl, dass sie nichts davon weiß."

„Deshalb fährst du also heute Abend hin." Die schockierte Miene wich einem Ausdruck des Verstehens. „Um ihr die Nachricht schonend beizubringen – und zu sehen, ob sie Licht auf diesen überraschenden Teil der Vergangenheit werfen kann."

„Mehr oder weniger. Und sie hat angeboten, etwas zu kochen." Cole zog eine Schulter in einer Was-soll-man-machen-Geste hoch. „Seit meine Mutter nach Chicago gezogen ist und Alison mit Mitch ausgeht, bekomme ich nicht oft etwas selbst Gekochtes."

Alans Mundwinkel verzog sich zu einem schiefen Grinsen. „Das kann ich mir vorstellen. Also lass es dir schmecken. Und sag mir Bescheid, was du herausfindest. Vielleicht muss ich mich ja doch noch mal mit der Sache befassen. Aber jetzt genieß erst mal das Essen."

Sein Kollege winkte und verschwand auf dem Flur.

Als Cole sich wieder seinem Computer zuwandte, beschloss er, sein Möglichstes zu tun, um Alans Rat zu befolgen und ein nettes Essen zu haben.

Aber er hatte das Gefühl, dass seine Neuigkeit seiner Gastgeberin den Appetit verderben könnte.

* * *

Die Dinge liefen nicht so, wie er es geplant hatte.

Kelly Warren war *nicht* gestorben, und Cole Taylor interessierte sich viel zu sehr für den Fall John Warren. Es dauerte noch vier Wochen, bis der letzte Teil des Geldes bezahlt werden würde, und seine Schulden türmten sich auf. Inzwischen bestand die ernsthafte Gefahr einer Gehaltspfändung. Aber einen Monat würde er noch durchhalten.

Seine größte Sorge war, dass er die letzte Rate seiner Entlohnung auch tatsächlich bekam. Das letzte Drittel war davon abhängig, ob die Operation einwandfrei verlief, und die Zeitverzögerung war eine Absicherung gegen Spätfolgen.

Die Art von Spätfolgen, wie sie jetzt auftraten.

Die Art, die verhindert werden musste.

Er schritt von einer Seite des spärlich eingerichteten Wohnzimmers zur anderen, während die Muskeln in seinen Schultern sich vor Frustration verspannten. Er war clean geblieben, wie er es versprochen hatte.

Er lebte wie ein Sozialhilfeempfänger, um Geld zu sparen. Eigentlich hatte er sich geschworen, nie wieder so zu leben. In seiner Kindheit hatte er lange genug in irgendwelchen Rattenlöchern dahinvegetieren müssen, weil sein alter Herr nie lange genug nüchtern gewesen war, um eine Arbeitsstelle zu behalten. Nun tat er alles, um sauber zu bleiben, und er hatte nicht verdient, dass die Sache ihm jetzt um die Ohren flog.

Was ihm am meisten zu schaffen machte, war die Tatsache, dass er sich einige der Probleme selbst zuzuschreiben hatte, dank der Erdnussgeschichte. Anstatt Kelly abzulenken, hatte der Zwischenfall sie nur noch mehr motiviert und ihre Entschlossenheit verstärkt. Und jetzt gab es alle möglichen neuen Entwicklungen im Fall Warren. Eine geheimnisvolle Telefonnummer. Eine alte Schussverletzung. Einen Detective, der sich in die Tochter des Opfers verliebte und sich persönlich für den Fall interessierte.

Wenigstens bekam er die aktuellen Updates von einer hervorragenden Quelle. Das war so ungefähr der einzige Lichtblick bei der ganzen Angelegenheit.

Er blieb am Fenster stehen und blickte in die Dunkelheit hinaus. In dieser Jahreszeit wurde es früh dunkel. Das bedeutete, dass die Winterkälte nicht mehr lange auf sich warten ließ. Er hasste den Winter. Wenn die Sache geklärt war und er die letzte Zahlung in

Händen hielt, würde er von hier weggehen, irgendwohin, wo es warm war. Florida vielleicht. Oder Arizona.

Und wenn er Glück hatte, würde er dabei nicht allein sein.

An diese Hoffnung klammerte er sich. Gut, es hatte ein paar Pannen gegeben, aber bis jetzt lieferte keine der neuen Informationen irgendwelche nützlichen Hinweise. Und sie brachten ihn auch nicht mit John Warrens Tod oder mit dem anaphylaktischen Schock seiner Tochter in Verbindung.

Dazu würde er es auch nicht kommen lassen. Er war sehr vorsichtig gewesen. Sein Wohltäter hatte keinen Grund, unzufrieden mit ihm zu sein. Er hatte keinen Grund, die letzte Zahlung zurückzuhalten.

Das plötzliche Aufleuchten von Autoscheinwerfern im Fenster blendete ihn, und er hob erschrocken eine Hand, um die Augen gegen das grelle Licht abzuschirmen. Er zuckte zurück, stieß gegen den Couchtisch und verlor das Gleichgewicht. Er brauchte eine Weile, bis er sich wieder gefangen hatte, und fluchte leise.

Als er sich wieder gefangen hatte, sog er scharf die Luft ein. Normalerweise machte ihm Druck nichts aus. Aber diese ganze Situation ließ ihn nervös werden. Er war so schreckhaft wie ein Black-Jack-Neuling, der zum ersten Mal gegen Profis spielte.

Er rieb sich das Schienbein und humpelte in die Küche.

Er brauchte ein Bier.

* * *

„Also, welche Neuigkeiten hast du für mich? Wir sind schon fast mit dem Essen fertig und du hast sie mir immer noch nicht verraten." Kelly lächelte Cole über den kleinen Bistrotisch in ihrer Küche hinweg zu und lehnte sich zurück. So entspannt hatte er sie noch nie gesehen. Das war gut, wenn man das nächste Gesprächsthema bedachte.

Cole aß seinen letzten Bissen Lachs und legte die Gabel fort. „Zuerst möchte ich dir eine Frage stellen. War dein Vater jemals beim Militär?"

„Nein. Warum?"

„Oder hatte er mal einen Jagdunfall?"

„Das war schon die zweite Frage, aber die Antwort lautet immer noch Nein." Zwei steile Falten erschienen auf ihrer Stirn. Sie nahm ihr Wasserglas und hielt es fest, als wollte sie sich wappnen. „Was hast du herausgefunden?"

„Ein paar Dinge im Autopsiebericht deines Vaters, die ich beim ersten Mal übersehen hatte."

„Zum Beispiel?"

„Bemerkungen über zwei Narben und eine alte Verletzung des Darms."

„Wie alt?"

„Der Pathologe vermutet, etwa fünfundzwanzig bis dreißig Jahre alt, und er sagt, alle drei Verletzungen passen zu einer Schusswunde."

Sie starrte ihn ungläubig an. „Eine Schusswunde? Das ist verrückt. Mein Vater war der sanfteste, gütigste Mann, der mir je begegnet ist. Er hasste Waffen. Und wenn er vor Jahren bei einem Raubüberfall oder etwas Ähnlichem angeschossen worden wäre, hätte er es mir erzählt. Das muss ein Versehen sein."

„Die Verletzungen lassen sich nicht leugnen, das sind Tatsachen. Andererseits können wir nicht beweisen, dass sie von einer Schussverletzung stammen. Aber der forensische Mediziner, der die Autopsie durchgeführt hat, ist ein kluger Kopf, und ich habe ihn angerufen, um ihn zu fragen. Er ist der gleichen Meinung wie ich."

Kelly hob ihr Glas an die Lippen und trank einen Schluck. Ihre Hand zitterte und auch ihre Stimme, als sie sprach.

„Das wird immer merkwürdiger." Sie stellte das Glas vorsichtig ab. „Aber angenommen, es handelt sich wirklich um eine Schusswunde, wie kann eine so alte Geschichte irgendetwas mit dem zu tun haben, was meinem Vater vor fünf Monaten zugestoßen ist?"

„Das ist die große Preisfrage." Er stützte die Ellenbogen auf die Tischplatte und legte nachdenklich die Fingerspitzen aneinander. „In den Tagen und Wochen vor dem Tod deines Vaters, ist da irgendetwas Ungewöhnliches passiert, das im Nachhinein bedeutsam erscheint? Hat dein Vater irgendetwas gesagt oder getan, was dir jetzt untypisch vorkommt oder dir zu denken gibt?"

„Nein. Dad hat ein sehr ruhiges Leben geführt. Er war aktiv in der Kirchengemeinde und im Gartenverein, und manchmal hat er mit einer Seniorengruppe vom Bürgerhaus Ausflüge gemacht. Das Einzige, was er in den letzten Monaten seines Lebens Ungewöhnliches getan hat, ist, dass er an seinem Hochzeitstag allein zu den Niagarafällen gefahren ist. Dort haben er und meine Mutter ihre Flitterwochen verbracht. Er war ungefähr zehn Tage fort. Alleine zu verreisen, war für ihn ungewöhnlich, aber wegen des Anlasses habe ich mir keine Gedanken gemacht."

„Hast du Alan davon erzählt, als er den Fall untersucht hat?"

„Nein." Sie zuckte mit den Schultern. „Es schien mir nicht wichtig. Glaubst du, es könnte etwas bedeuten?"

„Ich weiß nicht. Aber jedes ungewöhnliche Verhalten ist einen genaueren Blick wert. Wann genau ist er verreist?" Er holte ein Notizbuch aus der Tasche und notierte die Daten, die sie ihm nannte. „Hat er auf dieser Reise jemanden besucht?"

„Nicht dass ich wüsste. Ich glaube kaum, dass er Freunde in der Gegend dort hatte. Er und Mom stammen aus dem Mittleren Westen. Natürlich kann es sein, dass er jemanden auf dem Weg dorthin besucht hat, aber ich bezweifle es. Ich glaube, er hätte es mir gegenüber erwähnt. Andererseits weiß ich nicht, warum er mir die Narben oder die inneren Verletzungen verschwiegen hat." Sie biss sich auf die Lippe, und ihr Blick war besorgt. „Ich verstehe das alles immer weniger."

Ihm ging es ähnlich. Jede Tatsache, die sie herausfanden, warf mehr Fragen auf, als dass sie Antworten gab.

„Na ja, die Reise hat vielleicht …" Als das Handy an seinem Gürtel zu vibrieren begann, warf er ihr einen entschuldigenden Blick zu und sah auf die Anruferkennung. Sein Boss. Das verhieß nichts Gutes für den Rest des Abends. „Tut mir leid, ich muss drangehen."

„Mach ruhig. Ich räume schon mal den Tisch ab." Sie stand auf, nahm ihre Teller und verschwand in der Küche.

„Taylor."

„Cole, wir haben einen Doppelmord. Ich brauche ein paar zusätzliche Leute. Schreib dir den Tatort auf, die Einzelheiten erfährst du dort."

Er notierte die Adresse, die Paul nannte. Das war also das abrupte Ende seines schönen Abends mit Kelly.

Als sie mit einem Teller Zitronenschnitten hereinkam, die selbst gebacken aussahen, hatte er sich bereits erhoben.

„Du bleibst nicht zum Dessert." Es war eher eine Aussage als eine Frage, und sie klang ein wenig enttäuscht.

„Die Pflicht ruft. Wir haben einen Fall, bei dem zusätzliche Leute gebraucht werden. Es wird eine lange Nacht werden."

Sie seufzte und ging in Richtung Flur, den Teller noch immer in der Hand. „Ich beneide dich wirklich nicht um deine Arbeitszeiten."

„Sie sind nicht immer so unangenehm." Er blieb an der Tür stehen, und ihre mageren Sicherheitsvorkehrungen gefielen ihm diesmal noch weniger als bei seinem letzten Besuch. „Du musst dir bessere Schlösser zulegen."

„Es steht auf meiner Liste."

„Schieb es auf der Liste ganz nach oben."

„Ich habe schon ein paar Firmen angerufen und warte jetzt auf Kostenvoranschläge. Aber ich will sowieso den Großteil des Wochenendes in Dads Haus verbringen. Bei all den neuen Entwicklungen – wer weiß, was ich da noch so alles finde?"

Dem konnte er nichts entgegenhalten. „Aber sei vorsichtig, ja?"

„Das bin ich."

„Und beim nächsten Mal geht das Essen auf mich."

„Das fände ich nett." Ein warmes Lächeln umspielte ihre Lippen.

Sein Blick blieb an diesen Lippen hängen, und sein Puls beschleunigte sich.

Er wollte nicht gehen und war versucht, sie auf der Stelle zu küssen.

Aber das wäre nicht klug. Also war es vielleicht besser, dass er weggerufen wurde. Das hielt ihn davon ab, die Sache zu überstürzen und einen Fehler zu machen, den er später bereuen würde. Zum

Beispiel die Schwelle vom Dienstlichen zum Privaten zu überschreiten. Oder Kelly in die Flucht zu schlagen. Sie wirkte auf ihn wie jemand, der sich viel Zeit nahm, und wenn er im Rennen bleiben wollte, musste er sich zurückhalten.

„Ich sage dir Bescheid, sobald ich etwas über die geheimnisvolle Telefonnummer höre." Er nahm sich zwei Zitronenschnitten, öffnete die Tür und trat in die kalte Luft hinaus. „Schließ hinter mir ab."

Bevor sie antworten konnte, war er schon auf dem Weg zu seinem Wagen. Und trotz des eisigen Novemberwindes fror er nicht, denn er war immer noch ganz erfüllt von der Wärme ihres Lächelns.

Kapitel 8

„Bist du sicher, dass das eine gute Idee ist?" Lauren warf einen nervösen Blick auf Kellys Zimtschnecke und Mokka, als sie sich im *Perfect Blend* an den Tisch setzten.

Kelly schüttelte ihren Mantel ab, hängte ihn über den Stuhl und setzte sich. „Entspann dich. Ich war seit Dads Tod jeden Samstag hier – und an vielen Tagen dazwischen auch. Das Essen ist ungefährlich. Der Geschäftsführer hat uns das gerade noch mal versichert. Außerdem habe ich einen nagelneuen Injektionspen dabei. Setz dich. Iss. Und hör auf, dir Sorgen zu machen."

„Das sagst du so einfach." Lauren warf ihr einen besorgten Blick zu, während sie sich auf der Kante ihres Stuhls niederließ. „Ich hätte am Samstag beinahe einen Herzinfarkt bekommen. Das will ich nicht noch mal erleben. Dafür habe ich einfach nicht die Nerven."

„Ich auch nicht." Kelly stach mit der Gabel einen Bissen von ihrer Zimtschnecke ab. „Meinst du wirklich, ich würde das hier essen oder trinken" – sie zeigte auf Teller und Becher – „wenn ich irgendwelche Zweifel hätte?"

Lauren sah mit skeptischer Miene zu, wie sie das Gebäck in den Mund schob und kaute.

„Komm schon, Lauren, entspann dich. Mir geht es gut. Ich habe dir doch erzählt, was Cole gesagt hat. Er glaubt, der ältere Mann, der meinen Becher hatte, hat Erdnüsse hineingetan."

„Das ist genauso beunruhigend."

„Wem sagst du das!" Kelly sah sich schnell in dem Café um. Sie kannte die Stammkunden vom Sehen, und der ältere Mann war ein neues Gesicht gewesen – eines, von dem sie hoffte, dass sie es nie wieder sehen würde.

„Das heißt, unser freundlicher Detective ist jetzt empfänglicher für deine Theorie, dass der Tod deines Vaters kein Selbstmord war?"

„Ja. Vor allem nach einigen anderen neuen Entwicklungen." Sie erzählte Lauren von der Telefonnummer, die sie gefunden hatte, und von den neuen Informationen, die Cole im Autopsiebericht entdeckt hatte.

„Wow." Lauren trank einen Schluck von ihrem Karamellkaffee. „Wann hast du das mit der Autopsie erfahren?"

„Gestern Abend."

Ihre Freundin zog eine Augenbraue hoch. „Gestern Abend – heißt das, nach Dienstschluss?"

Kelly rutschte unbehaglich auf ihrem Stuhl herum. Lauren hatte immer offen über ihr Privatleben gesprochen und Kelly sogar einen detaillierten Bericht über Shauns Werben gegeben. Sie hingegen war bezüglich ihrer seltenen Verabredungen, aus denen lediglich eine kurze Beziehung hervorgegangen war, weitaus zurückhaltender gewesen. Lauren behauptete, der Grund für ihre trostlose Vergangenheit in Sachen Romantik ließe sich mit wenigen Worten zusammenfassen: sie sei zu wählerisch. Dagegen konnte Kelly nichts sagen. Die meisten Männer, mit denen sie ausgegangen war, waren ihren hohen Maßstäben nicht gerecht geworden.

Aber mit Cole war es anders. Von dem Tag an, als sie mit dem Lieferschein für die Tulpenzwiebeln in seinem Büro erschienen war, hatte sie eine Verbindung zu ihm gespürt. Nicht nur eine gewisse Anziehungskraft – obwohl diese unbestreitbar vorhanden war –, sondern das Gefühl, dass sie auf einer tieferen Ebene viel gemeinsam haben könnten. Deshalb hatte sie sich aus ihrer Zurückhaltung herausgewagt und ihn zum Mittagessen und gestern zu dem spontanen Abendessen eingeladen.

Aber man konnte ihre Beziehung beim besten Willen nicht als Romanze bezeichnen.

Jedenfalls noch nicht.

Aber sie machte sich Hoffnungen, von denen sie Lauren bisher nichts erzählt hatte. Irgendwie fürchtete sie, wenn sie zu viel darüber sprach, würden sich ihre Träume in Luft auflösen.

„Das war doch keine schwierige Frage, Kelly. Nach Dienstschluss – ja oder nein?"

Unter Laurens prüfendem Blick stieg ihr die Röte ins Gesicht. Sie versuchte, der Frage auszuweichen. „Ermittler haben lange Arbeitszeiten."

„Also, wann hat er angerufen, um dir die Neuigkeit mitzuteilen?"

Jetzt saß sie in der Falle. Dieser Frage konnte sie nicht ausweichen, ohne zu lügen. Und das wollte sie nicht. „Genau genommen hat er mir die Nachricht persönlich überbracht, auf dem Weg von der Arbeit nach Hause."

Lauren nahm ihren Kaffeebecher von den Lippen. „Er war bei dir *zu Hause*?"

„Ja."

„Und wie lange ist er geblieben?"

„Eine Weile. Ich, äh, habe ihn zum Essen eingeladen."

Lauren stellte ganz bedächtig ihr Getränk ab und musterte ihre Freundin mit dem Blick, den Kelly immer als ihren „Staatsanwältinnenblick" bezeichnete. „Anscheinend bin ich nicht mehr auf dem neuesten Stand. Letzte Woche in der Notaufnahme war es zwar nicht zu übersehen, dass es da besondere Schwingungen zwischen euch gibt, aber ich hatte ja keine Ahnung, dass ihr euch schon zum Essen verabredet. Was habe ich sonst noch verpasst?"

Jetzt konnte sie genauso gut alles ausspucken. Lauren würde es ja doch herausbekommen. „Am Mittwoch habe ich ihn zum Mittagessen eingeladen, um mich dafür zu bedanken, dass er in der Notaufnahme gewartet und mich nach Hause gefahren hat."

„Korrigier mich, wenn ich das falsch verstanden habe." Lauren setzte sich aufrecht hin und kniff die Augen zusammen. „Innerhalb weniger Tage hast du ihn zum Mittagessen *und* zum Dinner eingeladen. Und du hast mehrmals mit ihm telefoniert. So weit alles korrekt?"

„Ja, aber es ging dabei meistens nur um den Tod meines Vaters und um nichts Persönliches."

Lauren warf ihr einen „Ja klar!"-Blick zu. „Glaub mir, wenn der Mann kein Interesse daran hätte, den Kontakt zu dir persönlich werden zu lassen, hätte er nicht seinen freien Tag in der Notaufnahme verbracht und alle dienstlichen Angelegenheiten telefonisch geregelt. Erst recht an einem Freitagabend. Meinst du, ein Junggeselle, der aussieht wie Cole Taylor, würde sich ein heißes Date entgehen lassen, nur um den Abend mit Diskussionen über deinen Fall zu verbringen? Er hat ganz eindeutig Interesse an dir!"

Es fiel Kelly schwer, die guten Argumente ihrer besten Freundin zu widerlegen.

„Du brauchst nichts zu sagen." Lauren nahm ihren Becher und lächelte selbstgefällig. „Ich sehe die Antwort in deinem Gesicht. Und ich bin froh, dass du die Initiative ergreifst. So habe ich Shaun gekriegt, wenn du dich erinnerst. Ich habe ihn zu unserem ersten Rendezvous eingeladen."

„Das waren keine Rendezvous, Lauren." Kelly drückte die Gabel in die Krümel ihrer Zimtschnecke, die sie während ihrer Unterhaltung zerlegt hatte.

„Aber du wünschst dir, es wären welche gewesen."

Sie seufzte. „Na gut. Stimmt. Das wäre schön. Er ist ein netter Kerl." Sie schob die Gabel in den Mund und leckte die Krümel ab. „Aber mir ist es lieber, er konzentriert sich auf Dads Fall, bis wir die Sache aufgeklärt haben."

„Das kann ich verstehen. Aber es schadet nicht, ein paar Vorarbeiten zu leisten. Der Mann muss wissen, dass du Interesse an ihm hast. Dass du dir wünschst, er würde sich in dich verlieben."

Kelly dachte an das unterdrückte Feuer in Coles kobaltblauen Augen, als er nach dem Essen gegangen war. Und an seinen Gesichtsausdruck, der deutlich gemacht hatte, dass er sie küssen wollte. Ihr Magen flatterte, und sie umfasste ihren Becher fester. „Ich glaube, das weiß er."

„Hervorragend." Lauren lächelte zufrieden.

Kelly schob die Erinnerung an das gestrige Abendessen beiseite und konzentrierte sich wieder auf ihre Freundin. „Warum bist *du* eigentlich so froh darüber?"

„Weil ich deine Freundin bin. Ich möchte, dass du glücklich bist. Obwohl du erst kürzlich deinen Vater verloren hast und trotz der dramatischen Ereignisse am letzten Wochenende, sehe ich ein Leuchten an dir, das ich noch nie gesehen habe. So wie es Menschen haben, wenn sie sich verlieben."

Kelly starrte sie entsetzt an. „Ich kenne den Mann erst seit einem Monat. So schnell verliebt man sich nicht."

„Vielleicht nicht. Aber man erkennt schon früh, ob ein Mensch etwas Besonderes ist – und ob er es wert ist, ihn besser kennenzulernen. Du siehst genauso aus, wie ich aussah, als ich Shaun erst einen Monat kannte."

„Das bedeutet noch lange nicht, dass etwas daraus wird. Die Anziehungskraft könnte nachlassen, falls wir überhaupt zusammenkommen."

„Das stimmt." Lauren grinste. „Aber ich wette, das tut sie nicht. Es sei denn, du bekommst kalte Füße."

„Warum sollte ich?"

„Weil du es langsam angehen lässt, und ich vermute, dass Cole eher die Überholspur gewöhnt ist."

Sie musste der Einschätzung ihrer Freundin zustimmen. Die meisten Männer wollten schnell mehr, als sie bereit war zu geben. Deshalb hatte sie die Beziehungen immer frühzeitig beendet. Sie hoffte, dass Cole nicht in diese Kategorie fiel. Und sie hoffte auch, dass er ihren Glauben teilte. Dieses Thema war noch nicht zur Sprache gekommen, aber sie musste es herausfinden, bevor sie sich noch mehr auf ihn einließ.

„Es ist besser, vorsichtig zu sein, Lauren. Und meine Prinzipien verletze ich für keinen Mann."

„Vorsicht ist gut. Und Prinzipien sind es auch." Lauren nahm ihren Becher. „Und wenn Cole der Mann ist, den meine Intuition in ihm vermutet, dann wird er beides respektieren. Sollen wir darauf anstoßen?"

„Auf jeden Fall." Kelly nahm ihren Becher und berührte damit den von Lauren.

Eine halbe Stunde später, nach einer angeregten Unterhaltung über verschiedene Themen, sah Lauren auf ihre Uhr und sammelte ihre Becher und Servietten ein. „Tut mir leid, dass ich nicht länger bleiben kann, aber ich habe Shaun versprochen, dass ich rechtzeitig zu Hause bin, damit er mit den Jungs eine Runde Golf spielen kann."

„Kein Problem." Kelly nahm ihren Teller und schob den Riemen ihrer Handtasche über ihre Schulter. „Ich weiß es immer zu schätzen, wenn du dir Zeit für mich nimmst."

„He … du bist nicht weniger wichtig in meinem Leben als früher, als es Shaun und die Zwillinge noch nicht gab. Es tut mir nur leid, dass ich an Thanksgiving nicht hier sein werde. Ich wünschte, wir müssten nicht ausgerechnet dieses Jahr zu den Schwiegereltern nach Ohio fahren."

„Mach dir um mich keine Sorgen, ich komme schon klar." Kelly stand auf, war sich aber nicht sicher, ob das wirklich stimmte. Sie und ihr Vater hatten diesen Tag immer zusammen verbracht. Ihr erstes Thanksgiving-Fest allein würde hart werden.

„Vielleicht erwidert der nette Detective ja deine Einladungen, indem er dich an Thanksgiving zum Essen einlädt."

Erschrocken angesichts dieses Vorschlags schüttelte Kelly den Kopf, während sie zur Tür gingen. „Er und seine Familie haben ein sehr enges Verhältnis, und mich kennen sie ja gar nicht. Außerdem ist es eine große Sache, jemanden zu Thanksgiving einzuladen, und wir haben uns schließlich gerade erst kennengelernt."

„Das heißt aber nicht, dass ich nicht dafür beten kann." Lauren warf Plastikbecher und Servietten in den Mülleimer.

Kelly folgte ihr und warf ihren Teller in den Plastikmüll. Während sie einander umarmten und sich verabschiedeten, dachte sie unwillkürlich, wie schön es wäre, den Feiertag mit Cole zu verbringen. Auch wenn dieser Wunsch natürlich völlig abwegig war.

* * *

Die Hände in die Hüften gestemmt, betrachtete Kelly die beiden Regale im Wandschrank ihres Vaters. Wie die unterste Schublade in seiner Kommode war auch dieser Schrank im Schlafzimmer ein einziges Chaos – eine Mischung aus verschiedensten Gegenständen, die willkürlich aufgetürmt waren. Für einen Mann, dessen Beruf aus akkurater Buchführung von Zahlen und Konten bestand, der die Werkzeuge auf seiner Werkbank in der Garage mit der akribischen Sorgfalt eines Chirurgen aufgereiht und jedes Foto im Familienalbum genau beschriftet hatte, war das Durcheinander dieser beiden Stauräume unnatürlich.

Andererseits hatte jeder ein paar Macken.

Aber sie war nicht gerade erpicht darauf, nach dem Gottesdienst den restlichen Sonntag in diesem Chaos zu verbringen.

Seufzend fügte sie sich in ihr Schicksal, stellte die Trittleiter halb in den Schrank, stieg auf die zweite Stufe und zog einen Arm voll Dinge heraus. Als sie die Arme sinken ließ, stieg ihr eine Staubwolke direkt in die Nase und sie musste niesen. Fünf Mal. Bei jedem „Hatschi!" lösten sich ein, zwei Gegenstände aus dem Stapel auf ihrem Arm und fielen auf den Boden.

Als ihr Niesanfall abgeklungen war, stieg sie von der Trittleiter und ließ die Sammlung von Dingen auf ihrem Arm neben dem Bett zu Boden gleiten. Dann kniete sie sich davor und betrachtete betroffen den chaotischen Haufen. Zerschlissene Pullover, eine durchsichtige Plastikschachtel mit einer vertrockneten Blume, die früher vielleicht ein Anstecksträußchen gewesen war, ein Ordner mit Routen längst vergangener Reisen, ein angelaufener silberner Geld-Clip und verschiedene lose Papierblätter und Grußkarten.

Ach, du liebe Güte!

Sie hatte ihren Vater nie für einen Sammler gehalten, aber vielleicht musste sie ihre Meinung revidieren.

Die Kommodenschublade hatte einen versteckten Schatz enthalten. Vielleicht fand sich in dieser bunten Mischung ja auch etwas.

Durch diesen Gedanken ermutigt, stürzte sie sich in das Durcheinander.

Eine Stunde später, als sie den letzten Arm voller Krimskrams aus dem Schrank zog, waren ihre Hoffnungen bereits sehr gedämpft. Obwohl sie jeden einzelnen Gegenstand untersucht hatte, war nichts dabei gewesen, das sie mit dem Tod ihres Vaters hätte in Verbindung bringen können. Vielleicht war die Telefonnummer alles, was sie finden sollte. Und auch die konnte sich als Sackgasse erweisen.

Sie durchsuchte den letzten Haufen Papier, der Ähnliches enthielt wie die anderen Stapel davor. Anfänglich hatte sie gehofft, die Unterlagen oder Karten ihres Vaters könnten interessante Informationen zutage fördern, aber sie hatte nichts damit anfangen können. Das Programm einer Theaterinszenierung. Die Speisekarte eines Restaurants. Der Beleg einer Pension mit dem Datum des Hochzeitstages ihrer Eltern. Geburtstagskarten von ihrer Mutter. Alles Erinnerungen persönlicher Natur und sonst nichts.

Ein gefaltetes Blatt Briefpapier erweckte jedoch ihre Aufmerksamkeit, und sie nahm es in die Hand. Beim Überfliegen des handschriftlichen Textes sah sie, dass es sich um einen Brief handelte, der vor sechzehn Jahren geschrieben worden war. Sie begann, die Zeilen genauer zu lesen.

Mein lieber J.,

ich habe extra früh geschrieben, hoffe also, dieser Brief erreicht dich zu deinem Geburtstag. Ich wünschte, ich könnte da sein, um dir persönlich zu gratulieren, aber das geht natürlich nicht – und die Endgültigkeit dieser Tatsache belastet mich immer mehr, je mehr Zeit verstreicht.

Als du vor fünfzehn Jahren so plötzlich gegangen bist, bevor wir auch nur die Chance hatten, uns zu verabschieden, wusste ich, dass es nie wieder so sein würde wie vorher. Aber mir war nicht klar, dass so viel von meiner Vergangenheit mit dir verschwinden würde, denn nur du und ich kennen die alten Geschichten und haben die gleichen Erinnerungen an früher. Deine Abwesenheit hat eine klaffende Lücke hinterlassen, die nie wieder ausgefüllt werden wird.

Aber während ich daran denke, was ich verloren habe, tut mir dein eigener Verlust noch mehr weh. Denn du hast alles aufgegeben. Ich bete, dass die Einsamkeit und Isolation deiner frühen Jahre nachgelassen hat und dass das Leben dich nun gut behandelt. Ich weiß, dass K. ein großer Trost für dich ist, und ich danke Gott jeden Tag für ihre Existenz. Ich bin sicher, dass sie zu der wunderbaren jungen Frau herangewachsen ist, die du in deinen Briefen beschreibst.

Du sollst wissen, dass kein Tag vergeht, an dem ich nicht an dich denke – aber ich verstehe und akzeptiere, dass du dort bist, wo du sein musst. Alles Gute zum Geburtstag, J.! Und möge das kommende Jahr für dich und K. voller Glück und Frieden sein. Ihr seid beide immer in meinen Gedanken und Gebeten.

Der persönliche und herzliche Brief war mit dem Buchstaben *P.* unterzeichnet.

Einer Initiale, die eindeutig für eine Person stand, die im Leben ihres Vaters wichtig gewesen war.

Eine Initiale, die mit keiner Person zu tun hatte, von der Kelly jemals gehört hatte.

Verwirrt lehnte sie sich an das Bett ihres Vaters, den Brief in der Hand. Warum hatte ihr Vater einen so alten und lieben Freund nie erwähnt? Warum konnten die beiden sich nie wiedersehen? Warum hatten sie sich so plötzlich getrennt? Was hatte ihr Vater aufgegeben? Wann war er einsam und isoliert gewesen? War P. ein Mann oder eine Frau?

Die Fragen überschlugen sich schneller in ihrem Kopf, als sie sie verarbeiten konnte, und sie schloss die Augen, als ein pochender Schmerz sich in ihren Schläfen breitmachte. Gab es noch andere beunruhigende Gegenstände in diesem letzten Stapel mit Dingen aus dem Versteck ihres Vaters?

Ein unerklärliches Gefühl der Scheu – ja, beinahe Angst – dämpfte jetzt den Eifer ihrer Suche nach neuen Informationen, als Kelly vorsichtig die übrigen Unterlagen durchsah. Sonst fiel ihr nichts Ungewöhnliches mehr ins Auge, außer einer verblassten Fotografie, die sie nie zuvor gesehen hatte und die ihren Vater und ihre Mutter an ihrem Hochzeitstag zeigte. Es war eher ein Schnappschuss als ein offizielles Hochzeitsfoto wie das auf der Kommode ihres Vaters. Dies hier zeigte das lächelnde Brautpaar mit erhobenen Champagnergläsern, das sich gegenseitig zuprostete, mit einem Blick so voller Liebe, dass es Kelly vor Bewegtheit die Kehle zuschnürte.

Sie hielt das Bild in der Hand und sog den unerwarteten Anblick dieses Momentes der Freude, den ihre Eltern miteinander geteilt hatten, in sich auf. Das vor Glück strahlende Gesicht ihrer Mutter war von dem zarten Tüll ihres Schleiers umrahmt, während ihr Vater sie mit der grenzenlosen Liebe ansah, die jede Braut im Blick ihres Bräutigams zu finden hofft.

Diese letzte Entdeckung löste vielleicht keine Rätsel, aber sie war eine wunderbare Erinnerung, die allein schon die stundenlange Suche lohnenswert gemacht hatte.

Als sie den Arm hob, um das Foto zu den wenigen anderen Dingen auf das Bett zu legen, die sie als Erinnerungen behalten wollte, fiel ihr Blick auf die handschriftliche Notiz auf der Rückseite des Bildes. Die Schrift war ihr fremd, und sie sah genauer hin. In einer flüssigen Handschrift hatte jemand oben das Datum notiert. Darunter standen die Worte „Frisch vermählt", gefolgt von zwei Namen.

Das Datum passte zu dem Hochzeitstag ihrer Eltern.

Die Namen nicht.

Jim und Lucille Walsh.

Die richtigen Initialen, die falschen Namen. Dies war ein Foto von ihren Eltern, John und Linda Warren.

War der Fotograf ungefähr zur gleichen Zeit bei zwei Hochzeiten gewesen und hatte die falschen Namen auf die Rückseite dieses Bildes geschrieben?

Oder war dies noch eine merkwürdige Entdeckung auf ihrer stetig länger werdenden Liste?

Und wenn ja, was bedeutete es?

Kelly hatte keine Ahnung.

Aber allmählich kam sie sich vor, als wäre sie in eine Episode von *X-Factor: Das Unfassbare* geraten.

Sie nahm den geheimnisvollen Brief von P. in die Hand und erhob sich, während ihr ein Schauer über den Rücken lief. Die Stille in dem leeren Haus fühlte sich mit einem Mal bedrückend an, und das Bedürfnis, eine menschliche Stimme zu hören und jemandem von ihrer jüngsten Entdeckung zu erzählen, ließ sie nach ihrem

Handy suchen. Sie würde Lauren anrufen – aber ihre beste Freundin würden die neuen Informationen genauso verwirren.

Coles tiefe, beruhigende Stimme war es, die sie hören wollte.

Kelly kramte seine Karte aus ihrer Handtasche. Sie hatte ihn noch nie auf dem Mobiltelefon angerufen oder versucht, ihn außerhalb seiner Arbeit zu erreichen, aber sie wollte nicht bis morgen damit warten, ihm die Neuigkeit mitzuteilen.

Sie holte tief Luft, um ihre Nerven zu beruhigen, und tippte seine Nummer ein. Irritiert stellte sie fest, dass ihre Hände dabei zitterten. Allmählich forderten die Belastungen der vergangenen Wochen ihren Tribut, und die Unruhe raubte ihr den Schlaf. Sie standen mit der Aufklärung des Falles kurz vor einem Durchbruch. Das konnte sie spüren. Und sie verdankte ihn Cole, der sie ermutigt hatte, überall im Haus ihres Vaters zu suchen.

Das Telefon klingelte dreimal, und als sie schon damit rechnete, die Mailbox zu hören, nahm er ab und meldete sich kurz angebunden.

„Taylor."

„Cole, hier ist Kelly. Störe ich gerade?"

„Hallo, Kelly." Er klang abgelenkt, und sie konnte das Summen anderer Stimmen im Hintergrund hören. „Ich bin immer noch mit dem Doppelmord von Freitagabend beschäftigt. Wir sind ununterbrochen dran. Was kann ich für dich tun?"

Die Müdigkeit in seiner Stimme verriet ihr, dass er in den letzten sechsunddreißig Stunden kaum oder gar nicht geschlafen hatte. Es war nicht der richtige Zeitpunkt, um ihm von ihren neuen Informationen zu erzählen. Sie waren jahrelang im Schrank ihres Vaters verborgen gewesen, da konnten sie noch ein, zwei Tage warten.

„Hör zu, ruf mich doch einfach an, wenn es bei dir ein bisschen ruhiger geworden ist. Ich würde gerne etwas mit dir besprechen, aber das kann warten."

„Bist du sicher?" Im Hintergrund hörte sie jemanden seinen Namen rufen, dann sein gedämpftes – und ärgerliches – „Ich komme gleich".

„Ja. Mach deine Arbeit. Und dann ruh dich aus."

„Das wird in absehbarer Zeit nicht passieren." Die Erschöpfung ließ ihn heiser klingen. „Ich rufe dich morgen an, in Ordnung?"

„Wann immer du dazu kommst. Du brauchst dich meinetwegen nicht zu stressen."

„Glaub mir, mit dir zu reden, ist kein Stress. Ich melde mich." Die Verbindung wurde unterbrochen.

Lächelnd beendete sie den Anruf und ließ das Telefon wieder in ihre Handtasche fallen. Komisch. Vor ein paar Minuten war ihr das Haus bedrückend und einsam erschienen. Und jetzt, nach seiner letzten Bemerkung, fühlte sie sich nicht mehr allein.

Auch, wenn sie ihre Neuigkeit am liebsten so bald wie möglich loswerden und seine Meinung dazu hören wollte, hatte sie das Gefühl, dass sie heute Nacht besser schlafen würde.

Kapitel 9

Cole unterdrückte ein Gähnen und griff nach dem Plastikbecher auf seinem Schreibtisch, um einen Schluck Kaffee zu trinken. Die sechs Stunden Schlaf, die er bekommen hatte, als er am vergangenen Abend in voller Montur ins Bett gefallen war, konnten bei Weitem nicht die vielen Stunden wettmachen, die er am Wochenende an Schlaf verloren hatte. Die einzige gute Nachricht an diesem Montagmorgen war, dass er für den Doppelmord nicht zum ermittelnden Beamten ernannt worden war. Diese Ehre war Alan zugefallen. Und da sie bislang noch keine heiße Spur hatten, würde sein Kollege in absehbarer Zeit wohl kaum eine ausgiebige Nachtruhe genießen können.

Cole schüttete noch etwas von der lauwarmen Brühe hinunter und versuchte, sich die Müdigkeit aus den Augen zu reiben. Sobald das Koffein seine Wirkung tat, würde er Kelly anrufen. In der Zwischenzeit konnte er seine E-Mails durchsehen.

Zehn Minuten später, während er ein einschläferndes Schreiben zum Thema Revisionen der Abteilungsgrundsätze las, fing Coles Handy an zu vibrieren. Dankbar für die Ablenkung zog er das Telefon vom Gürtel – doch dann schlug sein Puls ein wenig schneller, als er sah, dass die Technikabteilung am anderen Ende war.

Die E-Mail war sofort vergessen, und er wandte sich mit seinem Drehstuhl von seinem Computerbildschirm ab. *Bitte – lass dies eine Spur sein und keine Sackgasse.*

„Taylor."

„Detective Taylor, hier ist Steve von der Nachrichtentechnik. Sie hatten uns gebeten, Sie auf dem Handy anzurufen, sobald wir irgendwelche Informationen über die Nummer haben, die Sie uns am Freitag gaben. Wir hatten Glück. Die Nummer ist seit mehr als zehn Jahren nicht mehr vergeben, und kein einzelner Name war ihr zugeordnet. Aber die Unterlagen der Telefongesellschaft belegen, dass die Rechnungen vom U.S. Marshals Service bezahlt wurden."

Cole starrte ungläubig auf das Fahndungsplakat gegenüber von seinem Schreibtisch.

Vom U.S. Marshals Service?

Warum sollte ein Buchhalter die Nummer eines U.S. Marshals in einem Geheimfach seiner Brieftasche verstecken?

„Kann ich sonst noch etwas für Sie tun, Detective?"

Cole blinzelte und konzentrierte sich wieder auf den Anruf. „Nein, das ist im Moment alles. Danke, dass Sie das für mich herausgefunden haben."

Er trank noch einen Schluck Kaffee und dachte über diese neue Information nach. Dann griff er zu seinem Diensttelefon und tippte Kellys Nummer ein. Jetzt, wo er plötzlich hellwach war, wurde es Zeit herauszufinden, warum sie gestern angerufen hatte, und ihr von den jüngsten Entwicklungen zu erzählen.

* * *

Kelly tauchte ihren Pinsel in Titanweiß und vermischte es mit dem Permanentrot, das sie vorher aus der Tube auf ihre Palette gedrückt hatte. Sie versuchte, den Farbton der Hartriegelblüten auf dem Foto wiederzugeben, das sie auf einer ihrer Wanderungen im vergangenen Frühjahr gemacht und nun am Rand ihrer Staffelei befestigt hatte.

Sie gab sich ungeheure Mühe, sich auf den Auftrag für die Aprilausgabe der Monatszeitschrift des Instituts für Landschaftspflege zu konzentrieren. Dennoch wanderte ihr Blick immer wieder zu den merkwürdigen Gegenständen aus dem Haus ihres Vaters hinüber, die auf dem Arbeitstisch neben ihr ausgebreitet lagen.

Seine abgewetzte Brieftasche mit dem Geheimfach und der vergilbte Zettel mit der Telefonnummer, der darin gesteckt hatte.

Ein Brief von P.

Das Hochzeitsfoto ihrer Eltern mit den unbekannten Namen darauf.

Die ganze Sache wurde immer merkwürdiger.

Und sie kam sich mehr und mehr vor wie Alice im Wunderland, die sich plötzlich in einer skurrilen Welt vorfindet, in der nichts so ist, wie es scheint.

Sie hatte versucht, die Namen auf der Rückseite des Hochzeitsfotos zu googeln, aber nachdem sie etwa hundert Treffer durchgegangen war, hatte sie aufgegeben. Was nützte eine solche Recherche, wenn sie keine Ahnung hatte, wonach sie suchte?

Als sie sich gerade vorbeugen wollte, um die rosa Farbe auf das Aquarellpapier aufzutragen, störte das misstönende Klingeln ihres Handys die sanften Klänge von Vivaldi, die aus ihrem CD-Spieler drangen. Ihre Hand zuckte, und sie zog sie eilig von der unebenen Oberfläche fort. Einen halben Zentimeter näher, und sie hätte eine rosafarbene Diagonale auf die unberührte Fläche gemalt und ein Blatt des teuren italienischen Papiers ruiniert, das sie bevorzugte.

Nachdem sie den Pinsel in ein Glas mit Wasser gestellt hatte, wischte sie sich die Hände an einem Lappen ab und nahm ihr Mobiltelefon in die Hand. Coles Nummer erschien auf dem Display und löste ein Herzklopfen aus, das eindeutig *kein* verspätetes Erschrecken wegen des plötzlichen Klingelns war.

„Hallo, Cole." Sie wandte sich von dem weißen Papier ab und ihrem Arbeitstisch zu, während ein Lächeln ihre Lippen umspielte. „Ich hoffe, bei euch geht es inzwischen ein bisschen ruhiger zu als gestern Abend."

„Ein bisschen. Jedenfalls für mich. Alan Carlson ermittelt in dem Fall, also springe ich nur ein, wenn es nötig ist. Tut mir leid, dass ich nicht reden konnte, als du angerufen hast."

„Kein Problem. Ich habe in Dads Haus noch zwei Dinge gefunden, die Fragen aufwerfen, und ich wollte wissen, was du davon hältst."

„Ich habe auch Neuigkeiten. Die Technikabteilung konnte der Nummer in der Brieftasche deines Vaters zwar keinen Namen zuordnen, aber sie haben herausgefunden, wer die Rechnungen bezahlt hat. Der U. S. Marshals Service."

Kelly runzelte die Stirn. „Warum sollte mein Vater mit einem Marshal Kontakt haben?"

„Das kann ich dir noch nicht beantworten. Was hast *du* denn gefunden?"

Sie versuchte immer noch, seine Information zu verarbeiten, als sie ihm von dem Brief und dem Foto mit den falschen Namen erzählte. „Wie erklärst du dir das?"

Ihre Frage stieß auf Schweigen – und auf beunruhigende Schwingungen, die sie durch die Leitung spürte. Ihre Finger umklammerten das Telefon fester. „Cole?"

„Ja, ich bin hier. Hör zu, ich habe da eine Theorie, aber ich will erst mit jemandem sprechen, bevor ich voreilige Schlüsse ziehe."

„Du meinst, die Sache ergibt für dich einen Sinn?"

„Vielleicht. Aber ich könnte auch auf der falschen Fährte sein. Gib mir ein bisschen Zeit, damit ich ein paar Dinge überprüfen kann. Aber wenn es stimmt, haben wir einen sehr guten Grund, den Fall deines Vaters wieder aufzunehmen."

„Das ist doch eine gute Nachricht." Sie griff nach dem Hochzeitsfoto ihrer Eltern und versuchte, ihre nächste Frage diplomatisch zu formulieren. „Wenn ihr einen Grund habt, bedeutet das dann, dass Detective Carlson wieder die Ermittlungen übernimmt?"

Wieder folgten einige Sekunden des Schweigens. „Normalerweise würde ich sagen, ja, das ist die normale Vorgehensweise. Aber er ist im Moment mit diesem Doppelmord beschäftigt. Ich rede mit meinem Boss und frage ihn, wie er damit umgehen will. Es könnte nicht schaden, einen frischen Blick auf den Fall zu werfen, und wenn er das auch so sieht, werde ich mich freiwillig melden. Es sei denn, du hättest lieber jemand anderen."

„Nein." Cole war derjenige, den sie in diesem Fall haben wollte – und in ihrem Leben. „Du kennst die Geschichte inzwischen besser als jeder andere."

„Gut. Ich melde mich später noch mal. Und bis wir mehr wissen, sei bitte vorsichtig."

Sie versprach es ihm und legte das Telefon auf die Arbeitsplatte zurück. Dann starrte sie auf das leere Blatt Papier auf ihrer Staffelei.

Je mehr sie aufdeckten, desto mehr schien es ihr, als hätte ihr Vater etwas zu verbergen gehabt. Aber was? War er ein Spion gewesen? Oder ein verdeckter FBI-Agent? Oder beim CIA?

Die Vorstellung war absurd.

Sie versuchte, dieses Rätsel beiseitezuschieben, und mischte die Farbe für die Hartriegelblüten neu, wobei sie mit dem Pinsel in der Farbe rührte. Dann lehnte sie sich vor, um einen mutigen Bogen Farbe zu Papier zu bringen. Langsam entstand eine Blütendolde, und mit jedem Pinselstrich löste sich die Spannung in ihren Schultern ein bisschen mehr. Der Schaffensakt beruhigte sie. So wie der melodische Vivaldi. Dennoch war sie tief im Inneren noch in Unruhe, denn sie hatte das Gefühl, dass sie kurz vor einer wichtigen Enthüllung standen.

Einer Enthüllung, die vielleicht endlich den wahren Grund für den Tod ihres Vaters aufdecken würde.

* * *

Nachdem er mit Kelly gesprochen hatte, tippte Cole sofort Jakes Nummer ein und hoffte, dass sein Bruder nicht zu einer hochkarätigen Verhaftung oder einem anderen Einsatz seiner Spezialeinheit gerufen worden war. Er brauchte Informationen über die Marshals, und Jake war seine beste Quelle.

Als sein älterer Bruder beim zweiten Klingeln abnahm, platzte Cole ungeduldig mit seiner Bitte heraus. „Ich brauche deine Meinung zu einer Theorie und ein paar Informationen."

„Dir auch einen guten Morgen."

Cole presste die Lippen zusammen, als er die Belustigung in Jakes Stimme hörte. Er war heute nicht in der Stimmung für den Humor seines Bruders.

„Erspar mir deine Kommentare. Ich habe dieses Wochenende

mit einem Doppelmord verbracht. Das *ganze* Wochenende. Und mein Montag fängt mit mehr Fragen als Antworten an. Deshalb brauche ich deine Hilfe."

Cole fasste das, was im Laufe des letzten Monats geschehen war, im Schnelldurchlauf zusammen, angefangen mit Kellys erstem Besuch in seinem Büro. Er schloss mit den jüngsten Informationen.

„Also habe ich eins und eins zusammengezählt: Die Telefonnummer eines Marshals im Geheimfach; den Brief von einer Warren sehr nahestehenden Person, die Kelly unbekannt ist; die falschen Namen auf dem Hochzeitsfoto mit den Initialen von Kellys Eltern – all das zusammen genommen ergibt für mich nur eines: ein Zeugenschutzprogramm!"

Totenstille folgte auf seine Äußerung. Das überraschte Cole nicht. Das Zeugenschutzprogramm war für Marshals ein Tabuthema. Erst vor Kurzem hatte Jake einen Beamten erwähnt, der im Gefängnis gelandet war, nur weil er in einer Akte des Zeugenschutzprogramms geblättert hatte.

„Hör zu, ich verlange ja gar keine Insiderinformationen, Jake."

„Gut. Die habe ich nämlich nicht. Nur die Leute, die mit dem Programm betraut sind, wissen etwas darüber. Deshalb haben sie noch nie einen Zeugen verloren, der die Regeln befolgt hat. Was eine Bestätigung betrifft, ob Kellys Vater im Zeugenschutzprogramm war, – da spielt es keine Rolle, ob *ich* fragen würde oder *du*. Wir würden beide die gleiche Antwort kriegen – einen Formbrief, in dem steht, dass die Marshals die Existenz dieser Person oder ihre Teilnahme an dem Programm weder bestätigen noch verneinen können."

Cole fuhr sich mit den Fingern durchs Haar und versuchte, sich in Geduld zu üben. „Das ist mir klar. Ich werde die Namen und das Foto selbst überprüfen. Ich frage nur, ob du meine Theorie für plausibel hältst."

„Es klingt nach einer realistischen Schlussfolgerung." Jake sprach langsam und bedächtig, als würde er jedes Wort abwägen. „Du wirst mehr wissen, wenn du diese Namen zurückverfolgen kannst."

Das half ihm nicht gerade weiter.

„Überleg doch mal … wenn Kellys Vater in dem Programm war,

bedeutet es, dass sie ebenfalls aufgenommen wurde – als Kleinkind. Also könnte *sie* doch einfach zu den Marshals gehen und fragen, oder? Sie würden *ihr* doch sagen, ob sie im Programm ist, nicht wahr?"

„Vielleicht. Das hängt davon ab, welche Vereinbarungen damals getroffen wurden. *Wenn* ihre Familie Teil des Zeugenschutzprogramms war, wollte ihr Vater vielleicht nicht, dass sie es jemals erfährt. Vielleicht wollte er all diese schmutzigen Geschäfte hinter sich lassen. Vielleicht wurde es so eingerichtet, dass sie vom Radar der Marshals verschwand, als sie einundzwanzig wurde. Das könnte gut sein, da sie keine Ahnung von alldem hat. Die Vorkehrungen und Absprachen, die getroffen werden, sind bei jedem Fall anders."

Sein Bruder war gut indoktriniert worden. Noch unverbindlicher konnte man gar nicht sein – und noch öfter konnte man innerhalb nur weniger Sätze das Wort *vielleicht* nicht benutzen.

Na gut. Okay. Er respektierte Jakes Loyalität und wusste die Sicherheitsvorkehrungen zu schätzen, die in das Zeugenschutzprogramm eingebaut waren. Aber eine ganz spezielle Information würde eine Menge Fragen beantworten. Und er hoffte, dass diese Information nicht gegen irgendein Protokoll verstieß.

„Ich möchte dich um einen Gefallen bitten, wenn es nicht zu viel verlangt ist."

„Und der wäre?" Jakes Tonfall war zurückhaltend.

„Ich weiß, dass die Rechnungen zu der Telefonnummer, die Kelly gefunden hat, vom U.S. Marshals Service bezahlt wurden. Das war vor zehn Jahren. Ich bitte dich nicht, mir den Namen zu besorgen, der zu der Nummer gehört, aber kannst du herausfinden, ob sie einem Marshal im Zeugenschutzprogramm gehört hat?"

Noch eine Pause. Cole klopfte mit seinem Stift auf den Schreibtisch und bemühte sich, seine Ungeduld zu zügeln. Man hätte meinen können, er hätte nach dem Code für das Auslösen einer Atombombe gefragt.

„Ich werde sehen, was ich tun kann. Aber ich verspreche nichts."

Wenigstens hatte er nicht Nein gesagt.

„Danke." Cole gab die Nummer durch.

„Alles klar. Sag mal, diese Kelly ... ist das zufällig die Rothaarige, von der Mitch beim Brunch vor zwei Wochen gesprochen hat?"

Der plötzliche Themenwechsel überrumpelte ihn. „Und wenn?"

„Dachte ich mir. Und du hältst immer noch die strikte Trennung zwischen Dienst und Privatleben aufrecht?"

„Ja." So halbwegs zumindest.

„Dir ist schon klar, dass das eine ausgesprochen gefährliche Situation werden könnte, wenn der Tod ihres Vaters kein Selbstmord war ... und wenn deine Theorie stimmt?" Jede Leichtigkeit war aus Jakes Stimme verschwunden.

„Ja." Cole war kein Zeugenschutzexperte, aber er kannte die wichtigsten Fakten. Nur Menschen, deren Leben in höchster Gefahr war, wurden in das Programm aufgenommen. Und einige der Leute, vor denen sie sich versteckten, waren äußerst nachtragend – und rachedurstig.

„Ich melde mich bei dir, sobald ich irgendetwas über die Nummer in Erfahrung gebracht habe, das ich dir sagen darf. Bis dahin sei bitte vorsichtig."

„Darauf kannst du dich verlassen."

Als Jake die Verbindung unterbrochen hatte, stand Cole auf und ging den Flur entlang zu dem Büro, in dem Alans Schreibtisch stand. Ein kurzer Blick verriet ihm, dass dort niemand arbeitete. Er hatte keine Ahnung, wo die anderen waren, aber er ging davon aus, dass Alan entweder mit letzter Kraft Spuren verfolgte oder aber sich ein paar dringend nötige Stunden Schlaf genehmigte, bevor er sich wieder ins Getümmel stürzte.

„Dadurch, dass du seinen Schreibtisch anstarrst, taucht er auch nicht früher auf." Mitch schob sich an ihm vorbei ins Zimmer und ging auf seinen eigenen Schreibtisch zu. Er hatte einen Dreitagebart, und seine Augen sahen müde aus. „Soweit ich weiß, ist er nach Hause gefahren, um sich ein paar Stunden hinzulegen."

„Das solltest du auch tun."

„Das ist der nächste Programmpunkt. Ich bin nur hier vorbeigekommen, um ein paar Sachen zu holen." Er blinzelte Cole an. „Wie kommt es, dass *du* so fit bist?"

„Sie haben mich um Mitternacht gehen lassen."

„Du Glücklicher." Er ließ sich auf seinen Stuhl fallen. „Wenn du mit Alan reden willst, musst du ihn auf dem Handy anrufen."

Cole stemmte die Hände in die Hüften, während er seinen nächsten Schritt überlegte. Er würde die jüngsten Entwicklungen im Fall Warren lieber mit Alan besprechen, bevor er sich an seinen Boss wandte, aber der Mann würde nicht begeistert sein – und nicht gerade hellwach –, wenn Cole ihn aus dem Tiefschlaf klingelte. Die einzige andere Möglichkeit war zu warten, und das schien ihm auch nicht richtig. Jemand musste anfangen, sich auf die Suche nach James und Lucille Walsh zu machen. Und zwar jetzt.

„Du wirkst besorgt. Was ist los?" Mitch rollte seinen Stuhl an den Schreibtisch und warf ihm einen neugierigen Blick zu.

„Neue Informationen im Warren-Suizid. Ich glaube, wir sollten noch einen Blick auf den Fall werfen."

„Und du willst derjenige sein, der den Blick wirft?" Mitch grinste, lehnte sich im Stuhl zurück und faltete die Hände hinterm Kopf. „Oder willst du nicht vielmehr einen Blick auf die Tochter werfen?"

Cole kniff die Augen zusammen und verschränkte die Arme vor der Brust. Erst Jake, und jetzt Mitch. Das große Interesse an seinem Privatleben ging ihm allmählich auf die Nerven. „Nur zu deiner Information, mich interessiert mehr, dass sie am Leben bleibt, als einen Blick auf sie zu werfen. Sie wäre vor einer Woche beinahe gestorben!"

Mitchs Miene wandelte sich binnen eines Herzschlags von belustigt zu nüchtern. „Was ist passiert?"

Er erzählte Mitch in wenigen Sätzen von dem Erdnusszwischenfall. „Und ich habe neue Informationen, die mich mehr und mehr davon überzeugen, dass ihre ursprüngliche Theorie in Bezug auf den Tod ihres Vaters doch stimmen könnte."

„Willst du darüber reden?"

„Noch nicht. Ich warte auf ein paar Daten und muss noch weiter recherchieren." Er rieb sich den Nacken. „Weißt du, ob Paul im Haus ist?"

„Ja. Ich habe ihn in seinem Büro gesehen, als ich vor ein paar

Minuten dort vorbeigegangen bin. Hör zu ... wenn du bei der Sache Hilfe brauchst, sag Bescheid."

„Danke. Aber jetzt geh erst mal nach Hause und schlaf."

„Das habe ich vor." Er gähnte und rieb sich die Augen. „Übrigens, deine Schwester hat mich gebeten, dich daran zu erinnern, dass du die drei Kuchen bestellst, die du zum Thanksgiving-Essen bei Jake und Liz mitbringen wolltest."

Cole warf ihm einen mürrischen Blick zu. „Sag Alison, dass ich alles unter Kontrolle habe."

Mitch grinste und griff zum Telefon. „Du hattest es vergessen, nicht wahr?"

Das hatte er tatsächlich. „Es war viel los. Aber es wäre mir wieder eingefallen." Früher oder später.

„He, ich bin nur der Bote." Er zeigte auf die Tür. „Geh lieber zu Paul, solange er hier ist. So, wie sich die Dinge gerade überschlagen, ist er sicher schnell wieder auf Außeneinsatz."

„Stimmt." Cole winkte und ging den Flur entlang auf das Büro des Sergeants zu. Es gefiel ihm nicht, in Alans Revier einzudringen, ohne zuerst mit seinem Kollegen zu sprechen, aber die potenzielle Gefahr für Kelly machte die Sache dringender. Wenn sie in ein Zeugenschutzprogramm involviert war, könnten sie es mit ein paar skrupellosen Gestalten zu tun haben.

Als er sich dem Büro seines Vorgesetzten näherte, sah er, wie der etwa fünfzigjährige Mann gerade gehen wollte, und winkte ihm zu. „Paul! Hast du zehn Minuten für mich?"

Der sportlich gebaute Sergeant war gerade dabei, seine Jacke anzuziehen, drehte sich um und sah Cole prüfend an. Paul Callahan mochte nicht mehr ständig auf der Straße im Einsatz sein, aber trotz der grau melierten kurzen Haare und den permanenten Ringen unter seinen Augen hatte er seinen legendären Scharfsinn um keinen Deut verloren. Die dienstälteren Mitarbeiter erinnerten sich noch daran, dass er einen Menschen nur ansehen musste und mit erstaunlicher Genauigkeit Schuld, Unschuld und die Schwere der Situation einschätzen konnte. Diese Gabe hatte er immer noch.

Cole war froh, dass sie beide auf derselben Seite standen.

„Ich gebe dir *fünf* Minuten." Paul zog die Jacke über die Schultern und ging Cole voran in sein Büro.

Cole nahm gegenüber von Paul Platz, während sein Boss sich auf seinen eigenen Stuhl fallen ließ.

In weniger als drei Minuten hatte Cole ihm die Situation geschildert und schloss mit seinen Überlegungen in Bezug auf das Zeugenschutzprogramm und der Bitte, den Fall offiziell wieder aufnehmen zu dürfen.

„Hast du das mit Alan besprochen?" Trotz der Erschöpfung in seinem Gesicht strotzte Paul nur so vor Energie und sah ihn mit einem prüfenden Blick an, während er die Ellenbogen auf den Schreibtisch stützte und die Fingerspitzen aneinanderlegte.

„Ja. Ich habe ihn über alles bis auf die jüngsten Entwicklungen informiert. Alan ist im Moment nicht an seinem Platz."

„Und das wird er auch eine Weile nicht sein, es sei denn, wir klären diese Morde auf."

„Das dachte ich mir. Und ich bin nicht sicher, ob wir bis dahin warten können. Außerdem könnte ein frischer Blick auf den Fall hilfreich sein."

„Deiner?"

Cole bemühte sich um einen logischen, dienstlichen Tonfall. „Es macht mir nichts aus, mich darum zu kümmern. Ich habe Kontakt zu Ms Warren, seit sie vor einem Monat hier erschienen ist, und ich bin auf dem Laufenden, was den Fall betrifft."

Paul tippte nachdenklich die Zeigefinger gegeneinander, und Cole versuchte ruhig sitzen zu bleiben. Der Mann hatte den durchdringenden Blick eines Habichts. „Ich finde auch, dass wir uns den Fall noch einmal ansehen sollten. Und ich will Alan nicht von den Morden abziehen. Ich sage ihm, was wir verabredet haben. Und halt uns beide auf dem Laufenden."

„Das mache ich." Cole atmete erleichtert aus und erhob sich.

„Scuttlebutt sagt, Kelly Warren ist ein Hingucker."

Cole wandte sich überrascht zu seinem Vorgesetzten um. Wie sollte er jetzt darauf antworten?

Paul stand auf und kam hinter seinem Schreibtisch hervor. An der Schwelle zu seinem Büro blieb er stehen. „Eine hübsche Frau zu beschützen, ist nicht gerade ein Opfer. Aber ich habe vollstes Vertrauen in deine Fähigkeit, eine professionelle Distanz zu wahren, während du an dem Fall arbeitest." Er sah Cole in die Augen. „Wenn ich das nicht hätte, würde ich dir den Fall nicht geben."

Dann war er fort.

Cole blieb wie angewurzelt stehen und starrte auf den leeren Türrahmen. Dieser kleine Wortwechsel hatte wieder einmal bestätigt, wie scharfsinnig sein Boss war. Mit zwei Sätzen hatte Paul Callahan den Reiz – und die Gefahr – umrissen, die darin lag, wenn man es mit einer schönen Frau zu tun hatte, deren Leben in Gefahr war. Und er hatte zugleich eine Warnung ausgesprochen.

Cole nahm sich diese Warnung durchaus zu Herzen. Wenn Kelly in Gefahr war, musste er seine persönlichen Gefühle aus der Sache heraushalten, denn sie könnten sein Urteilsvermögen beeinträchtigen. Und dann würde er leichter Fehler machen.

Fehler, die tödlich sein konnten.

Also würde er sich an seinen Grundsatz halten, Privatleben und Dienst nicht zu vermischen, bis sie Antworten hatten und er wusste, dass Kelly nicht länger in Gefahr war.

Selbst wenn das sehr schwierig werden würde.

Kapitel 10

„Mr Rossi? UPS hat das gerade abgegeben."

Vincentio blickte von dem Schreibtisch in seinem Arbeitszimmer auf, als seine Haushälterin im Türrahmen stand, und wünschte wie immer, der Raum wäre größer. Das ganze Haus müsste größer sein. Andererseits war es deutlich besser als die winzige Zelle, die er beinahe drei Jahrzehnte lang bewohnt hatte. Und in diesem Lebensabschnitt wollte er die Aufmerksamkeit, die Prahlerei auf sich zog, nicht mehr.

„Bringen Sie es herein, Teresa."

Er betrachtete mit zusammengekniffenen Augen den Karton, den sie auf die Ecke des polierten Schreibtisches aus Walnussholz stellte. Seine Sehkraft hatte ihn zusammen mit seiner Jugend verlassen, aber er hatte keine Mühe, die beiden handgeschriebenen Worte zu lesen, die in dicken Buchstaben quer über das Päckchen geschrieben waren.

ANNAHME VERWEIGERT.

Obwohl sich sein Magen schmerzhaft zusammenzog, behielt er die gleichgültige Miene bei, die er in seinem früheren Leben perfektioniert hatte. „Danke, Teresa."

„Möchten Sie Tee oder Kaffee, Sir?"

„Nein, im Moment nichts."

Mit einem Nicken ging sie. Eine feine Frau, Teresa. Ehrlich, fleißig, verlässlich. Eine hingebungsvolle Ehefrau und Mutter, für die ihre Familie an erster Stelle stand. So wie es sein sollte. Deshalb steckte er ihr hin und wieder etwas von dem großzügigen Vorrat zu, den er vor Jahrzehnten auf einem Auslandskonto angesammelt hatte. Es war gut, Menschen zu belohnen, die ihre Prioritäten richtig setzten. Das hatte er früher oft getan, als sein Haus noch voller Personal und seine offiziellen – wie auch seine inoffiziellen – Gehaltslisten gut gefüllt gewesen waren.

Die Tage der Bediensteten und Arbeitsessen waren jetzt vorbei. Teresa kümmerte sich allein um seinen Haushalt, und es gab keine wichtigen Geschäfte mehr abzuschließen. Das hatte er alles abgehakt, wie die jungen Leute heute sagten. Jetzt war er zufrieden mit einem kleinen Netzwerk aus Partnern, an die er sich wenden konnte, wenn er eine Kleinigkeit erledigt haben wollte. Und die meisten dieser Angelegenheiten in den letzten drei Jahren waren privater Natur gewesen.

Aber bei der einen Sache, die er sich am meisten wünschte, konnten sie ihm nicht helfen.

Bei der Versöhnung mit seinem Sohn.

Schweren Herzens beugte er sich vor, fasste die Kanten des Pakets und zog es zu sich. Er hatte gehofft, wenn er das Päckchen an seinen neu geborenen Enkel adressierte, würde Marco das Geschenk so annehmen, wie es gemeint war: als Versuch eines Großvaters, seinen ersten Enkel auf der Welt willkommen zu heißen.

Aber nein. Das Herz seines Sohnes blieb härter als der Alabaster, der in den Hügeln seines geliebten Siziliens verborgen war. Jeder seiner Versuche, wieder Kontakt aufzunehmen, jede Geste der Versöhnung war zurückgewiesen worden, bis er schließlich gezwungen gewesen war, die harte Wahrheit zu akzeptieren: Der Bruch zwischen ihnen würde nie überwunden werden.

Aber trotzdem … ihm seinen Enkel vorzuenthalten? Er hätte nicht einmal etwas von der Geburt des Jungen erfahren, wenn ein alter Bekannter die Nachricht nicht an ihn weitergegeben hätte – drei Monate nach dem Ereignis.

Diese Grausamkeit seines Sohnes legte sich wie ein Schraubstock um sein Herz.

Er fuhr mit den Fingern über den Namen auf dem Päckchen. *Jason*. Auch das war ein Affront. Es war klar, dass Marco – jetzt Mark, wie Vincentio sich mit einer Grimasse erinnerte – dem Kind nicht nur seinen Großvater vorenthalten wollte, sondern auch seine Herkunft. Was für ein Name war *Jason* schon für einen Jungen aus einer stolzen sizilianischen Familie? Warum nicht Antonino? Oder Stefano? Oder Angelo?

Aber genau das war das Problem. Marco war nicht stolz auf seine Familie. Er schämte sich für sie.

Vor allem für seinen Vater.

Auf einmal erfasste Vincentio eine verzehrende Wut und er sprang auf. Er stieß das Paket zur Seite, lehnte sich vor und stützte sich mit den Handflächen auf den Schreibtisch, während er vor Zorn bebte. Mit welchem Recht erhob Marco sich zum Richter über ihn? Er war ein guter Mann. Ein guter Vater. Er ging jeden Sonntag in die Kirche. Er respektierte und belohnte Loyalität und fleißige Arbeit. Er sorgte für seine Familie. Ja, er hatte ein Unternehmen geführt, das die Regierung nicht gerne sah, so wie sein Vater und Großvater vor ihm. Und ja, er hatte diejenigen bestraft, die ihn verraten hatten. So funktionierte das Familienunternehmen nun einmal. So hatte es immer funktioniert. Hier und in Sizilien. Man beschützte, was einem gehörte. Um jeden Preis.

Aber er hatte diesen harten, unversöhnlichen Ehrenkodex etwas modifiziert, als er die Leitung des Geschäfts übernommen hatte. Er hatte einen gütigeren, sanfteren Ansatz verfolgt als seine Vorgänger. Verräter wurden bestraft, ja, aber unschuldige Menschen, die mit ihnen zu tun hatten, nicht. Er hatte nie an eine Vergeltung geglaubt, bei der Menschen verletzt wurden, die nichts Böses getan hatten.

Manche hatten diesen Standpunkt gelobt.

Andere hatten ihn kritisiert.

Auch sein eigener Vater.

Seine Hände ballten sich zu Fäusten, als er an die abfälligen Attribute dachte, mit denen Salvatore Rossi ihn bei unzähligen Gelegenheiten bedacht hatte. *Weich* war noch das mildeste davon. Selbst jetzt, Jahrzehnte später, hatten diese Worte die Macht, ihm Magenschmerzen zu verursachen.

Aber sein Vater hatte recht damit gehabt, als er vorhergesagt hatte, Barmherzigkeit, Gutmütigkeit und unangebrachtes Vertrauen würden seinen Sohn zu Fall bringen. Sein fatales Fehlurteil war aus der Saat der Freundlichkeit und des Mitgefühls erwachsen. Bewundernswerte Eigenschaften in den Augen Gottes, wenn auch nicht in den Augen Salvatores.

Warum konnte Marco nicht auch das Gute an seinem eigenen Vater sehen, ebenso wie das, was er für schlecht hielt?

War er, Vincentio, etwa wirklich der verabscheuungswürdige Kerl, dem sein Sohn abgeschworen hatte?

Nein!

Vincentio richtete sich auf und straffte die Schultern. Er würde von der Missbilligung seines Sohnes nicht seinen Stolz untergraben lassen, den er immer für seine Herkunft empfunden hatte. Wenn Marco kein Teil des Rossi-Vermächtnisses sein wollte, dann eben nicht. Er schadete damit nur sich selbst. Aber er hatte kein Recht, *seinem* Sohn die Gelegenheit zu nehmen, seinen *Nonno*, seinen Großvater, kennenzulernen. Den Großvater, der seinen Enkel liebte.

Vincentio presste die Lippen aufeinander und öffnete seine Schreibtischschublade, um ein Messer herauszuholen. Ein paar Schnitte waren alles, was nötig war, um das Klebeband zu durchtrennen, mit dem die Klappen des Kartons befestigt waren. Dann griff er in das Seidenpapier hinein und nahm den Plüschteddy heraus, den er eigenhändig ausgesucht hatte.

Wenn sein Sohn dem jüngsten Mitglied der Familie Rossi das Geschenk schon nicht gab, würde er es *selbst* tun.

Wenn der richtige Zeitpunkt gekommen war.

* * *

Bingo.

Cole beugte sich vor, als das Adrenalin durch seinen Körper

schoss, und überflog am Bildschirm den Artikel aus dem Archiv der *Buffalo News*. Seit Paul ihm vor vier Stunden sein Okay gegeben hatte, den Fall Warren wieder aufzunehmen, hatte er am Computer gesessen, und zuerst war die Anzahl der Treffer für James Walsh überwältigend gewesen. Erst nachdem er sich daran erinnert hatte, dass Kelly ihm von der Reise ihres Vaters zu den Niagarafällen erzählt hatte, war er auf die Idee gekommen, im Bundesstaat New York zu suchen.

Und jetzt hatte er einen Volltreffer gelandet. Er starrte auf einen Artikel, der überschrieben war mit: „Schuldspruch für Mafiaboss."

Dem einunddreißig Jahre alten Bericht zufolge hatte die Zeugenaussage eines James Walsh – eines Buchhalters in der Deckfirma des Mafiabosses – entscheidend dazu beigetragen, Vincentio Rossi nach einem Urteil wegen organisierten Verbrechens und Geldwäsche für achtundzwanzig Jahre ins Gefängnis zu schicken. Vor dem Prozess hatte es einen Anschlag auf Walshs Leben gegeben, und er und seine Frau Lucille – zusammen mit ihrer kleinen Tochter – waren in das Zeugenschutzprogramm der U.S. Marshals aufgenommen worden.

Alles passte. Warrens alte Wunde. Die Telefonnummer eines U.S. Marshals im Geheimfach der Brieftasche. Die Namen auf dem Hochzeitsfoto.

Kellys Theorie, dass ihr Vater ermordet worden war.

Cole trommelte mit den Fingern auf den Schreibtisch. Die Tatsache, dass Warren so kurz nach seiner angeblichen Reise zu den Niagarafällen gestorben war, erschien ihm mehr als verdächtig. Wenn Rossi immer noch Groll gegen ihn hegte und wenn Warren gegen die Hauptregel des Zeugenschutzprogramms verstoßen und mit jemandem aus seiner Vergangenheit Kontakt aufgenommen hatte – vielleicht mit P. –, dann konnte es sein, dass man ihn gefunden hatte.

Aber einen Mord zu beweisen, würde schwierig werden. Ein Großteil der Indizien wies auf Suizid hin. Nur Kellys feste Überzeugung und die Nachricht bei der Lieferung Tulpenzwiebeln waren ein Anhaltspunkt dafür, dass etwas am Tod ihres Vaters verdächtig war. Wenn jemand ihn umgebracht hatte, dann war es ihm ausgezeichnet gelungen, den Mord zu vertuschen. Und ihn mit Vincentio Rossi in Verbindung zu bringen, würde noch schwieriger sein.

Jedenfalls konnte es nicht schaden, sich einmal ausführlich mit dem Mafiaboss zu unterhalten.

Aber zuerst musste er seine Hausaufgaben machen. Er musste noch heute sowohl mit Paul als auch mit Kelly reden.

Während er die Treffer seines Browsers nach weiteren Artikeln über den Fall Rossi durchsuchte, fing sein Handy an zu vibrieren. Er zog es vom Gürtel und sah auf das Display, bevor er das Telefon ans Ohr hob. „Hi, Jake."

„Die Antwort auf deine Frage ist Ja. Er ist vor zehn Jahren in Pension gegangen und letztes Jahr gestorben."

„Danke für die Bestätigung." Cole lehnte sich auf seinem Stuhl zurück. „Ich wusste nicht, dass er im Ruhestand bzw. gestorben war, aber den ersten Teil hatte ich mir gedacht." Er erzählte seinem Bruder von dem, was er bis jetzt im Archiv der *Buffalo News* entdeckt hatte. „Aber ich habe gerade mal an der Oberfläche gekratzt und muss noch ordentlich weitergraben."

„Klingt so, als wärest du da auf etwas gestoßen. Wenn du unsere Hilfe brauchst, sag mir Bescheid."

„Mach ich. Und danke noch mal."

Cole schob das Telefon in seine Halterung zurück und suchte weiter nach Berichten über den Fall. Es gab eine ganze Menge davon. In weniger als einer Stunde hatte er eine beeindruckende Liste mit Fakten zu dem Rossi-Prozess zusammengestellt und eine Akte zu Vincentio angelegt. Dank einer langen Unterhaltung mit einer Frau im Einwohnermeldeamt in Buffalo hatte er auch noch einige interessante Hintergrundinformationen zu James Walsh in Erfahrung gebracht.

Es war Zeit, den Sergeant zu benachrichtigen.

Nachdem er die Handynummer des Mannes gewählt hatte, nahm er den Hörer ans Ohr. Gleich nach dem ersten Klingeln bellte Paul eine Begrüßung. Cole zuckte zusammen und hielt den Hörer ein Stück vom Ohr weg. „Paul, Cole hier. Ich habe ein paar interessante Informationen ausgegraben, seit wir heute Morgen miteinander gesprochen haben. Ich würde dir gerne davon erzählen, damit wir die nächsten Schritte diskutieren können. Kommst du heute noch mal ins Büro?"

„Ich betrete gerade das Gebäude. Außerdem habe ich gesehen, dass Carlson gerade auf den Parkplatz gefahren ist. Ich bringe ihn mit. Wir treffen uns in fünf Minuten in meinem Büro."

Ein Klicken verriet Cole, dass das Gespräch beendet war.

Er legte den Hörer auf die Gabel, nahm seine Unterlagen und machte sich auf den Weg zu Pauls Büro. Hoffentlich war Alan nicht sauer, dass er den Fall übernommen hatte … und auf ein paar Ungereimtheiten gestoßen war.

* * *

Kelly fuhr mit den Borsten ihres Lieblingspinsels über ein Stück Seife und spülte ihn dann am Waschbecken im Keller unter warmem, fließendem Wasser aus. Dann drückte sie das Wasser mit einem Papiertuch aus dem Pinsel, richtete die Borsten in ihre ursprüngliche Position auf und legte ihn neben die anderen auf ein Frotteetuch.

Obwohl Coles Andeutung an diesem Morgen, dass all die seltsamen Informationsfetzen zusammenpassten, sie abgelenkt hatte, war es ihr gelungen, ihre Illustration fertigzustellen. Morgen würde sie wieder an ihre Waldfeen gehen.

Während sie die Treppe zur Küche hinaufstieg, hörte sie das gedämpfte Klingeln ihres Handys und beschleunigte ihre Schritte. Vielleicht hatte Cole Neuigkeiten.

Als sie das Telefon endlich aus ihrer Handtasche gekramt hatte, war schon die Mailbox angesprungen.

Doch bevor sie ihre Nachrichten abhören konnte, klingelte das Festnetztelefon. Sie durchquerte eilig das Zimmer, riss das Telefon aus der Station und meldete sich atemlos.

„Kelly? Cole hier. Ich habe Informationen, die ich persönlich mit dir besprechen möchte. Kann ich auf dem Heimweg von der Arbeit bei dir vorbeikommen?"

Sie sah auf ihre Uhr. „Du arbeitest aber wirklich lange. Jetzt ist es schon halb acht. Musstest du wieder an dem Mord arbeiten?"

„Nein. Ich habe mich den ganzen Tag über mit dem Fall deines Vaters beschäftigt. Wir haben ihn jetzt offiziell wieder aufgenommen. Deshalb will ich mit dir reden."

Ihre Finger schlossen sich fester um das Telefon. „Du hast etwas Wichtiges herausgefunden."

„Sehr wichtig."

„Du kannst jederzeit vorbeikommen. Je eher, desto besser."

„Hast du schon zu Abend gegessen?"

„Nein. Aber ich habe auch gerade erst mit der Arbeit Schluss gemacht."

„Soll ich uns eine Pizza holen? Ich habe die Mittagspause durchgearbeitet und bin am Verhungern."

„Wenn du keine Mittagspause hattest, weil du an dem Fall meines Vaters gearbeitet hast, sollte *ich* dir etwas zu essen organisieren."

„Das hast du schon zweimal getan. Jetzt bin ich dran. Ist Pizza in Ordnung?"

„Klar. Egal welche. Und Pizza ist etwas, bei dem ich mir kaum Sorgen wegen der Erdnüsse machen muss."

„Ich frage trotzdem nach. Du kannst in weniger als einer Stunde mit mir rechnen."

Als Kelly auflegte, betrachtete sie ihr mit Farbflecken übersätes Hemd. So gespannt sie Coles Neuigkeiten auch erwartete, war sie doch froh, dass er sie vorgewarnt hatte. Wenn sie sich beeilte, konnte sie noch duschen und die Haare waschen, bevor er hier auftauchte. Das war normalerweise nicht ihr übliches Abendprogramm, aber andererseits hatte sie nicht so oft Besucher, die so attraktiv waren wie der groß gewachsene Detective.

Fünfundvierzig Minuten später klingelte es an der Tür, als sie gerade ein wenig Wimperntusche auftrug. Gut, dass sie unter der Dusche nicht getrödelt hatte, denn er hatte auf dem Weg hierher eindeutig auch keine Zeit verschwendet.

Der herzhafte Duft von Peperoni und Tomatensauce strömte ihr entgegen, als sie die Tür öffnete und ihn hereinbat. „Das riecht lecker."

„Wem sagst du das." Er grinste und schwenkte die Schachtel im Vorbeigehen unter ihrer Nase her. Die Andeutung von dunklen Bartstoppeln auf Kinn und Wangen machte deutlich, dass *er* keine Gelegenheit gehabt hatte, sich nach seinem langen Tag frisch zu machen. „Ich musste meine ganze Selbstbeherrschung zusammennehmen, um nicht auf der Fahrt schon ein oder zwei Stücke zu stibitzen. Küche?" Er hielt die Schachtel hoch.

„Ja."

Sie ging voraus und holte Papierservietten und Teller aus einem Schrank. „Möchtest du etwas trinken? Cola?"

„Gerne."

Sie zog zwei Coladosen aus dem Kühlschrank und ging zum Tisch, wo sie Getränke, Teller und Servietten verteilte.

„Danke." Sie setzten sich und Cole schob die Pizzaschachtel in ihre Richtung. „Bedien dich."

Sie nahm ein Stück, wartete, bis er es ihr gleichgetan hatte, dann neigte sie den Kopf und sprach ein stilles Tischgebet. Sie hatte auch bei den anderen beiden Gelegenheiten, bei denen sie gemeinsam gegessen hatten, im Stillen ihr Tischgebet gesprochen. Auch wenn er nichts dazu gesagt hatte, schien er sich deswegen etwas unbehaglich zu fühlen.

Das war kein gutes Zeichen für ihre Zukunft.

Aber diese Sorge schob sie im Moment erst einmal beiseite. Heute Abend wollte sie sich auf seine Neuigkeiten konzentrieren. Er hatte offenbar nicht übertrieben, als er behauptete, bald zu verhungern, denn er verschlang sein erstes Stück Pizza mit Lichtgeschwindigkeit. Es war wohl besser, wenn sie ihm ein paar Minuten Zeit gab, den ersten Hunger zu stillen, bevor sie ihn mit Fragen bombardierte.

Eine halbe Pizza und zehn wortkarge Minuten später holte Cole endlich Luft und sah zufrieden aus.

„Tut mir leid." Er grinste verlegen und wischte sich den Mund mit der Serviette ab. „Normalerweise schlinge ich nicht so. Es war keine gute Idee, das Mittagessen ausfallen zu lassen – aber ich hatte einen guten Grund."

„Und ich habe geduldig darauf gewartet, ihn zu erfahren."

Er betrachtete ihren Teller, und ihr Blick folgte dem seinen. Von ihrem zweiten Stück Pizza hatte sie bisher nur einen winzigen Bissen gegessen. „Du bist angespannt. Tut mir leid, dass ich dich so lange habe warten lassen." Er zerknüllte seine Serviette und schob den Teller beiseite. „Iss weiter, während ich dich auf den aktuellen Stand bringe."

Ihr Appetit war zwar verschwunden, aber anstatt zu widersprechen, nahm sie ihre Pizza und knabberte daran, während sie ihn erwartungsvoll ansah.

„Okay." Er sah sie mit diesen aufmerksamen, prüfenden blauen Augen an. „Auf der Fahrt hierher habe ich überlegt, wie ich es dir am besten schonend beibringen kann, aber mir ist nichts eingefallen. Also erzähle ich dir einfach die Fakten. Auf dem Bild von deinen Eltern an ihrem Hochzeitstag, das du gefunden hast, standen die richtigen Namen. Dein Vater war vor einunddreißig Jahren Zeuge in einem Mafiaprozess in New York. Ich vermute, dass dein Vater, du und deine Mutter nach dem Prozess neue Identitäten erhieltet und dass ihr in das Zeugenschutzprogramm aufgenommen wurdet."

Mafia. Neue Identitäten. Zeugenschutzproramm.

Die Worte hallten in ihrem Kopf wider, aber Kelly verstand sie nicht.

Während sie ihn anstarrte, blieb ihr der Bissen Pizza im Hals stecken. Sie griff nach ihrer Coladose und trank davon. Dann schluckte sie schwer.

Plötzlich traf sie die Erkenntnis wie ein Schlag und sie begann zu zittern.

Ihre ganze Welt, ihre Identität – alles, was sie über ihre Eltern geglaubt hatte – war eine Täuschung.

Das Aluminium knirschte unter ihren Fingern, und die Cola spritzte aus der Öffnung, als sie unwillkürlich ihre Coladose zerdrückte.

Nur am Rande nahm sie wahr, dass Cole aufstand und um den

Tisch herumging. Er zog sanft die Dose aus ihrem Griff, wischte das klebrige Getränk von ihren Fingern und vom Tisch und zog sie auf die Füße.

„Du kannst später fertig essen. Komm, wir reden im Wohnzimmer weiter."

Sie protestierte nicht. Und sie widersprach auch nicht, als er ihre Finger fest umschlossen hielt, während er sich neben sie auf die Couch setzte.

„Tut mir leid, dass ich dich damit so überfalle." Er drückte ermutigend ihre Hand. „Geht es einigermaßen?"

Sie blinzelte und konzentrierte sich auf sein Gesicht. Zwei steile Falten waren auf seiner Stirn zu sehen, und sein Blick war besorgt.

Reiß dich zusammen, Kelly. Du hast um Antworten gebetet. Also klapp jetzt nicht zusammen, wenn du sie bekommst. Sei dankbar, dass sie dir ein Mann überbringt, dem du vertraust. Ein Mann, dem du nicht egal bist.

Sie zwang sich, tief Luft zu holen, und nickte. „Ja. Ich muss mich nur … sammeln. Bist du sicher, dass du recht hast?"

„Der U.S. Marshals Service wird die Teilnahme deines Vaters am Zeugenschutzprogramm weder leugnen noch bestätigen, aber es ist eine logische Schlussfolgerung. Ich weiß, dass die Nummer, die du in der Brieftasche deines Vaters gefunden hast, einem Marshal gehörte, der an dem Zeugenschutzprogramm beteiligt war."

„Ich dachte, das Zeugenschutzprogramm ist nur für Verbrecher, deren Aussage sie in Gefahr bringt." Sie konnte nicht glauben, dass ihr Vater der Mafia angehört hatte – aber andererseits fiel es ihr schwer, überhaupt etwas von dem zu glauben, was Cole ihr erzählte.

„Normalerweise stimmt das. Aber ein kleiner Prozentsatz von zu schützenden Personen besteht aus Leuten wie deinem Dad – normale Bürger, die Informationen besitzen, mit denen die Behörden einen Kriminellen anklagen können."

Erleichterung durchströmte sie. „Dann war mein Vater kein Verbrecher?"

„Nein, im Gegenteil." Cole drückte wieder ihre Hand, und sein Blick fand ihren. „Nachdem ich die ersten Informationen gefunden hatte, habe ich in den Akten gewühlt. Wie es aussieht, war dein Vater ein ehrenwerter Bürger, der gezwungen war, am Zeugenschutzprogramm teilzunehmen."

Sie blinzelte. „Was meinst du mit *gezwungen*?"

„Jemand hat einen Anschlag auf ihn verübt."

Jetzt ergab alles einen Sinn. „Die alten Narben …"

„Genau. Auf ihn wurde geschossen, als der oberste Mafiaboss Vincentio Rossi, gegen den dein Vater ausgesagt hat, herausfand, dass er mit den Behörden zusammenarbeitete. Rossi war bekannt dafür, dass er nichts vergaß und diejenigen, die ihn verrieten, immer bestrafte. Dein Vater hatte die Wahl zwischen dem Zeugenschutzprogramm und einer Hinrichtung."

„Und meine Mutter und ich – wir waren auch bedroht?"

„Nein. Meine Recherche hat ergeben, dass Rossi einen ungewöhnlichen Ehrenkodex hatte. Er bestrafte nicht die Personen am Rande des Geschehens und rächte sich auch nicht an unschuldigen Familienmitgliedern. Du und deine Mutter, ihr wäret wahrscheinlich sicher gewesen, aber deine Mutter hat wohl beschlossen, ihr altes Leben aufzugeben und mit deinem Dad zu gehen. Wenn sie es nicht getan hätte, hättet ihr beide ihn nie wiedergesehen."

„Wow." Kelly biss sich auf die Unterlippe, als ihr bewusst wurde, was für ein großes Opfer ihre Eltern gebracht hatten. „Aber ich verstehe immer noch nicht, wie mein Vater in die ganze Sache verwickelt wurde."

„Ich arbeite noch an den Hintergrundinformationen, aber ausgehend von dem, was ich bislang gefunden habe, stammen deine Eltern aus Rochester. Sie sind kurz vor deiner Geburt nach Buffalo gezogen, als dein Dad einen viel besser bezahlten Job als Buchhalter angeboten bekam. Wie sich später herausstellte, war das bei einer Deckfirma, betrieben von Rossi. Sein eigentliches Geschäft war das organisierte Verbrechen – vor allem illegales Glücksspiel. Da dein Vater nicht in Buffalo aufgewachsen war, hatte er keine Ahnung, dass Rossi in der dritten Generation zur Mafia gehörte. In seiner Zeugenaussage hat dein Vater erklärt, dass er einige unrealistische Gewinnsteigerungen in mehreren der zugehörigen Betriebszweige festgestellt hatte – eine Reihe von Münzwäschereien, Autowaschanlagen und ein Müllabfuhrdienst. Er hat eins und eins zusammengezählt und ist auf Geldwäsche gekommen. Bis zu diesem Zeitpunkt hatte er geglaubt, das Unternehmen sei legal."

„Noch mal wow." Kelly fuhr sich verwirrt mit den Fingern durchs Haar und versuchte sich ihren sanften, aufrechten Vater mitten in einem solchen Durcheinander vorzustellen. „Und dann ist er zum FBI gegangen?"

„Irgendwann ja. Aber nicht, bevor Rossi versucht hat, sein Schweigen durch Bestechung zu erkaufen. Die Zeugenaussage macht deutlich, dass Rossi deinen Vater mochte und ihn in den drei Jahren, in denen er für die Firma gearbeitet hat, gut behandelt hat. Er hat ihn auf der Gehaltsleiter stetig nach oben befördert. Als dein Dad ihn wegen der finanziellen Unregelmäßigkeiten zur Rede stellte, versicherte Rossi ihm, das Einkommen sei völlig legal. Kurz darauf erhielt dein Vater einen ordentlichen Bonus. Außerdem bot Rossi ihm gute Konditionen beim Kauf eines Hauses in einem sehr begehrten Stadtteil an. Ich vermute, er ging davon aus, dass dein Vater ihm für seine Großzügigkeit danken und die Unstimmigkeiten in den Büchern übersehen würde."

„Stattdessen ging er zum FBI."

„Genau. Nachdem er ein paar der heruntergekommenen Betriebe abgeklappert hatte, von denen Rossi behauptete, sie würden gutes Geld einbringen, wurde ihm klar, dass sein Boss unmöglich die Wahrheit gesagt haben konnte. Die Behörden haben deinen Vater dann davon überzeugt, dass es das Beste wäre, weiter mitzuspielen, während sie Beweise sammelten. Aber Rossi erfuhr von den Ermittlungen und setzte einen Killer auf deinen Dad an. Er wäre gestorben, wenn nicht ein Polizist, der außer Dienst war, zufällig dazugekommen wäre, als der Anschlag auf deinen Vater verübt wurde. Der Polizeibeamte wurde dabei ebenfalls verwundet."

Das klang alles eher wie die Handlung eines Films als wie ihre Familiengeschichte. „Also kam Rossi ins Gefängnis und wir wurden in das Zeugenschutzprogramm aufgenommen."

„Ja. Er hat wegen organisierter Kriminalität und Geldwäsche achtundzwanzig Jahre hinter Gittern verbracht."

„War die Aussage meines Vaters der Grund für das Urteil?"

„Sie war ein entscheidender Baustein. Aber drei Mitglieder aus Rossis Organisation erklärten sich ebenfalls bereit, auszusagen, wenn sie mildere Strafen bekämen."

„Was ist mit ihnen geschehen?"

„Sie haben ihre Zeit abgesessen. Und dann sind sie alle innerhalb eines Jahres nach ihrer Entlassung gestorben. Autounfall. Hausbrand. Baustellenunglück."

Kelly konnte kaum atmen. „Selbstmord."

Seine Lippen bildeten eine schmale Linie. „Ja."

„Und nichts davon konnte mit Rossi in Verbindung gebracht werden?"

„Noch nicht." Sein Blick wurde hart.

„Warum haben diese Männer nicht auch an dem Zeugenschutzprogramm teilgenommen, nachdem sie entlassen wurden? Schließlich war Rossis Rachsucht doch bekannt."

Cole zuckte mit den Schultern. „Das alles war lange her. Vielleicht dachten sie, seine Macht hätte nachgelassen, weil er noch im Gefängnis saß. Vielleicht hofften sie, er könnte sich beruhigt haben. Oder sie dachten, mit ihrer Erfahrung könnten sie ihm entkommen. Das Zeugenschutzprogramm ist nur der letzte Ausweg, Kelly. Dein bisheriges Leben endet damit, und viele Leute gehen lieber das Risiko ein, als ein solches Opfer zu bringen."

Sie seufzte. „Das wird mir allmählich klar. Wo ist Rossi jetzt?"

„Wieder in Buffalo. Er tut nichts Illegales, wenn man der Polizei vor Ort und dem FBI Glauben schenkt. Ich habe das heute Nachmittag überprüft."

„Aber das stimmt doch nicht. Er hat meinen Dad gefunden, trotz des Zeugenschutzprogramms." Sie sah ihn verständnislos an. „Wie konnte das passieren?"

Cole ließ ihre Hand lange genug los, um seine Finger mit ihren zu verflechten. „Ich glaube, er hat gegen die Regeln verstoßen. Obwohl Teilnehmer des Zeugenschutzprogramms keinen direkten Kontakt zu Freunden oder Verwandten haben und ihnen auch nicht ihre neuen Identitäten oder ihren Wohnort verraten dürfen, können sie durch das Zeugenschutzprogramm Post schicken und über gesicherte Leitungen vorher arrangierte Telefonate führen. Dein Vater hatte nur einen Verwandten, mit dem er regelmäßig Kontakt gehabt haben könnte. Einen Bruder, der Professor für Englisch war und an ALS, an Amyotropher Lateralsklerose gestorben ist. Er hieß Patrick."

P. Der mit dem Brief.

Sie hatte einen Onkel gehabt und es all die Jahre nicht gewusst.

Eine schockierende Nachricht jagte die andere.

„Ich nehme an, die Reise deines Vaters zu den Niagarafällen war ein Vorwand." Cole strich mit dem Daumen über ihren Handrücken und die sanfte Berührung war irgendwie tröstlich. „Ich glaube, er fuhr dorthin, um seinen Bruder ein letztes Mal zu sehen, weil er davon ausging, dass es nach all den Jahren sicher sein würde. Dort hat jemand von Rossis Organisation ihn entdeckt."

Kelly schloss die Augen und hob ihre freie Hand, um die Kopfschmerzen wegzumassieren, die hinter ihrer Stirn zu pulsieren begannen. Mit der anderen Hand hielt sie Cole fest, als hinge ihr Leben davon ab. Seine Anwesenheit war das einzige zuverlässige Element in einem Leben, das plötzlich auf den Kopf gestellt wurde und in dem nichts mehr so war, wie es den Anschein gehabt hatte.

„Wir lösen diesen Fall, und dann wird der Gerechtigkeit Genüge getan. Das verspreche ich dir."

Sie öffnete die Augen, als sie seinen harten, unnachgiebigen Tonfall hörte. Seine felsenfeste Entschlossenheit war tröstlich – aber es war klar, dass sie es mit einem klugen, vorsichtigen Gegner zu tun hatten.

„Das möchte ich ja gerne glauben, aber …" Sie runzelte die Stirn und versuchte, all das, was sie erfahren hatte, zusammenzubringen. „Wie hat Rossi den Tod meines Vaters bewerkstelligt? Wer hat ihn umgebracht? Wie hat der Killer es geschafft, den Mord wie einen Suizid aussehen zu lassen?"

„Darauf habe ich noch keine Antworten."

Ihr Verstand arbeitete auf Hochtouren, und die Fragen kamen ihr schneller, als sie sie aussprechen konnte. „Du hast gesagt, Rossi tut unbeteiligten Personen nichts. Glaubst du dann immer noch, dass der Erdnusszwischenfall etwas mit dem Tod meines Vaters zu tun hat?"

Zwei steile Falten erschienen wieder auf seiner Stirn. „Ich gebe zu, das passt nicht zusammen. Es sei denn, er hat seine Prinzipien geändert, sonst hätte er es nicht auf dich abgesehen." Er hob die Hand und rieb sich nachdenklich den Nacken. „Aber die Zufallstheorie glaube ich auch nicht."

„Ist mein Onkel noch am Leben?"

„Nein. Er starb, während dein Vater in New York war. Vielleicht war er sogar bei der Beerdigung."

„Weißt du, ob ich noch irgendwelche anderen Verwandten habe?"

„Deine Mutter hatte keine Geschwister. Der Bruder deines Vaters war Witwer, aber er hatte drei Kinder. Zwei in Rochester, eins in New York City. Das ist alles, soweit ich weiß."

Sie hatte Cousins oder Cousinen. Eine Familie. Und jetzt, wo ihre Deckung aufgeflogen war, mussten sie vielleicht nicht Fremde bleiben, wenn die Situation mit ihrem Vater erst einmal geklärt war.

Das war der einzige Lichtblick inmitten dieser dunklen, angsteinflößenden Situation.

„Möchtest du wissen, wie du früher geheißen hast?"

Sie blinzelte, als Cole die leise Frage stellte. Natürlich – ihr Name war ja auch geändert worden. Sie hieß nicht Kelly Warren. Ihr Herz schlug schneller, und sie nickte ruckartig, während sie sich innerlich wappnete. „Ja."

„Im Zeugenschutzprogramm werden Personen oft ermutigt, ihren Vornamen oder wenigstens ihre Initialen zu behalten. Es ist dann einfacher, Fehler zu vertuschen, wenn man aus Versehen den alten Namen sagt oder schreibt. Deshalb passten die ursprünglichen Initialen deiner Eltern auch zu ihren neuen Namen. Bei dir stimmen sie auch überein. Du wurdest als Kathleen Walsh geboren. Ein schöner irischer Name." Er lächelte verhalten, während er eine ihrer Haarsträhnen berührte. „Der Teint und das Haar passen dazu."

Abgelenkt von seiner Berührung musste sie sich zwingen, sich auf diese neue Information zu konzentrieren. „Kathleen Walsh. Es wird eine Weile dauern, bis ich mich daran gewöhnt habe."

„Du brauchst den Namen nicht wieder anzunehmen, wenn du nicht willst. Die Unterlagen sind alle verschlossen. In den Augen der Welt bist du Kelly Warren. Und in meinen auch."

Die Wärme seines Lächelns half die beunruhigende Kälte zu vertreiben, die sich auf sie gelegt hatte. „Und was machen wir jetzt?"

„*Du* machst gar nichts. Aber ich fahre nach Buffalo, um mich ausgiebig mit Mr Rossi zu unterhalten. Mein Boss hat die Reise heute Nachmittag genehmigt."

Sie sah ihn skeptisch an. „Ich bezweifle, dass er irgendetwas zugeben wird."

„Ich erwarte auch kein Geständnis, aber vielleicht erfahren wir dennoch etwas, das uns helfen kann, den Mann zu identifizieren, der Rossis Befehle ausgeführt hat. Und wenn wir den finden, dann gibt er vielleicht auf und legt seine Verbindung zu Rossi offen."

„Es sei denn, Rossi findet ihn zuerst." Das schien ihr das wahrscheinlichere Szenario zu sein, wenn man das skrupellose Bild bedachte, das Cole von dem Mafiaboss gezeichnet hatte.

„Das könnte sein." Cole suchte ihren Blick. „Aber die Polizei von Buffalo und das FBI sagen, dass Rossi seit seiner Entlassung kaum in Erscheinung getreten ist. Er war viele Jahre lang aus dem Verkehr gezogen. Die meisten seiner früheren Kollegen sind gestorben oder für die unterschiedlichsten Verbrechen eingebuchtet worden. Sein Einflussbereich hat sich deutlich verringert, und er hat weniger Hilfen zur Verfügung als früher. Außerdem ist er ein sorgfältiger Planer, der nichts überstürzt. Wir werden ihm nicht viel Zeit geben, die Art von akribischen Vorbereitungen zu treffen, die er bevorzugt."

Sie runzelte die Stirn. „Wer auch immer es getan hat – ich verstehe nicht, wie er meinen Vater dazu gebracht hat, freiwillig Tabletten zu nehmen, Alkohol zu trinken und sich hinter den Auspuff eines Wagens zu setzen. Aber es gibt keine Anzeichen für einen Kampf." Das Hämmern hinter ihrer Stirn wurde stärker. „Ich begreife das alles nicht."

„He." Cole drückte ihre Finger. „Es ist *meine* Aufgabe, das herauszufinden, und ich habe eine Menge Hilfsmittel dafür. Konzentriere *du* dich darauf, dass dir nichts passiert. Hast du schon einen Termin für den Einbau der neuen Schlösser?"

„Ja, die Firma kommt am Freitag."

Er musterte sie eine Weile schweigend. „Vielleicht können sie den Termin vorziehen."

„Du hast doch gesagt, Rossi täte unschuldigen Personen nichts."

„Ich sagte, dass es in der Vergangenheit so war. In der Gegenwart würde ich lieber kein Risiko eingehen."

Sein leiser, eindringlicher Tonfall verriet ihr, dass er sich Sorgen machte. Und die machte sie sich auch. Mit der Mafia war nicht zu spaßen.

„Ich rufe gleich morgen dort an."

„Gut." Mit einem letzten Händedruck ließ Cole sie los und erhob sich. „Soll ich die Pizza für dich in den Ofen tun? Du hattest nicht viel zu essen." Cole klang besorgt.

„Nein, aber danke trotzdem. Nimm du sie doch mit nach Hause."

„Danke, ich hatte meinen Teil. Vielleicht bekommst du später Hunger, Kelly."

Nach allem, was sie heute Abend verdauen musste? Das war nicht sehr wahrscheinlich.

Er ging zur Tür und sie stand auf, um ihm zu folgen. Auf der Schwelle drehte er sich zu ihr um.

„Ich halte dich auf dem Laufenden, wie die Dinge sich entwickeln."

„Danke." Sie schlang die Arme um ihren Oberkörper und wünschte sich, es wäre Cole, der sie umarmte. Als hätte er ihre Gedanken erraten, schob er die Hände in die Taschen seiner Anzughose. „Ich bin immer dem Grundsatz gefolgt, eine professionelle Distanz zu den Personen einzuhalten, die mit meinen Fällen zu tun haben, Kelly."

Sie hörte dieselbe Sehnsucht in seiner leisen, heiseren Stimme, die auch sie erfüllte. „Das ist klug."

„Aber nur damit du es weißt: Wenn das hier vorbei ist, würde ich dich gerne sehr viel besser kennenlernen. Falls du Interesse daran hast."

Ihre Laune wurde schlagartig besser. „Das habe ich."

Ein Lächeln breitete sich langsam auf seinem Gesicht aus und er berührte mit den Fingerspitzen ganz zart ihre Wange. „Das ist die beste Nachricht, die ich am Ende dieses Montages bekommen konnte."

Dann ging er hinaus und zog die Tür hinter sich zu.

Kelly blieb einen Moment lang stehen, wo sie war, und ließ seine Worte in sich nachklingen. Wieder einmal hatte sie das Gefühl, als hätte ihre Welt sich schlagartig verändert.

Diesmal zum Guten.

Kapitel 11

Alan Carlson nahm die Flasche mit dem billigen Scotch, die er auf dem Heimweg gekauft hatte, schraubte den Verschluss ab und füllte sein Glas. Zum dritten Mal.

Es war ein höllischer Tag gewesen.

Oder besser gesagt, ein höllischer Monat.

Er schüttete das bernsteinfarbene Getränk hinunter und atmete dann zischend aus, während der Alkohol sich einen brennenden Pfad seine Kehle hinunter bahnte. Im Magen angekommen, streckte er seine wärmenden Tentakel aus und löste die Knoten der Anspannung.

So war es besser.

Ein Mann verdiente es, sich zu entspannen, nachdem er am Wochenende beinahe rund um die Uhr gearbeitet hatte, nur um den Montag mit einem Tritt in die Magengrube zu beenden.

Nachdem er das Glas wieder gefüllt hatte, stellte er die Flasche auf die Küchenzeile und ging zum Sofa hinüber. Er brauchte nur zehn Schritte, um in dem kleinen Loch, in dem er nun hauste, bis ans andere Ende zu gelangen. Es war Welten entfernt von der geräumigen Dreizimmerwohnung, die für Cindy und ihn ein Zuhause gewesen war.

Ein Zuhause, das sie verloren hatten.

So etwas geschah, wenn man mit seinem Einkommen Spielschulden begleichen musste, anstatt die Hypothek zu bedienen. Oder Stromrechnungen zu bezahlen. Oder Raten für den Wagen.

Oder die Kreditkartenabrechnung. Jeder einzelne Cent von seinem Gehalt, ihrem Ersparten und dem Treuhandkonto, das Cindys Onkel ihr hinterlassen hatte, war in seine Spielsucht geflossen.

Kein Wunder, dass sie ausgezogen war.

Kein Wunder, dass sie auflegte, wann immer er anrief.

Alan setzte das Glas an die Lippen und trank noch einen Schluck von dem Scotch. Diesmal brannte er nicht mehr so in der Kehle.

Er schloss die Hände um das Whiskyglas und ließ sich auf dem Sofa nieder. Er hatte nie viel getrunken. Ab und zu ein Bier, das war alles gewesen. Keine harten Sachen. Cindy hatte das gefallen. Und sie mochte es auch, dass er nicht rauchte und keinen anderen Frauen hinterherschielte. Sie hatte immer gesagt, wie glücklich sie sich schätzte, dass sie einen Mann gefunden hatte, dem sie vertrauen konnte. Einen Mann ohne schwerwiegende Laster.

Bis sie herausgefunden hatte, dass er doch eines hatte.

Ein ziemlich großes sogar. Das war das Aus für ihre Beziehung gewesen.

Seine Hand verkrampfte sich um das Glas, als er an den Tag zurückdachte, an dem sie ihren zweiten Hochzeitstag feiern wollten. Er war von der Arbeit nach Hause gekommen und sie hatte den aktuellen Kontoauszug in der Hand gehalten. Den, von dem er gehofft hatte, er könnte ihn abfangen, bevor sie ihn öffnete. Sie war ihm an der Tür entgegengekommen, verzweifelt und beunruhigt, und hatte ihn gefragt, ob er etwas über die großen Abhebungen von ihrem Treuhandkonto wisse.

Er hatte Cindy nie belügen können. Also hatte er gebeichtet.

Der Ausdruck des Schocks und des erlittenen Verrats in ihrem Gesicht war in sein Gedächtnis eingebrannt. So lebhaft, als hätte die Szene sich erst vor einer Woche abgespielt und nicht vor einem Jahr.

Er hatte ihr damals geschworen, dass er die Spielschulden erst in jüngster Zeit gemacht hatte – und dass sie ein Fehler seien, den er zutiefst bereute. Er sagte ihr wahrheitsgemäß, dass er in den ersten anderthalb Jahren ihrer Ehe nicht gespielt hatte. Und er versicherte ihr, dass er es auch wieder schaffen könnte, ohne Wetten und Spiele auszukommen. Er hatte sie in den Arm genommen und versprochen, sich zu ändern, weil er sie zu sehr liebte, um ihre Ehe noch einmal durch sein Verhalten zu gefährden.

Und er hatte jedes Wort dieses leidenschaftlichen Plädoyers ernst gemeint.

Aber die eiserne Disziplin, die er bei seiner Arbeit einhielt, hatte ihn in seinem Privatleben im Stich gelassen. Der Adrenalinstoß der Wetten, der hohen Einsätze und die Euphorie des Gewinnens waren zu stark gewesen, als dass er ihnen hätte widerstehen können.

Cindy hatte in den ersten sechs Monaten Nachsicht mit ihm gehabt und ihm mehr Chancen gegeben, als er verdiente. Aber am Ende hatte er alles verloren. Sein Haus. Seine Ersparnisse. Seine Frau.

Alles, was er jetzt noch hatte, war sein Job.

Eine Welle des Selbsthasses schlug über ihm zusammen, und er stand auf. Zu schnell, denn die Welt schwankte, und er hielt sich an dem Mountainbike fest, das an der Wand lehnte, um sich abzustützen. Es bewegte sich jedoch und er griff fester zu, den einzigen Besitz umklammernd, an dem ihm noch etwas lag. Das einzige Hilfsmittel, auf dem er sich in einem Rausch aus Wind und Geschwindigkeit verlieren konnte … und die Sorge verdrängen, die ihm schlaflose Nächte bescherte. Er wünschte, er wäre jetzt dort – auf seinem Lieblings-Mountainbikepfad im Weldon Spring Park.

Aber so bald würde das leider nicht geschehen.

Er holte tief Luft, und als der Horizont wieder waagerecht war, ging er mit vorsichtigen, bedächtigen Schritten auf die Küchenzeile zu. Er wollte nicht auch noch eine aufgeplatzte Lippe erklären müssen, weil er gegen den Couchtisch gefallen war. Niemand bei der Arbeit wusste davon, wie sehr er sein Privatleben vermasselt hatte, und so sollte es auch bleiben. Er war zu viele Risiken eingegangen, um jetzt noch zu scheitern.

Das einzige Mal, dass er wieder dem Glücksspiel erlegen war, seit Cindy ihn verlassen hatte, war in der Dominikanischen Republik gewesen. Er hatte eine spontane Reise dorthin unternommen, um die zweite Ratenzahlung für den Spezial-Job zu feiern, den er erledigt hatte. Aber dieses Spiel hatte nur Pfennigbeträge verschlungen. Es war kein *richtiges* Glücksspiel, sondern eher ... Unterhaltung gewesen. Ja. So konnte man es am besten beschreiben. Anstatt sich nach seinen Mountainbike-Touren noch etwas beim Parasailing über dem Karibischen Meer zu erfreuen, war er ins Kasino gegangen. Und nachdem er die zweitausend Dollar ausgegeben hatte, die er für die Spielerei in diesem Urlaub eingeplant hatte, war er aus dem Kasino marschiert und hatte den Karten eiskalt den Rücken zugekehrt.

Darauf sollte er einen trinken.

Seine Finger verweigerten jedoch ihre Mitwirkung, und er verschüttete mehr Scotch, als in seinem Glas landete. Als die Flüssigkeit über die angeschlagene Resopalplatte der Küchentheke lief, griff er nach einem Papiertuch und wischte sie auf. Zwei Sekunden später war die Flüssigkeit verschwunden.

So wie sein Drang zum Glücksspiel.

Ja, er hatte seinen Zwang jetzt unter Kontrolle. Und mit der Zeit würde er auch Cindy davon überzeugen, dass er seine Schwäche im Griff hatte. An dem Tag, als sie gegangen war, hatte er geschworen, dass er aufhören würde. Er hatte versprochen, dass er innerhalb eines Jahres sein Leben ändern, die Schulden abbezahlen und ihr Vertrauen wiedergewinnen würde. Egal, was es kostete.

Und es hatte ihn bisher viel gekostet.

Aber er hatte es beinahe geschafft. Seine letzte Zahlung würde in weniger als vier Wochen kommen. Jetzt konnte er es nicht mehr vermasseln.

Es sei denn, das Schicksal verschwor sich gegen ihn.

Mit einem Mal sank seine Laune, und selbst die betäubende Wirkung des Alkohols konnte die düstere Realität seiner Lage nicht überdecken. Im letzten Monat, angefangen mit dem ungünstigen Zeitpunkt seines Urlaubs, war er vom Pech verfolgt gewesen. Wäre er in der Stadt gewesen, als Warrens Tochter mit ihrer blöden Tulpennachricht erschienen war, hätte er sie davon überzeugt, dass die Sache keine Bedeutung hatte. Voller Mitgefühl hätte er zugestanden, dass es sich um einen merkwürdigen Zufall handelte und dass er verstand, warum sie die Umstände, unter denen ihr Vater gestorben war, nur schwer akzeptieren konnte. Er hätte ihr schonend beigebracht, dass die Nachricht jedoch nicht genug war, um angesichts der überwältigenden Indizienbeweise für einen Selbstmord noch weitere Ermittlungen in dem Fall anzustellen. Dann wäre sie von ihm mit netten Worten zur Tür begleitet worden, und damit wäre die Angelegenheit erledigt gewesen.

Aber nein! Er hatte in der Karibik Urlaub gemacht und an einem Blackjack-Tisch gesessen. Oder er war mit dem Rad einen Berg hinaufgefahren und hatte sich am Strand in der Sonne geaalt. Weil die letzten fünf Monate ohne Zwischenfall verstrichen waren, hatte er geglaubt, der Fall Warren wäre so tot wie Kellys Vater.

Da hatte er die Karten wohl falsch gedeutet.

Er zerknüllte das nasse Papiertuch so heftig in seiner Faust, dass ein paar Tropfen Scotch zwischen seinen fest zusammengepressten Fingern hindurchrannen.

So, wie nach und nach immer mehr versteckte Fakten durch die Ritzen des Warren-Falls drangen.

Und als wäre das nicht schon genug, hatte Taylor sich eingemischt – und mehr als nur ein professionelles Interesse an der Tochter entwickelt. Er hatte sich ihre Theorie nicht nur angehört, sondern sie auch noch ermutigt, das Haus ihres Vaters nach weiteren Beweisen zu durchsuchen.

Und sie hatte welche gefunden.

Wie wahrscheinlich war das gewesen?

Nicht wahrscheinlich genug, um Wetten darauf abzuschließen, das stand fest.

Aber so schlimm das auch war, hatte sich die Neuigkeit, die Taylor ihm und Paul vor zwei Stunden berichtet hatte, als noch schlimmer erwiesen.

Sein Kollege hatte John Warren mit dem Zeugenschutzprogramm in Verbindung gebracht und ihn bis zu Vincentio Rossi zurückverfolgt – einem Mafiaboss. Er hatte alle bekannten Fakten kombiniert und war zu dem unvermeidlichen Ergebnis gekommen, dass Rossi einen Killer auf Warren angesetzt hatte.

Und jetzt hatte er Paul überredet, ihn nach New York reisen zu lassen, um mit dem Kerl zu reden.

Alan fluchte leise und schleuderte sein Glas gegen die Wandfliesen über der Küchenzeile. Das Glas zersprang, und die Stücke flogen in alle Richtungen, sodass seine Küche nun mit scharfen Scherben übersät war, die nur darauf warteten, sich in sein Fleisch zu bohren.

Es erschien ihm in diesem Moment wie ein Bild für das Minenfeld, zu dem sein Leben nun geworden war.

Er umklammerte die Rückenlehne des Küchenstuhls und kämpfte gegen die nackte Panik an, die ihm die Kehle zuschnürte, als ihm seine verzweifelte Lage bewusst wurde.

Obwohl er seinen Teil der Abmachung eingehalten hatte, indem er sich um Warren gekümmert hatte, war nicht alles glattgelaufen. Er hatte den Mafiaboss im Stich gelassen.

Und die Strafe dafür würde nicht schön werden.

Alan fuhr sich mit den Fingern durchs Haar und fing an, nervös auf und ab zu gehen, während das Glas unter seinen Füßen knirschte. Wenn er nur vorher gewusst hätte, dass sein anonymer Wohltäter dem organisierten Verbrechen angehörte und dass Warren sich mit der Mafia angelegt hatte, hätte er von dem Auftrag die Finger gelassen. Er hätte nicht einmal in Erwägung gezogen, die Rettungsleine zu ergreifen, die jetzt zu einer Schlinge um seinen Hals geworden war.

Er versuchte, einen klaren Gedanken zu fassen, aber sein Instinkt war stärker als die Vernunft und schrie ihm zu, dass er fliehen musste. Er sollte sofort verschwinden.

Aber eine Flucht würde nichts nützen. Obwohl der Alkohol seinen Verstand vernebelte, wusste er das. Sie würden ihn finden, so wie sie Warren gefunden hatten.

Er musste herausbekommen, wie er die Sache wieder hinbiegen konnte, bevor Taylor mit Rossi sprach. Er musste den Mafiaboss davon überzeugen, dass ein Besuch von einem Detective aus St. Louis nicht mehr als nur eine kleine Unannehmlichkeit war und dass alle Fragen sich klären würden.

Alan hatte keine Ahnung, wie er das anstellen sollte. Aber eins wusste er.

Wenn ihm nicht bald ein genialer Plan einfiel, war er ein toter Mann.

* * *

„Vielen Dank, dass du mich mit der Mafia verkuppelt hast."

Als er diese Bemerkung hörte, drehte Cole seinen Stuhl zu seinem Schwager in spe um. Mitch stand auf der Schwelle zum Büro, eine Schulter gegen den Türrahmen gelehnt, die Arme verschränkt, einen Mundwinkel spöttisch hochgezogen. Gestern Nachmittag hatte Paul sich nicht festlegen wollen, als Cole gefragt hatte, ob Mitch ihn nach New York begleiten könne. Aber offensichtlich hatte der Sergeant über Nacht eine Entscheidung getroffen. Er musste Mitch gleich abgefangen haben, als dieser zur Arbeit erschienen war.

Die Erleichterung löste die Anspannung in Coles Schultern. Nachdem er seinen Kollegen im vergangenen Frühjahr bei Alisons Entführung im Einsatz erlebt hatte, war er davon überzeugt, dass er niemand anderen als Mitch in einer gefährlichen Situation als Rückendeckung haben wollte.

Und gefährlicher als die Mafia ging es nicht.

„Ich dachte, die Mafia wäre ein kleiner Fisch im Vergleich zu dem, was du als Kampfschwimmer der Navy erlebt hast."

Mitch stieß sich vom Türrahmen ab und schlenderte in den Raum. „Vielleicht."

Die vage Antwort überraschte Cole nicht. Die meisten von Mitchs Spezialeinsätzen waren geheim gewesen.

„Also, erzählst du mir, worum es geht?" Mitch setzte sich auf die Ecke von Coles Schreibtisch. „Paul hat gerade mal zwei Sätze dazu gesagt."

„Das ist typisch." Cole lehnte sich zurück, faltete die Hände auf dem Bauch und brachte Mitch auf den aktuellen Stand.

Als er fertig war, zog Mitch die Augenbrauen hoch. „Ich würde sagen, Kelly Warrens Hartnäckigkeit hat sich ausgezahlt. Und zwar gewaltig!"

„Gewaltig ist allerdings auch die Liste von Verbrechen, die auf Signor Rossis Konto gehen."

„Stimmt. Wie sieht dein Plan aus?"

„Ich will alle Fakten haben, bevor ich ein Treffen vereinbare. Ich glaube, bis Donnerstag bin ich so weit, dass ich ihn anrufen kann. Was hältst du davon, wenn wir uns am nächsten Montag in den Flieger setzen?"

„Das passt mir. Wie kann ich dir in der Zwischenzeit helfen?"

Cole grinste, richtete sich auf und schob seinen Stuhl näher an den Schreibtisch. „Gut, dass du fragst. Hol dir einen Stuhl. Es könnte eine Weile dauern."

* * *

Er brauchte einen Abschiedsbrief.

Alan öffnete die Augen und blinzelte zur Zimmerdecke hinauf, während er versuchte, den sauren Geschmack im Mund hinunterzuschlucken.

Dass er gestern Abend eine halbe Flasche Scotch getrunken hatte, war für sein Denkvermögen nicht förderlich gewesen. Und es hatte dazu geführt, dass er praktisch im Koma gelegen hatte, und zwar … er blickte auf seine Armbanduhr … zwölf Stunden lang.

Aber es hatte auch dazu geführt, dass er den Gedanken eines Abschiedsbriefes noch einmal überdacht hatte. Also lohnte sich der Kater vielleicht doch.

Er setzte sich langsam auf und zog eine Grimasse, weil sein Magen sich hob, als er die Beine über die Bettkante schwang. Mit klopfendem Herzen zwang er sich, tief Luft zu holen. Und noch einmal. Sich zu übergeben kam nicht infrage. Er musste sich konzentrieren und den Gedanken festhalten, der allmählich Gestalt annahm.

Kelly Warren hatte davon gesprochen, dass nach dem Tod ihres Vaters kein Abschiedsbrief gefunden worden war. Sie war fest davon überzeugt gewesen, dass er im Falle eines Selbstmordes eine Nachricht für sie hinterlassen hätte, in der er ihr sein Handeln erklärte und ihr ein letztes Mal sagte, dass er sie liebte. Alans Antwort, dass Menschen mit Depressionen sich nicht immer so verhielten wie üblich, hatte sie nicht überzeugt. Sie hatte vielmehr darauf bestanden, dass ihr Vater nicht depressiv gewesen war.

Aber ein Schreiben in seiner Handschrift … das konnte sie nicht so einfach ignorieren. Vor allem, wenn die Schrift von Experten als echt bestätigt worden war.

Und das konnte er bewerkstelligen, wenn es sein musste.

Alan erhob sich und stützte sich dabei auf die Rückenlehne des Stuhls neben dem Bett, auf dem er sein Telefon, seine Dienstmarke und seine Waffe abgelegt hatte, bevor er bewusstlos geworden war. Als ihn eine neue Welle der Übelkeit packte, schluckte er sie hinunter. Er würde nicht mehr trinken. Um die Sache sauber durchzuziehen, brauchte er einen klaren Kopf.

Kaffee und trockener Toast standen ganz oben auf seiner Prioritätenliste, als er sich barfuß in die Küche schleppte. Gut, dass er nach Warrens Tod in weiser Voraussicht ein paar Dinge hatte mitgehen lassen. Die gekritzelten Notizen in Ordnern, die To-Do-Listen aus der Küche, das handgeschriebene Protokoll eines Gartenvereinstreffens, das in Warrens Schreibtisch gelegen hatte. Nichts, was seine Tochter vermissen würde, aber eine hervorragende Absicherung. Nur für den Fall, dass etwas schiefging.

So wie jetzt.

Er hatte sogar ein paar leere Seiten vom Briefpapier des Mannes eingesteckt und Warrens Fingerspitzen auf das Papier gedrückt.

Von Anfang an hatte er mit dem Gedanken gespielt, einen Abschiedsbrief zu fälschen. Aber andere Leute in eine geheime Operation mit einzubeziehen, erhöhte das Risiko. Also hatte er beschlossen, auf den Brief zu verzichten – es sei denn, während der Ermittlungen ergab sich ein Problem.

Wie sich herausstellte, war ein Abschiedsbrief gar nicht nötig gewesen. Er hatte seine Arbeit so gut gemacht, als er Warrens Tod inszenierte, dass niemand seine Schlussfolgerungen infrage gestellt hatte.

Bis vor wenigen Wochen.

Er riss die Kühlschranktür auf, nahm eine Tüte mit billigem Kaffeepulver heraus, das seine bevorzugte Starbucks-Sorte ersetzt hatte, und knallte die Tür wieder zu. Er hätte sich schon vor Wochen um den Brief kümmern sollen, als Kelly angefangen hatte, Staub aufzuwirbeln. Damals wäre es einfacher gewesen, ihn im Haus ihres Vaters zu verstecken, bevor sie angefangen hatte, es zu durchsuchen.

Stattdessen hatte er Panik bekommen und aus einem Reflex heraus gehandelt. Er hatte versucht, sie zu eliminieren – oder sie wenigstens abzulenken –, indem er eine lebensgefährliche Erdnussallergie ausgelöst hatte. Und dank seiner Verkleidungskünste, die er als verdeckter Ermittler in Dallas perfektioniert hatte, war ihm die Aktion hervorragend gelungen.

Aber Panik war immer ein Fehler … auf der Straße und im Leben. Ein Fehler, den er nicht gemacht hätte, wenn er nicht verzweifelt versuchen würde, jedes Hindernis für eine Versöhnung mit Cindy aus der Welt zu schaffen.

Doch die Vergangenheit ließ sich nicht ändern. Er konnte nur nach vorne blicken und sich diesmal von seinem Verstand leiten lassen und nicht von seinen Gefühlen.

Er öffnete mit ungeschickten Fingern die Kaffeepackung, während er in Gedanken seinen Tag durchging. Sobald er nüchtern war, würde er im Büro vorbeischauen. Dann bei der Bank halten, die entwendeten Unterlagen aus seinem Schließfach holen und Freddie anrufen, um eine Übergabe zu vereinbaren. Der etwa Sechzigjährige, der früher Geld unterschlagen hatte, war jetzt sauber – meistens jedenfalls –, aber er war der beste Fälscher in der Gegend.

Und Freddie war ihm noch etwas schuldig, weil Alan ihn einige Male hatte davonkommen lassen. In seinen elf Jahren als Polizist hatte Alan die Erfahrung gemacht, dass es nicht schadete, sich Leute auf der Schattenseite des Gesetzes warmzuhalten. Sie konnten bei Ermittlungen nützliche Quellen sein – wenn sie einen persönlichen Grund hatten, zu kooperieren. Und solche Gründe hatte Freddie jede Menge. Er würde diesen kleinen Job für ihn erledigen und keine lästigen Fragen stellen.

Wenn er den Abschiedsbrief erst einmal in Händen hielt, würde er sich einen Plan überlegen, wie er ihn so deponieren konnte, dass Kelly ihn finden musste. Er hoffte, dass Rossi sich so lange heraushalten würde. Es gab keine eindeutigen Beweise, die ihn oder den Mafiaboss mit dem Verbrechen in Verbindung brachten. Mit der Zeit würden die Fragen im Sande verlaufen.

Wenn Rossi ihm die Zeit *ließ*.

Er schüttete den Kaffee in den Filter der Kaffeemaschine und musste sich von dem Geruch abwenden. Normalerweise mochte er den Duft von Kaffee, aber ihm war noch zu schlecht vom Alkohol am Abend zuvor.

Vielleicht war die Übelkeit aber auch auf die vertraute Angst zurückzuführen, die sich seiner bemächtigte. Die gleiche Angst, die er verspürte, wenn sich das Glück mitten in einem Spiel mit hohem Einsatz gegen ihn wandte, mit den gleichen Symptomen – trockener Mund, hämmernder Puls, flache Atmung. Und dazu das erdrückende Gefühl, dass er gleich alles verlieren würde, aber dass es zu spät war, um noch auszusteigen.

Die Situationen waren tatsächlich vergleichbar. Auch wenn der Einsatz bei diesem Spiel ungleich höher war.

Ihm fiel nur eine Lösung für sein Problem ein, die aber nicht wasserdicht war.

Eine Welle des Unbehagens erfasste ihn. Eine andere Person einzuweihen war riskant. So viel Freddie ihm auch schuldete, er konnte sich doch als unberechenbar entpuppen. Außerdem hatte Alan keine Ahnung, wie er, ohne Verdacht zu erregen, einen Brief in einem Haus deponieren sollte, das von Kelly und der Spurensicherung bereits gründlich durchsucht worden war.

Es würde ein furchtbarer Tag werden.

Frustriert zog er die Kanne aus der Kaffeemaschine und stapfte zur Spüle. Aber einen Augenblick später zuckte er zusammen, als ein stechender Schmerz durch seine Fußsohle fuhr.

Er fluchte leise und blickte auf den Boden. Glasscherben glitzerten in der Morgensonne, die durch das Küchenfenster fiel. Er sah, wie bereits Blut unter seiner Fußsohle hervorquoll.

Er war genau in das Chaos hineingetreten, das er am Abend zuvor angerichtet hatte.

Sein Magen zog sich zusammen.

Mit einem Schnitt im Fuß konnte er umgehen.

Aber wie alle Spieler, denen er bislang begegnet war, glaubte er an Zeichen.

Und das hier war kein gutes.

* * *

„Willst du was aus dem Automaten?" Cole streckte sich und erhob sich vom Tisch in dem Besprechungsraum, den Mitch und er beschlagnahmt hatten. „Es ist schon weit nach Mittag."

„Ja." Mitch rieb sich den Nacken und betrachtete den Stapel Papier, der vor ihm lag. „Irgendetwas mit Zucker – und Koffein. Schokolade wäre gut. Ich brauche Energie."

„Ich dachte, Mitglieder der Marine-Spezialeinheit essen gesünder."

Mitch grinste. „Und wieder ist ein Mythos geplatzt." Er klopfte sich auf den Bauch. „Wenn ich ehrlich bin, ist meine Disziplin, was das Essen betrifft, ziemlich den Bach hinuntergegangen, seit ich Alison kenne. Sie ist eine tolle Köchin."

„Stimmt – trotz ihres furchtbaren Kaffees. Aber du siehst nicht aus, als würdest du zu viel essen."

„Das liegt daran, dass ich meine tägliche Anzahl Bahnen erhöht habe. Das Schwimmbad ist zu meinem Zweitwohnsitz geworden, seit deine Schwester angefangen hat, mich vollzustopfen."

Cole verdrehte die Augen. „Erwarte kein Mitgefühl von mir. Ich lebe von Junggesellenfraß. Glaub mir, ich hätte nichts dagegen, wenn jemand ab und zu für mich kochen würde."

„Hat Kelly dir nicht letztens Abendessen gemacht? Wie sind denn *ihre* kulinarischen Fertigkeiten?" Mitch grinste ihn an.

Cole bemühte sich um einen neutralen Gesichtsausdruck. „Es war ein sehr spontanes Essen."

„Willst du damit sagen, sie hat dir ein Fertiggericht in die Mikrowelle geschoben?"

Wohl kaum. Die Zitronenschnitten, die er auf dem Weg zum Einsatz verschlungen hatte, waren umwerfend gewesen – so wie der Rest der Mahlzeit, die sie ihm serviert hatte.

„Ich nehme an, das heißt Nein." Mitchs Grinsen wurde noch breiter.

Cole presste die Lippen zusammen, damit sein Kollege das Lächeln nicht sah, das um seine Lippen zuckte. Stattdessen warf er ihm einen mürrischen Blick zu, während er sich in Richtung Tür schob. „Bist du sicher, dass du nicht noch was anderes willst als einen Schokoriegel?"

„Sicher. Ich bin heute Abend bei Alison zur Lasagne eingeladen, da muss ich Kalorien sparen."

Cole legte die Stirn an den Türrahmen und stöhnte. „Also gut, reib es mir ruhig unter die Nase."

„Du kannst gerne mitkommen. Sie macht eine große Auflaufform voll, das reicht für uns alle. Und gerade gestern erst hat sie gesagt, dass sie in letzter Zeit nicht viel von dir gehört hat und dass ihr euch mal wieder sehen solltet."

Er wusste, was das bedeutete. Seine Schwester wollte ihn in die Mangel nehmen. Er verglich den Reiz eines selbst gekochten Essens mit dem eines Verhörs über seinen Glauben oder sein Liebesleben und beschloss, dass mehr gegen als für eine gemeinsame Mahlzeit sprach.

„Mal sehen, wie es heute Abend aussieht." Mit dieser unverbindlichen Aussage verschwand er.

Sein Magen protestierte laut wegen des verspäteten Mittags-Snacks, als Cole den Gang entlangeilte, um so schnell wie möglich zu den Automaten zu gelangen. Als er um die Ecke bog, wäre er beinahe mit Alan zusammengestoßen.

„Oh! Tut mir leid." Er grinste und machte einen Schritt zur Seite. „Erzähl's niemandem von der Streife, sonst laden die mich noch wegen eines Verkehrsdeliktes vor."

Seine humorvolle Bemerkung traf auf ein verärgertes Stirnrunzeln. „Warum haben es alle immer so eilig?"

Coles Lächeln erstarb, als er Alan musterte. Die Augen des Mannes waren gerötet und blutunterlaufen, und die Sonnenbräune von vor zwei Wochen war einer ungesunden grauen Gesichtsfarbe gewichen. Wenn er es nicht besser wüsste, hätte er glauben können, sein Kollege hätte die Nacht durchgezecht. Aber selbst in der Happy Hour am Freitagabend trank Alan nie mehr als ein oder zwei Bier.

„Alles in Ordnung?"

„Klar." Der Mann fuhr sich mit der Hand übers Gesicht und bemühte sich offensichtlich, sich zusammenzureißen. „Ich habe am Wochenende nicht viel Schlaf bekommen."

„Was machen die Mordermittlungen?"

„Gar nichts. Die Spuren, die ich verfolgt habe, waren allesamt Sackgassen. Und was gibt es im Fall Warren Neues?"

Cole schob die Hände in die Hosentaschen. Alans steife Art bei dem gestrigen Treffen mit Paul hatte sein Missfallen darüber, dass er von dem Fall abgezogen wurde, deutlich zum Ausdruck gebracht.

„Nichts Neues. Wir recherchieren im Moment nur. Ich hoffe, dass ich morgen Rossi anrufen und ein Treffen für Montag mit ihm ausmachen kann."

„Es wird schwierig werden, ihm etwas anzulasten." Alan lehnte sich mit einer Schulter an die Wand, als wäre er erschöpft. „Am Tatort war nichts, was ihn mit Warrens Tod in Verbindung bringen könnte. Er ist ein Profi, der das Gesetz mit Leichtigkeit umgeht. Wenn er etwas damit zu tun haben sollte, dann hat er sicherlich darauf geachtet, dass keine Spur zu ihm führt."

„Aber er hat immerhin in der Vergangenheit genügend Fehler gemacht, um für Jahrzehnte im Gefängnis zu landen."

Der letzte Rest Farbe wich aus dem Gesicht seines Kollegen. „Auch wieder wahr."

„Hör zu … bist du sicher, dass du in Ordnung bist? Vielleicht hast du dir den Virus eingefangen, der gerade im Umlauf ist."

„Nee." Alan stieß sich von der Wand ab. „Ich bin nur müde. Sag Bescheid, wenn sich in dem Warren-Fall etwas tut. Ich mag keine offenen Fragen."

„Klar. Ich halte dich auf dem Laufenden."

„Wie geht es der Tochter?"

„Im Moment gut. Ich habe sie davon überzeugt, die Sicherheitsvorkehrungen im Haus zu verstärken. Ihre Fenster- und Türschlösser waren erbärmlich."

„Ja, ich weiß noch, dass mir das damals auch auffiel, als ich während der Ermittlungen ein paarmal bei ihr war, um mit ihr zu reden. Wenn Rossi etwas mit der Sache zu tun hat, schadet es nicht, sich zusätzlich abzusichern." Er seufzte. „Na, dann mal wieder zurück an die Arbeit."

„Viel Glück."

„Danke. Ich glaube, das werde ich brauchen." Er hob die Hand zum Gruß und entfernte sich den Gang hinunter.

Cole blickte ihm ein paar Sekunden lang nach und setzte sich dann wieder in Bewegung in Richtung Verkaufsautomaten. Er hatte noch keine drei Schritte zurückgelegt, als sein Handy zu vibrieren begann.

Der Hunger ließ ihn weitergehen, während er das Telefon vom Gürtel zog, aber er lächelte, als er auf das Display sah.

„Hi, Kelly. Ich habe gerade von dir gesprochen."

„Ich hoffe, du hast etwas Nettes gesagt."

„Immer."

„Danke." Sie räusperte sich und er konnte sich vorstellen, wie sie errötete – eine Eigenschaft, die durch ihre Seltenheit in der Welt von heute noch reizender wurde. „Ich wollte dir nur Bescheid sagen, dass alle Schlösser angebracht sind. Der Mann von der Sicherheitsfirma war sehr gründlich, das heißt, ich werde gut beschützt sein. Mir ist noch nicht ganz klar, wie die Schlösser an den Fenstern im Keller funktionieren, aber das kriege ich schon noch raus. Ich öffne sie sowieso nicht oft."

„Soll ich nach der Arbeit vorbeikommen und sie mir ansehen? Ich habe ziemlich viel Erfahrung mit allen möglichen Fensterschlössern."

Das unkluge Angebot war heraus, bevor er es verhindern konnte. Wenn er ihre Beziehung bis zur Aufklärung ihres Falles rein dienstlich halten wollte, war es nicht besonders schlau, sie ständig zu sehen.

Ihr Tonfall verriet ihm, dass sie ebenso überrascht war wie er. „Ich will dir keine Mühe machen."

Sie gab ihm die Gelegenheit, sein Angebot zurückzuziehen, was er besser tun sollte.

Aber er tat es nicht.

„Ich komme sowieso in der Nähe deines Hauses vorbei, da ist das kein Umstand."

„In dem Fall gerne – aber nur, wenn ich dir etwas zu essen machen darf. Ich habe sogar Kürbisschnitten gebacken, als Einstimmung auf den kommenden Feiertag. Mein Vater hat sie gerne gegessen."

Trotz der aufgesetzten Fröhlichkeit ihrer letzten Bemerkung hörte er die leichte Unsicherheit in ihrer Stimme. Spätestens jetzt hatte jede Neigung, sein Angebot zurückzuziehen, sich in Luft aufgelöst.

„Das klingt gut. Danke. Ich bin so gegen sechs bei dir."

„Ist gut. Und Cole – danke." Ihre leise Antwort spiegelte ein Gefühl wider, das tiefer ging als Dankbarkeit.

Oder war das nur Wunschdenken?

Er räusperte sich und ermahnte sich insgeheim, es langsam angehen zu lassen. Noch. „Gerne geschehen. Wir sehen uns bald."

Als er aufgelegt hatte, ließ Cole seinen Blick über die Auswahl in den Automaten wandern und wählte ein Snickers für Mitch. Der Mann würde seine Schokolade bekommen, aber wenigstens sorgten die Erdnüsse für etwas Protein. Er drückte eine Taste, um sich selbst einen Müsliriegel zu kaufen.

Mit den Süßigkeiten in der Hand gesellte er sich wieder zu Mitch und warf seinem Kollegen den Schokoriegel zu. Mitch riss die Verpackung auf und warf einen Blick auf Coles Müsliriegel.

„Willst du mir ein schlechtes Gewissen machen?"

„Wenn du dir den Schuh anziehen willst …" Cole zog eine Schulter hoch und biss in den zähen Riegel, während er einen Stapel mit Unterlagen über Rossis Familie näher zog.

„Ich verstehe. Du hebst dir die Kalorien für Alisons Lasagne auf."

„Nee. Ich schlage das Angebot aus." Er zog ein Blatt Papier über Rossis Sohn heraus, das ihm interessant erschien.

„Hast du was Besseres vor?"

Er blickte auf. Je länger er mit Mitch zusammenarbeitete, desto mehr beeindruckte ihn der intuitive sechste Sinn dieses Mannes. Keine schlechte Eigenschaft für ein Mitglied der Navy-Spezialeinheit – oder für einen Ermittler.

„Wenn du es wissen willst, ja."

„Fährst du zu Kelly?"

Cole sah ihn mit zusammengekniffenen Augen an, teils verärgert, aber auch fasziniert. „Wie machst du das?"

„Was?"

„Zwischen den Zeilen lesen."

„Das 1x1 des Lebens, mein lieber Cole: Ein Mann, der das Mittagessen ausfallen lässt und trotzdem Alisons Lasagne verschmäht, hat entweder eine fantastische Mahlzeit oder eine schöne Frau, die auf ihn wartet. Vielleicht sogar beides."

„Weißt du was? Wir werden bei Rossi ein gutes Team abgeben. Mit deiner Auffassungsgabe und meinen unschätzbaren Verhörmethoden sollten wir doch eine Menge herausfinden."

Mitch zog eine Grimasse und hob das, was von seinem Snickers noch übrig war, wie zum Salut. „Darauf esse ich. Und viel Spaß heute Abend. Ich werde dich bei Alison entschuldigen. Auch, wenn es dir nicht im Geringsten leidtut, dass du nicht kommen kannst."

Einen Augenblick lang überlegte Cole, ob er etwas erwidern sollte, doch dann entschied er sich dagegen.

Denn Mitchs Intuition war wie immer unschlagbar.

Kapitel 12

„Danke noch mal. Das war viel besser, als alleine zu essen." Cole wischte sich den Mund an einer von Kellys Servietten aus irischem Leinen ab, die sie bei besonderen Gelegenheiten herausholte. Er lächelte, als er sie neben seinen Teller auf die Damasttischdecke legte. „Und ich weiß auch die Feinheiten zu schätzen." Er deutete auf ihren kleinen Esszimmertisch, gedeckt mit ihrem besten Porzellan und den Weinkelchen aus irischem Waterford-Kristall, die ihr Vater ihr zu ihrem einundzwanzigsten Geburtstag geschenkt hatte.

Die Emotionen, die in seiner Stimme mitschwangen, ließen sie den Kopf senken, und sie tat so, als würde sie ein paar Krümel auf der schneeweißen Tischdecke zusammenfegen. „Ich habe nicht oft die Gelegenheit, so schöne Dinge zu benutzen. Das Essen mit dir war für mich eine Chance, sie mal wieder vorzuführen."

Das war zwar nicht gerade falsch, aber es war nicht der einzige Grund. Sie hatte ursprünglich vorgehabt, das Essen in der Küche in einer lockeren Atmosphäre zu servieren, bis ihr beim Rühren des Plätzchenteiges fürs Dessert Laurens Rat eingefallen war.

Es kann nicht schaden, ein bisschen vorzuarbeiten. Der Mann soll wissen, dass du Interesse hast.

Und sie hatte Interesse. Großes sogar. Also hatte sie nicht nur beim Essen alle Register gezogen, sondern ihre übliche Jeans gegen eine schwarze Hose aus feiner Wolle und einen tannengrünen Angorapullover eingetauscht, der perfekt zu ihren Augen passte.

„Falls du wieder einmal einen Grund brauchst, um das Familiensilber abzustauben, ruf mich einfach an. Ich spiele gerne den Verkoster." Cole grinste und deutete mit einem Nicken auf ihren Teller. „Fertig?"

Sie blickte hinunter. Komisch. Sie konnte sich gar nicht daran erinnern, gegessen zu haben. Doch irgendwann während ihrer angeregten Unterhaltung, die mit praktischen Dingen wie Schlössern und Neuigkeiten zum Fall begonnen und sich in eine Diskussion über Politik, Hobbys und Familie verwandelt hatte, war das Essen auf ihrem Teller verschwunden.

„Offenbar schon." Sie schob den Stuhl zurück und stand auf. „Hast du noch Platz für den Nachtisch gelassen?"

„Immer. Eine meiner Schwächen ist mein Faible für Süßes." Er nahm seinen Teller und erhob sich ebenfalls. „Aber erst helfe ich dir beim Abräumen."

Ein Mann, der in der Küche half. Das fiel eindeutig in die Kategorie „Stärken". „Ich muss sagen, dass ich bislang nicht viele Fehler an dir entdeckt habe."

„Oh, ich habe genug davon. Frag meine Schwester." Er lachte leise und folgte ihr in die Küche. „Sie redet gerne über dieses Thema."

„Nenn mir einen Fehler, abgesehen von deiner Schwäche für Süßigkeiten."

„Die Stunde der Wahrheit, hm? Also gut, warte mal …" Er stellte seinen Teller in die Spüle. „Sie behauptet, ich hätte kein Einfühlungsvermögen."

Kelly stellte ihren Teller neben seinen und sah ihn prüfend an. „Vielleicht hat das etwas damit zu tun, dass sie deine Schwester ist. Familienmitglieder sehen manchmal Unzulänglichkeiten, die niemand sonst wahrnimmt."

„Nein, sie hat recht. Nicht, dass ich das in ihrer Gegenwart jemals zugeben würde, weißt du. Was mich auf einen anderen Mangel bringt: Sturheit."

Ein Lächeln huschte über ihre Lippen. „Das gilt für mich auch. Aber ich bezeichne es lieber als Zähigkeit oder Hartnäckigkeit. Und die können auch gut sein." Ihr Lächeln erstarb. „Im Fall meines Vaters hat es sich jedenfalls ausgezahlt."

„Stimmt."

Sie öffnete den Schrank und holte Tassen und Untertassen heraus, fest entschlossen, sich durch die Ungewissheiten in Bezug auf den Tod ihres Vaters nicht das verderben zu lassen, was sich als äußerst schöner Abend erwiesen hatte. „Kaffee?"

„Das wäre prima. Ich hole noch die anderen Sachen vom Tisch."

Er verschwand im Esszimmer, während sie den Kaffee aufsetzte, und kam mit der Butterdose, dem Salz- und Pfefferstreuer und dem leeren Brotkorb zurück.

„Wir haben alles weggeputzt." Er hob den Korb hoch und grinste, als er ihn auf die Küchenzeile stellte. „Oder besser gesagt, *ich* habe alles weggeputzt. Du bist eine fantastische Köchin."

Sie tat das Kompliment mit einem Schulterzucken ab, aber die Wärme in ihrem Herzen blieb. „Kochen zu lernen war eine Überlebenstechnik. Meine Mutter starb, als ich zwölf war, und das Kochen gehörte *nicht* zu den vielen Begabungen meines Vaters. Wochenlang haben wir uns nur von überbackenen Makkaroni und Tiefkühlgerichten ernährt, bis ich irgendwann Moms Rezepte herausgeholt habe. Am Anfang gab es oft verkohltes, undefinierbares Fleisch, aber meine Technik wurde mit den Jahren und mit der Übung besser. Bist du bereit für die Kürbisschnitten?"

„Ja. Nimmst du Sahne in deinen Kaffee?" Er zeigte auf den Kühlschrank.

„Und Zucker. Die Dose steht in dem Schrank rechts von dir."

„Ich hoffe, du benutzt nicht so viel wie Alison. Sie hat am Ende Sirup anstatt Kaffee."

Kelly lächelte ihm zu, als er Zucker und Kaffeesahne herausholte. Er mochte sich über seine Schwester beschweren, aber die Zuneigung in seiner Stimme, wenn er von ihr sprach, war unverkennbar. „Ich nehme einen halben Teelöffel. Gerade so viel, dass der Kaffee nicht bitter schmeckt. Und wenn *das* der größte Fehler deiner Schwester ist, beneide ich sie."

„Oh, sie hat auch noch andere Macken." Er stellte Zucker und Sahne auf die Arbeitsplatte. „Sie übersüßt den Kaffee nicht nur, sondern sie macht auch das schrecklichste Gebräu aller Zeiten. Sie ist

Teetrinkerin, also nehmen wir lieber Pulverkaffee, wenn wir bei ihr zum Essen sind, das ist sicherer. Und sie ist auch stur. Scheint eine Familienkrankheit zu sein." Er grinste in ihre Richtung. „Außerdem interessiert sie sich viel zu sehr für mein Privatleben und meine Beziehungen – und hält mit ihrer Meinung nicht hinterm Berg."

Beziehungen. Plural.

Kelly wandte sich ab, um die Plastikfolie von den Kürbisschnitten zu entfernen, während sie diesen Gedanken verdaute. Die Nachricht überraschte sie nicht, aber sie so formuliert zu hören, war ein wenig beunruhigend. Sie hätte sich allerdings auch selbst denken können, dass Cole mit seinem guten Aussehen und seiner charmanten Art bisher wohl kaum viele Samstagabende allein verbracht hatte. Lauren hatte es ihr gegenüber auch schon angedeutet, dass er bestimmt kein Kind von Traurigkeit war. Vielleicht sah seine Schwester das auch so.

„Möchtest du schon ein Stück probieren, während wir darauf warten, dass der Kaffee durchläuft?" Sie hielt ihm den Teller hin und überlegte, wie sie auf diplomatische Weise mehr über dieses Thema herausfinden konnte.

Er betrachtete die mit Zuckerguss versehenen Kuchenstücke. „Das lasse ich mir nicht zweimal sagen…" Er beugte sich vor und nahm ein Stück.

„Du willst also sagen, dass deine Schwester ihre Nase in Dinge steckt, die sie nichts angehen?" Sie holte Dessertteller aus dem Schrank und legte auf jeden davon zwei Kürbisschnitten, während sie ihre Bemerkung so beiläufig wie möglich klingen ließ.

„Genau." Er schluckte den Bissen hinunter, bevor er fortfuhr: „Aber sie hat auch viele gute Eigenschaften. Und die habe ich gar nicht richtig erkannt, bis sie vor zwei Jahren in einen schweren Autounfall verwickelt wurde und wir sie beinahe verloren hätten." Seine Stimme klang belegt, und er räusperte sich. „Aber sie ist eine Kämpfernatur, und sie war entschlossen, nicht nur zu überleben, sondern wieder ganz gesund zu werden. Heute ist die einzige sichtbare Folge ihres Unfalls ein leichtes Hinken, wenn sie sich überanstrengt – was sie oft tut. Alison ist nicht der Typ, der halbe Sachen macht." Er hielt den Rest seiner Kürbisschnitte in der Hand und musterte sie. „Was das betrifft, erinnert sie mich an dich."

Die Bemerkung überraschte sie, und sie schob etwas unsicher die Hände in die Hosentaschen. „Danke. Ich hoffe, das ist etwas Gutes."

„Das war als Kompliment gemeint. Für den Fall, dass es dir noch nicht aufgefallen ist: Ich bewundere starke, zielstrebige Frauen."

„Selbst Frauen, die ihre Nase in anderer Leute Angelegenheiten stecken?"

„Du steckst deine Nase nicht in Dinge, die dich nichts angehen."

Sie ging zur Kaffeemaschine und spielte mit dem Henkel der Kanne. „Okay. Aber ich bin neugierig."

„Was willst du wissen?"

Sie drehte sich zu ihm um und verschränkte die Arme über ihrem klopfenden Herzen. „Darf ich ehrlich sein?"

„Natürlich." Er ließ die Kürbisschnitte sinken, anstatt sich den Rest in den Mund zu stecken, und seine Miene wurde angesichts ihres ernsten Tonfalls nüchtern.

„Ich weiß, dass du Privates und Dienstliches klar trennen willst, was uns betrifft, solange der Fall meines Vaters nicht aufgeklärt ist. Das verstehe ich – und finde es gut. Aber du hast auch angedeutet, dass du eine andere Art von Beziehung mit mir anstrebst, wenn der Fall hinter uns liegt. Also habe ich mich gefragt, ob … also, du hast doch gesagt, dass deine Schwester offen ihre Meinung über deine *Beziehungen* – Plural – äußert und …" Kellys Wangen fingen an zu brennen. Sie schob sich die Haare hinters Ohr und stieß frustriert die Luft aus. „Ach, vergiss es, in Ordnung? Wir können später darüber reden, wenn ihr mit den Ermittlungen fertig seid."

Zwei steile Falten erschienen auf Coles Stirn. „Nein. Das ist wichtig, und es ist eine berechtigte Frage." Er legte den Rest seines Kuchenstücks auf die Arbeitsplatte und sah sie an. „Du willst wissen, ob ich ständig wechselnde Liebschaften habe."

Angesichts seiner unverblümten, aber korrekten Analyse wurden ihre Wangen noch heißer. „Siehst du, ich stecke meine Nase doch in Dinge, die mich nichts angehen!"

„Ich würde eher sagen, dass dein Selbsterhaltungstrieb sich bemerkbar macht."

„Das ist eine sehr großherzige Sichtweise." Sie versuchte zu lächeln, aber ihre bebenden Lippen gehorchten ihr nicht. „Es ist nur so, dass ich, vielleicht im Gegensatz zu dir, nicht auf der Überholspur lebe. Wie meine Freundin Lauren sofort bestätigen wird, brauche ich viel Zeit. Ich mag dich schon jetzt sehr, und ich glaube, ich könnte dich noch viel lieber mögen. Aber ich will mich nicht noch mehr auf dich einlassen, wenn du nur an einer oberflächlichen Beziehung interessiert bist."

Er sah sie einen Moment lang an, als überlegte er, wie er antworten sollte. Dann lehnte er sich an die Küchenzeile und umfasste die Kante der Arbeitsplatte mit den Händen. „In den letzten paar Jahren waren meine Beziehungen zu Frauen tatsächlich oberflächlich. Aber ich kann dir vollkommen ehrlich sagen, dass ich das bei dir nicht suche." Er zog einen Mundwinkel hoch. „Und nebenbei bemerkt, würde meine Schwester diese Beziehung gutheißen. Sie hofft schon die ganze Zeit, dass ich eine Frau finde, die in die Kirche geht."

Seine letzte Bemerkung schnitt ein ganz anderes Thema an. Eines, über das Kelly sich schon seit einiger Zeit Gedanken machte und das ebenso wichtig war wie das erste – wenn nicht sogar noch wichtiger. Und da sie gerade dabei waren, die schwierigen Dinge anzusprechen, konnte sie dieses Thema auch gleich offen auf den Tisch legen.

„Warum will sie, dass du mit einer Frau ausgehst, die in die Kirche geht?"

Seine Knöchel wurden weiß und seine Miene wirkte angespannt. „Weil ich mich vor ein paar Jahren von Gott abgewandt habe. Als ich vorhin sagte, dass Alison ihre Meinung zu all meinen Beziehungen kundtut, meinte ich damit auch meine Beziehung zu Gott."

Ein plötzliches Zischen der Kaffeemaschine unterbrach ihre leise Unterhaltung, und Kelly zuckte zusammen.

„Der Kaffee ist fertig." Er trat einen Schritt von der Küchenzeile zurück. „Entschuldigst du mich bitte eine Minute, während du den Kaffee einschenkst?"

„Natürlich."

Er ging auf den Flur hinaus, und wenige Sekunden später hörte sie das leise Klicken der Badezimmertür.

Langsam ließ sie die Luft aus ihren Lungen entweichen. Schloss er auch die Tür zu ihrem Gespräch? Bereute er es bereits, so viele persönliche Informationen preisgegeben zu haben? Machte es ihm etwas aus, dass sie sich so eingehend mit diesen privaten Dingen befasste?

Seine Reaktion auf das Thema Glauben beunruhigte sie auch. Sehr sogar. Nachdem er sofort seine Vergangenheit in Sachen Beziehungen zugegeben und diesbezüglich bereitwillig Besserung gelobt hatte, hatte er nichts Derartiges in Bezug auf sein Verhältnis zu Gott gesagt. Im Gegenteil, er hatte dichtgemacht, als das Thema zur Sprache kam, und war gegangen.

Wenn sich seine Haltung in Bezug auf den Glauben nicht änderte, wäre das das Aus für ihre gerade im Entstehen begriffene Beziehung.

Schweren Herzens nahm Kelly die Kaffeekanne, füllte ihre Tasse und starrte in die schwarze Tiefe. Natürlich war es besser, Coles Einstellung *jetzt* zu kennen. Bevor sie ihr Herz noch ganz an ihn verlor.

Was den Teil ihres Herzens betraf, den er bereits für sich beanspruchte … da hatte sie das Gefühl, das der für immer ihm gehören würde.

* * *

Cole stand mit den Händen auf den Waschbeckenrand gestützt da und starrte in den Spiegel. Wie in aller Welt waren Kelly und er in eine so ernste Diskussion geraten?

Und wie ging es jetzt weiter?

Es hatte ihm nichts ausgemacht, ihre Fragen über sein Beziehungsleben zu beantworten. Vom ersten Tag an hatte er gewusst, dass sie eine Frau mit felsenfesten Werten war, und sie kennenzulernen, war der Anstoß für ihn gewesen, sein Leben auf die Reihe zu bekommen. Viel effektiver als Alisons Sticheleien oder Jakes subtilere Nachfragen hatte ihre Herzensgüte dazu geführt, dass er ehrlich mit sich selbst wurde, und ihn davon überzeugt, dass er einer solchen Frau würdig sein wollte.

Nein. Vergiss es. Nicht einer solchen Frau. *Dieser* Frau. Dessen wurde er sich von Tag zu Tag sicherer.

Aber die Glaubensfrage – die könnte sich als Stolperstein erweisen, es sei denn, sie konnten darüber reden und sich einigen.

Nur hatte er noch nie mit irgendjemandem über diesen schmerzhaften Teil seines Lebens gesprochen.

Aber vielleicht war ja jetzt die Zeit dazu gekommen. Seit er Gott den Rücken gekehrt und die geistliche Orientierung verloren hatte, war die Leere in seiner Seele immer stärker geworden. Und Kelly hatte ihn mit ihrem stillen Glauben und absoluten Gottvertrauen gezwungen, sich auch diese Verfehlung einzugestehen.

Konnte sie ihm möglicherweise helfen, sowohl sein Beziehungsleben als auch sein Glaubensleben wieder ins Lot zu bringen?

Kurz entschlossen öffnete er die Tür, schaltete das Licht aus und ging in die Küche zurück. Sie war leer. Er fand sie am Esszimmertisch, die Hände um ihre Kaffeetasse gelegt, die Kürbisschnitten auf dem Teller vor ihr unangetastet.

Als er sich auf seinen Platz setzte, rang er sich ein Lächeln ab. „Tut mir leid, dass du mit dem Nachtisch warten musstest."

Sie zog eine Schulter hoch. „Ich bin sowieso noch satt vom Hauptgang."

Die unterschwellige Vorsicht in ihren Augen und die Zurückhaltung in ihrem Tonfall verrieten ihm, dass sie Angst hatte, sie könnte zu weit gegangen sein und ihn verärgert haben, so wie seine Schwester es oft tat. Diese Angst musste er ihr nehmen.

„Ich auch. Aber die hier sind klasse." Er tippte auf das halb gegessene Kuchenstück, das sie von der Arbeitsplatte genommen und zu den beiden ganzen Stücken auf seinen Teller gelegt hatte.

„Hör zu, Cole. Es tut mir leid, wenn –"

„Du brauchst dich nicht zu entschuldigen." Er berührte ihre Finger, die trotz des Kaffees kalt waren. „Die Themen, die du angesprochen hast, sind dir wichtig. Es geht dir dabei um unsere zukünftige Beziehung. Und deshalb sind sie auch für mich wichtig. Obwohl ich, ehrlich gesagt, nicht damit gerechnet hatte, dass diese Themen heute Abend auf der Speisekarte stehen."

Sein Versuch, ihr ein Lächeln zu entlocken, scheiterte.

„Aber da du sie jetzt auf den Tisch gebracht hast, sollten wir darüber reden. Angefangen mit meiner jüngsten Vergangenheit in Bezug auf Frauen. Ich kann nicht ändern, was gewesen ist, aber ich kann in Zukunft einen anderen Gang einlegen und auf eine langsamere Spur wechseln. Und ich verspreche dir, dass ich das tun werde. Reicht dir das, damit du ein gutes Gefühl dabei hast, unsere Beziehung zu vertiefen, wenn es so weit ist?"

Er hielt die Luft an, während sie ihn musterte. Für jemanden wie Kelly war das vielleicht nicht gut genug. Aber er hoffte, dass sie in der Lage sein würde, ihm seine Fehler der Vergangenheit zu verzeihen und seinem Versprechen für die Zukunft zu trauen.

Sie knabberte an ihrer Unterlippe und schien hin- und hergerissen. „Ich glaube schon. Ich bin immer noch dabei, all das, was du mir erzählt hast, zu verarbeiten. Um ehrlich zu sein, ist die Sache mit dem Glauben für mich eine noch größere Hürde."

„Das habe ich mir gedacht."

Er schob seinen Teller beiseite, während sein Puls sich beschleunigte. Er musste ehrlich sein. Eine Zukunft, die auf Geheimnissen basierte, war eine Zukunft, die auf Sand gebaut war. Er wusste allerdings auch, dass sie als Folge seiner Ehrlichkeit ihr Herz verschließen könnte. Aber er würde die Wahrheit nicht schönreden.

„Ich hatte früher einen starken Glauben, vielleicht sogar den stärksten aller Taylor-Geschwister. Dann, vor vier Jahren, habe ich mich von Gott abgewandt. Ich habe versucht, den leeren Raum in meiner Seele mit Arbeit und einem sehr aktiven Privatleben zu füllen, eingeschlossen die vielen ‚Happy Hours' an Freitagabenden. Allmählich wird mir jedoch klar, dass ich an den falschen Orten Trost gesucht habe. Und dass ich wieder mit meinem Glauben in Verbindung treten sollte. Dass nichts die Leere in mir füllen wird außer eine Beziehung zu Gott."

Sie stach mit der Gabel ein Stück von dem Kürbiskuchen ab, aß es aber nicht. Als sie sprach, klang ihre Frage vorsichtig und tastend. „Gibt es einen bestimmten Grund, warum du nichts mehr von Gott wissen wolltest?"

Oh ja.

Das Bild von Sara, die in einer Blutlache lag, die leblosen Augen zur Decke gewandt, während die Lichter der Rettungswagen durch die Nacht flackerten, tauchte vor seinem geistigen Auge auf.

Als sich das Schweigen zwischen ihnen hinzog, ergriff Kelly wieder das Wort. „Du musst die Frage nicht beantworten."

Er zwang sich, das Bild beiseitezuschieben, das sich in sein Gedächtnis eingebrannt hatte, und konzentrierte sich wieder auf die Frau, die ihm gegenübersaß. Sie hielt sich an ihrer Kaffeetasse fest, und ihre Miene war angespannt.

„Ich will es aber." Er streckte die Hand aus und berührte ihre Wange – eine zärtliche Geste, die sie beruhigen sollte. Und es funktionierte. Sie atmete aus und die Anspannung in ihren Zügen löste sich ein wenig. „Ich habe diese Geschichte noch nie jemandem erzählt."

Ihre Augen weiteten sich kaum merklich. Anstatt darauf zu warten, dass sie die Frage „Warum erzählst du es dann mir?" stellen würde, beantwortete er sie sofort.

„Weil du genau wissen musst, wen du bekommst, – bevor wir beschließen, diese Beziehung voranzutreiben."

Er nahm seinen Kaffee und trank einen bedächtigen Schluck, um ein paar Sekunden zu gewinnen, in denen er seine Gedanken sammeln konnte. Und zum ersten Mal seit Jahren wandte er sich an Gott und bat ihn um den Mut, endlich den Vorfall in Worte zu fassen, durch den er den Glauben verloren hatte.

„Vor viereinhalb Jahren wurde eine dreiundzwanzigjährige Frau bewusstlos im Treppenhaus eines Mietshauses gefunden. Die Nachbarin, die den Notruf gewählt hatte, erzählte den Beamten, dass sie häusliche Gewalt vermutete, denn sie hatte oft Streitereien in der Nachbarwohnung gehört. Ich fuhr zum Krankenhaus, um mit der Frau zu reden, die eine Gehirnerschütterung und mehrere Schürfwunden davongetragen hatte. Sie hieß Sara."

Das letzte Wort war nur ein heiseres Kratzen. Er verstummte und schluckte. Er hatte Saras Namen bislang vor niemandem ausgesprochen. Während er in Kellys stillem Esszimmer widerhallte, wurden die traumatischen Ereignisse, die er bisher erbarmungslos unterdrückt hatte, plötzlich wieder lebendig. Er ballte die Fäuste und zwang sich, tief Luft zu holen.

Kelly wartete schweigend, bis er bereit war, fortzufahren.

„Als ich sie befragte, bestand sie darauf, sie sei die Treppe hinuntergefallen. Sie leugnete, dass sie misshandelt worden war." Seine Worte klangen jetzt noch zittriger, aber er sprach weiter. „Ich habe es nicht geglaubt. Ich war lange genug Polizist, um die Anzeichen zu erkennen, und das sagte ich ihr auch rundheraus. Aber sie hielt an ihrer Geschichte fest. Also ging ich dazu über, ihr Angst zu machen. Ich erzählte ihr, dass eine Situation wie die ihre nicht besser werden würde. Und dass es die sicherste Möglichkeit für sie sei, ihn zu verlassen. Doch sie weigerte sich." Er fuhr sich mit den Fingern durchs Haar und starrte in seinen schwarzen Kaffee. „Wir können nicht viel tun, wenn die Betroffenen keine Anzeige erstatten oder etwas unternehmen, um ihre Lage zu ändern."

„Ich vermute, du hast es trotzdem versucht."

Er blickte auf, als er Kellys mitfühlende Worte hörte. Die Wärme in ihren Augen schnürte ihm die Kehle zu.

„Stimmt." Er trank noch einen Schluck von seinem kälter werdenden Kaffee. „Ich habe ziemlich früh während meiner Berufslaufbahn herausgefunden, dass man die Welt nicht retten kann. Wenn man es versucht, bekommt man Magengeschwüre oder einen Herzinfarkt oder chronische Schlaflosigkeit. Also lernte ich, Situationen wie der von Sara den Rücken zuzukehren und sie Gott zu überlassen. Aber sie hatte etwas an sich …"

Er hielt inne, während er sich an ihr langes dunkles Haar erinnerte, das auf dem weißen Laken des Krankenhausbettes gelegen hatte, an das Samtbraun ihrer Augen, die elegante Linienführung ihrer Wange. Und wie ihr schönes Gesicht durch aufgedunsene rote Schwellungen und grüne und blaue Prellungen entstellt gewesen war.

„Ich weiß nicht." Er zuckte mit den Schultern und verdrängte das Bild. „Sie schien so ängstlich und verletzlich. Ich ließ ihr meine Karte da, den Namen eines Frauenhauses und eine Notrufnummer, wie ich es in solchen Fällen immer tat. Aber ich gab ihr auch meine private Handynummer und sagte ihr, falls sie jemals einen Freund brauchen sollte oder jemanden, der ihr zuhört, könne sie mich anrufen."

„Und das tat sie."

„Ja. Ungefähr einen Monat später. Es war an einem Wochenende, und ich hatte keinen Dienst. Sie weinte. Sie sagte, ihr Mann sei trinken gegangen und sie müsse eine freundliche Stimme hören. Also habe ich mit ihr gesprochen. Ich hatte ein bisschen recherchiert, nachdem wir uns das erste Mal begegnet waren, und ich wusste, dass der Kerl, den sie geheiratet hatte, schon wegen bewaffneten Raubüberfalls im Knast gewesen war. Sie selbst war schon im Alter von fünfzehn Jahren vom offiziellen Radar der Behörden verschwunden.

Um es kurz zu machen, sie rief mich in den nächsten sechs Monaten hin und wieder an. Wir trafen uns einige Male zum Kaffee, wenn ihr Mann nach einer Sauftour seinen Rausch ausschlief und es ungefährlich war. Mit der Zeit erfuhr ich ihre ganze Geschichte. Sie war in einer zerrütteten Familie aufgewachsen, wo einer ihrer Pflegeväter sie missbraucht hatte. Daraufhin lief sie fort. Sie schlug sich gerade so durch, als sie ihren vermeintlichen Märchenprinzen kennenlernte. Von da an ging es bergab."

„Warum ist sie bei ihm geblieben?"

„Angst. Wie viele Frauen, die misshandelt werden, hatte Sara Angst, wenn sie ihn verließe, würde er sie finden und töten. Und sie wollte auch nicht wieder auf der Straße landen. Also blieb sie bei ihm." Seine Stimme klang tonlos. „Aber am Ende hat er sie trotzdem getötet."

„Oh nein, Cole!"

Als er Kellys entsetzte Miene sah, warf er ihr einen entschuldigenden Blick zu. „Tut mir leid, das ist nicht gerade ein schönes Thema fürs Essen."

„Ich habe ja gefragt. Ich wollte es wissen. Es tut mir nur so leid für sie."

„Mir auch. Weil es hätte verhindert werden können – und weil es teilweise meine Schuld war." Die Worte schmeckten bitter in seinem Mund.

Verständnislosigkeit zeigte sich in ihrem Blick. „Wie kann das denn sein? Du hast doch versucht, sie davon zu überzeugen, dass sie ihn verlassen soll."

Er bemühte sich, seinen Bericht nicht zu nahe an sich heranzulassen. Denn wenn er das tat, würde er ihn nicht zu Ende bringen können. „Ich habe mit Sara auch über meinen Glauben gesprochen. Dadurch hat sie angefangen, in die Kirche zu gehen. Sie suchte sich selbst eine Gemeinde und erzählte ihre Geschichte irgendwann ihrem Pastor. Leider ermutigte er sie zu dem Versuch, ihren uneinsichtigen und gewalttätigen Mann dazu zu bringen, mit ihr zu einer Beratung zu gehen, anstatt ihn zu verlassen. Und er sagte ihr, das Gebet würde sie beschützen."

Cole ballte die Hände zu Fäusten und versuchte, seine Wut im Zaum zu halten. „Ein paarmal war ich kurz davor, zu dieser Kirche zu gehen und mir den Pastor vorzunehmen. Stattdessen habe ich von meiner Seite aus versucht, auf sie einzuwirken. Ich habe sie ermutigt, ihren Schulabschluss weiterzuverfolgen, den sie begonnen hatte. Ich erinnerte sie daran, dass es Alternativen gab. Dass sie nicht bei ihm bleiben musste. Dass es jede Menge Hilfsangebote für sie gäbe, bis sie wieder auf eigenen Füßen stehen konnte. Dass das System sie beschützen würde. Und ich habe selbst viel gebetet. Sie hatte ein besseres Leben verdient. Sie war klug und witzig und fürsorglich. Trotz all der schlimmen Dinge, die sie erlebt hatte, ließ sie sich nie unterkriegen. Sie hatte immer die Hoffnung, dass der nächste Tag besser werden würde."

Er blinzelte, um wieder klar sehen zu können. Doch er wollte seine Geschichte zu Ende erzählen, in der Hoffnung, sie damit endlich besser verarbeiten zu können. „Jedenfalls befolgte sie den Rat ihres Pastors und blieb bei ihrem Mann. Dann rief eines Morgens jemand aus ihrem Mietshaus die Polizei, weil ein Mann in einem blutbefleckten Hemd herumlief. Ich fuhr hin, so schnell ich konnte, aber es war zu spät. Sie starb noch am Tatort. Nach einer durchzechten Nacht hatte er sie zu Tode geprügelt."

Stille legte sich über den Raum, durchbrochen nur durch das leise Ticken der Uhr in Kellys Küche. Cole nahm seine Tasse. Die Flüssigkeit schwappte bis zum Rand, und ihm wurde bewusst, dass seine Hände zitterten. Er schlang die Finger um die Tasse, hob sie an seine Lippen und trank einen Schluck. Der Kaffe war kalt und bitter geworden – ungefähr so wie sein Herz nach Saras Tod.

Vorsichtig stellte er die Tasse auf den Unterteller zurück und wagte einen Blick in Kellys Richtung. Sie war während seiner Erzählung ein wenig blasser geworden. Doch er musste die Geschichte noch zu Ende bringen.

„Ich sehe bei meiner Arbeit eine Menge Blutbäder." Seine Stimme klang belegt. Müde. Erschöpft von dem Schmerz, der seine Seele vier lange Jahre verdunkelt hatte. „Aber dieser Tatort hat mir monatelang Albträume beschert. An schlechten Tagen habe ich immer noch welche. Die ganze Erfahrung hat mich so wütend auf Gott gemacht und völlig desillusioniert, was das Beten betrifft. Wie konnte ein Pastor, ein Mann Gottes, einer Frau raten, im Namen eines falsch verstandenen Glaubens ihr Leben aufs Spiel zu setzen? Und warum hat das Gebet versagt? Vom ersten Tag an, als ich Sara kennenlernte, habe ich Gott gebeten, mir zu zeigen, was ich tun soll. Mir zu sagen, wie ich helfen kann. Ich habe auf seine Führung gewartet, aber sie kam nicht. Also habe ich jeden Tag gebetet, er möge Sara leiten und sie retten. Aber am Ende hat er sie im Stich gelassen. Ihr Pastor hat sie im Stich gelassen. Und *ich* habe sie im Stich gelassen."

Kelly beugte sich vor und legte ihre Hand über seine. „Ich glaube, das stimmt nicht ganz."

Er runzelte die Stirn angesichts ihrer ruhigen Aussage. „Was meinst du?"

„Ich stimme zu, dass ihr Pastor sie im Stich gelassen hat. Aber ich finde nicht, dass du sie im Stich gelassen hast. Du hast versucht zu helfen. Aber du konntest sie nicht zwingen, ihren Mann zu verlassen. Du konntest ihr nur Gründe nennen, warum sie es tun sollte. Es war ihre Entscheidung zu bleiben. Und was Gott betrifft und die Erhörung deiner Gebete – ich glaube, er hat sie erhört. Dir ist es zu verdanken, dass Sara den Weg zu ihm gefunden hat. Und in gewisser Hinsicht, die Ewigkeit betreffend, wurde sie gerettet. Vielleicht wollte Gott die ganze Zeit, dass du diese Rolle in ihrem Leben spielst. Dass du ein Werkzeug ihrer Erlösung bist."

Cole hielt die Luft an, während er über diese Möglichkeit nachdachte. Waren seine Gebete doch erhört worden – nur anders, als er es sich erhofft hatte?

Er spürte, wie die Tränen aufstiegen, und versuchte, sie fortzublinzeln. „Aus diesem Blickwinkel habe ich es noch nie betrachtet."

„Manchmal hat ein Außenstehender eine andere Perspektive." Sie legte die Finger um ihre Tasse. „Du mochtest Sara sehr, nicht wahr?"

„Ja." Er hatte diese Geschichte mit dem Entschluss, ehrlich zu sein, begonnen, und diesen Kurs würde er auch weiter verfolgen. „Zu sehr. Es war das einzige Mal, dass meine persönlichen Gefühle meine Arbeit beeinträchtigt haben, und es war ein großer Fehler, beruflich wie persönlich. Wir haben nie mehr getan als Kaffee getrunken und geredet, aber sie war verheiratet – und ich war drauf und dran, mich in sie zu verlieben. Die Schuldgefühle, die ich deswegen hatte, und die Sorge um ihre Sicherheit haben mich sehr belastet. Irgendwie habe ich es geschafft, meine Arbeit zu machen, aber Alison hat gespürt, in welcher psychischen Verfassung ich war, und hat beinahe jeden Tag angerufen. Sie wusste es nicht, aber sie war in dieser Zeit mein Rettungsanker."

„So wie du für Sara."

„Stimmt. Irgendwie schon."

„Was ist mit ihrem Mann passiert?"

Cole sagte zähneknirschend: „Er ist wieder im Gefängnis. Wo er hingehört."

„Und du warst auch im Gefängnis. Auch wenn es eine andere Art von Gefängnis war."

Er runzelte die Stirn angesichts ihrer leisen Bemerkung. War er das? Es stimmte, dass seine Schuldgefühle und seine Wut ihn in vielerlei Hinsicht isoliert hatten. Auch wenn das nicht seiner üblichen Vorstellung von einem Gefängnis entsprach, passte es irgendwie.

„Du hast recht. Aber weißt du was? Ich glaube, ich bin endlich so weit, dass ich mich damit auseinandersetzen kann." Er verband seine Finger mit den ihren und brachte den Hauch eines Lächelns zustande. „Danke fürs Zuhören."

Sie drückte seine Hand, holte tief Luft und zeigte auf seine Kaffeetasse. „Der ist doch sicher ganz kalt. Wie wäre es mit einer frischen Tasse?"

„Wie wäre es, wenn wir die vertagen? Ich glaube, wir brauchen beide etwas Zeit, um mehr zu verdauen als nur unser Essen." In Wahrheit wäre er lieber noch geblieben. Alleine in Kellys Gegenwart zu sein, hob schon seine Stimmung. Aber er hatte ihr heute eine Menge zugemutet. Wahrscheinlich schwirrte ihr schon der Kopf.

„Vielleicht hast du recht. Ich packe dir die hier ein." Sie stand auf und nahm den Teller mit seinen Kürbisschnitten, und ihre sofortige Zustimmung zu seinem Vorschlag verriet ihm, dass er mit seiner Vermutung richtig gelegen hatte.

Als sie zwei Minuten später zu ihm in die Diele kam, hatte er bereits die Tür geöffnet. Von der Veranda fiel Licht herein und betonte die bronzefarbenen Strähnchen ihrer rotbraunen Haare. Er musste seine ganze Selbstbeherrschung zusammennehmen, um dem Impuls zu widerstehen, sie in seine Arme zu ziehen.

„Ich rufe dich an, okay?" Er schob die Hände in die Hosentaschen, damit sie keinen Unfug anrichten konnten.

„Okay." Der Blick in ihren Augen und ihr sanft geschwungener Mund machten es ihm schwer, sich von ihr loszureißen.

„Ich muss gehen." Seine Worte waren heiser und abrupt.

Ein Ausdruck der Unsicherheit flackerte in ihren Augen auf, und sie trat einen Schritt zurück. „In Ordnung."

Sie hatte seine Eile offenbar falsch verstanden. Er bereute absolut gar nichts von dem, was an diesem Abend geschehen war, und das musste er sie wissen lassen.

Langsam zog er eine Hand aus der Tasche und streckte sie aus, um ihre Wange zu berühren. „Ich muss gehen. Denn wenn ich bleibe, werde ich dich küssen, und dafür sind wir noch nicht bereit." Das war allerdings eine Lüge. *Er* wollte sie mehr als alles auf der Welt küssen. „Ich will diese Sache klug angehen – und versuchen, nicht auf der Überholspur zu sein. Lass uns warten, bis der Fall deines Vaters aufgeklärt ist." Er brachte ein Grinsen zustande, als er seine Hand wieder wegzog.

Die Sehnsucht in ihren Augen, als sie so im Türrahmen stand, ließ sein Herz schneller schlagen. „Ich weiß deine Zurückhaltung zu schätzen. Und nur damit du es weißt … ich hoffe, dass der Fall sehr schnell aufgeklärt wird." Sie reichte ihm die Kürbisschnitten.

„Ich auch. Und jetzt schließ hinter mir ab." Er tippte grinsend auf ihre Nase und wandte sich zum Gehen.

Er wartete noch, bis er das neue Sicherheitsschloss einschnappen hörte, bevor er zu seinem Wagen ging. Solange noch nicht alle Fragen in Bezug auf den Tod ihres Vaters beantwortet waren, wollte er, dass die Schlösser ihres Hauses so sicher waren, wie es eben ging.

Aber er war froh darüber, dass sie ihr Herz ihm gegenüber *auf*geschlossen hatte. Dass sie ihn einließ. Und er war froh darüber, dass er ihr gegenüber an diesem Abend ganz offen gewesen war.

Als er in sein Auto stieg und ein letztes Mal zu den Lichtern blickte, die aus ihren Fenstern fielen, musste er lächeln. Nach dem, was Mitch vorhin gesagt hatte, würde Alison ihn wohl schon bald anrufen, um mit ihm zu reden. Und er würde wie immer allen persönlichen Fragen ausweichen.

Aber wenn alles gut lief, würde seine Schwester in der nicht allzu fernen Zukunft eine Menge positiver Nachrichten bekommen.

Kapitel 13

Das Tor der Garage beim Nebeneingang des Farmhauses in Buffalo öffnete sich, und Vincentio umfasste das Lenkrad seines Wagens, den er ein Stück die Straße hinunter geparkt hatte, fester.

Es war so weit.

Er sah zu, wie ein SUV älteren Datums vor dem Haus vorfuhr, in die Einfahrt einbog und dann in der Garage verschwand. Er würde seine Kontaktperson dafür belohnen müssen, dass sie so genaue Informationen geliefert hatte. Die Frau seines Sohnes – Eileen – war fast genau zu der Zeit, die ihm der Mann genannt hatte, von ihrer Arbeit als Lehrerin nach Hause gekommen. Zuvor hatte sie seinen Enkel Jason aus der Kinderkrippe geholt. Sein Sohn würde von seiner Arbeit als Zimmermann – Vincentios Mund verzog sich angewidert bei dem Gedanken, dass ein Rossi einfache Handwerksarbeiten verrichtete – frühestens in einer Stunde heimkommen.

So hatte er genug Zeit, um seine Sache zu erledigen.

Nachdem er aus dem Auto gestiegen war, holte er den Stock heraus, den er nur selten benutzte, klemmte sich den Teddy unter den Arm und ging zu dem bescheidenen Haus. Er fuhr ab und zu hier vorbei, wenn die Einsamkeit ihn überwältigte. Bei einer Gelegenheit hatte sein Sohn den Rasen gemäht. Vincentio war froh, dass er an diesem Tag eine Sonnenbrille getragen hatte, obwohl Marco seinem Fahrzeug nur einen flüchtigen Blick gewidmet hatte, als er voller Aufregung vorbeigefahren war. Auch heute war er wieder aufgeregt und seine Hände waren verschwitzt, trotz der beißenden Kälte der Novemberluft.

Vincentio Rossi, in Angstschweiß gebadet. Er schüttelte, angewidert von sich selbst, den Kopf. Was für ein Unterschied zu früher, als er Nerven wie Drahtseile gehabt hatte! Damals hätte er bei dem Gedanken, dass die Begegnung mit einem Kleinkind solche Angst hervorrufen könnte, gelacht.

Merkwürdig, wie die Prioritäten eines Mannes sich verändern konnten.

Er blieb am Fuß der Treppe stehen, die zum Haus hinaufführte. Das Haus war gut in Schuss. Ein frischer Anstrich, die Veranda war gefegt, kein verwittertes Holz. Aber es war klein. Einfach. Gewöhnlich. Und so viel weniger, als Marco hätte haben können. Ein großzügiges zweistöckiges Haus in Amherst – oder vielleicht Orchard Park – hätte er sein Eigen nennen können. Vincentio hatte jede Menge Geld auf seinen Auslandskonten untergebracht, dank regelmäßiger Überweisungen während seiner aktiven Jahre. Ein Großteil dieser Mittel hatte das Erbe für seinen Sohn sein sollen.

Aber Marco wollte nichts davon haben. *Schmutziges Geld* hatte er es genannt, als Vincentio ihn kurz nach seiner Freilassung aus dem Gefängnis angerufen hatte – das erste und einzige Mal in einunddreißig Jahren, dass sie miteinander gesprochen hatten.

Das eine Mal, als Marco gesagt hatte, er solle ihn nie wieder anrufen.

Die Zurückweisung seines Sohnes war schmerzhafter gewesen als die Stichwunde, die er vor Jahrzehnten von einem aufgebrachten – und kurz darauf verstorbenen – Kollegen erhalten hatte. Aber sie war keine große Überraschung gewesen, wenn man ihre lange Zeit der Entfremdung bedachte. Also hatte er nach ein paar weiteren vergeblichen Versuchen, die Beziehung zu ihm wiederzubeleben, die Entscheidung seines Sohnes akzeptiert.

Doch ein Enkel änderte die Situation.

Ein Enkel hatte das Recht, seinen Nonno, seinen Großvater, zu kennen.

Mit der Hand am Geländer stieg Vincentio die sechs Stufen zur

Veranda hinauf und geriet dabei in Atemnot. Er sollte seine Besuche im *Romano's* reduzieren. Zu viel Kohlenhydrate und Cholesterin. Aber wie konnte er eines seiner wenigen ihm noch verbliebenen Vergnügen aufgeben?

Es sei denn, er hätte in Zukunft Besuche von seinem Enkel, auf die er sich freuen konnte.

Und vielleicht, so Gott es wollte, würde er die nach dem heutigen Tag haben.

Er rückte den Teddy unter seinem Arm zurecht, beugte sich vor und betätigte die Türklingel.

Zehn Sekunden verstrichen. Zwanzig. Dreißig.

Sah Eileen ihn durchs Fenster? Hatte Marco der Frau, die Vincentio nie kennengelernt hatte, Anweisung gegeben, jeden Kontakt seinerseits zu ignorieren?

Als er schon glaubte, seine Fahrt hierher wäre umsonst gewesen, öffnete sich die Tür.

Die junge Frau mit den rotblonden Haaren, die auf der anderen Seite der Schwelle stand, war reizend. Keines der Fotos, die seine Kontakte ihm besorgt hatten, wurde ihr gerecht. Aber es war der kleine Junge auf ihrem Arm, der seine Aufmerksamkeit fesselte. So jung er auch war, ließen doch sein pechschwarzes Haar und die dunklen Augen keinen Zweifel daran, dass er ein Rossi war. Stolz erwärmte Vincentios Herz. Marco mochte versuchen, seinem Sohn seine Herkunft vorzuenthalten, aber er konnte ihn nicht seines typischen Rossi-Aussehens berauben.

Plötzlich wich Eileen zurück und er hob den Blick. Sie starrte auf den Teddy unter seinem Arm, und ihre Miene wurde misstrauisch.

„Hallo, Eileen." Er versuchte zu lächeln, aber seine steifen Lippen gehorchten ihm nicht. „Ich bin Marcos – Marks – Vater."

„Ich weiß." Die Worte, kaum mehr als ein Flüstern, zitterten vor Angst. „Ich habe Ihr Bild gesehen." Sie bewegte die Tür so, dass sie sich ein klein wenig mehr schloss.

Wut stieg in Vincentio auf. Als was für ein Ungeheuer hatte Marco ihn beschrieben, dass sie eine solche Angst vor ihm hatte?

Mit größter Mühe unterdrückte er seinen Zorn und brachte

doch noch ein Lächeln zustande. „Ich weiß nicht, was Mark dir erzählt hat, Eileen, aber du hast von mir nichts zu befürchten. Sehe ich etwa gefährlich aus?"

Er wusste, dass er es nicht tat. Er rasierte sich jeden Morgen vor dem Badezimmerspiegel. Dabei sah er die Falten in seinem Gesicht, das schütter werdende graue Haar, die tränenden Augen hinter den dicken Brillengläsern. Er war nur ein korpulenter alter Mann. Der Großvatertyp.

Um diese Erscheinung zu unterstreichen, zog er den Teddy unter dem Arm hervor. „Der war in dem Päckchen, das ihr, du und Mark, zurückgeschickt habt. Ich weiß, dass er nichts mit mir zu tun haben will, und ich habe das schweren Herzens akzeptiert, auch wenn der Schmerz bleibt. Ich bitte dich nur darum, dass ein alter Mann seinen Enkel kennenlernen kann."

Er stützte sich auf seinen Gehstock, was den Anschein seiner Gebrechlichkeit betonte. „Ich bin vierundsiebzig, Eileen. Ich habe gesundheitliche Probleme. Ich bezweifle, dass mir noch viele Jahre bleiben. Aber ich würde gerne ein paar davon mit diesem kleinen Kerl verbringen." Er deutete mit einem Kopfnicken auf das Baby auf ihrem Arm und hielt ihr den Teddybären hin. „Willst du nicht wenigstens ein kleines Geschenk annehmen? Und über meine Bitte nachdenken? Ich werde jede Bedingung akzeptieren, die du und Mark stellt, solange ich etwas Zeit mit Jason verbringen kann."

Die Sekunden verstrichen, während sie ihn musterte. Ein Auto hupte hinter ihm auf der Straße. Ein Hund bellte in der Ferne. Das Donnern eines Flugzeugs hallte am Himmel wider. Von irgendwoher zog der Duft gebratener Hamburger herüber, und der Geruch von Zwiebeln vermischte sich mit dem von Babypuder.

Er beobachtete sie so, wie er früher seine Feinde studiert hatte, mit ruhiger Miene, aber jede Nuance ihres Verhaltens genau im Blick. Und er merkte genau, als sie in ihrer Entschlossenheit zu schwanken begann. Ihre Züge wurden unmerklich weicher. Ihr Griff um die Tür lockerte sich ein kleines bisschen, sodass das Blut wieder in ihre Fingerknöchel strömte. Ihre Augen waren nicht mehr ängstlich, sondern unsicher.

Er hatte gewonnen. Jedenfalls bei Eileen.

Das nächste Lächeln fiel ihm leicht, als er sich bückte und den Teddy neben die Tür setzte. „Weißt du was? Ich lasse den hier, und dann kannst du über meine Bitte nachdenken. Er hat meine Handynummer in der Tasche." Er zeigte auf die rote Jacke, die der Stoffbär trug. „Wenn du dich überwinden kannst, mir eine Gelegenheit zu geben, meinen Enkel kennenzulernen, ruf an. Tag oder Nacht."

Mit einem höflichen Nicken drehte er sich um. Er hielt sich am Geländer fest, als er die Treppe hinunterstieg und zu seinem Wagen zurückging, wobei er sich schwer auf seinen Stock stützte. Er sah sich erst um, als er sich ans Steuer setzte und die Tür schloss.

Durch die getönten Scheiben sah er, dass sie ihn noch immer beobachtete. Er schob den Schlüssel ins Zündschloss und ließ den Motor an. Dann fuhr er vom Bordstein auf die Straße, den Rückspiegel immer im Blick.

Und kurz bevor das Haus aus seinem Blickfeld verschwand, sah er, wie Eileen sich bückte, den Teddy aufhob und die Tür schloss.

Ja!

Er schlug mit der flachen Hand aufs Lenkrad und grinste. Kein Deal, kein Machtspielchen, kein Coup gegen seinen erbittertsten Feind hatte jemals ein solches Gefühl der Zufriedenheit in ihm ausgelöst.

Heute hatte er einen Zeiger an der Uhr weiterbewegt, der lange hängen geblieben war.

Marco war vielleicht nicht auf seiner Seite, aber in Eileen hatte er eine Verbündete gefunden – und Ehefrauen hatten viel Einfluss auf ihre Männer. Wann immer Isabella ihn wegen einer Übertretung zur Rede gestellt hatte, hatte er nachgegeben. Vielleicht hatte Eileen die gleiche Macht über seinen Sohn.

Und wenn ja, dann konnte er vielleicht doch noch Nonno spielen.

* * *

„Kelly, du hast mir das Leben gerettet!"

„Sei nicht albern." Sie tat Laurens Bemerkung mit einer Handbewegung ab. „Ich habe sie gerne abgeholt, und wir hatten richtig Spaß. Nicht wahr, Jungs?"

Der fünfjährige Kevin blickte von ihrem Küchentisch auf, wo die Zwillinge in der vergangenen Stunde mit Kellys alten Aquarellfarben Meisterwerke erschaffen hatten.

„Ja! Und es gab Kekse, Mom!" Er zeigte mit dem Pinsel auf einen Teller, der mitten auf dem Tisch stand und bis auf ein paar Krümel leer war.

„Mit Schokostücken!", fügte Jack hinzu, ohne von den geflügelten lilafarbenen Geschöpfen aufzublicken, die er gerade malte.

„Ich hoffe, das war in Ordnung." Kelly wischte ein paar Tropfen Farbe vom Tisch. „Sie sagten, sie hätten Hunger."

Lauren verdrehte die Augen. „Sie haben *immer* Hunger. Kommt, Jungs, es wird Zeit, die Sachen einzupacken. Wir müssen los."

„Ich bin fast fertig, Mom!" Kevin warf ihr einen flehenden Blick zu.

„Ich auch", bestätigte Jack.

„Na gut, noch fünf Minuten. Aber mehr nicht." Lauren ließ ihre Handtasche auf die Küchenzeile fallen und seufzte. „Was für ein Tag."

„Und was ist bei dem Vergleich herausgekommen, der dich aufgehalten hat?"

„Der hat unsere ganze Strategie kaputt gemacht. Aber was soll's … morgen ist ein neuer Tag. Hat es bei der Krippe Probleme gegeben? Ich habe angerufen, um ihnen zu sagen, dass du sie abholst."

„Nein, es war gar kein Thema. Aber es war gut, dass du mir damals die Vollmacht gegeben hast, für alle Fälle."

„Ich bin nur froh, dass du Ja gesagt hast. Wo Shaun doch auf Dienstreise ist und meine Eltern auf der Kreuzfahrt …"

„Es war kein Problem, wirklich."

„Du bist einfach zu nett. Ich weiß, dass die beiden dich von deiner Arbeit abgelenkt haben."

„Ich war sowieso abgelenkt."

„Ach ja? Wieso?"

Kelly gab Lauren ein Zeichen, mit ins Wohnzimmer zu kommen, und ihre Freundin folgte ihr auf dem Fuß. „Cole war gestern Abend zum Essen hier."

„Dienst oder Vergnügen?"

„Beides. Und ich habe dir eine Menge zu erzählen. Du wirst nicht glauben, was in den vergangenen drei Tagen alles passiert ist. Ich habe ein paarmal versucht, dich anzurufen, aber du warst unterwegs."

„Jetzt bin ich aber neugierig." Sie hockte sich auf die Armlehne des Sofas. „Erzähl."

Als Kelly sie auf den neuesten Stand der Ermittlungen brachte – darunter auch das Zeugenschutzprogramm und die Mafia-Verwicklungen – starrte Lauren sie mit offenem Mund an.

„Du machst Witze."

„Das war auch meine erste Reaktion. Aber es passt alles. Cole fährt nächste Woche nach Buffalo, um mit Rossi zu sprechen."

Laurens Miene war skeptisch. „Ein Mafiaboss wird nichts zugeben, und die Hinweise, die ihn mit dem Tod deines Vaters in Verbindung bringen, sind lediglich Indizienbeweise. Mach dir lieber nicht zu große Hoffnungen. Typen, die in seiner Liga spielen, wissen, wie man Spuren verwischt."

„Wenn er so gut darin wäre, seine Spuren zu verwischen, wäre er nicht im Gefängnis gelandet."

Ihre Freundin räumte das mit einem Schulterzucken ein. „Jedenfalls kann es nicht schaden, wenn dein Freund ihm einen Besuch abstattet." Lauren beugte sich vor. „Ich nehme an, Cole ist inzwischen ein Freund. Oder vielleicht noch mehr?"

„Noch nicht."

„‚Noch nicht' im Sinne von: Er könnte es in Zukunft werden?"

„Ich würde sagen, es besteht durchaus die Möglichkeit."

„Na, solche Neuigkeiten höre ich gerne." Lauren grinste. „Erzähl mir alles."

„Sagen wir mal, ich bin verhalten optimistisch. Er hat mir gestern Abend eine Menge Sachen erzählt über seine … Beziehungsvergangenheit … und seinen Glaubensweg, über die ich nachdenken muss. Du hattest recht. Er hat auf der Überholspur gelebt."

„Vergangenheitsform?"

„Er sagt, er will das ändern."

Lauren kniff die Augen zusammen. „Glaubst du, er meint es ernst?"

„Ja, das glaube ich."

„Gut. Denn ich will nicht, dass du verletzt wirst."

„Da habe ich keine Bedenken." Kelly schob die Hände in die Taschen ihrer Jeans. „Ich vertraue ihm, Lauren."

„Das ist ein echtes Lob von einer Frau, deren zweiter Vorname Vorsicht lautet."

„Mom, wir sind fertig!" Kevin kam ins Wohnzimmer gelaufen, dicht gefolgt von Jack, und beide hielten ihre Kunstwerke in der Hand.

„Das ist gut. Ich bekomme nämlich allmählich Hunger. Was haltet ihr von Pizza heute Abend?"

„Ja!", riefen die Zwillinge wie aus einem Mund.

„Ist gut. Holt eure Jacken, dann fahren wir."

Zwei Minuten später, während Lauren die beiden zur Tür hinausscheuchte, drehte sie sich zu Kelly um. „Ich muss erst mal verdauen, was du mir erzählt hast, und ich weiß, dass mir schon auf dem Heimweg ein Dutzend Fragen einfallen werden. Ich rufe dich später an. Oder hast du heute Abend wieder Besuch?"

„Heute nicht. Aber Cole hat gesagt, dass er mir erzählen will, wie sein Telefonat mit Rossi gelaufen ist."

„In diesem Fall ruf du *mich* an, nachdem du mit ihm gesprochen hast. Ich will schließlich nicht die Leitung blockieren, wenn er versucht, dich zu erreichen." Sie trat auf die Veranda hinaus und sah zu, wie die Zwillinge in den Minivan kletterten, dann konzentrierte sie sich wieder auf Kelly. „Denn wenn deine Einschätzung von ihm richtig ist, könnte es sich lohnen, sich diesen Mann warmzuhalten."

Lauren wartete nicht auf eine Antwort. Die lauten Stimmen, die aus dem Fahrzeug drangen, erweckten ihre Aufmerksamkeit. Mit einem kurzen Winken lief sie los und rief den Jungs zu, sie sollten aufhören, sich zu streiten.

Aber noch lange, nachdem ihre Freundin einen Waffenstillstand verhandelt hatte und weggefahren war, hallten ihre Abschiedsworte über Cole in Kellys Gedanken wider.

Nach allem, was sie bisher von Cole kennengelernt hatte, konnte sie ihrer Freundin Lauren nur zustimmen.

* * *

Mark Rossi öffnete die Haustür und lächelte über die Szene, die er vor sich sah. Eileen stand am Herd und rührte in etwas, das wie selbst gemachtes Chili roch, während sie Jason auf der Hüfte auf und ab federn ließ und einen Oldie im Radio mitsang. Sein Blick blieb auf seinem Sohn liegen. Nach zehn Jahren Ehe hatten sie jede Hoffnung auf Nachwuchs aufgegeben. Doch zwei Monate, nachdem sie angefangen hatten, die Möglichkeit einer Adoption näher in Erwägung zu ziehen, war Eileen schwanger geworden.

Es war ein Wunder.

Genau genommen war sein ganzes Leben ein Wunder. Er hatte eine wundervolle Frau, ein festes Einkommen, ein schönes Haus und einen Sohn, den er lieben konnte, trotz der Belastung durch seine Vergangenheit.

Viel besser konnte das Leben kaum werden.

Als er die Tür schloss und den Schlüssel im Schloss drehte, fuhr Eileen zu ihm herum. „Hi. Ich habe dich gar nicht hereinkommen hören."

Er durchquerte den Raum und beugte sich vor, um sie zu küssen, dann drückte er dem kleinen Jason einen Kuss auf den Kopf. „Du warst zu beschäftigt mit Singen. Sehr schön übrigens, wenn ich das hinzufügen darf."

Sie rümpfte die Nase. „Wir wissen beide, dass das nicht stimmt. Ich kann einen Ton nicht mal mit einem Gabelstapler halten."

„In meinen Ohren klang es gut."

„Du bist parteiisch."

„Stimmt." Er grinste. „Das bin ich."

Die zarte Röte, die er so liebte, zog über ihre Wangen. „Willst du dich frisch machen? Das Essen ist gleich fertig. Ich habe auch Brot gebacken."

„Wow. Welchem Anlass verdanke ich denn das?"

„Muss es einen Anlass dafür geben?" Sie machte sich am Herd zu schaffen und wich seinem Blick aus.

Ein leichtes Gefühl des Unbehagens kroch seinen Rücken hinauf. Die Schwingungen im Raum hatten sich verändert – oder vielleicht bemerkte er jetzt nur, was vorhin schon da gewesen war.

„Was ist los, Eileen?" Er lehnte sich an die Küchenzeile und sprach mit beiläufigem Tonfall, während er sie beobachtete. Sie war normalerweise die Aufrichtigkeit in Person, aber heute verbarg sie etwas. Sie hatte Jason fester gepackt und rührte viel heftiger in dem Chili, als nötig war.

„Nicht viel. Nichts Besonderes." Das Zittern in ihren Worten strafte die Bemerkung Lügen.

Marks Sorge nahm zu. Eileen ließ sich nicht so leicht erschüttern. Sie war ein gelassener Mensch, eine Frau, die sich jeder Situation anpasste. Sie hatten schon früh in ihrer Beziehung vereinbart, keine Geheimnisse voreinander zu haben, und nachdem er ihr seine Seele offenbart und seinen schäbigen Hintergrund enthüllt hatte, war sie nicht davongelaufen. Sie hatte seine Geschichte als Vergangenheit akzeptiert und ihm gesagt, dass sie gemeinsam eine neue Zukunft erschaffen konnten.

Wenn seine familiären Umstände sie nicht in Panik versetzt hatten, konnte er sich nicht vorstellen, was heute vorgefallen sein könnte, das sie so nervös machte.

„He." Er trat neben sie an den Herd, nahm ihr den Holzlöffel aus der Hand und legte die Hände auf ihre Schultern, sodass er sie zu sich drehen konnte. „Was immer auch passiert ist, wir meistern das zusammen, in Ordnung?"

„Stimmt." Sie schluckte und biss sich auf die Lippen. Dann deutete sie mit einem Kopfnicken in eine Ecke der Küche. „Ich hatte heute Besuch."

Mark blickte zu dem Schaukelstuhl hinüber, in dem Eileen oft ihren Sohn stillte. Ein Plüschteddy in einer roten Jacke grinste ihn daraus an.

„Dein Vater hat ihn mitgebracht."

Ihre Worte trafen ihn wie ein Schlag in die Magengrube und pressten die Luft aus seiner Lunge. Er zuckte zurück und tastete nach der Arbeitsplatte hinter ihm. Dann zwang er sich, ruhig weiterzuatmen, während er versuchte, die Folgen dessen zu verarbeiten, was Eileen gesagt hatte.

Aber er konnte nur an zwei Dinge denken.

Sein Vater war an seinem Haus gewesen.

Und Eileen hatte ein Geschenk von ihm angenommen.

Die Wut in ihm explodierte glühend heiß und durchzog jede Faser seines Seins. „Ich kann nicht fassen, dass du mit diesem Ungeheuer geredet hast! Ich habe dir doch gesagt, dass du ihm die Tür vor der Nase zuschlagen sollst, falls er sich jemals hier blicken lässt!" Er schlug mit der Faust auf die Küchenzeile. So fest, dass der Schmerz seinen Arm hinaufzog. Doch es war ihm egal. „Was hast du dir dabei gedacht? Wie konntest du das tun, nach allem, was ich dir über ihn erzählt habe?" Mit jedem Satz wurde er lauter.

Mit großen Augen starrte sein Sohn ihn von ihren Armen aus an. Dann zitterte sein Mund und er fing an zu heulen.

Eileen war während seines Ausbruches blass geworden, wiegte Jason auf ihrem Arm und versuchte, das verängstigte Kleinkind zu beruhigen.

Er hatte seinem eigenen Kind Angst eingejagt.

Das war wie ein zweiter Schlag in die Magengrube.

Er fuhr herum und stapfte zum Küchenfenster, wo er in die Dunkelheit hinausstarrte. Es bedurfte seiner ganzen Selbstbeherrschung, um die Wut zurückzuhalten, die in ihm tobte.

„Bring Jason in sein Zimmer und leg ihn schlafen. Und dann komm zurück, damit wir reden können." Der knappe Befehl kam barsch heraus, und er drehte sich nicht um.

Er hörte, wie Eileen hinausging. Jasons Weinen wurde leiser, als sie ihn zu seinem Zimmer trug. Ihre leisen Worte waren nicht zu verstehen, als sie versuchte, das Baby zu beruhigen, aber er konnte hören, dass sie selber den Tränen nahe war.

Er hasste es, wenn sie litt.

Und er hasste es, wenn sie beide litten.

All das hatte er seinem Vater zu verdanken.

Sein Blutdruck kletterte noch ein wenig höher.

Fünf Minuten später hörte er, wie sie die Tür zum Kinderzimmer schloss und die Küche wieder betrat. Zu schnell. Er war noch nicht bereit für eine rationale Diskussion.

Sie schien das zu spüren. Ein Klicken verriet ihm, dass sie das Chili ausgestellt hatte. Der Wasserhahn wurde aufgedreht, die Tür der Mikrowelle geöffnet … und wieder geschlossen. Eine halbe Minute später drang der Duft von Instantkaffee durch den Raum.

Als die Mikrowelle klingelte, hörte er, wie sie den Kaffee herausholte und Sahne hineintat. Dann erschien ein Becher am Rande seines Blickfeldes, dargeboten von einer zittrigen Hand.

Ein Friedensangebot.

Er atmete langsam aus, während er sich auf die dunkle Flüssigkeit konzentrierte. Seine Wut hatte sich in die falsche Richtung gewandt. Eileen hatte keine Schuld an dem, was heute geschehen war. Er wusste, dass sein Vater charmant sein konnte, wenn er etwas wollte – und er wollte Großvater sein. Die Familie war für einen Rossi wichtig. Eileen, die anderen Menschen immer erst einmal gute Absichten unterstellte, war Wachs in den Händen eines solchen Meisters der Manipulation.

Deshalb war sein Vater wohl auch hier erschienen, während Mark fort gewesen war.

Aber Vincentio Rossi würde diese Schlacht nicht gewinnen.

Er nahm den Kaffee, ging zum Küchentisch und setzte sich. Sie schob sich auf einen Stuhl, der im rechten Winkel zu seinem stand, und legte mit blassem, angespanntem Gesicht die Finger um ihren Becher.

Ein Muskel zuckte in seinem Unterkiefer, und er seufzte. „Tut mir leid, dass ich laut geworden bin."

„Ich wusste, dass du dich aufregen würdest." In ihren Wimpern hingen feine Tropfen, und sie blinzelte. „Ich hätte den Teddy auf der Veranda sitzen lassen sollen, anstatt ihn reinzuholen."

Eine Träne rann ihre Wange hinunter. Er beugte sich vor, um sie fortzuwischen, verflocht seine Finger mit den ihren und sagte dann mit sanfterer Stimme: „Erzähl mir, was passiert ist."

„Ich war gerade mit Jason nach Hause gekommen. Da klingelte es an der Tür. Als ich aufmachte, stand dein Vater dort mit dem da unterm Arm." Sie zeigte auf den Plüschbären. „Er ist viel älter als auf dem Bild, das du mir gezeigt hast, aber ich habe ihn erkannt."

Sie fuhr mit dem Zeigefinger ihrer anderen Hand über den Rand ihres Bechers und seufzte. „Er war sehr nett. Höflich. Respektvoll. Freundlich. Und er sieht aus wie ein typischer Großvater. Er hat von gesundheitlichen Problemen gesprochen und gesagt, er wolle in der Zeit, die ihm noch bleibt, an Jasons Leben teilnehmen. Er hat mir wohl einfach leidgetan."

Sie hob den Kopf und suchte seinen Blick. „Er sagte, er würde sich an alle Auflagen halten, die wir ihm machen. Er hat seine Telefonnummer in die Jackentasche des Teddys gesteckt und mir gesagt, ich könne ihn jederzeit anrufen." Sie fuhr sich mit den Fingern durchs Haar und atmete tief durch. „Ich weiß nicht ... all die Geschichten, die du mir von ihm erzählt hast ... ich konnte sie nicht mit dem Mann zusammenbringen, der da vor mir stand. Vielleicht hat er sich geändert."

Wohl kaum.

Mark behielt diesen Gedanken für sich und trank einen Schluck Kaffee. Vincentio Rossi hatte Eileen hereingelegt. Er hatte die Mitleidskarte gespielt. Er war vielleicht alt, aber offensichtlich hatte er nichts von seinen schauspielerischen Fähigkeiten verloren. Denn um nichts anderes handelte es sich hier: um Theater. Natürlich wollte er seinen Enkel sehen. Daran hatte Mark keinen Zweifel. Aber dass er ein friedlicher alter Mann geworden war, der sein Leben voller Gewalt und Verbrechen hinter sich gelassen hatte – das kaufte Mark ihm nicht ab. Sein Vater war Mafioso in der dritten Generation. Das lag ihm im Blut. Auch wenn die Jahre im Gefängnis ihn vielleicht davon überzeugt hatten, dass es gut wäre, sich nach seiner Entlassung zurückzuhalten, war er doch immer noch ein mörderischer Mafiaboss. Der Charakter eines Menschen änderte sich nicht.

Aber wie sollte er Eileen davon überzeugen?

Mark stellte seinen Becher auf den Tisch und sah die Frau an, deren stille Güte und versöhnlicher Geist ihm das Herz gestohlen und ihm geholfen hatten, seine grausige Vergangenheit hinter sich zu lassen. Er hatte nie gewollt, dass seine schmutzige Familiengeschichte ihr gemeinsames Leben beeinträchtigt. Er hatte gehofft, er könnte all die Geschichten über die skrupellose Rossi-Dynastie ein für alle Mal zu den Akten legen. Aber damit sie Vernunft annahm, musste er die hässlichen Einzelheiten noch einmal hervorholen.

„Eileen, du weißt doch, was mein Vater ist."

„*War*."

„Ist." Er rückte von seiner Position nicht ab. „Der Mann war wegen organisierten Verbrechens und Geldwäsche im Gefängnis. Weißt du, was organisiertes Verbrechen bedeutet? Glücksspiel und Bestechung und Drogenhandel und alle möglichen anderen zwielichtigen Aktivitäten. Es gab jede Menge Indizien, die nahelegten, dass er auch Auftragskiller angeheuert hat, selbst wenn die Behörden ihm das letzten Endes nicht nachweisen konnten. Es war ein schmutziges, gewalttätiges Geschäft. Er hat vielleicht nie persönlich den Abzug betätigt, aber er hat viele Menschen ermordet."

Sie zuckte zusammen, aber er fuhr fort, und seine Stimme war kalt und bitter. „Der Mann, der heute hier war, ist ein Meister darin, ein Doppelleben zu führen. Zu Hause war er ein liebevoller Vater, der sonntags in die Kirche ging. Ich wusste nichts von seinem anderen Leben, bis er verhaftet wurde. Und zuerst verstand ich nicht, was geschehen war. Ich war erst sechs Jahre alt, und meine Mutter hat mich vor den Medien abgeschirmt und zu ihm gehalten. Aber je älter ich wurde, desto mehr habe ich gelesen, und je tiefer ich nachforschte, desto klarer wurde mir, dass er Abschaum war. Von Grund auf verdorben. Und ich will nicht, dass ein solcher Mann in die Nähe unseres Kindes kommt."

Eileen streckte die Hand aus und legte sie auf seinen Arm. „Aber was ist, wenn er nicht mehr so ist? Was ist, wenn er sich wirklich geändert hat? Ist es richtig, ihn so herzlos zu verstoßen?"

„Theoretisch nein. Du weißt, dass ich an Vergebung und zweite Chancen glaube. Aber wir reden hier von Vincentio Rossi." Er ballte seine freie Hand auf dem Tisch und biss die Zähne zusammen. „Ich glaube nicht, dass er sich geändert hat. Und noch schlimmer, ich glaube auch nicht, dass er sich einer Schuld bewusst ist. Achtundzwanzig Jahre im Gefängnis würden seinen Stolz darauf, zum Rossi-Clan zu gehören, nicht schmälern."

Das kaum merkliche Sinken ihrer Mundwinkel und der Anflug von Missbilligung in ihrem Blick verrieten ihm, dass sie von ihm enttäuscht war – und das tat weh. Sehr weh. Aber ihre resigniert hängenden Schultern sagten ihm auch, dass sie sich in dieser Sache nicht gegen ihn stellen würde. Wenigstens dafür war er dankbar.

„Was willst du damit machen?" Sie zeigte wieder auf den Teddy.

Seine erste Neigung war, ihn wegzuwerfen – aber er überließ ihr die Entscheidung. „Was willst *du* damit machen?"

„Ihn behalten. Eine Weile. Wir können ihn irgendwann dem Sozialkaufhaus an der Ecke spenden."

Er hätte sich am liebsten geweigert. Aber Eileen verlangte nicht viel von ihm. Dieses kleine Zugeständnis konnte er machen – auch wenn ihm bei dem Anblick des Bären ganz schlecht wurde.

„Irgendwann in nicht allzu ferner Zeit."

„Ist gut." Sie lächelte zögernd, drückte seine Hand und erhob sich. „Willst du jetzt zu Abend essen?"

„Gerne." Es hatte keinen Sinn, die Mahlzeit aufzuschieben, bis sein Appetit zurückgekehrt war.

Denn der war für heute verdorben.

Kapitel 14

Cole aß den letzten Bissen seiner in der Mikrowelle aufgewärmten Cannelloni und spülte ihn mit einem Schluck Limonade hinunter. Für ein Fertiggericht war es nicht schlecht, aber es war natürlich kein Vergleich zu der Mahlzeit mit Kelly am Abend zuvor.

Sein Pulsschlag beschleunigte sich, und auf einmal verspürte er eine Sehnsucht, die nicht nur auf Kellys gutes Essen zurückzuführen war.

Reiß dich zusammen.

Cole nahm seine Papierserviette und den Plastikbehälter, in dem sich seine Mahlzeit befunden hatte, stand auf und warf sie in den Müll. Er brauchte eine Ablenkung.

Und der für nach dem Essen geplante Anruf bei Rossi müsste eigentlich dafür sorgen.

Wenn der Mann tagsüber eine Haushaltshilfe hatte, war sie jetzt sicher nicht mehr da. Cole hoffte, dass der ehemalige Mafiaboss abends eher zu Hause anzutreffen war als tagsüber. Falls er Glück hatte, erreichte er vielleicht Rossi selbst und nicht seinen Anrufbeantworter.

Er zog sein Notizbuch aus der Tasche und blätterte zu der Telefonnummer, die er im Büro notiert hatte. Dann setzte er sich auf einen Hocker an die Küchenbar und tippte die Zahlen in sein Festnetztelefon.

Beim dritten Klingeln nahm ein Mann ab.

„Hallo?" Die Stimme klang irgendwie … hoffnungsvoll? Merkwürdig.

„Vincentio Rossi?"

Schweigen.

Cole versuchte es noch einmal „Mr Rossi?"

„Wer will das wissen?" Der hoffnungsvolle Ton war verschwunden und einer deutlichen Unterkühltheit gewichen.

„Hier ist Detective Cole Taylor von der Mordkommission St. Louis, Missouri. Ich untersuche den Tod eines gewissen John Warren und würde gerne ein Treffen mit Ihnen vereinbaren, um ein paar Dinge zu besprechen."

Wieder Schweigen. Eine einfache Einschüchterungstaktik. Sie funktionierte oft, indem sie den Gesprächspartner nervös machte, sodass er zu reden begann – und zu viel sagte. Cole hatte diese Taktik selbst gelegentlich angewandt.

Er wartete ab und sah auf die Uhr. Es dauerte fünfzehn lange Sekunden, bevor der Mann wieder sprach.

„Mein Anwalt wird sich morgen mit Ihnen in Verbindung setzen, Detective."

Ein entschlossenes Klicken verriet Cole, dass das Gespräch beendet war.

Anstatt das Telefon wieder auf die Station zu stellen, tippte er Kellys Nummer ein. Er hatte versprochen, sich bei ihr zu melden, nachdem er mit Rossi gesprochen hatte. Er besaß also eine plausible Erklärung dafür, sie anzurufen.

Rein dienstlich natürlich.

Sie nahm schnell ab und klang ein bisschen atemlos.

„Habe ich dich bei irgendetwas gestört?" Er lehnte sich zurück, die Ellenbogen hinter sich auf die Arbeitsplatte gestützt, und genoss die Sprachmelodie ihrer Stimme.

„Nein. Ich bin nur gespannt, wie dein Telefonat mit Rossi gelaufen ist."

„Ungefähr so, wie ich es erwartet habe. Die gute Nachricht ist, dass ich ihn persönlich am Apparat hatte. Die schlechte ist, dass er die Sache seinem Anwalt übergibt, der mich morgen anrufen wird, wie Rossi sagte. Das überrascht mich nicht, aber Anwälte verkomplizieren solche Dinge immer. Ich vermute, dass ich fünf Minuten vor Dienstschluss von dem Mann hören werde – und es wird garantiert ein *Mann* sein."

„Hast du immer noch vor, nächste Woche hinzufahren?"

„Ja. Ich gehe davon aus, dass der Anwalt versuchen wird, meinen Besuch hinauszuzögern, aber ich werde Druck machen."

Sein dienstliches Anliegen war erledigt. Er sollte auflegen.

Aber das tat er nicht.

Stattdessen drehte er seinen Hocker in Richtung Bar und setzte einen Ellenbogen auf den Tresen. „Und was machst du heute Abend?"

„Nichts Aufregendes. Ich erstelle ein paar Angebote für Kunden. Außerdem will ich noch eine Naht an einem Rocksaum nähen und die Batterien meiner Kamera aufladen. Vielleicht wird es wieder wärmer und ich kann noch eine Wanderung machen, bevor die Temperaturen endgültig in den Keller gehen. Obwohl es noch um *einiges* wärmer werden müsste, damit ich mich hinauswage. Ich bin ein Schönwetterwanderer. Was ist mit dir?"

Cole ließ seinen Blick über den Teil seiner Wohnung wandern, den er von der Küchenzeile aus sehen konnte. Ein überfließender Wäschekorb stand neben der Tür. Mehrere Zeitungen lagen über Sesseln und Sofa verteilt. Die ungeöffnete Post nahm inzwischen den halben Esstisch ein. Er konnte sich nicht daran erinnern, wann er das letzte Mal Staub gesaugt hatte.

Er war versucht, das Durcheinander zu ignorieren und Kelly zu fragen, ob sie sich auf einen Kaffee treffen sollten. Aber während ein Anruf seine Nichts-Privates-Regel nicht ausdrücklich verletzte, würde ein Treffen im Café es garantiert tun.

„Ich glaube, ich werde hier mal aufräumen und die Wäsche machen."

Ein leises Lachen erklang am anderen Ende der Leitung und brachte ihn erneut in Versuchung, die Grenze zwischen Dienst und Vergnügen zu überschreiten. „Sag nicht, dass du in einer typischen Junggesellenbude haust mit Bergen schmutziger Wäsche, verschimmelten Resten im Kühlschrank und stapelweise Pizzaschachteln in der Ecke."

Er warf einen schuldbewussten Blick in Richtung Kühlschrank

und fragte sich, was in dessen Nischen lebte. Es war eine Weile her, dass er nachgesehen hatte. „Keine Pizzaschachteln."

„Eine ausweichende – und vielsagende – Antwort."

„Kein Kommentar."

Sie lachte wieder.

Er musste Schluss machen, bevor er schwach wurde und sie doch um ein Treffen bat. „Ich ruf dich an, sobald wir das Treffen mit Rossi organisiert haben."

„Danke. Wenn ich morgen nichts von dir höre, wünsche ich dir schon einmal ein schönes Wochenende."

„Dir auch."

Er wartete, bis sie aufgelegt hatte, dann stellte er das Telefon langsam in die Station zurück, während er an das kommende Wochenende dachte. Die Happy Hour mit den Kollegen am Freitagabend war gestrichen – sie hatte ihren Reiz für ihn verloren. Der einzige Mensch, mit dem er ausgehen wollte, war Kelly.

Es würden zwei lange, leere Tage werden.

* * *

„Wir haben ein Problem." Vincentio drückte den Hörer des öffentlichen Fernsprechers dichter an sein Ohr und wandte sich von der lärmenden Menge in der lauten Bar gleich hinter dem Foyer ab. Es war schwer, etwas zu verstehen, aber da die Polizei in seinen Angelegenheiten herumschnüffelte, hatte er nicht vor, sein Handy für geschäftliche Dinge zu verwenden.

„Was für ein Problem?"

„Ich habe Ihnen doch gesagt, dass ich eine saubere Operation in St. Louis will. Ganz diskret."

„Das wurde mir auch zugesagt."

„Die Bezirkspolizei von St. Louis hat mich gerade angerufen. Ein Detective will mir einen Besuch abstatten. Er hat Fragen."

„Aber … der Fall ist abgeschlossen."

„Nicht mehr. Ich will, dass dieses Problem aus der Welt geschafft wird. Und zwar schnell. Sonst wird es Folgen haben. Sagen Sie das unserem Freund." Das letzte Wort spuckte er förmlich aus. „Und finden Sie heraus, was da schiefgelaufen ist."

„Mache ich sofort."

„Er hat bis Thanksgiving Zeit." Vincentio knallte den Hörer des Telefons auf die Gabel der Wandhalterung und hielt sich einen Augenblick lang daran fest, bebend vor Wut.

Das konnte er gar nicht gebrauchen. Ausgerechnet jetzt, wo er vor wenigen Stunden erst bei Eileen Erfolg gehabt hatte. Als er vom Haus seines Sohnes weggefahren war, hatte er so sehr gehofft … Deshalb hatte er an diesem Abend auch so schnell zum Hörer gegriffen, weil er dachte, *sie* wäre es vielleicht. Mit guten Neuigkeiten.

Stattdessen hatte er plötzlich einen Ermittler der Polizei am Apparat gehabt.

Wenn sein Sohn auch nur das Geringste von dieser neuen Entwicklung erfuhr, würde jede Chance, seinen Enkel auf dem Arm zu halten, sich schneller in Luft auflösen, als ein Profikiller sein Opfer erledigte.

Vincentio trat durch die Tür in die Nacht hinaus, den Kopf gegen den beißenden Wind gesenkt, während der kalte Schneeregen auf seinen Wangen schmerzte. In diesem Jahr kam der Winter früh nach Buffalo.

Und vielleicht in sein Leben.

Die Spitze seiner Lieblingsschuhe von Bruno Magli blieb an einem losen Stück Straßenbelag hängen und er stolperte vorwärts. Er schwankte und hielt sich an dem Auto neben ihm fest, bis er das Gleichgewicht wiedergewonnen hatte.

Mit klopfendem Herzen holte er ein paarmal tief Luft. Früher war er nie ins Wanken geraten – nicht beim Gehen und nicht bei seinen Geschäften. Aber bei Carlson schien es jetzt doch passiert zu sein. Nur war es damals nicht möglich gewesen, einen Auftragskiller zu engagieren. Durch einen verdächtigen Todesfall wären Ermittlungen ausgelöst worden, die eventuell eine Verbindung zu ihm aufgedeckt hätten. Der vorgebliche Selbstmord hatte die perfekte Lösung dargestellt, und einen Insider auszuwählen, um die Tat durchzuführen, war brillant gewesen.

Dem Dossier zufolge, das Vincentio gelesen hatte, war Carlson der ideale Kandidat gewesen: durch sein Glücksspiel bis über beide Ohren verschuldet; verzweifelt bemüht, sein Laster geheim zu halten; voller Angst vor dem Verlust seines Jobs; frustriert über die Trennung von seiner Frau – alles ausgezeichnete Motive, um gute Arbeit zu leisten. Und dass der Mann die Ermittlungen in einem Todesfall leitete, den er selbst verursacht hatte, war eine zusätzliche Versicherung gewesen.

Aber Carlson hatte sich dennoch als keine gute Wahl erwiesen, wie Vincentios Kollege ihn schon zuvor gewarnt hatte. Er hätte sich doch an einen Profi halten sollen. An einen Mann, der keine Fehler machte und dem die Sache nicht entgleiten würde.

Der Schneeregen wurde heftiger, und Vincentio lief weiter zu seinem Lexus, die Lippen grimmig zusammengepresst, während er den gefährlichen vereisten Stellen auswich, die sich allmählich auf dem Gehsteig bildeten.

Diesmal würde es keine Fehler geben. Und keine offenen Fragen.

* * *

Ein andauerndes, vibrierendes Summen drang in Alan Carlsons vom Schlaf vernebelten Geist, und er tastete auf seinem Nachttisch nach dem Mobiltelefon. Ein denkbar schlechter Zeitpunkt für einen Durchbruch bei dem Doppelmord. Er war erst weit nach Mitternacht schlafen gegangen, was er seinem Besuch bei Freddie zu verdanken hatte.

Er drückte eine Taste, um das Gespräch anzunehmen, und murmelte seinen Namen.

„Sie haben schlechte Arbeit geleistet!"

Alan fuhr in seinem Bett hoch und war mit einem Mal hellwach. Er brauchte nicht zu fragen, wer in der Leitung war. Diesen Anruf hatte er erwartet.

Aber dass er ihn mitten in der Nacht bekam, war kein gutes Zeichen.

„Ich kann das wieder ausbügeln."

„Wie?"

„Ein Abschiedsbrief ist bereits in Arbeit. Ich werde ihn nächste Woche in das Haus schmuggeln."

Ein paar Sekunden lang herrschte Stille am anderen Ende.

Alan fing an zu schwitzen.

„Ist es dafür nicht ein bisschen spät?"

„Ich kriege das hin."

Das Schweigen des Mannes machte seine Skepsis deutlich.

Eine Schweißperle rann über Alans Stirn. Er neigte den Kopf und wischte sie am Ärmel seines T-Shirts ab.

„Der Boss will wissen, was passiert ist."

Alan nahm das Telefon in die andere Hand und wischte seine feuchte Handfläche am Bettlaken ab. „Die Tochter hat ein Geschenk von ihrem Vater bekommen, das er am Tag vor seinem Tod bestellt hatte. Die Nachricht, die dabeilag, hat sie davon überzeugt, dass er nicht vorhatte, sich umzubringen. Ich war im Urlaub und ein anderer Ermittler hat ihr geraten, das Haus ihres Vaters zu durchsuchen. Sie hat ein paar Dinge gefunden, die Fragen aufwarfen – darunter auch ein Foto mit dem richtigen Namen ihres Vaters. Danach hat es nicht lange gedauert, bis mein Kollege ihn mit Ihrem Boss in Verbindung gebracht hat."

„Pech."

„Stimmt." Auf ganzer Linie. „Aber es gibt keine Verbindung zwischen ihm – oder mir – und dem Tod ihres Vaters. Sie haben mich bar bezahlt. Ich habe meine Schulden auf die gleiche Weise beglichen oder mit Barschecks. Ich habe keine großen Summen auf mein Konto eingezahlt. Wir sind sauber."

„Und warum ruft die Polizei dann an?"

„Sie fischen im Trüben."

„Dem Boss gefällt diese Sportart aber nicht. Ihm steht eher der Sinn nach Kunstschießen."

Schweiß rann in Alans Mundwinkel und hinterließ einen beißenden Salzgeschmack auf seiner Zunge. „Die Dinge zu überstürzen ist riskant. Ich garantiere Ihnen, dass die Polizei keine Verbindung finden wird. Geduld wird sich für uns auszahlen."

„Der Boss ist kein geduldiger Mensch, und es gefällt ihm nicht, wenn er von den Behörden belästigt wird. Wenn Sie den Rest Ihres Geldes wollen, dann erledigen Sie die Sache. Und zwar schnell. Sie haben noch *eine* Chance, es hinzubiegen. Wissen Sie noch, welche Nachricht Sie Ihrer Zielperson übermittelt haben?"

Die beiden Sätze, die er John Warren seinem Auftrag entsprechend überbracht hatte, während der Mann allmählich das Bewusstsein verlor, hatten sich tief in Alans Gedächtnis eingeprägt. Ebenso wie der dumpfe Schock in Warrens Augen, als er sie ausgesprochen hatte.

Ich habe immer gesagt, dass ich dich finden werde. Herzliches Beileid zum Tod deines Bruders.

„Ja, das weiß ich noch."

„Wenn die Sache nicht bis Thanksgiving erledigt ist, gilt das Beileid beim nächsten Mal Ihnen. Ich melde mich."

Ein leises Klicken verriet Alan, dass die Verbindung beendet worden war.

So, wie es mit seinem Leben der Fall sein würde, wenn er nicht dafür sorgte, dass der Druck auf Rossi nachließ.

Mit zitternden Händen legte er sein Telefon beiseite, bevor er sich mit unsicheren Beinen erhob und anfing, auf und ab zu schreiten.

Freddie hatte ihm den Brief bis Montagabend versprochen. Die Übergabe war bereits arrangiert, und der Mann würde Wort halten. Da brauchte er sich keine Sorgen zu machen.

Aber den Brief vor Ort zu hinterlegen, war etwas ganz anderes. Er hatte immer noch keinen Plan, wie Kelly ihn finden konnte, ohne dass die Polizei noch mehr Verdacht schöpfte.

Er lief in seinem Schlafzimmer herum und fröstelte, als die kalte Luft auf sein schweißdurchtränktes T-Shirt traf. Vielleicht würde er an diesem Wochenende zu Warrens Haus fahren. Sich ein bisschen umsehen. Die Alarmanlage dürfte keine Schwierigkeiten bereiten. Er hatte sich während der ursprünglichen Ermittlungen dort ein, zwei Mal mit Kelly getroffen, um sich unauffällig den Zahlencode zu merken, den sie für die Deaktivierung der Anlage eintippte. Sie hatte ihm auch einen Schlüssel überlassen, von dem er eine Kopie angefertigt hatte.

Details. Er war ein Meister der Details. Deshalb war ein so guter Detective. Und ein herausragender verdeckter Ermittler. Er plante immer gut. Er war für alles gewappnet und hatte einen Notfallplan für schwierige Situationen.

Aber dies war die schwierigste Situation, der er jemals begegnet war.

Er ging in die Küche, um sich einen Kaffee zu machen. Als er an der Uhr im Flur vorbeikam, sah er, dass es Viertel nach drei war. Die Nacht war erst halb vorüber. Wahrscheinlich war es nicht klug, um diese Zeit Koffein zu sich zu nehmen.

Andererseits, was spielte es schon für eine Rolle?

Mit oder ohne Koffein – heute Nacht würde er sowieso nicht mehr schlafen können.

* * *

Am Freitag um zehn Minuten vor fünf klingelte Coles Telefon. Ein Ferngespräch aus Buffalo, wie die Anruferkennung ihm verriet.

Rossis Anwalt. Er hatte bis zur letzten Minute gewartet, wie Cole es vermutet hatte.

Er nahm den Hörer ab. „Detective Taylor."

„Hier spricht Thomas Lake, Vincentio Rossis Anwalt. Ich habe gehört, Sie wollen mit ihm über den Tod eines gewisses John Warren sprechen?"

„Das stimmt. So bald, wie es ihm möglich ist. Wir kommen gerne zu ihm oder treffen uns mit ihm in einer nahe gelegenen Polizeiwache."

„Worüber wollen Sie denn genau mit ihm sprechen?"

„Wir haben Grund zu der Annahme, dass John Warren mit richtigem Namen James Walsh hieß und ein ehemaliger Mitarbeiter von Mr Rossi war. Er hat damals als wichtiger Zeuge in dem Prozess ausgesagt, in dem Ihr Mandant zu einer hohen Haftstrafe verurteilt wurde. Wir würden den Fall gerne mit Mr Rossi besprechen."

„Haben Sie eine Verbindung zwischen meinem Mandanten und Ihrem Fall gefunden?"

„Wir sind noch am Anfang unserer Ermittlungen."

Cole hielt den Atem an, nachdem er diese vage Antwort gegeben hatte. Rossi konnte sich weigern, mit ihm zu sprechen, aber das würde Verdacht erregen. Wenn sein Anwalt klug war, würde er dem Mann zur Zusammenarbeit raten. Und Cole vermutete, dass ein Mann wie Rossi immer nur das Beste kaufte – auch in Bezug auf seine Anwälte.

Diese Vermutung wurde wenige Sekunden später bestätigt.

„Ich bin sicher, Mr Rossi wird Ihnen gerne bei Ihren Ermittlungen behilflich sein. Was halten Sie von Mittwochmorgen?"

Am Tag vor Thanksgiving. Typisch. Einen Flug zu bekommen, würde schwierig sein.

„Das passt gut." Er hielt seinen Tonfall neutral.

„Ich melde mich wieder mit einer genauen Uhrzeit. Ich bin sicher, meinem Mandanten ist es lieber, wenn Sie zu seinem Wohnsitz kommen."

Das war eine gute Nachricht. Es war erstaunlich, wie viel man anhand seiner vertrauten Umgebung über einen Menschen erfahren konnte.

„Ich werde zusammen mit einem weiteren Detective kommen. Es wäre gut, mich die Zeit so bald wie möglich wissen zu lassen. Ich gebe Ihnen meine Handynummer, dann können Sie mir die Information das ganze Wochenende über zukommen lassen."

Nachdem Lake die Nummer notiert und das Gespräch beendet hatte, wählte Cole Mitchs Handynummer, um ihn über die Reisepläne zu informieren. Beim dritten Klingeln sprang die Mailbox an und er hinterließ eine Nachricht.

Dann fing er an, mögliche Flüge herauszusuchen. Wie er vermutet hatte, war das Angebot mager. Die beste Lösung, die er finden konnte, war ein Nachtflug mit Zwischenstopp, bei dem sie schon am Dienstagabend abreisen mussten. Auf dem Rückweg mussten sie ebenfalls umsteigen, aber wenigstens würden sie vor sechs Uhr wieder zu Hause sein.

Als Nächstes versuchte er es bei Kelly, um ihr die versprochene Zwischenmeldung zu geben, aber auch hier bekam er nur den Anrufbeantworter zu hören. Er überlegte, ob er später noch einmal anrufen sollte, aber am Ende sprach er doch eine Nachricht auf Band. Jetzt, wo der Fall Fahrt aufnahm, war es sicherer, auf Distanz zu bleiben, bis die Sache geklärt war.

Aber mit jedem Tag, der verstrich, fiel es ihm schwerer, sich an die Regel zu halten, die er sich selbst auferlegt hatte.

* * *

„Du hast doch nicht etwa meine Telefonnummer vergessen, oder?"

Müde klemmte Cole das Telefon zwischen Ohr und Schulter und sah blinzelnd auf seinen Wecker. Neun Uhr. Das betrachtete er normalerweise als Ausschlafen. Doch am vergangenen Abend war er lange aufgeblieben, um einen Film anzuschauen, und hatte anschließend den größten Teil der Nacht damit verbracht, zur Decke hinaufzustarren und an Kelly zu denken. So war er jetzt nicht gerade begeistert davon, dass seine Schwester ihn so abrupt am Samstagmorgen weckte.

„Ich hatte zu tun." Er ließ sich zurück ins Bett fallen und unterdrückte ein Gähnen.

„Oder besser gesagt: Du wolltest mir aus dem Weg gehen."

Cole schloss die Augen. Er war noch nicht bereit für eines von Alisons Verhören. Nicht ohne eine Tasse Kaffee.

„Du hast Angst, dass ich dich nach Kelly frage, oder?"

O.K., eine *Kanne* Kaffee.

„Was willst du wissen?" Vielleicht konnte er sie abwimmeln, indem er ihr ein paar Brocken hinwarf.

„Ist das dein Ernst?"

„Ja. Warum nicht?"

„Mitch sagt, du seist verknallt."

Cole kniff die Augen zusammen. Sein sogenannter *Kumpel* würde am Montag etwas zu hören bekommen. „Das ist ein bisschen viel gesagt."

„Aber du magst sie, oder?"

„Klar. Was sollte ich auch nicht an ihr mögen? Sie ist hübsch, klug, eine angenehme Gesprächspartnerin, eine tolle Köchin und sie geht jeden Sonntag in die Kirche. Das volle Programm."

Schweigen.

„Wie kommt es, dass du mir diese Frage beantwortet hast?" Alison klang verblüfft angesichts seiner Offenheit.

Gut.

Er grinste und reckte sich. „Mein Leben ist ein offenes Buch."

„Seit wann denn das?"

„Vielleicht habe ich mich ja geändert." Er schwang die Beine aus dem Bett und tappte in Richtung Küche, um den Kaffee aufzusetzen. „Willst du sonst noch etwas wissen?"

„Gehst du mit ihr aus?"

„Noch nicht. Das wäre nicht professionell."

„Das heißt, du willst sie fragen, wenn der Fall abgeschlossen ist?"

„Wenn die Dame Interesse hat."

„Glaubst du, das hat sie?"

„Oh ja."

Am anderen Ende der Leitung wurde es still.

„Was ist eigentlich heute mit dir los? Normalerweise muss man dir doch alles aus der Nase ziehen."

„Willst du dich beschweren?" Er holte eine Dose mit Kaffeepulver aus dem Kühlschrank.

„Nein. Ich versuche nur zu entscheiden, ob ich wirklich meinen Bruder am Telefon habe oder ob ein Außerirdischer deinen Körper in Besitz genommen hat."

„Sehr witzig. Gibt es sonst noch etwas, das du wissen möchtest?"

„Nicht zu diesem Thema. Aber ich wollte dich fragen, ob du morgen mit Mitch und mir in die Kirche gehen willst."

Cole schüttete Kaffee in den Filter, schob ihn in die Halterung der Maschine und trug die Kanne zur Spüle. Warum nicht? Er hatte sowieso schon überlegt, ob er endlich wieder einmal gehen sollte, und an diesem Wochenende hatte er Zeit.

„Okay."

In der kurzen Stille, die folgte, malte er sich aus, wie Alison gerade mit offenem Mund dastand.

„Kann ich diesen Sinneswandel auf dein Interesse an Kelly zurückführen?"

„Teilweise. Sie hat mich dazu gebracht, über ein paar Dinge nachzudenken, mit denen ich mich längst hätte auseinandersetzen sollen."

Das war ein Thema, das er jetzt nicht vertiefen wollte. Und er war froh, dass Alison vernünftig genug war, den Bogen nicht zu überspannen, indem sie noch mehr wissen wollte.

„Egal, was der Grund dafür ist, ich freue mich darüber. Sollen wir dich abholen?"

„Nein, ich treffe euch dort. Gottesdienst um zehn?" Er füllte die Kanne mit Wasser.

„Ja. Und was machst du sonst noch dieses Wochenende?"

Ein schneller Blick durch die Wohnung erinnerte ihn daran, dass er sich immer noch nicht um seinen Haushalt gekümmert hatte. „Ein bisschen hier aufräumen."

„Keine schlechte Idee. Als ich das letzte Mal bei dir war, sah deine Wohnung aus wie ein Schweinestall."

„Vielen Dank. Ich lege jetzt auf."

„Warte … hast du den Kuchen für Thanksgiving bestellt?"

„Ich habe doch gesagt, dass ich das mache, oder?" Das würde er auch auf seine To-Do-Liste für das Wochenende schreiben.

„Das heißt, du hast es vergessen. Mich kannst du mit ausweichenden Antworten nicht täuschen, Cole. Ich habe jahrelang mit dir zusammengelebt, erinnerst du dich?"

„Mach's gut, Alison."

Ihr Kichern drang durch die Leitung. „Wir sehen uns in der Kirche."

Als er auflegte und das Wasser in die Kaffeemaschine schüttete, ging Cole noch einmal seine Pläne für die nächsten beiden Tage durch. Kirche, Hausputz, Kuchen bestellen. Sein Wochenende würde also doch nicht so ereignislos werden.

Aber er würde diesen Tag viel lieber mit Kelly verbringen, anstatt Socken zu waschen.

Kapitel 15

Er war drin.

Alan stand neben dem Tisch in John Warrens Küche und dehnte seine in Latexhandschuhen steckenden Finger, um anschließend die schwarze Strumpfmütze zurechtzurücken, die seinen Kopf und einen Großteil seines Gesichts bedeckte. Sich Zugang zum Haus zu verschaffen, war ein Kinderspiel gewesen. Aber zu dieser frühen Stunde am Sonntagmorgen, noch vor Sonnenaufgang, wäre er lieber im Bett, anstatt den Ort seines Verbrechens noch einmal aufzusuchen.

Das war eigentlich nur etwas für Amateure.

Dank dieser dämlichen Tulpenzwiebeln war er jedoch gezwungen, unnötige Risiken einzugehen.

Mit einem angewiderten Schnauben ging Alan zum Wohnzimmer, und die weichen Sohlen seiner Schuhe machten auf dem Eichenholzboden kein Geräusch. Statt Drohungen auszustoßen, sollte Rossi ihm dankbar sein – und bezahlen. Trotz der Panne waren alle „Beweise", die Taylor gefunden hatte, reine Indizienbeweise. Und nichts davon bezog sich auf das Verbrechen selbst. Die Tat war gut geplant und perfekt ausgeführt worden. Am klügsten wäre es, die Sache einfach ruhen zu lassen, wie er seinem Kontaktmann Freitagnacht erklärt hatte. Irgendwann würden die Ermittlungen im Sand verlaufen.

Aber Rossi wollte nicht warten. Oder sich mit der Polizei auseinandersetzen. Wegen der jüngsten Entwicklungen glaubte der

Mafiaboss wahrscheinlich, der Mann, den er angeheuert hatte, um seine Vendetta zu vollziehen, habe Fehler begangen. Oder etwas übersehen.

Doch Alan hatte keins von beidem getan. Er hatte seine Arbeit perfekt ausgeführt. Seine einzige Unachtsamkeit war seine überzogene Reaktion auf Kellys Hartnäckigkeit gewesen, aber es gab nichts, was den Erdnusszwischenfall mit ihm oder Rossi in Verbindung bringen konnte.

Alan blieb im Wohnzimmer neben der Couch stehen, auf der er bei seinen zwei Besuchen bei John Warren gesessen hatte. Beim ersten Mal hatte er den Ort ausgekundschaftet und Vertrauen aufgebaut. Beim zweiten Mal hatte er es getan. Er hatte diese Technik bei seinen verdeckten Ermittlungen schon oft angewandt. Sie hatte auf der Straße funktioniert, und im Fall Warren auch. Aber nur, weil er sich ausgezeichnet auf seinen Einsatz vorbereitet hatte.

Er hatte zum Beispiel Kontakt zu einer Nachbarin von Warren aufgebaut, um sie zu seiner unwissentlichen Komplizin zu machen.

Der Anflug eines Lächelns huschte über seine Lippen. Sheila Waters hatte ihn bei seinem ersten Besuch im Viertel mit Schokoladenkuchen und Eistee versorgt. Er war vorbeigekommen, um mit ihr über einen Diebstahl in einem der Häuser in der Nachbarschaft zu reden. Dieser Einbruch war zuvor von ihm selbst begangen worden, damit er einen Grund für die Nachforschungen hatte. Sie hatte ihn auf die Idee gebracht, zwei Wochen später mit einem Teller Brownies bei Warren zu erscheinen, als ein zweites – erfundenes – Verbrechen untersucht werden musste.

Alan beugte sich vor und rieb mit dem Finger über den schwachen Fleck auf dem Couchtisch aus Walnussholz, ein Andenken an sein Manöver, das ihm die Gelegenheit gegeben hatte, Warrens Limonade mit zwei großzügigen Portionen Wodka zu versetzen. Fünfundzwanzig Dollar die Flasche, aber jeden Cent wert. Seine Nachforschungen hatten ergeben, dass diese Marke sehr mild schmeckte und nicht auf der Zunge oder in der Kehle brannte, wie die billigeren Sorten es taten. Deshalb hatte sie sich perfekt dazu geeignet, einem Glas Eistee oder Limonade beigefügt zu werden.

Geschmacklos, aber sehr wirkungsvoll – vor allem, wenn man den Wodka mit einem starken Schlafmittel kombinierte. Nachdem Alan „aus Versehen" sein Getränk verschüttet hatte und Warren ging, um ihm ein neues zu holen, war es einfach gewesen, die Limonade des Mannes mit dem Wodka zu versetzen.

Er fuhr noch einmal über den Fleck und richtete sich auf. Die ganze Operation war einfach gewesen. Beinahe zu einfach. Das starke Schlafmittel war auf dem Schwarzmarkt problemlos zu bekommen, und Warren dazu zu bringen, es unbemerkt zu sich zu nehmen, war leicht gewesen. Er brauchte nur die Tabletten zu zerstoßen, einer Backmischung für Schokokuchen beizufügen und Hobbybäcker zu spielen.

Alans Lächeln wurde breiter. Es war ein schöner Plan gewesen. Er war an jenem Abend mit drei Stücken präpariertem Kuchen – und einem Stück ohne Schlafmittel – hier erschienen, um ein paar Fragen über den jüngsten Einbruch in der Nachbarschaft zu stellen. Er hatte Warren erzählt, Sheila hätte darauf bestanden, ihrem Nachbarn ein paar Brownies mitzugeben, als er mit ihr gesprochen hatte. Dann hatte er gesagt, er bekomme schon Hunger vom Ansehen, da er noch kein Abendessen gehabt hatte. Der gastfreundliche Warren hatte ihn gebeten, sich zu bedienen, und ihm sogar etwas zu trinken angeboten. Alan hatte dankend angenommen – mit der Bitte, dass Warren ihm beim Essen Gesellschaft leistete.

Es war eine einfache Sache gewesen.

Zwei Brownies und zwei Portionen Wodka später war Warren aufgestanden, um seinen Besucher zur Tür zu bringen. Doch als er gefährlich zu schwanken begann, hatte Alan ihm zu seinem Sessel zurückgeholfen und war in die Küche gegangen, um ihm ein Glas Wasser zu bringen – dem er eine dritte Dosis Wodka hinzugefügt hatte.

Nachdem Warrens Unwohlsein zugenommen hatte, war es für Alan nicht schwierig gewesen, ihn davon zu überzeugen, dass er besser ins Krankenhaus fahren sollte. Und da seine Tochter verreist war – ein Detail, das Alan zuvor ausgekundschaftet hatte –, war es nur logisch gewesen, dass Alan ihn fahren würde. Doch weil sein eigener Wagen ein ganzes Stück entfernt geparkt war, hatte er vorgeschlagen, Warrens Wagen zu nehmen, um Zeit zu sparen.

Während die Ereignisse des Abends vor Alans geistigem Auge abliefen, ging er in die Küche zurück und öffnete die Tür, die zu der dämmrigen Garage führte. Das Auto des Mannes war nicht mehr da. Das überraschte ihn nicht. Kelly hatte gesagt, dass sie das Todeswerkzeug, wie sie es nannte, so bald wie möglich verkaufen würde. Ansonsten sah die Garage aus wie vorher. Damals war es auch dunkel gewesen, als er Warren hierher geholfen, ihn auf den Beifahrersitz gesetzt und den Motor angelassen hatte. Unter dem Vorwand, seine Jacke vergessen zu haben, war er ins Haus zurückgegangen, wobei er beide Wagentüren offen gelassen hatte.

Fünfzehn Minuten später war der Mann orientierungslos und kaum noch bei Bewusstsein gewesen. Er hatte nicht einmal gemerkt, was los war, als Alan ihn aus dem Fahrzeug geholt, hinter den Wagen geführt und ihn neben dem Auspuff auf den Boden gesetzt hatte. Während er Warren mit dem Rücken an die Wand lehnte, hatte Alan ihm Rossis Botschaft überbracht.

Warren hatte ihn angestarrt, sein trüber Blick zunächst verwirrt. Und dann, als ihm die Wahrheit dämmerte, war alle Farbe aus seinem Gesicht gewichen. Er hatte versucht, Alan fortzustoßen und aufzustehen, aber in seinem Zustand war nicht mehr als ein wenig sanfter Druck nötig gewesen, um ihn am Boden zu halten.

Alans Lächeln erstarb. Dieser Teil war unangenehm gewesen. Obwohl es nur wenige Minuten gedauert hatte, bis die Augen des Mannes sich schlossen und seine schwache Gegenwehr aufhörte, hatte es sich angefühlt wie Stunden.

Der Rest hatte sich als einfach erwiesen. Er hatte ein Paar Latexhandschuhe angezogen und die wenigen Gegenstände abgewischt, die er während seines Besuches angefasst hatte. Dann hatte er drei Bierdosen in die Spüle entleert. Außerdem hatte er die Hälfte einer weiteren Dose ausgegossen und war in die Garage gegangen, um diese Bierdose neben Warren abzustellen – zusammen mit einer unbeschrifteten Flasche mit Tabletten – nachdem er die Finger des

Mannes daraufgedrückt hatte. Das Gleiche hatte er mit den leeren Bierdosen getan, bevor er sie in den Mülleimer in der Küche geworfen hatte, damit die Spurensicherung sie fand.

Ein schwacher, ungleichmäßiger Puls hatte noch unter seinen Fingern geschlagen, als er die Halsschlagader des Mannes überprüft hatte, also war er ins Wohnzimmer zurückgegangen und hatte zwanzig Minuten gewartet, um anschließend noch einmal nachzusehen.

Es hatte keinen erkennbaren Herzschlag mehr gegeben.

So wie er es an dem Abend im Mai vor sechs Monaten getan hatte, sah Alan sich noch einmal in der dunklen Garage um, in der Warren gestorben war, dann schloss er die Tür und wandte sich ab. Damals war er zuversichtlicher gewesen. Er war sich sicher gewesen, dass er das perfekte Verbrechen begangen hatte. Und da Warrens Tochter verreist war, standen die Chancen gut, dass niemand den Mann bis zum nächsten Tag finden würde.

Und so war es auch gewesen. Der Notruf war gegen Mittag auf seinem Polizeifunkgerät eingegangen, und er hatte sich sofort mit seinem Vorgesetzten in Verbindung gesetzt und angeboten, den Fall zu übernehmen, da er „zufällig" in der Gegend sei.

Alan ging ins Wohnzimmer zurück. Merkwürdig. Als Mann, der geschworen hatte, das Gesetz zu verteidigen und die Bürger zu beschützen, hatte er nie Reue empfunden, weil er ein Menschenleben beendet hatte … Warren war ohnehin todkrank gewesen. Alan hatte den Prozess nur ein bisschen beschleunigt. Und dadurch hatte er sich selbst finanziell einen neuen Anfang beschert – und eine zweite Chance bei seiner Frau. Er hatte den Job mit einem Gefühl der Erleichterung erledigt, nicht mit Bedauern.

Aber sich mit der Mafia einzulassen, hatte die Erleichterung in Besorgnis verwandelt.

Er ermahnte sich, sich auf seine jetzige Aufgabe zu konzentrieren, und ging in den Flur. Allmählich drang schon schwaches Licht durch die Spalten der Jalousien, und er wollte bei Tagesanbruch nicht mehr hier sein. Kelly würde zwar in der Kirche sein, wie sie es am Sonntag immer war, aber es gab keinen Grund, sich länger hier aufzuhalten. Er musste einen Ort finden, an dem er den Brief verstecken konnte. Einen, der keinen Verdacht aufkommen ließ und bei dem sie sich nicht fragte, warum sie – oder die Spurensicherung, ihn bislang übersehen hatte.

Acht Minuten später, nach einem schnellen Rundgang durchs Haus, schloss Alan aus der Unordnung in Warrens Büro und Schlafzimmer, dass Kelly ihre Suche auf diese Räume konzentriert hatte. Das zweite Schlafzimmer schien unberührt, und der Keller ebenso. Wenn Warren einen Brief geschrieben hätte, war es jedoch unwahrscheinlich, dass er ihn an einem dieser beiden Orte hinterlegt hätte. Abschiedsbriefe fanden sich normalerweise an gut sichtbaren Stellen. Auf einem Schreibtisch. Oder einem Küchentisch. Oder bei der Leiche selbst. Aber wenn an einem dieser Orte ein Brief gewesen wäre, hätte die Spurensicherung oder der Gerichtsmediziner ihn gefunden.

Als er an Warrens Büro vorbeikam, blieb Alan abrupt stehen, weil sich plötzlich ein Schatten an der Wand gegenüber der Tür bewegte. Adrenalin schoss durch seine Adern und er griff nach der Beretta, die er in seinem versteckten Waffenhalfter trug, wenn er nicht im Dienst war. Er hielt inne, als der Schatten sich erneut bewegte und er die Ursache erkannte.

Ein Ast, der vom Wind bewegt und von den ersten schwachen Strahlen der aufgehenden Sonne beleuchtet wurde.

Während sein Pulsschlag sich wieder normalisierte, keimte in ihm eine Idee auf. Er ging zurück in Warrens Büro und zum Fenster, das sich im rechten Winkel zum Schreibtisch befand. Er zog die Jalousien ein wenig auseinander. Draußen war es jetzt so hell, dass er mehrere Ahornbäume im Garten ausmachen konnte, und einer stand dicht am Haus. Er kannte solche Bäume von dem Garten des Hauses, das er mit Cindy bewohnt hatte. Ihr Holz war oft brüchig, was sie für Sturmschäden anfällig machte. So war er nach einem Unwetter oft durch den Garten gegangen und hatte abgebrochene Äste eingesammelt.

Mit zusammengekniffenen Augen betrachtete er den Ahorn, der dem Haus am nächsten war. Meteorologen sagten für diese Woche ein größeres Unwetter voraus. Einen ersten eisigen Vorgeschmack auf den Winter. In solchen Stürmen warfen Bäume oft Äste ab, und Äste konnten Fenster zertrümmern – egal, ob sie von Mutter Natur abgerissen worden waren oder ob jemand nachgeholfen hatte. Um dieses Fenster zu reparieren, würde man den schweren Holzschreibtisch verschieben müssen, und dabei könnten darunter alle möglichen Dinge zum Vorschein kommen: Büroklammern, Münzen, Klebezettel… oder ein einzelnes Blatt Papier, das ein Windstoß in der Nacht, in der Warren gestorben war, vom Schreibtisch geweht hatte.

Ein Windstoß durch das offene Fenster, das Alan in seinem Bericht erwähnt hatte.

Der Hauch eines Lächelns umspielte seine Lippen.

Es war perfekt.

Jedenfalls so perfekt, wie er es in der Kürze der Zeit, die Rossi ihm gegeben hatte, erhoffen konnte.

Auf einmal fiel ein Strahl der aufgehenden Sonne durch den schmalen Streifen zwischen der Jalousie und dem Fensterrahmen. Das war für ihn das Zeichen, dass er verschwinden musste.

Er ging wieder in die Küche, gab am Hintereingang Warrens Zahlencode ein und schlüpfte hinaus. Auch wenn die Sichtschutzhecken um den Garten herum ihm hervorragende Deckung gewährten, ebenso wie das Wäldchen am Ende des Grundstücks, gab es keinen Grund, länger zu bleiben. Jetzt hatte er seinen Plan.

Als er die Tür hinter sich schloss, hoffte er, dass Rossi ihm genug Zeit geben würde, um ihn unter optimalen Bedingungen auszuführen.

* * *

„He … ist das nicht dein Lieblingsrotschopf?" Mitch deutete mit dem Kopf zum hinteren Teil des Restaurants, als Cole sich setzte.

„Wo?" Alison reckte den Hals, während sie sich neben ihren Bruder setzte.

„Wie kommt es, dass dein Liebesleben bei unserem Sonntagsnach-dem-Gottesdienst-Brunch immer in den Mittelpunkt rückt?" Liz nahm ihre Serviette und legte sie auf ihren Schoß, während sie ihren Schwager angrinste.

„Keine Ahnung, sag du es mir!" Cole warf Mitch einen verärgerten Blick zu. Trotzdem sah er in die Richtung, in die sein Kollege gezeigt hatte.

Ja. Das war Kelly an dem Tisch in der hinteren Ecke. Sie saß mit dem Rücken zu ihm, aber ihre Haare hätte er überall wiedererkannt. Außerdem war sie mit Lauren zusammen. Der Mann am Tisch, eingerahmt von zwei kleinen Jungen, die wie Zwillinge aussahen, musste der Mann ihrer besten Freundin sein.

Er genoss noch einen Augenblick das tanzende Licht auf ihren rotbraunen Haaren, dann drehte er sich wieder zu den anderen um. So gerne er sie auch an diesem Wochenende gesehen hätte, dies war nicht der passende Ort.

Nicht angesichts seiner jetzigen Gesellschaft.

Zu dumm, dass die Taylor-Geschwister vor ein paar Monaten von einem zweiwöchentlichen Rhythmus zu einem wöchentlichen Brunch am Sonntag nach dem Gottesdienst übergegangen waren.

Alison stieß ihm den Ellenbogen in die Rippen. „Ist sie das?"

Er nahm seine Speisekarte. „Ja."

„Willst du nicht rübergehen und Hallo sagen?"

„Nein."

„Warum nicht?"

„Sie ist mit Freunden zusammen. Da will ich nicht stören."

Seine Schwester schnaubte verächtlich. „Du hast nur Angst, dass du sie uns vorstellen musst."

Er antwortete nicht.

Jake grinste und trank einen Schluck Wasser. „Kannst du ihm das verübeln, Alison? Jeder an diesem Tisch, abgesehen von dir, wurde dazu ausgebildet, andere zu verhören. Und du hast dir die Technik sehr erfolgreich selbst angeeignet."

„Sehr witzig." Sie zog eine Grimasse und nahm die Speisekarte, nachdem sie noch einen Blick über Coles Schulter zu dem Tisch am anderen Ende des Raumes geworfen hatte. „Ist sowieso egal. Sie gehen gerade."

Ohne nachzudenken, drehte Cole sich instinktiv um, damit er noch einen Blick auf Kelly erhaschen konnte.

Und das war sein Verderben.

Denn als ihre Blicke sich begegneten, konnte er sie nicht mehr ignorieren – und von seiner neugierigen Familie abschirmen.

* * *

„He … da ist dein Lieblingsdetective!"

Kellys Schritte stockten, als Lauren und sie den Zwillingen und Shaun zum Ausgang des Restaurants folgten. Es war tatsächlich Cole. Aber er schien gar nicht so erfreut, sie zu sehen, als er die Hand zum Gruß hob. Sein Mund verzog sich nur zu einem schwachen Lächeln. Verunsichert von seiner Reaktion, erwiderte sie seinen Gruß mit einem kurzen Nicken und beschleunigte ihre Schritte.

„Kelly!" Lauren holte sie kurz vor dem Foyer ein und nahm ihren Arm, um sie zurückzuhalten. „Willst du nicht Hallo sagen?"

„Er hat Freunde dabei." Zwei Frauen und drei Männer, um genau zu sein. Das hatte sie mit einem schnellen Blick auf die Tischrunde gesehen.

„Ich glaube, dazu zählt er dich auch." Lauren blickte mit einem selbstgefälligen Schmunzeln an Kelly vorbei. „Sonst würde er nicht hinter uns herkommen."

Kelly gab sich Mühe, den Sprung zu ignorieren, den ihr Herz machte, und drehte sich zu ihm um.

„Hi, Kelly. Lauren." Er blieb einen halben Meter vor ihnen stehen und lächelte. Ein echtes Lächeln. Warmherzig und einladend … und es war ihr gewidmet.

Das war schon besser.

„Hi. Was für eine Überraschung, Sie hier zu treffen!" Lauren gab dem groß gewachsenen Mann mit den Zwillingen ein Zeichen, damit sie sich zu ihnen gesellten, und plauderte munter weiter. So hatte Kelly die Gelegenheit, das graue Tweedsakko, das Coles breite Schultern betonte, und die blaue Krawatte zu bewundern – dieselbe, die er an dem Tag getragen hatte, als sie ihm zum ersten Mal begegnet war. Die, die so gut zu seinen Augen passte.

Schade, dass sie nicht ein etwas schmeichelhafteres Outfit gewählt hatte als einen schlichten schwarzen Rock und den unauffälligen Pullover.

„Wir haben Kelly gerade zu einem verfrühten Thanksgiving-Brunch eingeladen, da Shaun und ich über den Feiertag nach Columbus fahren. Ansonsten hätte sie mit uns gefeiert. Schließlich ist es das erste Thanksgiving-Fest, an dem sie allein ist."

Als sie hörte, wie Lauren das Wort *allein* betonte, schaltete Kelly sich in die Unterhaltung ein. „Ich werde nicht allein sein, Lauren. Du weißt doch, dass ich –"

„He! Das ist meins!" Kevin riss Jack das Pfefferminzbonbon aus der Hand.

„Isses nicht!" Jack versuchte, es wiederzubekommen.

„Stopp!" Shaun unterbrach den Streit, indem er die beiden trennte. „Zeit, dass wir gehen." Er lächelte Cole zu und reichte ihm die Hand. „Schön, Sie kennenzulernen. Lauren, wir warten im Auto auf dich."

„Ich komme gleich. Und ihr beiden …" Sie ging in die Hocke, um die Zwillinge anzusehen. „Benehmt euch!"

Sie senkten die Köpfe angesichts des Tadels, aber Kelly war sich sicher, dass die Auseinandersetzung der Jungen wieder aufflackern würde, sobald sie das Restaurant verlassen hatten. Jacks Blick war immer noch auf das Pfefferminzbonbon gerichtet, das Kevin in der Hand hielt.

Lauren erhob sich und warf ihnen einen entschuldigenden Blick zu. „Tut mir leid. Irgendwann werden sie sich zu zivilisierten Geschöpfen entwickeln."

Cole grinste. „Ich würde mich nicht darauf verlassen. Meine Schwester behauptet, dass kleine Jungen nie erwachsen werden."

„Sagen Sie das nicht!" Sie verdrehte die Augen und beugte sich dann vor, um Kelly zu umarmen, während sie die Stimme senkte. „Ruf mich nachher an, ja?"

Kelly erwiderte die Umarmung und flüsterte ihr ins Ohr: „Wenn es etwas zu erzählen gibt."

„Das wird es."

Mit diesen Worten ließ Lauren sie los und winkte ein letztes Mal, bevor sie mit den ihr eigenen großen Schritten zum Ausgang eilte.

„Also …" Kelly wich einem mit Tellern beladenen Kellner aus und bemühte sich um ein beiläufiges Gesprächsthema. „Hast du ein schönes Wochenende?" Sie hatte die Worte kaum ausgesprochen, da hätte sie sich schon ohrfeigen können. Wie armselig war das denn!

Aber Coles Erwiderung war es nicht. „*Jetzt* schon."

Kelly war über diese charmante Antwort erfreut, auch wenn sie vielleicht eine verbreitete männliche Floskel war – doch bisher hatte sie noch kein Mann ihr gegenüber angewandt.

Das einzige Problem war nur, dass dieser Satz sie sprachlos machte.

Als würde er ihr Unbehagen spüren, deutete Cole mit dem Daumen über seine Schulter auf den Tisch hinter ihm. „Möchtest du dich nicht zu uns setzen? Vielleicht für eine Tasse Kaffee? Ich bin mit meinem Bruder Jake und seiner Frau Liz hier. Mitch ist der Kollege, den ich zu meinem Besuch bei Rossi in Buffalo mitnehmen will, und die Frau mit dem hellbraunen Haar, die dich wahrscheinlich gerade anstarrt, ist seine Verlobte – meine Schwester Alison."

Kelly blickte in die Runde. Drei der vier Personen am Tisch waren ins Gespräch vertieft und sahen nur diskret zu ihr herüber, aber Alison zeigte ein unverhohlenes Interesse an ihrer Unterhaltung mit Cole. Als sie merkte, dass Kelly in ihre Richtung sah, war ihr dies offenbar überhaupt nicht unangenehm. Stattdessen lächelte sie und hob die Hand zu einer freundlichen Geste.

„Deine Schwester winkt mir zu."

Cole atmete geräuschvoll aus. „Typisch. Sie kann es kaum erwarten, dich kennenzulernen. Stell dich auf ein Kreuzverhör ein, wenn du dich zu uns gesellst. Ich werde ihre Fragen abfangen, wenn sie zu neugierig wird."

Kelly grinste. „Ich weiß das Angebot zu schätzen. Aber ich glaube, ich werde auch allein mit ihr fertig."

„Meinst du?" Er betrachtete sie. „Vielleicht. Bei Fremden ist sie nicht ganz so direkt wie bei der eigenen Familie. Also, magst du dich ein bisschen zu uns setzen?"

Coles Familie kennenlernen oder den Rest des Tages allein verbringen.

Da war die Entscheidung klar.

„Gerne."

Er nahm ihren Arm, eine höfliche Geste, aber dennoch gefiel ihr seine entschlossene Berührung, mit der er sie zwischen den Restaurantbesuchern hindurchmanövrierte. Die beiden Männer am Tisch standen auf, und Jake gab der Bedienung ein Zeichen. Als Cole und sie ankamen, stand schon ein zusätzlicher Stuhl dort – zwischen Cole und Alison, auf Anweisung seiner Schwester.

Nachdem die Vorstellungsrunde beendet war und Kelly und die Männer sich gesetzt hatten, ergriff Alison das Wort.

„Wir haben schon ein bisschen über dich erfahren, aber nicht genug. Cole kann die reinste Auster sein. Er macht einfach dicht, wenn es ihm gefällt. Du bist Künstlerin, nicht wahr?"

„Willst du ihr nicht wenigstens die Chance geben, sich Kaffee zu bestellen, bevor du die Inquisition durchführst?" Cole sah seine Schwester mit hochgezogenen Augenbrauen an.

Sie warf ihm einen mürrischen Blick zu. „Das ist keine Inquisition."

„Und so soll es auch bleiben."

Kelly unterdrückte ein Lächeln und wandte sich an Alison. „Ja, ich male Aquarelle. Und dass Cole verschwiegen ist, davon habe ich noch nichts mitbekommen. Er hat mir eine Menge über *dich* erzählt." Aus dem Augenwinkel heraus sah sie Cole grinsen.

Alison kniff die Augen zusammen und schaute ihren Bruder an. „Das kann ich mir vorstellen."

„Ich glaube, du bist aufgeflogen, Alison." Jake grinste sie über den Tisch hinweg an, einen Arm um Liz' Schultern gelegt, und wandte sich an Kelly. „Unsere Schwester hat einen Hang zur Neugier – und besonders interessiert sie sich für das Privatleben ihrer Brüder."

„Ihr tut so, als würde ich mich ständig einmischen."

„Wenn es doch stimmt …" Cole nahm seinen Kaffee und trank einen Schluck.

„Wisst ihr … ihr drei vermittelt Kelly einen völlig falschen Eindruck." Jakes Frau warf ihrem Mann und seinen Geschwistern einen belustigten Blick zu. „In Wirklichkeit sind die Taylors trotz ihrer Sticheleien und Klagen eine Familie, die zusammenhält."

Kelly lächelte der blonden Frau zu. „Das habe ich schon gemerkt. Und ich muss sagen, dass ich euch alle beneide." Sie bezog die drei Taylors in ihren Blick mit ein. „Ich habe mir immer Brüder oder Schwestern gewünscht. Oder eine große Verwandtschaft. Vor allem an Feiertagen."

Es versetzte ihrem Herzen einen kleinen Stich, als sie an all die Feiertage dachte, die sie und ihr Vater allein verbracht hatten – und all die Feiertage ohne ihn, die noch kommen würden. Sie war froh, als der Kellner mit dem Essen kam und ihr Gespräch unterbrach. Und sie war auch dankbar dafür, dass Alison mit einer lockeren Bemerkung reagierte, nachdem alle ihre Teller in Empfang genommen hatten.

„Also, ich kann bezeugen, dass Weihnachten bei den Taylors die reine Anarchie war. Dank meiner beiden Brüder, die sich immer einen Wettstreit daraus machten, wer die Geschenke am schnellsten aufreißen kann." Sie verteilte etwas Marmelade auf ihrem Brötchen und biss hinein.

„Vielleicht", gab Jake zu. „Aber an Halloween haben wir dir zuliebe noch mitgemacht, als wir längst zu alt für ‚Süßes oder Saures' waren.

Erinnerst du dich noch an das Jahr, als sie uns überredet hat, uns als Diedeldum und Diedeldei zu verkleiden, damit sie Alice im Wunderland sein konnte?" Er verzog das Gesicht.

„Ich habe versucht, es zu vergessen." Cole nahm einen Bissen von seinem Ei und zeigte mit der Gabel auf Alison. „Ich finde, für *die* Nummer bist du uns noch was schuldig."

„Das habe ich längst mit diversen Lasagne-Einladungen gutgemacht."

Alison wischte das Ansinnen mit einer energischen Handbewegung beiseite. „Und was hast *du* an Thanksgiving vor, Kelly?"

Es gelang ihr, das Lächeln aufrechtzuerhalten. „Morgens gehe ich in die Kirche, und nachmittags werde ich in einem Obdachlosenasyl Essen austeilen."

„Wow." Alison hörte auf zu essen. „Das ist aber wirklich selbstlos."

Nein, das war es nicht. Kelly wünschte, ihre Beweggründe wären wirklich so edelmütig, aber in Wahrheit war sie nicht in der Stimmung gewesen, um eine der Einladungen von Mitgliedern der Gemeinde anzunehmen, so nett sie auch gemeint waren. Denn dann hätte sie während der ganzen Mahlzeit lächeln und nette Konversation betreiben müssen. Das war ihr zu anstrengend. Und wenn sie zu Hause bliebe, würde sie nur in Selbstmitleid versinken.

„Ach, das ist keine große Sache." Sie trank einen Schluck Kaffee und tat Alisons Bewunderung mit einem Achselzucken ab. „Es gibt viele Menschen, die viel mehr tun."

„Wir werden nur bei Jake herumsitzen und uns den Magen vollschlagen." Alison spielte mit einem Stück ihres Omelettes und sah Kelly nachdenklich an. „Wann macht ihr euer Essen?"

„Von eins bis vier."

Ihre Miene hellte sich auf. „Das passt doch wunderbar. Warum kommst du nicht zum Essen zu uns, wenn du fertig bist? Mitchs Vater kommt auch und unsere Mutter und unsere Tante. Wir essen nicht vor fünf, das kannst du also schaffen. Wir kriegen doch sicher noch eine zusätzliche Person satt, oder, Liz?"

„Kein Problem."

Zu überrascht, um sofort zu antworten, riskierte Kelly einen schnellen Blick auf Cole. Er hatte aufgehört zu essen, die Gabel auf halbem Weg zum Mund, und starrte seine Schwester an. Offenbar war er von der Einladung ebenso überrumpelt worden wie sie.

Da sie seine Gefühle kannte, was das Vermischen von Dienstlichem und Privatem betraf, warf Kelly schnell ein: „Ich weiß das Angebot wirklich zu schätzen, aber nachdem ich drei Stunden lang den Duft von Truthahn eingeatmet habe, gehe ich vielleicht besser nach Hause, lege die Füße hoch und esse eine Pizza."

„Pizza an Thanksgiving! Cole, du *musst* sie überreden, zu kommen." Alison lehnte sich an Kelly vorbei und boxte ihren Bruder in den Arm.

Er ließ die Gabel auf seinen Teller sinken, ohne das Ei darauf zu essen. „Du bist herzlich willkommen, Kelly."

In seiner Stimme lag Wärme – aber das Hin-und-Hergerissensein in seinem Blick bestätigte sie darin, nicht nachzugeben. „Das ist sehr nett, aber um vier Uhr werde ich sicher müde sein."

Er drängte sie nicht – was Alison gar nicht passte, denn sie sah ihren Bruder stirnrunzelnd an.

Kelly blieb noch eine Viertelstunde. Sie beantwortete einige von Alisons Fragen und wich anderen aus. Sie plauderte mit Jake und Liz und lauschte aufmerksam, als Mitch von einem Einsatz seiner Kampfschwimmertruppe erzählte. Dann trank sie ihren Kaffee aus, griff nach ihrer Handtasche und stand auf.

„Jetzt habe ich euch lange genug bei eurem Familiennachmittag gestört, außerdem muss ich noch etwas erledigen. Ich wünsche euch einen schönen Feiertag."

„Du störst überhaupt nicht, Kelly. Es war schön, dich kennenzulernen." Alison lächelte zu ihr hinauf.

„Danke." Trotz Coles Warnung hatte sie Alison als bodenständige, bezaubernde und gesellige Person erlebt. So ähnlich wie Lauren. Die Art Frau, die eine gute Freundin abgeben würde. Und vielleicht konnte es ja dazu kommen – wenn die Dinge zwischen ihr und Cole sich später weiter entwickelten.

„Ich bringe dich zu deinem Wagen."

Sie betrachtete den groß gewachsenen Detective an ihrer Seite. Noch ein Zeichen von guten Manieren – oder war es mehr als das?

„Das ist nicht nötig. Dein Essen wird kalt."

„Ja, aber sein Herz wird warm." Alison grinste ihrem Bruder zu.

Coles Nacken wurde rot, als er Kellys Arm berührte, um sie zum Ausgang zu führen. Barsch erwiderte er: „Iss dein Omelette, Alison."

Sie imitierte einen militärischen Salut. „Aye aye, Sir."

Nachdem alle sich verabschiedet hatten, begleitete Cole sie zwischen den Tischen hindurch und murmelte: „Schwestern!"

„Ich mag Alison. Sie interessiert sich für alle möglichen Dinge."

„Unter anderem für das Privatleben ihrer Brüder, wie Jake gesagt hat." Cole öffnete die Tür und wurde von einem kalten Windstoß empfangen. „Man sollte meinen, sie würde sich ein bisschen zurückhalten, wo ich doch jetzt wieder in den Gottesdienst gehe."

Kelly hörte mitten auf dem Parkplatz auf, ihren Wollmantel zuzuknöpfen, und drehte sich zu ihm um. „Seit wann denn das?"

Er zuckte mit den Schultern und steckte die Hände in die Hosentaschen. „Heute Morgen. Es wurde Zeit."

„Dann hat sich die Hartnäckigkeit deiner Schwester also ausgezahlt."

„Nein. Wenn jemand die Lorbeeren für die Rückkehr des verlorenen Sohnes ernten kann, dann *du*. Unsere Unterhaltung letzte Woche hat mir eine andere Sicht auf das eröffnet, was mit Sara geschehen ist."

Als hinter ihnen eine Hupe ertönte, nahm Cole wieder ihren Arm und führte sie aus dem Straßenverkehr heraus.

„Ich stehe da drüben." Sie zeigte auf ihren Ford Focus, der drei Wagen weiter stand.

Sie legten die letzten Schritte schweigend zurück, während sie über diese neue Entwicklung nachdachte, nach ihrem Schlüssel kramte und die Fernbedienung betätigte. Er öffnete ihr die Tür und sie warf ihre Tasche auf den Beifahrersitz, bevor sie sich ihm wieder zuwandte.

Er lehnte sich an das Fahrzeug. „Ich möchte, dass du weißt: Nichts wäre mir lieber, als dich bei unserer Familienfeier an Thanksgiving dabei zu haben. Aber ich denke, es ist besser, wenn wir es bei dienstlichen Begegnungen belassen, bis der Fall deines Vaters abgeschlossen ist. Aber angenommen, das geschieht bald, würde ich gerne den *nächsten* Feiertag mit dir verbringen."

Weihnachten mit Cole.

Also, das war etwas, worauf sie sich freuen konnte!

„Das würde mir auch gefallen."

„Dann haben wir eine Verabredung." Er lächelte und stieß sich von ihrem Wagen ab, um zu warten, bis sie eingestiegen war und die Tür geschlossen hatte.

Sie fuhr los und behielt ihn durch den Rückspiegel so lange im Blick, wie es möglich war, während sich ein Lächeln auf ihrem Gesicht ausbreitete. Lauren hatte recht gehabt.

Es gab von dem spontanen Kaffeetrinken mit Coles Familie Neuigkeiten zu berichten.

Und es waren rundum gute Neuigkeiten.

Kapitel 16

Marco hatte nicht angerufen. Und Eileen auch nicht.

Vincentio verlor allmählich die Hoffnung, dass sie es noch tun würden.

Er trommelte mit dem Finger gegen das Lenkrad und betrachtete das Haus, das er vor vier Tagen aufgesucht hatte. Sein Sohn war das Problem. Daran bestand kein Zweifel. Eileen hatte seine Bitte gerührt. Wenn es an ihr läge, hätte er bereits eine Verabredung mit seinem Enkel.

Aber Marco war ein echter Rossi, wenn es ums Nachtragen ging und darum, sich zu rächen. Schade, dass er dem Familienunternehmen den Rücken gekehrt hatte. Er hätte einen hervorragenden Paten abgegeben.

Mit einem Seufzer drehte Vincentio den Schlüssel im Zündschloss. Dass er hier saß und Wunschgedanken nachhing, würde die Meinung seines Sohnes nicht ändern. Außerdem kam Eileen nach den Auskünften, die sein Informant ihm zukommen ließ, montags früher als sonst nach Hause, und er wollte nicht, dass sie sah, wie er sich vor ihrem Haus herumtrieb. Das wäre seiner Sache nicht dienlich. Es war besser, wenn er sich bedeckt hielt und ihr Zeit gab, auf Marco einzuwirken. Er hoffte, dass das Herz seines Sohnes sich erweichen ließ.

Früher hätte er für diese Gunst vielleicht sogar gebetet. Schließlich gehörte der sonntägliche Kirchgang zum Erbe der Rossis. Aber es war nur eine Tradition gewesen, sonst nichts, und er bezweifelte, dass Gott geneigt war, einer reulosen Seele wie ihm irgendwelche Wünsche zu erfüllen.

Ein sarkastisches Lächeln umspielte seine Lippen, während er den Gang einlegte. Gott und er waren sich in dieser Hinsicht sehr ähnlich, weil sie beide einen Preis von denen forderten, die etwas Falsches getan hatten und keine Reue zeigten. Beispiele für himmlische Rache gab es in der Bibel jede Menge.

Schade, dass Gott nicht auf seiner Seite war. Er könnte bei der Befragung durch die Polizei, die ihm äußerst ungelegen kam, ein göttliches Eingreifen gut gebrauchen. So wie es aussah, würde er sein Schicksal in die Hände von Thomas Lake legen müssen, den er in – er sah auf seine Uhr – fünfundvierzig Minuten treffen wollte.

Vincentio fuhr los. Es war eine Schande, dass der Vater des Jungen vor sechs Jahren gestorben war. Walter war klug gewesen. Gerissen. Fähig. Sein Sohn war Vincentio bei den wenigen Malen, die sie miteinander gesprochen hatten, intelligent erschienen, aber der jüngere Mann kannte seine Geschichte nicht so wie Walter. Und die Erfahrung seines Vaters hatte er auch nicht.

Trotzdem müsste diese Sache eigentlich unkompliziert zu handhaben sein. Als er für den Job angeheuert worden war, hatte Carlson keine Ahnung gehabt, für wen er arbeiten würde. Es konnte also keine Beweise geben, die sie beide miteinander in Verbindung brachten. Wenn Carlson Fehler gemacht hatte, war *er* derjenige, der auf dem Schleudersitz saß. Und wenn er tatsächlich gefasst wurde und versuchte, seinen Auftraggeber mit hineinzuziehen, gab es keinen Beweis dafür.

Aber die ganze Angelegenheit war äußerst lästig.

Vincentio atmete frustriert aus und fuhr langsam an dem Haus vorbei, in dem sein Sohn, seine Schwiegertocher und sein Enkel in drei Tagen Thanksgiving feiern würden, während er alleine zu Hause saß. Er würde liebend gerne fünf Jahre seines Lebens opfern, um den Feiertag mit ihnen zusammen zu verbringen, als willkommener Gast an ihrem Tisch.

Aber vielleicht war diese Verzögerung gar nicht so schlecht. Dann hatte er Zeit, sein kleines Problem zu lösen. Und wenn er klug war, arbeitete Carlson sehr, sehr fleißig daran, jeden Zweifel über die Ursache von Walshs Tod auszuräumen.

Denn dieses ganze Durcheinander war allein seine Schuld.

Vincentios Finger fassten das Lenkrad fester. Er gab dem Detective nicht die Schuld an der Tulpennachricht. Sie war reiner Zufall gewesen. Aber er hätte sich nicht von seinem Schreibtisch entfernen dürfen, nur für den Fall, dass unerwartete Pannen passierten. Stattdessen hatte er den Besuch der Tochter verpasst, wie seine Quelle ihm mitgeteilt hatte – und damit seine Gelegenheit, sie davon zu überzeugen, dass eine Untersuchung der Nachricht sich nicht lohnte. Und das nur, weil er Urlaub gemacht hatte, kurz nachdem der Fall abgeschlossen worden war.

Das war unprofessionell gewesen. Und Vincentio hatte keinen Respekt vor Amateuren – vor allem vor solchen, deren Mangel an weiser Voraussicht seine Hoffnung auf eine Beziehung zu seinem Enkel zerstören konnte.

Und das würde geschehen, wenn Marco von der Sache Wind bekam.

Fünfzehn Meter vor ihm sprang die Ampel an der Kreuzung von Gelb auf Rot. Irgendwie hatte er den Schritt von Grün zu Gelb verpasst.

Er trat das Bremspedal durch und wappnete sich, als das Fahrzeug mit quietschenden Reifen nur wenige Zentimeter hinter einem SUV zum Stehen kam.

Mit hämmerndem Herzen holte er tief Luft. Das war knapp gewesen. Zu knapp.

Und er mochte keine knappen Dinge. Am Steuer nicht – und auch nicht im Geschäft.

Als die Ampel grün wurde, hatte sein Puls sich bereits wieder beruhigt. Aber dank Carlsons vermasseltem Auftrag waren seine Nerven noch immer angespannt. Und das würden sie auch sein, bis der Mann dafür gesorgt hatte, dass die Polizei ihn in Ruhe ließ.

Der Mann hatte ein starkes Motiv, das zu tun. Carlson wusste, dass Vincentio Rossi Versagen nicht akzeptierte. Fehler hatten Konsequenzen, wie er dem Detective durch seine Kontaktperson hatte ausrichten lassen.

Und es waren keine schönen Konsequenzen.

* * *

„Cole! Warte!"

Als er Mitch rufen hörte, drehte Cole sich um, eine Hand an der Tür, die zum Wartebereich der Abteilung führte.

„Na, machst du früh Feierabend?" Mitch grinste, als er ihn eingeholt hatte.

„Schön wär's. Der Boss hat mir den Auftrag gegeben, mich um einen Fall von häuslicher Gewalt zu kümmern, bevor ich für heute Schluss mache."

„Nicht der beste Ausklang für einen Montag."

„Wem sagst du das."

„Ich wollte dich wegen der Abflugzeit morgen fragen. Alison und ich hatten gehofft, wir könnten vorher noch zusammen zu Abend essen."

„Vergiss es. Der Flug geht um sieben. Wir können uns auf dem Weg zum Flughafen einen Burger holen oder uns etwas organisieren, wenn wir in Chicago zweieinhalb Stunden Aufenthalt haben."

Mitch warf ihm einen mürrischen Blick zu. „Ich wette, wir fliegen mit einer kleinen Propellermaschine."

„Ich habe genommen, was ich kriegen konnte." Cole trat zur Seite, um einen Kollegen vorbeizulassen. „Freie Plätze sind weniger als eine Woche vor Thanksgiving so selten wie Spuren in Alans Doppelmord. Willst du deinen Wagen hier stehen lassen? Dann können wir zusammen fahren."

„Warum nicht." Mitch schob die Hände in die Hosentaschen. „Vielleicht kann ich Alison zum Mittagessen treffen."

„Du hast sie am Sonntag gesehen, und du wirst den ganzen Donnerstag mit ihr verbringen. Warum ist es so dringend?"

„Man nennt es Anziehungskraft. Weißt du … das, was du für Kelly empfindest, nur stärker."

Die Neckereien seines Kollegen passten Cole nicht. „Da wir gerade von meiner Schwester sprechen, habe ich noch ein Hühnchen mit dir zu rupfen. Sie sagt, du hättest ihr erzählt, ich sei verknallt."

Mitchs Ohren wurden rot. „Ich kann mich nicht erinnern, genau diese Formulierung gebraucht zu haben. Sie muss ihre eigenen Schlüsse gezogen haben, nachdem sie mich zwei Stunden lang wegen euch beiden ausgequetscht hat."

„Ich dachte, bei der Spezialeinheit der Marine lernt man, in Verhören den Mund zu halten."

Einer von Mitchs Mundwinkeln wanderte nach oben. „Aber nicht bei der Art von Verhören, die Alison praktiziert. Sagen wir mal … sie hat eine sehr überzeugende Technik." Er wackelte bedeutungsvoll mit den Augenbrauen.

„He, wir reden hier über meine Schwester. Ich will das nicht hören." Cole stieß die Tür auf und rief über seine Schulter. „Bis morgen."

Mitchs Lachen folgte ihm, als er den Bürgersteig überquerte und zu seinem Auto ging, und seine Lippen zuckten. Er war froh, dass Alison jemanden wie Mitch gefunden hatte. Sein Kollege war ihrer deutlich würdiger als der Idiot von Rechtsanwalt, mit dem sie zusammen gewesen war und der sie nach ihrem schweren Unfall einfach sitzen gelassen hatte. Cole hatte seine Schwester außerdem noch nie so glücklich gesehen wie jetzt.

Es wäre schön, wenn er etwas von dieser Art Glück auch selbst erleben könnte. Vielleicht konnte er, wenn der Warren-Fall endlich abgeschlossen war, in die Fußstapfen seiner Geschwister treten. Denn obwohl er es vor Mitch nicht zugegeben hatte, war Alisons Einschätzung seiner Gefühle für Kelly zutreffend.

Er war tatsächlich verknallt.

* * *

„Kann ich Ihnen etwas zu trinken anbieten?" Thomas Lake deutete auf einen Stuhl an dem runden Konferenztisch in seinem Büro.

„Nein, danke." Vincentio setzte sich. Allerdings nicht auf den Stuhl, den der Anwalt ihm angeboten hatte. *Er* hatte hier das Sagen, und das musste Lake wissen. „Bringen wir es einfach hinter uns. Was brauchen Sie von mir?"

Der Mann um die vierzig holte eine Ledermappe von seinem Schreibtisch, nahm einen Mont-Blanc-Stift und setzte sich auf den Stuhl neben ihm. „Ich habe Ihre Akte durchgesehen, und ich habe vor allem eine Frage. Gibt es etwas, worüber wir uns Sorgen machen müssten?" Er bedachte Vincentio mit einem einschüchternden Blick, der dazu dienen sollte, die Wahrheit herauszufinden.

Wahrscheinlich funktionierte es bei den meisten Menschen.

Vincentio gehörte nicht zu ihnen.

Niemand schüchterte einen Rossi ein.

Er starrte ihn an. „Sagen *Sie* es mir."

Lake hielt seinem Blick einige Sekunden lang stand, dann unterbrach er den Blickkontakt. Sehr gut. Die Hackordnung war wieder hergestellt.

„Mr Rossi, Sie wissen natürlich, dass das Anwalt-Mandanten-Verhältnis rechtlichen Schutz vertraulicher Informationen bietet." Sein Tonfall war jetzt versöhnlicher. „Es wird für mich sehr schwierig sein, Sie in einem Gespräch mit der Polizei angemessen zu vertreten, wenn ich nicht alle Fakten kenne."

Vincentio betrachtete ihn einen Augenblick lang. Er hatte nicht vor, irgendetwas zuzugeben. Vor niemandem. „Junger Mann, ich werde Ihnen die Wahrheit sagen. Und ich werde Ihnen sagen, was Sie wissen müssen. Sonst nichts. Wenn Sie danach das Gefühl haben, dass Sie mich nicht vertreten können, suche ich mir einen anderen Rechtsbeistand. Haben wir uns verstanden?"

Der Anwalt sah ihn prüfend an. Dann schlug er seine Mappe auf. „Sagen Sie doch einfach, was Sie mir zu erzählen haben, und dann sehen wir weiter."

„Gut." Vincentio faltete die Hände über seinem Bauch. „James Walsh war vor vielen Jahren ein zuverlässiger Angestellter von mir. Seine Aussage hatte großen Anteil daran, dass ich die besten Jahre meines Lebens hinter Gittern verbracht habe. Wir mochten uns nicht. Aber nach dem Prozess verschwand er. Ich vermute, er wurde in ein Zeugenschutzprogramm aufgenommen. Seitdem habe ich ihn nicht mehr gesehen oder von ihm gehört.

Letzte Woche rief ein Ermittler von der Bezirkspolizei St. Louis an und sagte mir, dass sie den Tod eines gewissen John Warren untersuchen. In Ihrem Gespräch mit ihm sagte der Detective, sie hätten den Verdacht, dass Warren in Wahrheit James Walsh sei. Ich vermute, dieser Name hat sie zu mir geführt. Und dank unserer Verbindung vermute ich auch, dass sie seinen Tod für einen Mord halten anstatt für einen Suizid." Er beugte sich vor und fixierte den anderen Mann mit stählernem Blick. „Das kann natürlich sein. Aber ich kann Ihnen mit absoluter Sicherheit sagen, dass es nichts gibt, was mich mit seinem Tod in Verbindung bringt. Gar nichts. Das müssen Sie wissen."

Vincentio lehnte sich zurück und faltete seine Hände wieder. Wenn es Lake nicht passte, würde er jemand anderen finden, der ihn vertrat. Oder selbst mit den Ermittlern fertigwerden. Warum brauchte er überhaupt einen Anwalt, wenn die Polizei keine Möglichkeit hatte, ihm Walshs Tod anzuhängen?

„Woher wissen Sie, dass es Suizid war?"

Die leise Frage von Lake ließ Vincentio die Stirn runzeln. „Was?"

„Woher wissen Sie, dass die Polizei gedacht hat, Walsh hätte sich das Leben genommen? Ich habe das nicht erwähnt."

„Das müssen Sie wohl."

„Nein. Ich habe nicht mit Ihnen gesprochen, seit ich diese Information erhalten habe." Er tippte mit dem Ende seines Stifts auf das leere Papier seiner Schreibmappe und beobachtete ihn. Es war ein abschätzender Blick. So wie Vincentio früher seine Partner angesehen hatte, um herauszufinden, ob sie Schwächen hatten.

„Dann hat der Detective es wohl erwähnt, als ich mit ihm sprach."

„Sind Sie sicher?"

Nein, das war er nicht. Der Anruf hatte ihn überrumpelt. Er konnte sich lediglich daran erinnern, dass das Telefonat sehr kurz gewesen war. Vielleicht zu kurz, um Einzelheiten wie die Todesursache zu erwähnen.

Vielleicht brauchte er doch jemanden, der ihm den Rücken frei hielt. Sein Verstand war mit seinen vierundsiebzig Jahren nicht mehr so scharf wie mit siebenundvierzig.

Und vielleicht hatte er Lake unterschätzt.

„Sie sind gut." Es war ein widerwilliges Lob, aber der Mann sollte bekommen, was ihm zustand.

„Ich bin dazu ausgebildet, Ungereimtheiten aufzuspüren, Mr Rossi. Und das Gleiche gilt für die Polizei. So ein Ausrutscher könnte größere Probleme verursachen."

Das stimmte. Eine falsche Bemerkung war vielleicht nicht genug, um ihn wieder ins Gefängnis zu schicken, aber sie würde für die Polizei Grund genug sein, ihm das Leben zur Hölle zu machen.

Und wenn das geschah, konnte er jede Hoffnung, Zeit mit seinem Enkel zu verbringen, endgültig begraben.

Er zog ein Taschentuch heraus und tupfte die Schweißperlen ab, die sich auf seiner Stirn bildeten. „Sie haben recht. Sind Sie bereit, mich auf der Grundlage dessen, was ich Ihnen gesagt habe, zu vertreten?"

Lake legte den Stift ab und die Fingerspitzen aneinander. Er ließ ihn einige Augenblicke schwitzen. „Hier ist mein Angebot. Wir können diese erste Runde durchziehen. Wenn es weitergeht, brauche ich mehr Informationen."

Das war fair. Und klug.

„Einverstanden."

„Gut." Der Mann rückte seine Schreibmappe vor sich zurecht. „Dann lassen Sie uns über unsere Strategie reden."

* * *

Freddie hatte vorzügliche Arbeit geleistet.

Alan hielt den Brief mit Latexhandschuhen, damit nur Warrens Fingerabdrücke auf dem Blatt zu finden sein würden – eine Vorkehrung, zu der er auch Freddie aufgefordert hatte. Dann holte er eine Lupe heraus, die er im Schreibtisch aufbewahrte, und verglich die Handschrift mit den Mustern, die er aus Warrens Haus entwendet hatte, wobei er zwischen den Dokumenten hin- und herblickte.

Erstaunlich.

Der Druck auf das Papier war gleich. Es gab keine unterbrochenen Linien. Die Größe und Proportionen der Buchstaben waren identisch, ebenso wie ihre Neigung, Kurven, Verbindungen und Enden. Die Abstände passten. Es gab kein erkennbares Zittern, was ein üblicher Fehler war, wenn Fälscher Buchstaben und Wörter nachzeichneten – oder beim Kopieren zu langsam schrieben. Eine zittrige Handschrift bei einem Mann, der kurz davor war, sich das Leben zu nehmen, war nicht unbedingt ein Problem, aber es war besser, keine Zweifel aufkommen zu lassen.

Alan lehnte sich zurück. Er war kein Handschriftenexperte, aber er war lange genug Detective, um eine gute Fälschung von einer schlechten zu unterscheiden.

Und das hier war eine gute.

Gut genug, um die Experten in Quantico zu täuschen, wenn der Brief es bis ins FBI-Labor schaffte.

Er überflog den Brief, diesmal wegen des Inhalts und nicht der Technik wegen. Freddie hatte genau das geschrieben, was er ihm diktiert hatte. Alle typischen Merkmale eines Abschiedsbriefes waren enthalten. In vier kurzen Sätzen kamen Verzweiflung, eine Bitte um Verzeihung und ein Ausdruck der Liebe zu Kelly vor.

Alles war bereit.

Er musste plötzlich gähnen und blickte auf seine Uhr. Zwei Uhr morgens. Morgen – oder besser gesagt, heute – würde ein voller Tag werden. Jetzt, wo er eine echte Spur hatte, würden die Ermittlungen in Sachen Doppelmord an Fahrt gewinnen. Aber es war sicherer gewesen, den Brief nach Mitternacht an dem vereinbarten Ort abzuholen, anstatt zu einer angenehmeren Stunde. Vier Stunden Schlaf waren zwar nicht viel, aber in seiner Zeit als Spieler war er mit noch weniger ausgekommen.

Und wenn die Vorhersagen der Meteorologen korrekt waren,

müsste der Wintersturm innerhalb der nächsten vierundzwanzig Stunden hier eintreffen.

Somit war heute der Tag der Wahrheit.

* * *

Hatten Elfen blaue Augen?

Kelly zögerte, den Pinsel über der Palette schwebend, während sie über diese Frage nachdachte. Die winzigen Waldbewohner, die das Kinderbuch bevölkerten, das sie gestaltete, hatten bis jetzt alle grüne Augen.

Aber nun gingen ihr blaue Augen nicht mehr aus dem Sinn.

Es war ja nicht gerade so, dass ein gewisser Detective irgendwelche Ähnlichkeiten mit ihren fantasievollen kleinen Geschöpfen hatte. Trotzdem würde es Spaß machen zu versuchen, das intensive Kobaltblau dieser faszinierenden Augen nachzuempfinden.

Als sie sich vorbeugte, um die Spitze ihres Pinsels in blaue Farbe zu tunken, fing ihr Handy an zu klingeln. Vielleicht Cole? Sie hatte seit ihrer Begegnung im Restaurant vor zwei Tagen nichts mehr von ihm gehört, und er hatte keinen Grund, sie anzurufen. Es sei denn, es gab Neuigkeiten in dem Fall. Und das war unwahrscheinlich, bevor er Rossi getroffen hatte. Aber sie konnte einen Anflug der Vorfreude nicht unterdrücken, als sie den Pinsel in ein Glas mit Wasser stellte und zum Telefon griff.

Ein kurzer Blick auf die Anruferkennung machte ihre Hoffnung jedoch zunichte. Es war die Maklerin, die das Haus ihres Vaters verkaufen sollte. Sie zügelte ihre Enttäuschung, betätigte die Gesprächstaste und meldete sich.

„Kelly? Denise Woods hier. Ich bin froh, dass ich Sie erreiche. Ich habe jemanden, der das Haus Ihres Vaters besichtigen möchte. Er wird am ersten Januar hierher versetzt, und er und seine Frau und das Baby sind über das Feiertagswochenende in der Stadt, um die Eltern seiner Frau zu besuchen. Als er beschrieb, was er sucht, dachte ich sofort an das Haus Ihres Vaters. Ich weiß, dass es offiziell noch nicht auf dem Markt ist, und ein Feiertag ist auch kein idealer

Zeitpunkt zur Besichtigung, aber wegen der schlechten Wohnungs-marktsituation im Moment dürfen wir uns keine Gelegenheit ent-gehen lassen. Wäre es in Ordnung, wenn ich ihm das Haus zeige, während er in der Stadt ist?"

Kelly dachte an das unaufgeräumte Schlafzimmer und Büro ihres Vaters – und an die Staubschichten, die sich in den letzten Wochen auf den Möbeln gebildet hatten.

„Ich denke schon, dass das geht. Aber ich muss erst sauber ma-chen. Und ich habe viel Zeug bereitgestellt, das weggeworfen oder für wohltätige Zwecke eingepackt werden muss. Wann will er sich das Haus ansehen?"

„Am Freitag."

Sie sah auf ihre Uhr. Es war schon nach drei, also blieben ihr nur der Rest von heute und der morgige Tag, um das Haus auf Vorder-mann zu bringen – es sei denn, sie wollte einen Teil des Feiertages damit verbringen, Toiletten zu putzen.

Keine angenehme Aussicht.

„Gut. Das kann ich schaffen."

„Fantastisch. Und alles, was das Haus bewohnt aussehen lässt, hilft. Frische Blumen auf dem Tisch. Ein Teller mit Plätzchen in der Küche. Solche Dinge."

„Ich kümmere mich darum."

„Gut. Ich lasse Sie wissen, was er sagt. Schönen Feiertag."

„Ihnen auch."

Kelly ließ das Handy in die Tasche ihres weiten Malerhemdes gleiten und sammelte die Pinsel ein, die gereinigt werden mussten. So viel also zu ihrem Plan, diese Illustration vor Thanksgiving fer-tigzustellen. Aber Denise hatte recht: es wäre unvernünftig, einem potenziellen Käufer nicht entgegenzukommen.

Als sie die Küche betrat, klingelte ihr Telefon erneut. Wieder tat ihr Herz einen Sprung. Sie sah auf das Display: Lauren.

„Hi. Ich dachte, ihr wollt um zwölf Uhr los?"

„So war es auch geplant, aber ich wurde bei der Arbeit aufge-halten. Jetzt sind wir endlich so weit, dass wir fahren können. Ich wollte nur kurz anrufen und dir sagen, dass wir am Feiertag an dich denken und dass es mir furchtbar leidtut, dass du nicht zum Essen zu uns kommen kannst. Es ist blöd, dass wir dieses Jahr mit dem Reisen dran sind."

„Mach dir um mich keine Sorgen. Ich hatte gerade einen Anruf von meiner Maklerin, die einen vielversprechenden Interessenten für Dads Haus an der Angel hat. Deshalb werde ich dort mit Aufräumen und Putzen beschäftigt sein."

„Das ist aber kein richtiger Feiertag. Überleg dir noch mal, ob du nicht doch den Nachmittag mit Cole und seiner Familie verbringen willst."

Kelly ging zum Fenster und blickte zu den bedrohlichen dunklen Wolken hinauf, die sich in der Ferne zusammenbrauten. Der Wind war deutlich stärker geworden, wie sie an den Bewegungen der Äste ihrer Blaufichte vor dem Haus sehen konnte. „Wie ich Sonntagabend schon sagte, war Cole von der Idee nicht begeistert. Aber Weihnachten klingt gut." Ein Lächeln umspielte ihre Lippen.

„Daran musst du immer denken. Du, Shaun gibt mir ein Zeichen, also nehme ich an, dass die Kinder im Wagen sind. Und er will versuchen, dem Unwetter davonzufahren."

„Das kann ich ihm nicht verdenken." Sie sah wieder zu dem düsteren Himmel hinauf. „Es sieht aus, als würden wir einen ersten Vorgeschmack auf den Winter bekommen. Euch eine gute Reise und …" Sie verstummte, als das Licht im Raum zu flackern begann und dann ausging.

„Kelly? Was ist los?"

„Der Strom ist nur gerade ausgefallen. Das passiert bei Sturm oft."

„Hmm. Bei uns funktioniert er noch. Ich hoffe, im Haus deines Vaters ist auch alles in Ordnung, sonst musst du am Ende noch bei Kerzenlicht putzen."

„Das Haus hängt an einem anderen Netzbereich. Bei ihm fiel der Strom nie aus. Deshalb bin ich doch vor ein paar Jahren mal zu ihm gezogen, als wir das Blitzeis hatten, das die halbe Stadt lahmgelegt hat, weißt du noch?"

„Ja. Vielleicht solltest du die Nacht jetzt auch dort verbringen.

Die Temperaturen sollen fallen, und in deinem Haus könnte es kühl werden, wenn das Gebläse der Heizung nicht funktioniert."

„Das ist keine schlechte Idee." Sie hörte, wie Shaun im Hintergrund etwas rief. „Du musst fahren. Alles Gute zu Thanksgiving euch allen. Und nächste Woche will ich einen umfassenden Bericht."

„Sechzehn Personen in einem Haus bescheidener Größe, von denen sieben jünger als zehn Jahre sind, und das vier Tage lang. Und ich mag Truthahn noch nicht einmal. Es wird bestimmt super!"

Kelly grinste, als sie den verdrießlichen Ton ihrer Freundin hörte. „Sieh es als Gelegenheit an, dich mit deinen Schwiegereltern zu verbünden."

„Wenn wir uns vorher nicht gegenseitig umbringen."

„Das wird schon. Es ist doch nur bis Sonntag, oder?"

„Genau."

„Und die Kinder werden einen Riesenspaß haben."

„Danke fürs Aufmuntern. Ich rufe dich an, wenn ich wieder zurück bin."

Sie verabschiedeten sich und im nächsten Moment rüttelte ein starker Windstoß am Fenster. Wegen des dunklen Himmels war es im Haus schon ziemlich dämmrig, und der Gedanke, die Nacht in völliger Dunkelheit unter drei Decken zu verbringen, gefiel Kelly überhaupt nicht.

Die Pinsel immer noch in der Hand, sank sie auf die Knie und tastete unter der Spüle, bis ihre Finger sich um eine Taschenlampe schlossen. Dann ging sie die Kellertreppe hinunter, um ihre Pinsel zu reinigen. Sie hatte seit dem Eissturm damals nicht mehr im Haus ihres Vaters übernachtet, aber vielleicht war es gut, für einen letzten Übernachtungsbesuch in ihr Elternhaus zurückzukehren. An dem Ort einzuschlafen, der für sie immer eine Zuflucht in Stürmen aller Art gewesen war. An dem Ort, an dem sie sich geliebt, beschützt und sicher gefühlt hatte.

Leider war das alles eine Illusion gewesen. Am Ende war jemand nicht nur in böser Absicht in das Haus eingedrungen, sondern hatte einen Mord erfolgreich als Suizid getarnt. Jemand auf Rossis Gehaltsliste. Daran bestand ihrer Meinung nach kein Zweifel. Und Cole sah es genauso. Sonst würde er nicht die Reise nach Buffalo machen.

Und dieser Jemand hatte auch sie schon einmal angegriffen.

Sie starrte auf die rote Farbe, die über ihre Finger lief, während sie den Pinsel reinigte, den sie für den Marienkäfer in ihrer Illustration benutzt hatte. Sie fröstelte.

Dieser Jemand war noch immer auf freiem Fuß.

Aber Cole war ihm auf der Spur, und sie hatte völliges Vertrauen in den gut aussehenden Detective, der mehr und mehr ein fester Bestandteil ihres Lebens wurde.

In der Zwischenzeit würde sie jedoch besonders vorsichtig sein, wie Cole sie immer ermahnte. Und ihr Elternhaus war deutlich sicherer als ihr eigenes, trotz der neuen Schlösser, die sie hatte anbringen lassen. Wer auch immer es auf ihren Vater abgesehen hatte, musste hereingekommen sein, als die Alarmanlage ausgeschaltet gewesen war. Entweder ein Besucher, den Dad selbst hereingelassen hatte, oder ein Eindringling, der vielleicht durch ein offenes Fenster hereingekommen war. Aber sie würde heute Abend alles abschließen, kein Fenster öffnen und auch niemanden hereinlassen, egal, wer vielleicht klingelte.

Sie spülte ihre Finger noch einmal ab und betrachtete sie. Es war kein Rot mehr daran zu sehen. Zufrieden mit ihrer Reinigungsaktion und ihrem Sicherheitsplan, sammelte sie die Pinsel zusammen, nahm die Taschenlampe und stieg wieder die Treppe hinauf, um eine Tasche für die Nacht zu packen.

Sie war zuversichtlich, dass sie im Haus ihres Vaters sicher sein würde.

Kapitel 17

Cole unterdrückte ein Gähnen und trat von der Fluggastbrücke auf dem internationalen Niagara-Flughafen in Buffalo. Er ließ die anderen aussteigenden Passagiere vorbei und hob das Handgelenk, um auf die Uhr zu sehen. Zehn nach vier Uhr morgens. Zwei Stunden später als geplant, dank wetterbedingter Verzögerungen.

Heute Nacht würden sie keinen Schlaf kriegen.

Aber er hatte nicht vor, sich von seiner Müdigkeit aus dem Konzept bringen zu lassen. Wenn sie keinen handfesten Beweis fanden, der Rossi mit dem Verbrechen in Verbindung brachte, würden sie nur diese eine Gelegenheit haben, den Mafiaboss vor Gericht zu bringen.

Mitch tauchte in der Masse der sich müde dahinschleppenden Passagiere auf, die aus dem Flugzeug stiegen. Für jemanden, der die ganze Nacht im Flieger gesessen hatte, sah er widerlich ausgeruht aus.

„Du hast offensichtlich ein Nickerchen gemacht." Cole nahm seinen kleinen Bordkoffer und blinzelte seinen Kollegen an, als dieser zu ihm aufschloss.

„Stimmt. Vom Start bis zur Landung." Mitch grinste. „Mitglieder der Marine-Spezialeinheit lernen, überall und jederzeit zu schlafen."

„Du Glücklicher." Cole bezweifelte, dass er selbst mehr als nur zwei oder dreimal für zehn Minuten eingenickt war. Er hatte in dem überfüllten Kleinflugzeug am Fenster neben einem übergewichtigen Mann gesessen, der den ganzen Flug über geschnarcht hatte. „Ich brauche Kaffee."

„Gute Idee." Mitch betrachtete eine Starbucks-Filiale, die allerdings zu dieser Uhrzeit geschlossen war. „Aber wir werden uns unterwegs einen besorgen müssen. Hier ist alles zu."

„Man sollte meinen, während der Hauptreisezeiten hätten sie länger auf. Immerhin hat die Mietwagenfirma über die Feiertage ihre Öffnungszeiten verlängert – ich habe extra angerufen." Cole ging weiter in Richtung Terminal und warf einen mürrischen Blick auf das verdunkelte Café, während Mitch sich an sein Schritttempo anpasste. „Da für *manche* von uns das Schlafen im Flugzeug unmöglich war, bin ich die Hintergrundinformationen zu Rossi noch einmal durchgegangen und habe nach möglichen Ansatzpunkten gesucht. Der Typ vom FBI, mit dem ich gesprochen habe, glaubt nicht, dass es irgendeinen Kontakt zwischen ihm und seinem Sohn gegeben hat, seit er aus dem Gefängnis entlassen wurde. Klingt so, als wollte der Sohn nichts mit der Rossi-Dynastie zu tun haben. Das stößt seinem alten Herrn sicher sauer auf."

„Inwiefern sollte uns das helfen?"

Cole blickte auf die Wegweiser über ihnen und betrat die Rolltreppe, die zum Schalter der Autovermietung führte. „Es könnte ein Überraschungsmoment sein. Rossi wird kaum damit rechnen, dass wir auf seine Familie zu sprechen kommen. Aber wenn wir nicht die Antworten bekommen, die wir brauchen, könnte es ihn aus dem Konzept bringen, wenn wir seine Beziehung zu seinem Sohn anschneiden. Vielleicht macht er dann einen Fehler."

Die Skepsis war Mitch deutlich anzusehen. „Ich würde mir da keine großen Hoffnungen machen. Sein Anwalt wird nicht zulassen, dass er irgendetwas sagt, was ihn belasten könnte."

Cole zuckte mit den Schultern. „Menschen können Fehler machen – auch wenn sie gut vorbereitet sind. Man weiß nie, wann eine Frage einen sensiblen Punkt berührt und viel mehr Informationen zutage fördert, als man erwartet – entweder mit Worten oder durch Körpersprache." Er zeigte nach links, als sie beinahe am Fuß der

Rolltreppe angekommen waren. „Da ist die Autovermietung. Willst *du* fahren, bis wir einen Kaffee gefunden haben?"

„Kein Problem. Wir sollten uns auch ein bisschen frisch machen." Mitch rückte seine Krawatte zurecht und fuhr sich mit der Hand über die dunklen Stoppeln an seinem Kinn. „Ich muss mich rasieren. Und du musst …" Er betrachtete Cole. „Irgendetwas machen. Ein frisches Hemd vielleicht. Außerdem könntest du etwas von dem Zeug gebrauchen, das Alison benutzt, um Ringe unter den Augen abzudecken."

„Vielen Dank." Cole trat von der Rolltreppe und ließ Mitch stehen, um zum Schalter der Autovermietung zu gehen. Er wusste, dass er zerknittert aussah, und er würde sich frisch machen, bevor sie zu Rossi gingen. Aber solange sein Verstand scharf war, konnte es ihm egal sein, was der ehemalige Mafiaboss von seiner Aufmachung hielt. Er war nicht hier, um den Mann zu beeindrucken.

Er war hier, um nach Antworten zu suchen.

Und bevor er heute wieder den Rückflug antrat, würde er alles tun, was in seiner Macht stand, um diese Antworten zu bekommen.

* * *

Alan schaltete zwei Häuserblocks von John Warrens Haus entfernt die Scheinwerfer seines Wagens aus, während er durch die Nacht fuhr. Nicht, dass diese Vorkehrung notwendig gewesen wäre. Die Straßen waren um halb vier morgens menschenleer. Aber er hasste es, unnötige Risiken einzugehen.

Risiken wie diese ganze Aktion.

Er dehnte die Finger, die auf dem Lenkrad lagen, und runzelte die Stirn. Rossi hätte seinen Rat befolgen und abwarten sollen, bis das Problem sich von selbst erledigte – denn das hätte es irgendwann. Aber er war es gewohnt, die Ansagen zu machen. Er war es gewohnt, dass die Leute sprangen, wenn er Befehle erteilte. Und er war es gewohnt, Rache zu üben, wenn sie es nicht taten.

Und nachdem er selbst der Vollstrecker dieser Rache an John Warren gewesen war, wusste Alan aus eigener Erfahrung, wie das aussah.

Er schluckte den plötzlich aufsteigenden sauren Geschmack der Angst hinunter. Die Angst, die ihn heute Nacht hierher hatte fahren lassen, trotz der Risiken, um einen Brief zu verstecken, von dem er hoffte, dass er den Warren-Fall ein für alle Mal zu den Akten befördern würde.

Die kleine Wohnanlage, die er am Montagabend ausgekundschaftet hatte, tauchte vor ihm auf, und er fuhr auf den Parkplatz. Bei seinem ersten Besuch hatte es jede Menge freier Plätze gegeben, und jetzt waren es noch mehr. Viele Bewohner waren offensichtlich über den Feiertag verreist.

Er wählte eine Parkbucht ganz hinten und zog dann eine Strickmütze tief in seine Stirn, bevor er sich ein Paar Handschuhe überstreifte. Anschließend blickte er sich um und vergewisserte sich, dass er allein war. Dann stieg er aus und schloss die Tür mit dem Schlüssel ab, um das hörbare Klicken der Zentralverriegelung zu vermeiden. Im Laufe des Tages hatte er die Lampe des Kofferraums überklebt, damit sie keinen Lichtschein verursachte, während er den Deckel öffnete und den Rucksack herausholte, in dem sich alle Utensilien befanden, die er brauchte. Der Brief, eingehüllt in eine schützende Plastikfolie. Ein Nachtsichtgerät. Ein dickes Seil für den Ast. Latexhandschuhe. Ein Hammer, um das Fenster einzuschlagen.

Er war bereit.

Und wenn alles glattging, würde er bald wieder zu Hause sein. Dann könnte er sich noch ein bisschen hinlegen, bevor er seinen Boss über den aktuellen Stand der Doppelmordermittlungen informieren musste.

Danach würde er nur noch warten müssen, bis Kelly den „Sturmschaden" entdeckte und den Brief fand.

Nach allem, was geschehen war, konnte der Fall Warren dann endlich endgültig abgeschlossen werden. Es würde schwierig sein, einen Abschiedsbrief in der Handschrift des Toten anzufechten. Sie würden Rossi in Ruhe lassen müssen. Dann würde ihm der Mafiaboss seine letzte Teilzahlung geben und er konnte mit Cindy neu anfangen – ein bekehrter, schuldenfreier Ex-Spieler, auf den eine strahlende Zukunft wartete.

Thanksgiving würde dieses Jahr wirklich ein Grund zum Feiern sein.

* * *

Was war das für ein Geräusch?

Kelly schlug die Augen auf und starrte zur dunklen Decke ihres früheren Kinderzimmers hinauf. Jetzt war alles still. Aber hatte sie es nicht ein-, zweimal piepsen gehört? So wie bei einer Mikrowelle oder bei einem Rauchmelder, wenn man die Batterien auswechseln muss.

Oder bei einer Alarmanlage, die aktiviert oder deaktiviert wird.

Ein Schauer der Angst lief ihr über den Rücken, und sie knüllte die Decke in ihren Fäusten zusammen.

Atmen, Kelly.

Langsam atmete sie ein. Und wieder aus. Diesen Vorgang wiederholte sie, während sie lauschte.

Es war kein Piepton mehr zu hören. Und auch kein anderes Geräusch, abgesehen von dem Wind, der um die Ecken des Hauses pfiff, und dem Rauschen der Bäume.

Sie runzelte die Stirn. Hatte sie das Geräusch nur geträumt? Oder vielleicht etwas gehört, was draußen gewesen war? Einen Müllwagen, der rückwärts fuhr mit seinem markanten, hohen Warnsignal? Sie blickte auf die Uhr auf ihrem Nachttisch. Viertel vor vier. Niemand, auch nicht die Müllabfuhr, sollte hier um diese Uhrzeit im Viertel unterwegs sein und Geräusche machen. Schon gar nicht bei einem Unwetter.

Vielleicht war das Geräusch auch eine klangliche Eigenart des Hauses gewesen. Alle Häuser gaben nachts merkwürdige Töne von sich, und es war ja schon eine Weile her, seit sie hier eine Nacht …

Eine Bodendiele knarrte.

Ihr stockte der Atem, und ihre Finger verkrampften sich, während sie versuchte, gegen die aufsteigende Panik anzukämpfen. Wahrscheinlich gab es auch für dieses Geräusch eine ganz einfache Erklärung. Holz zog sich zusammen oder dehnte sich aus, je nachdem ob es kalt oder warm war. Sie hatte die Heizung heruntergedreht, als sie schlafen gegangen war. Vielleicht war es der Fußboden, der sich an die veränderte Temperatur anpasste.

Oder ein Eindringling.

Nein. Das war unmöglich. Sie hatte die Alarmanlage aktiviert, bevor sie zu Bett gegangen war. Niemand außer ihr kannte den Zahlencode. Die Maklerin hatte einen anderen Zugangscode, den Kelly nur für sie programmiert hatte. Aber Denise würde auch nicht mitten in der Nacht hier herumschleichen oder den Code einem Dritten geben. Das Geräusch musste …

Wieder hallte ein Knarren in dem stillen Haus wider.

Kelly bekam vor Angst keine Luft mehr.

Jemand *war* im Haus!

Mit hämmerndem Herzen schob sie die Bettdecke zurück und schwang die Beine über die Bettkante. Zu dumm, dass der Akku ihres Handys an diesem Nachmittag leer gewesen war. Jetzt hing es am Ladegerät in der Küche, wo Kelly es vergessen hatte, als sie schlafen gegangen war. Und was eine Waffe betraf – ein kurzer Blick in die Runde bestätigte ihr, dass sich in ihrem alten Schlafzimmer nichts Tödlicheres befand als ein Kunstpokal aus Studienzeiten. Wenigstens konnte man den gut anfassen – und er war schwer.

Sie durchquerte auf Zehenspitzen den Raum, während sie betete, dass ihre zitternden Knie nicht unter ihr nachgaben. Sie nahm den Pokal von dem Regal, das ihr Vater vor zwanzig Jahren für ihre Auszeichnungen gebaut hatte. Sie drehte ihn um, sodass der schwere Fuß oben war, packte ihn mit beiden Händen und schob sich zur Tür, um in den dämmrigen Flur hinauszuspähen, der nur von einer Nachtlampe erleuchtet war.

Leer.

Sie wartete ab, ob sie noch etwas hörte. Etwas, das ihr half, den Standort des Eindringlings auszumachen.

Zehn Sekunden später war es so weit. Das gedämpfte Geräusch eines Reißverschlusses. Aus dem Büro ihres Vaters.

Also gut. Jetzt musste sie sich entscheiden. Sie konnte versuchen, sich am Büro vorbeizuschleichen, ohne gesehen zu werden, das Telefon vom Ladegerät zu nehmen und den Notruf zu wählen. Oder sie konnte sich mit ihrer Waffe in einem Wandschrank verstecken und hoffen, dass der Eindringling nicht das Haus durchsuchte.

Aber wenn diese Person irgendetwas mit dem Tod ihres Vaters zu tun hatte, durfte sie ihn nicht noch einmal davonkommen lassen.

Die Entscheidung war gefallen. Sie musste versuchen, das Telefon zu erreichen.

Sie umfasste ihren Pokal fester und schlich den Flur hinunter.

Drei Schritte später tönte das plötzliche Knallen eines Gummibandes durch das stille Haus. Sie erstarrte. Nach wenigen Sekunden wiederholte sich der Laut.

Was sollte das denn?

Sie schob sich bis zur Bürotür vor und spähte hinein. Eine schwarz gekleidete Gestalt hockte neben dem Schreibtisch und wühlte in einer Tasche, die auf dem Boden lag. Ein Mann, der Größe nach zu schließen.

Kelly bemühte sich weiterzuatmen, aber sie brachte nur ein flaches Keuchen zustande. Wenigstens wandte der Eindringling ihr den Rücken zu und war mit etwas beschäftigt.

Dies war ihre Chance, unbemerkt an der Tür vorbeizuhuschen.

Mit einem stillen Gebet um Mut ging sie weiter, ihre bloßen Füße lautlos auf dem Teppich.

Zwei Schritte hinter der Tür knarrte jedoch eine Diele unter ihren Füßen.

Sie hörte eine plötzliche Bewegung im Arbeitszimmer und fuhr mit erhobenem Pokal herum.

Der Eindringling erschien in der Tür. „Was ist …"

Seine Stimme kam ihr vage bekannt vor, aber ihre ganze Aufmerksamkeit war auf sein Gesicht gerichtet. Oder auf das, was sein Gesicht hätte sein sollen. Stattdessen sah sie etwas, das aussah wie eine Art Fernglas, das an einer Kopfbedeckung mit Kinnschutz befestigt war.

Er sah aus wie eine Gestalt aus einem Science-Fiction-Film.

Und er war viel größer, als er gewirkt hatte, als er im Arbeitszimmer in der Hocke gesessen hatte.

Aber wer – oder *was* – auch immer er war, er stellte eine echte Gefahr dar.

Sie hob den Pokal, bereit, ihn auf seinen Kopf niedersausen zu lassen.

Leider hatte sie die Verzögerung ihren Überraschungseffekt gekostet. Als sie mit voller Wucht ihren Schlag führte, machte er einen Ausweichschritt und griff nach ihr. Sie traf nicht seinen Kopf, sondern der Fuß aus Walnussholz landete lediglich auf seiner Schulter.

Er fluchte leise, packte mit der Kraft einer Schraubzwinge ihr Handgelenk und entriss ihr den Pokal.

Während das Adrenalin durch ihre Adern strömte und ihr ungeahnte Kräfte verlieh, trat sie gegen seine Beine und griff mit ihrer freien Hand nach seinem Gesicht. Sie versuchte mit aller Macht, sich zu befreien. Die grunzenden Laute, die er ausstieß, verrieten ihr, dass ihn ein paar ihrer Schläge getroffen hatten. Aber er war ihr an körperlicher Kraft weit überlegen. Es gelang ihr allerdings, mit den Fingern seine Kopfbedeckung zu fassen, und sie zerrte daran. Er versuchte, sie mit dem Ellenbogen wegzustoßen, aber sie zog weiter und hoffte, ihn damit so sehr abzulenken, dass sie ihm einen Tritt an eine empfindliche Stelle versetzen konnte. Dann würde sie sich vielleicht die Lampe im Wohnzimmer schnappen können, um eine schwerere Waffe zu haben, die sie ihm über den Kopf schlagen konnte.

Doch stattdessen löste sich nur die Mütze, die er trug, und gleich darauf fiel die fernglasähnliche Maske herunter. Plötzlich starrte sie in ein bekanntes Gesicht, nur wenige Zentimeter von ihrem eigenen entfernt.

„Detective Carlson?" Ihre Worte waren nur ein Flüstern. Ungläubig.

Panik flackerte in seinen Augen auf, und er sog scharf die Luft ein. Dann wurde sein Griff um ihren Arm fester und er fluchte.

Da sie noch völlig unter Schock stand, hatte sie keine Zeit zu reagieren, als er die Hand hob. Kurz bevor seine Faust auf ihren Kiefer traf und ihre Beine unter ihr nachgaben, wusste sie, dass sie den Mörder ihres Vaters gefunden hatte.

Und dass sie sein nächstes Opfer werden konnte.

* * *

Als Kelly zu seinen Füßen zu Boden ging, massierte Alan seine Knöchel und kämpfte gegen die erdrückende Panik an, die seine Lunge lähmte.

Kelly sollte wirklich nicht hier sein. Niemand sollte hier sein. Im Haus jemandem zu begegnen, war ein Risiko, das er nicht einmal in Betracht gezogen hatte. Für dieses Szenario hatte er keinen Plan B.

Aber er musste sich einen überlegen.

Und zwar schnell.

Denn es würde nicht lange dauern, bis Warrens Tochter sich von dem Kinnhaken erholte.

Alan stieg über ihren reglosen Körper und durchquerte den kleinen Flur, während er sie mit einem Auge im Blick behielt, um mitzubekommen, falls sie das Bewusstsein wiedererlangte. Kelly Warren war von Anfang an ein Problem gewesen. Sie hatte sich die ganze Zeit dagegen gewehrt, dass ihr Vater Suizid begangen haben könnte. Und dann war sie mit der dämlichen Tulpennachricht aufgetaucht. Sie hatte gedrängt, gebohrt und nachgehakt, bis sie einen Mafiaboss verärgert hatte. Und damit hatte sie nicht nur seine Zukunft, sondern auch sein Leben riskiert.

Und jetzt hatte die Möchtegern-Miss-Marple ihm auch noch das Nachtsichtgerät vom Gesicht gezogen und ihn erkannt, und das war ein Riesenproblem. Wenn sie das nicht getan hätte, hätte er sie beiseitestoßen und verschwinden können, ein schattenhafter Eindringling, der im Nebel untertauchte. Er wäre nach Hause gefahren und hätte sich einen anderen Plan überlegt, wie er ihr den Abschiedsbrief zukommen lassen könnte.

Aber das war jetzt nicht mehr möglich.

Jetzt musste sie zum Schweigen gebracht werden, für immer.

Er blieb neben ihr stehen, die Fäuste geballt, und Hass rumorte in seinen Eingeweiden, als er auf sie hinabblickte. Der Zwischenfall mit den Erdnüssen hatte bereits Verdacht erregt. Ein zweiter „Unfall" in dieser Richtung kam also nicht infrage. Außerdem hatte

Taylor ein persönliches Interesse an dem Fall und würde suchen, bis er Beweise für ein Verbrechen fand.

Alan stieß Kelly nicht besonders sanft mit der Fußspitze an. Sie war immer noch schlaff wie ein nasser Lappen. Gut. Er brauchte etwas Zeit, um sich die Einzelheiten eines Unfalls zu überlegen, der so überzeugend und wasserdicht wäre, dass niemand – nicht einmal Romeo Taylor – in der Lage sein würde, ein Leck darin zu finden.

Bevor er dieses Haus verließ, würde er außerdem den Abschiedsbrief verstecken. Und er musste dazu nicht einmal das Fenster zerschlagen.

Er würde den Brief einfach hinter den Schreibtisch schieben. Dort würde man ihn finden, wenn das Haus nach dem tragischen Tod von Vater und Tochter ausgeräumt wurde. Sobald das geschah, würde er darauf hinweisen, dass das Fenster in der Nacht, in der Warren starb, offen gestanden hatte und der Brief wohl hinter das Möbelstück geweht worden war. Da Kelly dann nicht mehr da wäre, um Einspruch zu erheben, würden alle davon ausgehen, dass sie den Abschiedsbrief übersehen hatte. Die Spurensicherung hatte sicherlich keine Möbel von der Wand abgerückt, wo der Tod von Warren doch so offensichtlich als Selbstmord erschienen war.

Gut. Das war logisch. Es konnte funktionieren.

Jetzt musste er sich nur noch überlegen, wie er Kelly loswerden konnte.

Er fing wieder an, auf und ab zu schreiten. Er hatte im Laufe der letzten Monate viel über sie und ihren Vater in Erfahrung gebracht, und noch mehr über sie, nachdem die Nachricht mit den Tulpenzwiebeln eingetroffen war. Durch eine Überwachung hatte er die nötigen Informationen bekommen, um den Zwischenfall im Café so perfekt zu planen. Durch seine Gespräche mit ihr nach dem Tod ihres Vaters hatte er sich zusätzliche Informationen verschafft. Er kannte ihre Gewohnheiten, ihre Allergien, ihre Arbeit …

Alan hielt inne.

Ihre Arbeit.

Sein Stirnrunzeln wich einem Lächeln, während eine Idee in ihm Gestalt anzunehmen begann. Eine *brillante* Idee. Eine perfekte Synergie zwischen dem, was er über sie wusste, und seiner eigenen Expertise.

Allerdings waren Planung und ein sorgfältiges Timing nötig. Er musste die Sache gründlich durchdenken und Schritt für Schritt vorgehen. Die nächsten zwei Stunden würden entscheidend sein, und er wurde nicht gerne gehetzt. Aber er konnte es schaffen. Er hatte ein Auge für Details, da würde ihm nichts entgehen.

Und wenn Thanksgiving anbrach, würden Kelly Warren und ihr Vater wieder vereint sein – *wenn* der Glaube, der ihr so wichtig war, recht hatte und es so etwas wie einen Himmel tatsächlich gab.

Ein Happy End. Schön. Diese Wendung gefiel ihm.

Nachdem er Kelly einen weiteren Tritt mit der Fußspitze versetzt hatte, ging er zum Wäscheschrank am Ende des Flures, um die Dinge zu holen, die er für Phase eins seines Planes brauchte.

* * *

„Fühlst du dich jetzt wacher?" Mitch grinste Cole über den Tisch der Imbissbude hinweg an, die sie beim Verlassen des Flughafens entdeckt hatten und die rund um die Uhr geöffnet war.

„Nicht sehr viel. Ich brauche etwas von dem braunen starken Zeug, das wir im Büro haben. Oder von der Brühe, die Alison kocht."

„Vielleicht hilft etwas Essbares."

„Um vier Uhr morgens?"

„Es ist schon fast fünf."

„An der Ostküste. Ich bin noch auf Cornflakes eingestellt."

„Hast du was dagegen, wenn ich mir einen Burger und Pommes bestelle?"

„Um vier Uhr morgens?" Cole konnte sich nur wundern.

„Das hast du gerade schon gesagt." Mitch grinste und gab der Bedienung ein Zeichen. „Aber denk dran – im Gegensatz zu dir und Jake *trinke* ich Alisons Kaffee."

„Ein Beweis dafür, dass du einen stählernen Magen hast."

„Ich werde ihr nicht erzählen, dass du das gesagt hast."

„Danke."

Während Mitch seine Bestellung aufgab, unterdrückte Cole erneut ein Gähnen. Nachdem die Bedienung gegangen war, wandte sein Kollege sich zu ihm um. „Übrigens bin ich gestern am Kopierer Alan begegnet. Ich hatte das Gefühl, dass er nicht begeistert davon ist, dass wir ihn in dieser Sache nicht informiert haben."

Cole zuckte mit den Schultern. „Der Boss will, dass ein frisches Paar Augen den Fall unter die Lupe nimmt. Außerdem hat Alan mit dem Doppelmord genug zu tun. Wahrscheinlich war er nur müde und gestresst. Ich weiß, wie das ist." Er trank noch einen Schluck Kaffee und wartete darauf, dass das Koffein wirkte.

„Ich weiß nur, dass er nicht besonders freundlich war."

„He … wenn er beleidigt ist, wird er sich schon wieder einkriegen. In der Zwischenzeit hat er jede Menge Ablenkung. Glaub mir, das Letzte, woran er gerade denkt, ist der Warren-Fall."

* * *

Warum tat ihr Kinn weh? Bekam sie vielleicht Zahnschmerzen?

Und warum fröstelte sie? In ihrem Lieblingspyjama war ihr sonst immer warm, auch wenn das Fleecematerial abgenutzt war und der Stoff langsam dünner wurde.

Und warum hatte sie solche Schwierigkeiten, aufzuwachen? Sie bekam nicht einmal die Augen auf.

Kelly bewegte den Kopf und ein stechender Schmerz durchfuhr ihr Gesicht bis zur Schläfe hinauf. Sie stöhnte und öffnete mit Mühe die Augen, wobei sie versuchte, sich in der Dunkelheit zu orientieren. Dies war nicht ihr altes Kinderzimmer im Haus ihres Vaters. Sie war in seinem Wohnzimmer. Auf dem Sofa. Deshalb fühlte der Stoff unter ihrer Wange sich rau an und nicht glatt. Aber warum …

„Du hast also beschlossen aufzuwachen."

Als eine schemenhafte Gestalt am Rand ihres Blickfelds erschien, sog sie erschrocken die Luft ein und versuchte, sich aufzusetzen.

Da erst bemerkte sie, dass ihre Hände und Füße gefesselt waren.

Die Gestalt kam näher und hockte sich neben sie.

Alan Carlson.

Der Mörder ihres Vaters.

„Sie waren es." Noch während sie die Worte aussprach, hatte sie Mühe, sie zu akzeptieren. Er war ein Polizist. Ein angesehener Detective. Coles Kollege. Der Mann, der den Tod ihres Vaters untersucht hatte.

Und er war der Täter.

Kein Wunder, dass er den Fall so schnell zu den Akten gelegt hatte.

„Das hättest du nicht zu erfahren brauchen, Kelly. Und du hättest es auch nie erfahren, wenn du dich nicht so gewehrt hättest. Jetzt haben wir ein kleines Problem."

Sie sah ihm in die Augen. In der Dämmerung war es schwierig, etwas zu erkennen. Aber eins war klar. Die anfängliche Panik und Verzweiflung, die sie darin gesehen hatte, bevor er sie schlug, war einer kalten, erbarmungslosen Berechnung gewichen. Er hatte bereits beschlossen, wie er ihr „kleines Problem" lösen wollte.

Er würde es beseitigen.

Sie beseitigen.

Die Angst drückte die Luft aus ihrer Lunge und ließ ihr Herz rasen. Ihre Haut wurde klamm und sie fröstelte.

„Ist dir kalt, Kelly?"

„Nein." Sie hasste das Zittern in ihrer Stimme. Sie hasste es, dem Mörder die Genugtuung zu geben, dass er sah, wie viel Angst sie hatte. Trotzig schob sie ihr Kinn vor und starrte ihm mit festem Blick direkt in die Augen.

Seine Lippen verzogen sich zu einem humorlosen Lächeln. „Du hast Mumm, das muss man dir lassen."

Als er anfing, sich von ihr zu entfernen, richtete sie sich mit einem Ruck auf und schwang die Füße auf den Boden, während sie versuchte, die Schmerzen in ihrem Kinn zu ignorieren.

Er drehte sich um, als er die Geräusche hörte. „Wir gehen erst mal nirgendwohin, du kannst es dir also ruhig bequem machen."

Durch den Adrenalinstoß war ihr Geist jetzt hellwach. Sie brauchte Informationen. So viele wie möglich. Es würde schwierig sein, ihm einen Strich durch die Rechnung zu machen, wenn sie seine Pläne nicht kannte. Und selbst dann war es schwierig, wenn man bedachte, wie eingeschränkt sie in ihrer Bewegungsfreiheit war. Aber diesen letzten entmutigenden Gedanken unterdrückte sie. Sie musste eine positive Einstellung bewahren.

„Warum haben Sie es getan?" Ihre Stimme war jetzt fester.

Er zog eine Schulter hoch. „Ich brauchte das Geld, um Spielschulden zu begleichen. Dein Vater war doch sowieso todkrank. Ich habe den Prozess nur ein bisschen beschleunigt. Da brauchte ich nicht lange zu überlegen."

Sie spürte, wie ihr die Galle hochkam, als sie seine überheblichen, kalten Worte hörte. Sie schluckte, fest entschlossen, ihre Gefühle so weit wie möglich außen vor zu lassen – so wie Carlson es getan hatte. „Wie haben Sie es geschafft, es wie einen Selbstmord aussehen zu lassen?"

Ein Lächeln zuckte um seine Lippen. „Das habe ich gut gemacht, oder?"

Der Anflug von Stolz in seiner Stimme ekelte sie an. Aber sie bemühte sich, ihren Abscheu so gut wie möglich zu verbergen. „Wie?"

Er grinste spöttisch. „Es war beinahe zu einfach."

Und dann erzählte er ihr, dass er sich das Vertrauen ihres Vaters mit Hilfe seiner Dienstmarke erschlichen hatte. Wie er ihm Schlaftabletten verabreicht und ihn sterbend in der Garage zurückgelassen hatte. Und wie er es so einrichten konnte, dass er für den Fall eingeteilt wurde.

Während er seinen abscheulichen Plan schilderte, verwandelte Kellys Angst sich in eine Wut, die so kalt war wie Carlsons Herz.

„Verglichen damit war die Sache mit deinem anaphylaktischen Schock durch ein paar gemahlene Erdnüsse ein Kinderspiel."

Sie blinzelte, überrascht von seiner abschließenden Bemerkung. *„Sie* waren der alte Mann im Café?"

Ein Lächeln umspielte seine Lippen, und diesmal war es echt. „Ich habe als verdeckter Ermittler viel über Verkleidungen gelernt, und ich bin dazu ausgebildet, andere zu beobachten, Details zu bemerken und zuzuhören. Alle diese Fähigkeiten habe ich während der Ermittlungen im Fall deines Vaters angewendet. Ich habe von deiner Allergie erfahren. Ich wusste, dass du einen Notfallinjektor hast. Ich wusste, dass die Sicherheitsvorkehrungen in deinem Haus lächerlich waren. Es war einfach, eines Nachts reinzuschleichen, den Injektor aus deiner Handtasche zu nehmen, nach draußen zu gehen und ihn gegen einen Stein zu schlagen. Meine Frau hat festgestellt, dass diese Dinger leicht undicht werden, wenn sie beschädigt sind."

Er war in ihrem Haus gewesen, während sie geschlafen hatte.

Sie unterdrückte das Zittern, das ihren Körper zu schütteln drohte. „Was wäre gewesen, wenn ich an jenem Samstag nicht Kaffee trinken gegangen wäre?"

Er winkte ab. „Dann hätte es immer noch den nächsten Samstag gegeben. Ich habe deine Gewohnheiten studiert, und du bist ziemlich berechenbar. Was den Zutritt zum Haus deines Vaters heute Nacht betrifft – ich habe mehrmals dabei zugesehen, wie du während unserer Ermittlungen nach dem Tod deines Vaters den Zahlencode eingegeben hast, und ihn mir eingeprägt. Aber ich dachte nicht, dass du heute Nacht hier sein würdest. Das war eine unangenehme Überraschung – für uns beide. Wo ist dein Auto?"

„In der Garage."

„Du parkst *immer* in der Auffahrt."

Er hatte tatsächlich seine Hausaufgaben gemacht. Sie war seit dem Tod ihres Vaters nicht mehr in der Garage gewesen.

„Ich hatte Angst, es könnte durch herunterfallende Äste oder Hagel beschädigt werden."

„Das heißt, indem du dein Auto beschützt hast, hast du dich selbst in Gefahr gebracht. Zu dumm."

Er wandte sich der Küche zu. Das Gespräch war für ihn offensichtlich beendet. Aber sie hatte noch nicht genug über seine Pläne erfahren.

„Was haben Sie mit mir vor?"

Er fuhr herum und sah sie an. „Ich glaube, wir kennen beide die Antwort auf diese Frage."

Sie schluckte. „Worauf warten Sie dann noch?"

„Dies ist nicht der richtige Ort oder Zeitpunkt. Und ich muss erst noch etwas anderes erledigen."

Er durchquerte die dunkle Küche. Sie hörte, wie die Kellertür geöffnet wurde. Wenige Sekunden später kam er zurück, trat an die Couch und beugte sich über sie.

Sie zuckte zurück, aber er packte sie nur und warf sie sich über die Schulter. Als sie sich auf seinem Arm wand, griff er fester zu.

„Halt still! Ich bringe dich nur nach unten, damit du mir keine Schwierigkeiten machst, während ich weg bin."

Er ging?

Erleichterung durchfuhr sie, und sofort hörte sie auf, sich zu bewegen. Das war eine Gelegenheit, die sie nicht erwartet hatte. Wenn sie allein war, konnte sie sich vielleicht eine Fluchtmöglichkeit überlegen.

Am Fuß der Kellertreppe angekommen, ging er auf ein schweres Metallregal zu, das ihr Vater vor vielen Jahren eingebaut hatte. Nachdem er sie auf dem Boden daneben abgesetzt und in eine aufrechte Position gebracht hatte, benutzte er ein Stück dicken Draht von der Werkbank ihres Vaters, um das Seil, mit dem ihre Hände gefesselt waren, hinter ihrem Rücken an dem Pfosten zu befestigen. Er zog den Draht fest, sodass sie sich nicht rühren konnte. Sie wappnete sich, weil sie fürchtete, das Seil könnte in ihre Handgelenke schneiden, aber das tat es nicht.

Verwirrt betrachtete sie ihre Füße. Merkwürdig. Er hatte eine dicke Lage Handtücher um ihre Knöchel gewickelt, bevor er sie gefesselt hatte.

Er richtete sich auf und folgte ihrem Blick. „Ich will keine verräterischen Spuren hinterlassen. Wenn ich fertig bin, wird niemand wissen, dass du gefesselt warst. Ich bin sehr gut, was Details betrifft – und Planung."

Der Mann gab sogar mit den akribischen Vorkehrungen an, die er traf, um sie umzubringen.

Wie krank war das denn?

Er griff in seine Tasche und zog einen Streifen Stoff heraus. Er sah aus wie ein Stück von einem der Lappen, die ihr Vater immer in der Garage aufbewahrt hatte.

Bevor sie seine Absicht erkannte, kniete er sich hin und band den Stoff um ihren Kopf, sodass ihr Mund bedeckt war.

Sie presste die Lippen so fest aufeinander, wie sie konnte, und er zog heftig an dem Stoff. „Mach auf – oder wir machen es auf die unangenehme Weise."

Als sie nicht gehorchte, stieß er ihr das Knie in die Rippen.

Der plötzliche scharfe Schmerz ließ sie unwillkürlich nach Luft schappen.

Er schob den Stoffstreifen zwischen ihre Zähne und zog so fest, dass ihre Mundwinkel zurückgezogen wurden. Der Baumwollstoff klebte an ihrer Zunge und sog alle Feuchtigkeit auf.

Sie würgte.

Ein Muskel in seinem Kiefer zuckte. „Das hast du dir alles selbst zuzuschreiben. Du hättest die Toten ruhen lassen sollen!" Er stand auf, ging zur Treppe und stieg hinauf. Wenige Sekunden später hörte sie die Kellertür zufallen und dann das Knarren von Fußbodendielen über ihrem Kopf. Die Alarmanlage piepste. Eine schwache Erschütterung des Hauses verriet ihr, dass die Hintertür zugeschlagen worden war.

Sie war allein.

Nun konnte sie sich nicht mehr zusammenreißen. Ihr Körper erschlaffte, und sie fing an, heftig zu zittern.

Als das Zittern irgendwann nachließ, versuchte sie ihre Handgelenke zu bewegen, aber sie rührten sich nicht. Und das schwere Regal würde sich auch nicht bewegen lassen. Zwei kräftige Männer waren nötig gewesen, um es aufzubauen. Sie würde sich nicht selbst befreien können, und es bestand keine Chance, dass sie Carlson überwältigen konnte. Er war groß und stark.

Also blieb ihr nur eine Waffe.

Ihr Verstand.

Sie musste ihn überlisten.

Und sie würde es tun müssen, sobald er zurückkam. Er hatte klargestellt, dass er nicht vorhatte, sie hier umzubringen. Aber wenn sie erst einmal das Haus verlassen hatten, gab es keine Garantien mehr.

Kelly holte zitternd Luft und zwang sich, analytisch zu denken. Sie würde sich für einen Geisteswettstreit rüsten. Carlson hatte mit seinem Blick für Details angegeben. Und mit seiner guten Planung.

Doch in ihr hatte er eine ebenbürtige Gegnerin.

Kapitel 18

„Schönes Haus." Mitch musterte Rossis Wohnsitz, als Cole hinter einem BMW jüngeren Datums am Bordstein parkte.

„Nicht, wenn man es an seinem früheren Standard misst." Cole betrachtete das schmucke zweigeschossige Steinhaus im Kolonialstil, während er den Schaltknüppel in die Parkposition schob. „Bevor er im Gefängnis war, hat er in einem sechshundert Quadratmeter großen Herrenhaus gewohnt, das vor einiger Zeit für fast zwei Millionen verkauft wurde." Er zog die Handbremse an und ließ seinen Blick über das ruhige Viertel mit seinen Häusern der oberen Mittelklasse wandern. „Das hier ist für Rossi schon ein ziemlicher Abstieg."

„Vielleicht verändert das Gefängnis die Prioritäten."

„Oder vielleicht will er einfach nicht auffallen."

„Wenn es so ist, wird er sich über unseren Besuch kaum freuen."

„Das tut er auch nicht. Als ich ihn anrief, hat er mich schneller an seinen Anwalt verwiesen, als Alison eine schlagfertige Bemerkung machen kann."

Mitch grinste. „*So* schnell?"

„Genau." Cole stellte den Motor aus. „Unser Plan steht also?"

„Du übernimmst die Führung, und ich springe ein, wenn es nötig ist – oder wenn ich eine Gelegenheit sehe, an einem Punkt Druck zu machen. So, wie wir uns bei dem schweren tätlichen Angriff vor ein paar Monaten ergänzt haben."

„Hoffen wir, dass die Technik heute genauso gut funktioniert."

Mitch zeigte auf den BMW. „Wetten, das ist der Wagen des Anwalts?"

„Wetten mit so offensichtlichem Ergebnis schließe ich nicht ab." Cole öffnete seine Tür, ging um den gemieteten Mittelklassewagen herum und holte Mitch am Ende des gepflasterten Weges, der zur Haustür führte, ein. „Hattest du schon mal mit dem ehemaligen Kopf einer Verbrecherbande der Oberliga zu tun?"

„Nein." Mitch passte sich den Schritten seines Kollegen an, als sie zum Haus gingen. „Aber ein Bösewicht ist wie der andere. Und die meisten von ihnen ändern sich nicht."

Cole stieg die Stufen zu der kleinen, mit weißen Säulen versehenen Veranda hinauf und betätigte die Klingel. „Deshalb sind wir hier."

* * *

Als es leise an die Tür seines Arbeitszimmers klopfte, zuckte ein Nerv in Vincentios Hand, und er faltete die Hände auf seinem Schreibtisch, um das Zittern zu verbergen. „Ja?"

Teresa öffnete die Tür einen Spaltbreit. „Die Herren sind eingetroffen, Mr Rossi."

Er warf Lake, der in einem Ohrensessel auf der anderen Seite des Schreibtisches saß, einen Blick zu. Lakes Sessel war etwas hinter den weniger bequemen Besuchersesseln positioniert. Von seinem Platz aus konnte der Anwalt an dem Gespräch teilnehmen, wenn er wollte. Er ermöglichte ihm aber auch eine unauffällige nonverbale Kommunikation mit seinem Mandanten. Die Ermittler würden diese Strategie sofort durchschauen – aber sie konnten nichts dagegen machen. Dies war sein Haus. Es waren seine Möbel und seine Welt. Deshalb hatte er sie hierher bestellt.

Auf seinem Terrain hatte er die Kontrolle.

„Bitten Sie sie herein, Teresa."

Die Haushälterin verschwand. Eine halbe Minute später, als er hörte, wie die Haustür geöffnet wurde, beschleunigte sich Vincentios Puls. Ganz anders als in der guten alten Zeit. Damals hatte ihn nichts aus der Ruhe gebracht. Aber er war immer noch ein Rossi, der tief in sizilianischem Boden verwurzelt war. Ein Teil der mächtigen Familie, die gefürchtet, beneidet, bewundert und geachtet wurde. Auch wenn er vor einunddreißig Jahren dieses Erbe mit Füßen getreten hatte, weil er dem falschen Mann vertraute und zu weich gewesen war – so, wie es ihm sein Vater immer vorgehalten hatte –, heute würde es keine Fehler geben.

Er holte tief Luft, straffte die Schultern und hob das Kinn.

Er hatte nicht vor, dieses Spiel zu verlieren.

Als die beiden Beamten eintraten, erhob Lake sich. Vincentio tat das nicht. Falls sie seinen Mangel an Gastfreundschaft bemerkten, ließen sie es sich jedoch nicht anmerken.

Einer der Männer trat vor. „Mr Rossi?"

„Ja." Er erkannte die Stimme von ihrem Telefonat.

„Detective Cole Taylor, Bezirkspolizei St. Louis." Er zog eine Visitenkarte heraus und legte sie auf den Schreibtisch. Offenbar vermutete er, sein Gastgeber würde sie nicht nehmen, wenn er sie ihm hinhielt.

Der Mann hatte eine gute Intuition. Vincentio respektierte Männer mit dieser Eigenschaft. Taylor zeigte auf seinen Gefährten. „Detective Mitch Morgan."

Der zweite Ermittler nickte kurz.

„Thomas Lake, mein Anwalt." Vincentio zeigte auf den vierten Mann im Raum.

Nachdem die Begrüßungen ausgetauscht waren und Lake den beiden Besuchern die Hand gereicht hatte – womit er eine Höflichkeit zeigte, die sein Mandant hatte vermissen lassen –, zeigte Vincentio auf die Stühle gegenüber seinem Schreibtisch. „Fangen wir an, meine Herren. Es gibt sicherlich Orte, an denen sie sich am Tag vor Thanksgiving lieber aufhalten würden."

Morgan setzte sich, lehnte sich zurück, schlug ein Bein über das andere und ließ den Fuß auf seinem Knie ruhen. Taylor schlug ein Notizbuch auf, legte es auf seinen Schoß und zog einen Stift heraus.

„Mr Rossi, wie ich Mr Lake am Telefon bereits erklärte, haben wir Grund zu der Annahme, dass ein gewisser John Warren, der im

Mai in St. Louis starb, in Wirklichkeit der James Walsh ist, der früher für Sie gearbeitet hat. Seine Zeugenaussage trug dazu bei, Ihre Verurteilung wegen organisierter Kriminalität und Geldwäsche zu bewirken. Mr Warrens Tod wurde ursprünglich als Suizid gewertet, aber wir haben den Fall neu aufgerollt. Können Sie mir sagen, wo Sie am Abend des 20. Mai waren? Das war ein Donnerstag."

Eine merkwürdige Frage. Dieser Detective war klug genug, um zu wissen, dass er einen Mord niemals selbst ausführen würde. Aber er spielte mit.

„Hier in Buffalo. Ich habe die Stadt nicht verlassen, seit ich aus dem Gefängnis zurück bin."

„Haben Sie James Walsh seit Ihrer Entlassung gesehen?"

„Nein."

„Auch nicht, als er im April in den Bundesstaat New York kam, um seinen todkranken Bruder zu besuchen und zu dessen Beerdigung zu gehen?"

„Wie schon gesagt ... ich verlasse die Stadt nicht. Und nach allem, was ich gehört habe, lebte sein Bruder in Rochester."

„Aber Sie wussten, dass sein Bruder gestorben war?"

Vincentio zuckte mit den Schultern. „Es ist mir zu Ohren gekommen."

„Scheint es Ihnen nicht ein merkwürdiger Zufall zu sein, dass James Walsh einen Monat, nachdem er zum ersten Mal seit einunddreißig Jahren aus der Anonymität auftaucht, tot aufgefunden wird?"

„*Angeblich* aufgetaucht ist. Ich glaube nicht, dass Sie eine greifbare Verbindung zwischen John Warren und James Walsh haben." Vincentio zog eine Schulter hoch. „Und selbst wenn, dann hat es schon kuriosere Zufälle gegeben."

„Wussten Sie, dass er Lungenkrebs hatte?"

Vincentio starrte die Beamten an und versuchte seinen Schock zu verbergen. James Walsh hatte die gleiche Krankheit gehabt, die ihm seine geliebte Isabella geraubt hatte?

Welche Ironie!

Und wenn man die schlechten Überlebenschancen für diese

Krankheit in Betracht zog, wäre der Mann vielleicht in wenigen Monaten von alleine gestorben. Und bis dahin hätte er noch viel gelitten, so wie Isabella. Wenn er das gewusst hätte, hätte er warten können, bis die Natur das Todesurteil selbst vollstreckte.

Aber dann hätte er nicht die Genugtuung gehabt, Rache zu üben.

„An Lungenkrebs zu sterben, das ist eine schmerzvolle Angelegenheit." Er ließ seinen Tonfall neutral klingen. „Wenigstens wurde ihm diese Qual erspart."

„Haben Sie jemals Geschäfte in St. Louis gemacht, Mr Rossi?"

Die plötzliche Richtungsänderung des Gesprächs überraschte ihn nicht. Er wusste, wie die Polizei arbeitete. Sie mochten es, Leute aus dem Gleichgewicht zu bringen.

Er zog die Mundwinkel zu einem freudlosen Lächeln hoch. „Meine Zeiten als Geschäftsmann liegen weit zurück, und ein vierundsiebzigjähriges Gedächtnis ist nicht sehr zuverlässig. Die Einzelheiten von Dingen, die sich vor drei Jahrzehnten ereignet haben, verschwimmen mit der Zeit."

„Ich dachte eher an jüngere Geschäfte."

„Zum Beispiel?" Kälte kroch in seine Stimme.

„Sagen *Sie* es mir. Es ist schwer zu glauben, dass ein Mann, der einmal eine Mafiaorganisation leitete, sein altes Leben völlig aufgegeben hat."

Vincentio dachte über diese Erwiderung nach und behielt Lake mit einem Auge im Blick. Der Ermittler wurde jetzt direkter. Aber sie hatten vereinbart, dass der Anwalt sich nicht einmischen würde, es sei denn, die Fragen nähmen den Charakter einer Anschuldigung an.

Ein Punkt, an den sie wohl bald kommen würden, wie Vincentio vermutete.

„Ich war fast drei Jahrzehnte lang im Gefängnis, Detective. Die Dinge ändern sich. Machtverhältnisse verschieben sich. Das Leben geht weiter. Die Welt, in die ich zurückkam, war ganz anders als die Welt, die ich verlassen hatte. In vielerlei Hinsicht."

Sein Blick wanderte zu dem Familienfoto auf der Anrichte, das ein Jahr vor seiner Verhaftung aufgenommen worden war. Isabella mit ihren langen schwarzen Haaren war an jenem Tag wunderschön gewesen. Und der fünfjährige Marco hatte voller Stolz auf seinen ersten Anzug in die Kamera gegrinst. Das waren die glücklichsten Tage seines Lebens gewesen, obwohl er das erst im Nachhinein erkannt hatte.

„Ihre Familie?"

Auf Taylors Frage hin wandte er seine Aufmerksamkeit wieder dem Beamten zu. „Ja."

„Wenn ich das richtig verstanden habe, ist Ihre Frau verstorben."

„Ja."

„Aber Ihr Sohn lebt hier."

„Ja." Er spürte den vertrauten Schmerz in der Brust.

„Nach allem, was ich gehört habe, stehen Sie sich nicht sehr nahe."

Er bedachte den dunkelhaarigen Polizisten mit einem kalten Blick. „Meine Familiensituation hat nichts mit dem Fall zu tun, in dem Sie ermitteln."

„Wir finden oft Zusammenhänge an den merkwürdigsten Stellen."

„Mein Sohn weiß nichts von Ihrem Fall. Oder von meinen Geschäften."

„Das heißt, Sie machen doch noch ‚Geschäfte'?"

„Meine Herren …" Lake warf Vincentio einen warnenden Blick zu. „Sie wissen doch sicherlich, dass wir es hier mit einer allgemeinen Redeweise zu tun haben. Konzentrieren wir uns auf den Fall, der Sie hierhergeführt hat. Abgesehen von einer möglichen Verbindung, die einunddreißig Jahre her ist, könnten Sie uns vielleicht erzählen, warum Sie glauben, dass mein Mandant irgendetwas über Mr Warrens Tod wissen könnte."

Lake zwang sie, ihre Karten offenzulegen. Eine kluge Strategie. Vincentio nahm den Cappuccino, den Teresa ihm kurz vor der Ankunft der Beamten gebracht hatte. Er hielt Tasse und Untertasse in der Hand, während er sich in seinem Sessel zurücklehnte, und trank einen Schluck.

„Gerne." Taylor antwortete Lake, behielt aber Vincentio im

Blick. „Kelly Warren, John Warrens Tochter, hat vor einem Monat ein Geschenk in Form von Tulpenzwiebeln von ihrem Vater erhalten. Das Geschenk wurde einen Tag vor seinem Tod bestellt, und in der beigefügten Nachricht war davon die Rede, dass sie die Tulpen im Herbst gemeinsam setzen würden. Ms Warren hält dies für einen Beweis dafür, dass ihr Vater nicht vorhatte, sich das Leben zu nehmen, und sie bat uns, den Fall noch einmal unter die Lupe zu nehmen. Kurz nachdem sie anfing, den Besitz ihres Vaters durchzusehen, um weitere Hinweise zu suchen, erlitt sie einen beinahe tödlichen anaphylaktischen Schock. Sie reagiert allergisch auf Erdnüsse, und wir haben Grund zu der Annahme, dass dieses Ereignis kein Unfall war. Dass jemand auch sie tot sehen wollte."

Die Flüssigkeit schwappte aus Vincentios Tasse, und er griff fester zu. Carlson hatte versucht, Walshs Tochter umzubringen?

Das war nicht Teil des Plans gewesen!

„Wenn damit bezweckt werden sollte, dass sie nicht weiterbohrt, dann hatte es stattdessen die gegenteilige Wirkung." Taylor betrachtete den verschütteten Kaffee auf der Untertasse. „Bei ihrer Suche hat Ms Warren einen Brief gefunden, von dem wir glauben, dass er an Mr Warren gerichtet war und von seinem Bruder stammte, und ein Foto von ihren Eltern an ihrem Hochzeitstag – mit ihren richtigen Namen auf der Rückseite. Sie hat außerdem die Telefonnummer eines U.S. Marshals in der alten Brieftasche ihres Vaters gefunden. All das hat uns dazu gebracht, eine Verbindung zu Ihnen herzustellen, Mr Rossi. Nachdem auf Walsh vor Ihrem Prozess ein Anschlag verübt wurde, verschwanden er und seine Familie. Wir nehmen an, dass sie in das Zeugenschutzprogramm der U.S. Marshals aufgenommen wurden."

„Das sind eine ganze Menge Annahmen, meine Herren." Lake lehnte sich zurück und zwang die Beamten so, sich vom Schreibtisch abzuwenden, um ihn im Blick zu behalten. Eine Taktik, die Vincentio die Gelegenheit gab, sich zu sammeln. Er stellte Tasse und Untertasse wieder auf seinen Schreibtisch und wischte sich die Lippen und auch seine feuchten Handflächen mit der Serviette ab, die Teresa ihm dagelassen hatte. „Selbst wenn sich eine davon als stichhaltig erweisen sollte, warum meinen Sie dann, dass mein Mandant nach all diesen Jahren mit diesem Todesfall irgendetwas zu tun hat?"

„Die drei anderen Mitglieder seiner Organisation, die beim Prozess ausgesagt haben, starben alle innerhalb eines Jahres nach ihrer Entlassung aus dem Gefängnis."

Vincentio war beeindruckt. Der Detective hatte seine Hausaufgaben gemacht. „Das waren Unfälle."

Taylor wandte sich wieder ihm zu. „Sie wissen also, wie die Männer gestorben sind?"

Vincentios Nacken wurde heiß. „Ich habe Freunde, die mich über wichtige Ereignisse informiert haben, während ich im Gefängnis war."

„Drei Unfälle … ein Suizid … und dann versucht jemand, Warrens Tochter umzubringen, als sie anfängt, Staub aufzuwirbeln. Und der einzige gemeinsame Nenner sind Sie. Das sind zu viele Zufälle, meinen Sie nicht?" Taylors Miene verhärtete sich.

„Da Sie offenkundig einige Nachforschungen über mich angestellt haben, sollten Sie wissen, dass ich niemals Familienmitglieder für Fehler zur Rechenschaft gezogen habe, die meine Mitarbeiter gemacht hatten. Ich hege keinen Groll gegen Walshs Tochter."

„Aber gegen Walsh selbst."

„Wir mochten uns nicht. Das war bekannt."

„Was ist dann mit Kelly Warren geschehen?"

„Ich habe keine Ahnung."

„Das bedeutet also, Ihr Auftragskiller hat es vermasselt."

Lake stand abrupt auf. „Meine Herren, dieses Gespräch ist beendet. Wenn Sie etwas Konkreteres zu bieten haben als Anspielungen, Spekulationen und haltlose Beschuldigungen, lassen Sie es uns wissen. Ich bringe Sie zur Tür."

Ohne eine Antwort abzuwarten, durchquerte Lake den Raum, blieb an der Tür stehen und wartete.

Taylor warf Morgan einen Blick zu und die beiden Männer standen auf.

„Vielen Dank für Ihre Zeit, Mr Rossi." Taylor streckte ihm nicht die Hand entgegen.

Vincentio nickte steif.

Er sah ihnen nach, als sie hinausgingen, dann lauschte er, bis er hörte, dass die Haustür ins Schloss fiel. Als Lake wieder eintrat, lehnte er sich auf seinem Sessel zurück. Sein Anwalt setzte sich mit undurchdringlicher Miene.

„Und?", wollte Vincentio wissen.

„Sie haben nichts, was vor Gericht Bestand hätte. Oder auch nur genug, um es zu einem Prozess kommen zu lassen. Noch nicht. Die Indizien sind jedoch erheblich." Er stützte die Ellenbogen auf den Armlehnen seines Sessels ab und legte die Fingerspitzen gegeneinander. „*Wussten* Sie von dem Anschlag auf das Leben der Tochter?"

„Nein."

„Das dachte ich mir. Aber wer auch immer das zu verantworten hat, hat einen schweren Fehler begangen." Er erhob sich und nahm seine Aktentasche. „Ich werde zu diesem Zeitpunkt keine weiteren Fragen stellen. Warten wir ab, ob unsere Freunde von der Behörde etwas Konkreteres finden. Wenn nicht, bezweifle ich, dass wir noch einmal von ihnen hören werden. Wenn doch, reden wir."

„Sie werden nichts finden, was irgendeine Verbindung zu mir herstellt."

„Hoffen wir, dass Sie recht haben. Ich finde allein hinaus."

Lake ging, und wieder hörte Vincentio die Haustür. Wenige Augenblicke später erschien Teresa in der Tür zum Arbeitszimmer. „Kann ich Ihnen irgendetwas bringen, Sir? Noch einen Cappuccino?"

Er sah die Tasse auf seinem Schreibtisch an. Die Flüssigkeit, die übergeschwappt war, hatte Spuren auf dem Porzellan hinterlassen und sich auf der Untertasse gesammelt. Was in der Tasse zurückblieb, war kalt.

Wie eine Leiche in einer Blutlache.

Seltsam. Trotz der ganzen Gewalt in seiner Welt war er nie Zeuge eines Mordes geworden. Seine Drecksarbeit hatte er immer an andere delegiert, sodass er saubere Hände behielt, während Rivalen oder Verräter starben.

Aber er hatte nie einen Killer auf eine Frau angesetzt. Schon der Gedanke daran war ihm zuwider.

Die Wut wand sich in seinem Magen wie eine Schlange. Carlson hatte seinen Auftrag vermasselt. Zu einem denkbar ungünstigen Zeitpunkt in Urlaub zu gehen, war schlimm genug, aber eine Frau anzugreifen, war –

„Mr Rossi?"

Er blinzelte, als er Teresa seinen Namen sagen hörte, und unterdrückte seinen Zorn, so gut es ging. Er nickte. „Ja. Noch ein Cappuccino wäre nett."

Sie nickte kurz, betrat das Zimmer, nahm Tasse und Untertasse und verschwand.

Wieder allein, stand Vincentio mühsam aus seinem Sessel auf. Schon diese einfache Bewegung strengte ihn an, und er stützte beide Hände auf die Schreibtischplatte. Er versuchte, seine Sorge und seine Wut abzuschütteln, die mit dem Anruf der Polizei begonnen und in den letzten fünfzehn Minuten eskaliert war, seit er von dem Mordversuch an Walshs Tochter erfahren hatte.

Er konnte nichts tun, um die Angst in Schach zu halten, auch wenn sie nicht durch die Ermittlungen in Bezug auf Walshs Tod ausgelöst wurde. Die Polizei würde keine Beweise finden, die zu ihm führten. Die Angst, die ihn nachts wach liegen ließ, hatte viel mehr damit zu tun, ob diese Panne seine Chancen beeinträchtigen könnte, seinen Enkel kennenzulernen.

Und was die Wut betraf – dagegen konnte er etwas tun. Carlson würde für seine Fehler bezahlen.

Das war etwas, das Vincentio fehlerfrei steuern konnte.

* * *

„Also, was ist deine Meinung?" Während Cole den Wagen zu dem nächsten Schnellrestaurant lenkte, warf er Mitch einen kurzen Blick zu.

„Er ist schuldig. Aber wir werden niemals in der Lage sein, es zu beweisen, wenn wir nicht den Mittelsmann – falls es nur einer war – ausfindig machen, der den Mord in Auftrag gegeben hat. Es besteht eine gute Chance, dass der Täter nicht einmal weiß, wer hinter dem Auftrag steckt. Oder es damals zumindest nicht wusste. Ich glaube also nicht, dass wir da irgendwelche belastenden Beweise finden."

„Stimmt." Cole trommelte mit den Fingern auf das Lenkrad. „Ich glaube, er hat die Wahrheit gesagt, als er behauptete, er wisse nichts von dem Anschlag auf Kellys Leben.

„Das sehe ich auch so."

„Aber meine Fragen in Bezug auf seinen Sohn passten ihm nicht. Sie schienen ihn nervös zu machen. Ich frage mich, warum, wenn sie doch seit Jahren keinen Kontakt mehr haben."

„Interessante Frage."

Cole bremste hinter einem SUV, als er sich einer roten Ampel näherte. „Sollen wir dem Sohn einen Besuch abstatten? Wir haben noch zwei Stunden, bevor wir zum Flughafen müssen."

„Es kann nicht schaden."

„Aber zuerst brauche ich etwas zu essen." Er deutete zum Fenster hinaus. „Ein Stück weiter sehe ich zwei goldene Bögen."

„Ich hätte auch nichts gegen ein Frühstückssandwich und noch ein bisschen Kaffee. Und während wir essen, können wir uns eine Strategie überlegen. In der Zwischenzeit werde ich Alison anrufen."

Cole verdrehte die Augen. „Ich werde froh sein, wenn ihr zwei endlich verheiratet seid. Vielleicht legt sich diese Affenliebe ja dann ein bisschen."

„Keine Chance, Kumpel." Mitch grinste ihn an, während er das Telefon herauszog. „Du bist nur neidisch. Aber sieh es mal positiv. Wenn die Sache hier ausgestanden ist, wartet Kelly schon hinter den Kulissen auf dich."

Während Mitch sich wegdrehte und Alisons Nummer wählte, fuhr Cole auf den Parkplatz. Er reihte sich in die Wagenschlange vor dem Drive-in-Schalter ein und wartete darauf, dass er an die Reihe kam. So wie er darauf gewartet hatte, die richtige Frau zu finden. Seine Erfahrung mit Sara war ein Umweg auf dieser Reise gewesen, aber jetzt war er wieder auf der richtigen Spur. Das hatte er Kelly zu verdanken.

Und wenn sein Instinkt ihn nicht im Stich ließ, würde eines Tages in nicht allzu ferner Zukunft eine schöne Rothaarige *aus* den Kulissen kommen, um die Hauptrolle in seinem Leben zu spielen. So wie Mitch es vorhergesagt hatte.

Das war ein fantastisches Motiv, um den Fall so schnell wie möglich abzuschließen.

* * *

Die Krämpfe in ihren Armen waren längst über das rein schmerzhafte Stadium hinausgegangen. Ihr Mund fühlte sich so ausgetrocknet an wie die Wüste Arizonas, die sie und ihre Eltern einmal bei einem Familienurlaub besucht hatten. Und sie musste auf die Toilette. Dringend.

Das waren die einzigen Gründe, warum Kelly froh war, plötzlich das Piepsen der Alarmanlage zu hören, das Carlsons Rückkehr ankündigte. Sie hatte keine Ahnung, wie viel Zeit inzwischen verstrichen war, aber ein schwaches Sonnenlicht schien schon seit Stunden, wie es ihr schien, durch die Rollläden am Kellerfenster. Das Unwetter musste weitergezogen sein.

Einige Minuten vergingen. Dann öffnete sich die Kellertür und ließ einen Lichtstrahl in das schummrige Untergeschoss.

Im ersten Augenblick dachte Kelly, sie würde endlich gerettet werden. Der schlaksig aussehende Mann mit Koteletten, Brille und meliertem Haar trug ein beigefarbenes Hemd, eine Jeans und einen weißen Helm, wie die Arbeiter der Telefongesellschaft ihn trugen.

Aber als er näher kam und sich vor ihr auf ein Knie niederließ, sah sie die Latexhandschuhe. Es war Carlson. In einer neuen Verkleidung.

Sie versuchte „Toilette" zu sagen, aber das Wort kam unverständlich heraus.

Sie unternahm einen zweiten Versuch.

Er musste ihre Not erkannt haben, denn er griff hinter sie, löste den Knebel und zog ihn aus ihrem Mund.

„Toilette." Es klang auch nicht viel deutlicher als vorher, weil ihr die ausgedörrte Zunge am Gaumen klebte und ihr Unterkiefer geschwollen war, aber er verstand, was sie wollte.

Er zog ein Taschenmesser heraus, ließ es aufschnappen und durchtrennte das Seil um ihre Fuß- und Handgelenke. Nachdem er das Messer wieder zugeklappt hatte, stand er auf und zog eine Pistole aus einem versteckten Halfter an seinem Gürtel.

Kelly erstarrte.

„Aufstehen."

Sie versuchte, seinen Befehl zu befolgen, ohne den Blick von der Pistole abzuwenden. Aber ihre Arme und Beine waren gefühllos, und es bereitete ihr Mühe, sich aufzurappeln. Als sie endlich stand, hielt sie sich am Regal fest.

„Vorwärts." Er zeigte auf die Treppe.

Sie humpelte auf ihn zu und betete, sie möge nicht stürzen, während sie gleichzeitig versuchte, seine Laune einzuschätzen. Als er gegangen war, hatte er zuversichtlich, überlegt und beherrscht gewirkt. Jetzt schien er nervös.

Vielleicht war ihm inzwischen aufgegangen, wie folgenschwer – und riskant – das war, was er mit ihr vorhatte.

Und vielleicht konnte sie das zu ihrem Vorteil nutzen.

Halb ging sie, halb kroch sie die Treppe hinauf. Nachdem sie oben angekommen war, eilte sie, so schnell sie konnte, zum Bad. Aber er packte ihren Arm und riss sie zurück, als sie hineinschlüpfen wollte.

„Nicht so schnell."

Carlson schob sich an ihr vorbei, die Waffe nur wenige Zentimeter von ihrem Gesicht entfernt. „Stell dich an die Wand. Da drüben." Er zeigte auf einen Platz im Flur.

Sie gehorchte.

Er sah sich schnell im Badezimmer um und winkte sie zu sich. „Du hast drei Minuten."

Sie wankte an ihm vorbei und wollte die Tür schließen, aber er schob seinen Fuß in den Türrahmen. „Vergiss es. Ich will keine abgeschlossene Tür aufbrechen, um dich da rauszuholen."

Sie warf einen Blick auf die Toilette. Sie war vom Türspalt aus nicht sichtbar. Außerdem hatte sie keine Zeit für Diskussionen.

Als sie fertig war, stützte sie sich auf das Waschbecken. Ein kurzer Blick in den Spiegel bestätigte, dass ihr Kiefer lila angelaufen war. Aber im Moment machte der ausgetrocknete Mund ihr größere Sorgen. Sie drehte den Wasserhahn auf, beugte sich vor und trank durstig.

„Die Zeit ist rum." Er stieß die Tür auf. Die Kante traf sie an der Hüfte, aber sie trank weiter, bis er sie vom Waschbecken wegzerrte und das Wasser abstellte.

Er hielt sie am Arm fest und zog sie mit sich in die Küche. Zurück in Richtung Kellertür.

„Warten Sie!" Sie blieb stehen.

„Was ist?" Er warf ihr über die Schulter einen ärgerlichen Blick zu.

Sie sah auf die Uhr an der Wand neben dem Herd. Halb zwölf. Sie entschied sich für Mittagessen anstatt für die Kaffee-Idee. „Eine Freundin von mir wollte vorbeikommen und mich zum Mittagessen um eins abholen. Sie hat einen Schlüssel, und wenn ich nicht aufmache, kommt sie rein. Ich – ich will nicht, dass ihr etwas passiert."

Tiefe Falten erschienen auf seiner Stirn. „Welche Freundin?"

„Lauren. Die Frau, mit der ich Kaffee getrunken habe, als Sie die Erdnüsse in meinen Becher getan haben."

Während Carlson sie musterte, betete sie, dass er ihr die Geschichte abkaufen würde … und die nötigen Maßnahmen ergriff, um seine Haut zu retten.

Er änderte plötzlich die Richtung. Nachdem er sie ins Wohnzimmer gezerrt hatte, zeigte er auf ihre Handtasche, die auf dem Sofa lag. „Hol dein Handy raus. Und bei der Gelegenheit kannst du mir gleich den Schlüssel zu deinem Haus geben."

„Warum?"

Er stieß sie zum Sofa. „Weil ich es sage."

Ihre Finger schlossen sich um das Telefon und sie kramte weiter nach dem Schlüssel. Als sie den Schlüsselbund herauszog, streckte er die Hand aus.

„Wirf ihn mir zu."

Sie gehorchte.

„Und jetzt ruf deine Freundin an – und stell das Gespräch laut, damit ich mithören kann."

Oh-oh.

Wenn Lauren abnahm, flog sie auf. Ihre Freundin würde Kellys merkwürdigen Anruf sofort hinterfragen. Es wäre besser, die Festnetznummer anzurufen anstatt das Handy. Lauren würde ihr Telefon abends sofort abhören, denn sie musste immer wissen, was los war.

Das Problem war nur, dass das noch Stunden dauern würde.

Und Kelly wusste nicht, ob sie noch so viel Zeit hatte.

„Sag deiner Freundin, dass du wandern gegangen bist, um zu recherchieren, und dass du spät dran bist."

Der Mann hatte sie tatsächlich lückenlos überwacht, wenn er von ihren Wanderausflügen wusste. Das machte sie nur noch nervöser. Aber ein wichtiges Detail hatte er übersehen.

Sie ging *nie* wandern, wenn es kalt war.

Lauren wusste das.

Und Cole auch.

Danke, Gott!

Als sie anfing, die Nummer einzutippen, packte er ihren Arm und presste den kalten Lauf der Pistole in ihren Nacken. „Und sei besser überzeugend."

Mit bebenden Fingern tippte sie weiter. Der Anrufbeantworter sprang an, und ihr Puls beschleunigte sich, als sie Laurens Ansage lauschte. Dies war vielleicht ihre einzige Chance, und die wollte sie nicht vertun. Sie hatte sich bereits überlegt, so viele Alarmglocken wie möglich schrillen zu lassen, und Carlson hatte ihr gerade eine weitere gegeben. Jetzt konnte sie nur noch beten, dass Lauren genug Verdacht schöpfte, um die Polizei anzurufen.

Als das Signal ertönte, umklammerte sie das Handy fester. „Hi,

Lauren. Ich muss das Mittagessen heute absagen. Ich habe beschlossen, heute Vormittag einen meiner Rechercheausflüge zu unternehmen, und habe mich verspätet. Vielleicht können wir uns nächste Woche beim Mexikaner treffen. Und bis dahin iss nicht zu viel Truthahn, egal, wie lecker er schmeckt." Er drückte die Waffe fester gegen ihren Hals. „Ich muss Schluss machen. Wenn du lieber am Freitag Kaffee trinken gehen willst anstatt nächste Woche zum Mittagessen, ruf mich an." Sie betätigte die Beenden-Taste.

„Gut." Carlson trat einen Schritt zurück und schwenkte die Pistole in Richtung Kellertür. „Nach unten."

„Gehen Sie wieder?"

„Halt den Mund und beweg dich."

Sie folgte seinen Anweisungen langsam, während ihre Gedanken sich überschlugen. Sie hatte keine Ahnung, wann Lauren ihre Nachricht bekommen würde, und im Moment waren ihre Hände und Beine nicht gefesselt. Vielleicht würde es nicht mehr viele Gelegenheiten wie diese geben. Hatte sie eine Chance, Carlson irgendwie zu Fall zu bringen? Oder ihm die Waffe aus der Hand zu schlagen? Sie vielleicht selbst an sich zu reißen? Er hatte gesagt, dass er keine Spuren an ihrem Körper hinterlassen wollte, die auf ein Verbrechen hinweisen könnten. Also würde er nicht auf sie schießen. Oder sie erwürgen. Oder ersticken.

Aber sie hatte keinerlei Zweifel daran, dass er vorhatte, sie umzubringen. Wahrscheinlich auf gewaltsame Weise, da der Bluterguss an ihrem Kinn ihm keine Sorgen zu machen schien. Und sie konnte sich nicht darauf verlassen, dass Lauren ihre Nachricht rechtzeitig erhielt.

Während sie sich der Treppe näherte, hatte sie eine Idee. Vielleicht konnte sie sich auf halbem Weg nach unten plötzlich umdrehen und seine Beine zu fassen kriegen. Vielleicht stürzte er dadurch nach vorne und ließ die Waffe fallen. Dann konnte sie ihm ausweichen, die Treppe hinaufrennen und die Tür abschließen. Sie ging davon aus, dass er sie eintreten konnte, aber dann hatte sie wenigstens einen kleinen Vorsprung. Wenn sie nach draußen lief und aus Leibeskräften schrie, würde irgendjemand sie hören. Sheila

Waters nebenan. Oder ein vorbeifahrender Wagen. Oder ein anderer Nachbar. Es war ihre beste und einzige Chance.

Sie ging die Treppe hinunter. Nach drei Stufen blickte sie über ihre Schulter zurück. Er war nur zwei Stufen hinter ihr.

Dies war ihre Gelegenheit.

Sie fuhr herum, duckte sich und griff nach seinen Beinen.

Er fluchte leise, und die Pistole fiel mit lautem metallischem Klacken die Kellertreppe hinunter. Als sie spürte, wie er schwankte und nach dem Geländer griff, schob sie sich an ihm vorbei und lief nach oben. In der Küche angekommen, fuhr sie herum, um die Tür zuzuschlagen und den Riegel vorzuschieben.

Aber er hatte sich schneller gefangen, als sie erwartet hatte. Als sie die Tür zudrücken wollte, flog diese ihr mit Wucht entgegen, sodass sie zu Boden fiel.

Er war über ihr, noch bevor sie Luft holen konnte, setzte sich auf ihre Beine und drückte ihre Handgelenke auf den Boden, sein Gesicht nur wenige Zentimeter von ihrem entfernt. Die Wut in seinen Augen ließ ihr Inneres erschauern.

„Das war nicht sehr schlau."

Keuchend biss sie sich auf ihre dehydrierten Lippen und beobachtete ihn. Hatte er seine Meinung über den Ort, an dem er sie töten würde, geändert? War *dies* hier der Ort, an dem sie sterben würde, genau wie ihr Vater?

Er starrte sie an, und sie konnte seinen Puls an seinen Schläfen pochen sehen. Es kam ihr wie eine Ewigkeit vor. Aber schließlich stand er auf, packte ihren Arm und zog sie unsanft auf die Füße. „Jetzt versuchen wir es noch mal."

Er ließ sie nicht los, als sie diesmal hinuntergingen, und auch nicht, als er sich bückte, um seine Waffe aufzuheben. Als er die Pistole in der Hand hielt, stieß er Kelly von sich und richtete den Lauf der Waffe auf sie. „Leg dich auf den Boden. Mit dem Gesicht nach unten. Und streck die Arme aus."

Zitternd ließ sie sich auf den Beton nieder und tat, was er gesagt hatte.

Sie hörte, wie er sich bewegte, dann wurden ihre Beine zusammengezogen und sie spürte, wie er die Handtücher wieder darumschlang. Diesmal befestigte er sie jedoch nicht mit einem Seil. Was immer er auch benutzte, es war noch fester.

„Roll dich auf den Rücken und setz dich hin."

Sie befolgte den Befehl und betrachtete ihre Fußgelenke. Sie waren mit einer Plastikfessel zusammengebunden.

Solche, wie Polizisten sie bei sich trugen.

„Leg die Hände auf den Rücken."

Er verschwand hinter ihr, und es dauerte keine dreißig Sekunden, bis ihre Handgelenke wieder gefesselt waren. Er packte ihre Arme von hinten und schleppte sie zurück zu dem Regalpfosten, an dem er sie mit dem Draht, den er auch beim ersten Mal verwendet hatte, festband.

Sie sah zu, wie er den gefürchteten Stoffstreifen aufhob, und ihr Magen zog sich zusammen. „Bitte ... hier unten kann mich doch niemand hören…"

„Wenn du nicht wieder ein Knie in die Rippen haben willst, mach den Mund auf."

Sie spürte, wie ihr die Tränen in die Augen stiegen. Dies war ein Kampf, den sie nicht gewinnen würde. Sie öffnete den Mund.

Er zog den Stoff fest, und wieder saugte er alle Flüssigkeit aus ihrem Mund. Sie würgte.

Diesmal nahm er keine Notiz davon. Nachdem er ihre Fesseln ein letztes Mal kontrolliert hatte, stand er auf und ging zur Treppe. Seine Großspurigkeit von vorher war jetzt einer tödlichen Entschlossenheit gewichen.

Das vertraute Piepsen der Alarmanlage ertönte, gefolgt vom Öffnen und Schließen der Hintertür.

Sie war wieder allein.

Aber er würde wiederkommen. Und wenn er das nächste Mal ging, dann würde er sie mitnehmen, das wusste sie.

Während eine Träne über ihre Wange lief, stieß sie einen bebenden Luftstoß aus – und schickte ein lautloses Gebet zum Himmel.

Bitte, Herr, lass Lauren meine Nachricht hören und an Cole weitergeben. Denn das ist meine letzte Chance.

Kapitel 19

„Meinst du, er kommt?"

Auf Mitchs Frage hin blickte Cole zu dem Eingang des kleinen, menschenleeren Parks hinüber, den Marco Rossi – oder Mark, wie der Mann ihn bei ihrem Telefonat vor zwei Stunden berichtigt hatte – als Treffpunkt genannt hatte.

„Ja. Obwohl er nicht gerade glücklich klang." Cole vergrub die Hände in seinen Hosentaschen und wünschte, er hätte seinen Trenchcoat mitgebracht. Ein richtiger Wintertag in Buffalo konnte ziemlich kühl sein. Aber er hatte nicht damit gerechnet, sich draußen aufhalten zu müssen.

„Es wäre einfacher gewesen, wenn wir ihn bei der Arbeit aufgesucht oder in einem Café in der Nähe getroffen hätten."

„Ich hatte den Eindruck, er wollte niemandem erklären müssen, wer wir sind oder warum wir mit ihm reden wollen."

„Wenn er so versessen darauf ist, sich von seinem Vater zu distanzieren, sagt Rossi vielleicht die Wahrheit. Sein Sohn weiß möglicherweise wirklich nichts über sein Leben oder seine Geschäfte."

„Wir sind hier. Wir haben Zeit. Es ist einen Versuch wert." Cole deutete mit dem Kopf in Richtung Parkeingang. „Da ist er. Pünktlich wie die Maurer."

Cole sah zu, wie der groß gewachsene Mann mit dem rabenschwarzen Haar und den dunklen Augen auf sie zugelaufen kam. Seine Arbeitsschuhe, das Flanellhemd und die Thermoweste waren Welten entfernt von dem Anzug und der Krawatte, die sein Vater an

diesem Morgen getragen hatte, aber die markanten Rossi-Gesichts-
züge konnte er nicht verleugnen.

Als er näher kam, trat Cole vor. „Mr Rossi?"

„Ja. Detective Taylor, vermute ich." Er streckte die Hand aus und
Cole ergriff sie, bevor er Mitch vorstellte. Mark gab auch ihm die
Hand. „Danke, dass Sie nichts davon gesagt haben, wer Sie sind, als
Sie mit meinem Boss gesprochen haben."

„Wir wollten Sie nicht in Verlegenheit bringen. Unsere Nachforschungen haben ergeben, dass Sie und Ihr Vater sich auseinander-
gelebt haben."

Mark schnaubte. „Das ist eine sehr höfliche Formulierung. Ich
hoffe, ich muss diesen Mann nie wieder sehen. Er ist Abschaum."
Das letzte Wort spuckte er förmlich aus.

Cole warf Mitch einen Blick zu.

„Tut mir leid, wenn das hart klingt." Mark schob die Hände in
die Taschen seiner Weste, und es klang gar nicht so, als täte es ihm
wirklich leid. „Aber das ist die Wahrheit. Deshalb halte ich Abstand.
Wir haben vielleicht den gleichen Namen, aber die Leute sollen
wissen, dass das *alles* ist, was wir gemeinsam haben." Er sah sich in
dem leeren Park um. „Deshalb wollte ich auch an einem Ort reden,
an dem nicht die Gefahr besteht, dass ich jemandem über den Weg
laufe, den ich kenne. Allerdings habe ich einen großen Teil meiner
Mittagspause aufgebraucht, um hierherzukommen. Also, wie kann
ich Ihnen helfen? Sie sagten, Sie führen Ermittlungen durch, die
mit meinem Vater zu tun haben?"

Cole fasste den Fall kurz für ihn zusammen. Während er sprach,
presste Mark wütend die Lippen zusammen.

„Am Ende des Gesprächs erwähnte ich Sie", schloss Cole. „Ihr
Vater sagte, Sie wüssten nichts über seine Geschäfte und über sein
Leben."

„Das stimmt. Ich will auch gar nichts darüber wissen." Die Augen des Mannes wurden härter. „Aber wenn Sie mich fragen, ob
Ihr Fall zu seiner Vorgehensweise passt, dann lautet die Antwort Ja.
Ich habe früher eine Menge Nachforschungen über ihn angestellt,
und auch wenn er nie wegen Mordes verurteilt wurde, habe ich kei-

nen Zweifel daran, dass er schon oft Auftragskiller angeheuert hat. So funktionierte das Rossi-Imperium. Wenn man ein Verräter war, wurde man getötet. Nach allem, was ich weiß, hat mein Vater aber immer sorgfältig darauf geachtet, seine Spuren zu verwischen. Ich vermute, es wird sehr, sehr schwierig sein, ihm dieses Verbrechen nachzuweisen."

Das war nicht das, was er hören wollte. Cole unterdrückte ein Seufzen, holte eine Visitenkarte aus der Tasche und reichte sie Mark. „Sollten Sie zufällig Kontakt mit ihm haben oder irgendetwas erfahren, was für unseren Fall wichtig sein könnte, dann wäre ich für einen Anruf dankbar."

Der Mann nahm die Karte und betrachtete sie nachdenklich. Dann steckte er sie ein. „Das Merkwürdige ist, dass er tatsächlich Kontakt aufgenommen hat. Letzte Woche."

Cole war plötzlich hellwach. „Warum?"

„Als er aus dem Gefängnis entlassen wurde, versuchte er, mit mir in Verbindung zu treten. Ich habe ihm die kalte Schulter gezeigt, und er hat mich in Ruhe gelassen. Aber jetzt habe ich einen Sohn, und den Rossis war Familie immer wichtig. Er hat mit der Post ein Geschenk geschickt, aber wir haben das Paket nicht angenommen. Also stand er letzte Woche mit einem Teddy bei uns vor der Tür. Er hat meiner Frau etwas vorgeheult, dass er alt wird und Zeit mit seinem Enkel verbringen möchte. Sie ist darauf hereingefallen. Ich nicht." Sein Kiefermuskel zuckte. „Einerseits will er der liebevolle Großvater sein, und andererseits gibt er noch immer Morde in Auftrag. Wie krank ist das denn?"

Sehr. Aber Cole wusste, dass es eine rhetorische Frage war, und antwortete nicht darauf. „Sie kennen nicht zufällig den Namen von einem seiner ‚Kollegen', oder?"

„Tut mir leid. Ich wünschte, ich könnte Ihnen helfen." Mark kniff die Augen zusammen. „Aber wissen Sie was? Es gefällt mir nicht, in seine schmutzigen Angelegenheiten mit hineingezogen zu werden. Ich glaube, ich werde ihm heute Abend einen Besuch abstatten und ihm das sagen. Ich kann ein bisschen nachforschen, während ich dort bin, wenn Sie wollen."

Cole nahm das unerwartete Angebot an. „Wir nehmen jede Hilfe, die wir kriegen können."

„Es wird mir ein Vergnügen sein. Der Mann ist schon mit zu vielen Morden davongekommen – und hat zu viele Leben zerstört. Meines auch für lange Zeit. Für ihn ist es ein Statussymbol, ein Rossi zu sein. Für mich ist es ein Stigma. Ich danke Gott jeden Tag dafür, dass ich eine Frau gefunden habe, die bereit war, mich trotz meiner Familiengeschichte zu heiraten. Wenn es ihren Eltern gesundheitlich nicht so schlecht ginge, würden wir sofort aus dieser Stadt wegziehen." Er sah auf seine Uhr. „Ich muss wieder zurück zur Arbeit. Wenn ich irgendwelche Informationen in Erfahrung bringe, die hilfreich erscheinen, rufe ich Sie heute Abend an."

„Das weiß ich zu schätzen." Cole reichte ihm die Hand und Mark schlug energisch ein. Nachdem er auch Mitch die Hand gegeben hatte, drehte er sich um und ging zügig zum Tor zurück, sodass sie allein im Park zurückblieben.

„Das war interessant." Mitch blickte dem Mann nach.

„Stimmt. Er hat eine Riesenwut."

„Die hätte ich vielleicht auch, wenn Rossi mein Vater wäre."

„Wenigstens ist er bereit zu helfen. Und ich bin froh, dass wir uns mit ihm in Verbindung gesetzt haben. Hätten wir es nicht getan, würde er heute Abend nicht zu seinem Vater gehen."

„Das bedeutet nicht, dass Rossi ihm etwas sagt."

„Ein Mafiaboss, dem es so wichtig ist, seinen Enkel zu sehen, öffnet sich vielleicht ein bisschen, wenn er glaubt, dass es seinem Anliegen nutzen könnte."

„Ich mache mir keine allzu großen Hoffnungen. Und wir" – Mitch sah auf seine Uhr – „müssen jetzt erst einmal unser Flugzeug erwischen. Ich wette, das ist mehr als ausgebucht. Ich weiß nicht, wie es dir geht, aber ich will Thanksgiving nicht in Buffalo verbringen."

„Ich auch nicht." Beide gingen zum Ausgang des Parks.

„Und, hast du den Kuchen schon abgeholt?"

Cole warf ihm einen verärgerten Blick zu. „Den hole ich heute Abend, okay? Die Bäckerei hat lange auf. Denkst du eigentlich auch mal an etwas anderes als ans Essen?"

„Klar." Er grinste. „Alison steht auf meiner Liste ganz oben. Gleich neben dem Kürbiskuchen."

„Ich glaube, das werde ich ihr erzählen." Cole lächelte verschmitzt, als sie den kleinen Park durch das eiserne Tor verließen und zu ihrem Wagen gingen.

„Wenn du *das* tust, erzähle ich Kelly die Superman-Geschichte."

Cole blieb abrupt stehen und starrte Mitch an. „Alison hat dir davon erzählt?"

„Warte mal, wie war das noch?" Mitch legte den Kopf schief. „Als du zehn Jahre alt warst, hast du beschlossen, dass dein Superman-Umhang dir die Fähigkeit verleihen würde zu fliegen, und zwar vom Garagendach bis in die Auffahrt hinunter. Dieser Anflug von jugendlichem Leichtsinn und Dummheit hat dich in die Notaufnahme gebracht. Acht Stiche später hattest du einen Monat lang Hausarrest. Habe ich das richtig wiedergegeben?"

Coles Nacken rötete sich. „Alison kriegt Ärger, das sage ich dir. Das ist ein Familiengeheimnis."

„Ich gehöre bald auch zur Familie."

„Erinnere mich nicht daran."

Mitch lachte. „Was hältst du davon: Ich erzähle Kelly deine Geschichte nicht, wenn du Alison nicht sagst, dass ich sie mit dem Kürbiskuchen auf eine Stufe gestellt habe."

„Ist das Bestechung?"

„Sieh es als Geschäft an."

„Abgemacht."

„Gut. Und jetzt lass uns in den Flieger steigen, damit wir nach Hause kommen."

Mitch setzte sich wieder in Bewegung und Cole folgte ihm zu dem Leihfahrzeug, während er den Schlüssel aus der Hosentasche kramte. Die Reise war ein wenig aussichtsreicher Versuch gewesen und hatte bis jetzt auch nicht wirklich viel gebracht. Aber vielleicht förderte Marks Konfrontation mit seinem Vater an diesem Abend irgendwelche brauchbaren Informationen zutage.

Während er sich auf den Fahrersitz fallen ließ, ordnete Cole seine Prioritäten für den Abend neu. Er würde den Kuchen holen – aber zuerst würde er seine Mailbox abrufen, wenn die Maschine in St. Louis aufsetzte.

Und hoffen, dass Mark Rossi eine Nachricht mit hilfreichen Neuigkeiten hinterlassen hatte.

* * *

„Shaun. Shaun!" Lauren erhob die Stimme und versuchte, die Aufmerksamkeit ihres Mannes zu erlangen. Aber ein halbes Dutzend Nichten und Neffen unter zehn Jahren waren im Hobbykeller ihrer Schwiegereltern in ein geräuschvolles Kickerturnier vertieft, während die Väter sie anfeuerten.

Endlich blickte Shaun auf, als sie mit den Armen wedelte.

„Was ist los?" Er behielt das Spiel mit einem Auge im Blick, während er zu ihr ging.

„Deine Schwester hat die Schüssel mit der selbst gemachten Cranberrysauce deiner Mutter fallen lassen, und ich habe angeboten, zum Supermarkt zu fahren und ein paar Gläser Ersatz zu holen."

Er verdrehte die Augen. „Typisch Caitlin. Sie war schon immer ein Tollpatsch. Dabei freue ich mich schon seit zwei Jahren auf Moms Cranberrysauce." Ein Kreischen ertönte hinter ihm, und er zuckte zusammen.

„Geht dir der Lärm auch langsam auf die Nerven?" Sie grinste.

„Erinnere mich daran, dass ich mich nie mehr über den Lärm bei uns zu Hause beschwere, wenn die Zwillinge toben."

„Ich werde es mir merken." Sie zog ihn am Arm. „Komm, wir verdrücken uns. Der Geräuschpegel ist hier ja schlimmer als bei einem Rockkonzert."

„Joe!", rief Shaun seinem Schwager zu. „Caitlin hat Moms Cranberrysauce fallen lassen. Wir gehen welche kaufen. Pass auf die Jungs auf, ja?"

„Klar. Tut mir leid wegen der Sauce." Er lächelte verlegen.

„Ich bin mit ihr groß geworden, ich bin das gewöhnt." Shaun winkte und wandte sich der Treppe zu.

Drei Minuten später, nachdem sie ihre Mäntel geholt hatten, traten sie in die Kälte hinaus – und in die Stille.

Lauren schloss die Augen, atmete tief die frostige Luft ein und lächelte. „Ruhe."

„He." Er nahm ihre Hand und sie sah ihn an. „Danke, dass du dich so tapfer schlägst. Ich weiß, das hier ist eine Menge Familienchaos für ein Einzelkind."

Sie drückte seine Finger und zog ihn zum Wagen. „Kein Problem. Solange es nur alle zwei Jahre ist."

Leider war ihre Pause kürzer, als sie gehofft hatte. Der Laden war keine zwei Kilometer entfernt, und schon fünfzehn Minuten später saßen sie mit der gekauften Cranberrysauce im Auto auf dem Weg zurück.

„Bist du bereit, dich wieder ins Getümmel zu stürzen?" Shaun steckte den Schlüssel ins Zündschloss, ließ aber den Motor noch nicht an.

„Nein. Aber wir haben keine Ausrede, um es vor uns herzuschieben, oder?" Sie sah ihn hoffnungsvoll an.

„Ich habe meine Mailbox heute noch nicht abgehört. Und du?"

„Nein." Sie zog ihre Handtasche aus dem Fußraum und fing an, darin nach ihrem Handy zu kramen. „Damit können wir zwar nicht viel Zeit schinden, aber ich nehme, was ich kriegen kann."

„Ich auch." Er zog sein Telefon vom Gürtel und grinste sie an. „Lass dir Zeit."

„Glaub mir, das tue ich. Ich werde sogar den Anrufbeantworter zu Hause abhören."

„Klingt gut."

Sie drehte sich zur Seite und fing mit ihrer Mailbox bei der Arbeit an. Sie machte sich Notizen, während sie zuhörte, und erwiderte zwei Anrufe, die auch bis nach dem Feiertag hätten warten können, nur um noch ein paar Minuten zu gewinnen. Shaun schien es genauso zu machen. Seine gedämpfte Unterhaltung über die Vor- und Nachteile verschiedener Steine für ein Haus, das er entwarf, war eindeutig nicht dringend.

Nachdem sie mit den dienstlichen Nachrichten fertig war, wählte sie die Festnetznummer zu Hause an. Nur drei Nachrichten. Schade.

Die erste war eine Erinnerung an einen Zahnarzttermin nächste Woche. Die zweite war von der Bücherei und informierte sie darüber, dass ein Buch, das sie hatte vormerken lassen, für sie bereitlag. Und die dritte war von Kelly, die vor drei Stunden angerufen hatte.

Und diese Nachricht war seltsam.

Während sie sie abhörte, bemerkte sie, wie Shaun sein Telefon zuklappte und wieder verstaute. Sie wandte sich ihm zu und runzelte die Stirn. „Auf unserem Anrufbeantworter ist eine merkwürdige Nachricht von Kelly."

„Was meinst du mit merkwürdig?"

„Hör mal."

Sie schaltete den Lautsprecher ein und spielte die Nachricht noch einmal ab.

Auf Shauns Stirn erschienen ebenfalls Falten. „Was soll das mit dem Mittagessen? Ich dachte, sie weiß, dass wir gestern Abend gefahren sind."

„Das weiß sie auch. Und sie weiß auch, dass wir erst am Sonntag zurückkommen, warum also erwähnt sie ein Treffen am Freitag? Und ausgerechnet im *Hacienda*. Sie hasst mexikanisches Essen."

„Die Bemerkung mit dem Truthahn ist auch komisch. Sie weiß, dass du den nicht magst."

„Das ist alles seltsam. Auch das mit der Wanderung. Wenn es in St. Louis seit gestern nicht extrem viel wärmer geworden ist, würde sie garantiert nicht wandern gehen. Sie geht nur bei schönem Wetter raus. Außerdem hat sie mir gesagt, dass sie sich darauf konzentrieren will, das Haus ihres Vaters aufzuräumen, damit die Maklerin es am Freitag zeigen kann."

Die Falten auf Shauns Stirn wurden tiefer. „Lass es uns noch mal anhören."

Lauren gab den Zahlencode ein und die Nachricht lief erneut ab.

„Sie klingt atemlos", bemerkte Shaun. „So, als wäre sie in Eile."

„Oder als hätte sie Angst." Lauren fröstelte.

„Versuch doch, sie anzurufen."

Sie tippte bereits Kellys Handynummer ein, während er noch sprach. Nach dreimaligem Klingeln sprang die Mailbox an. „Kelly, hier ist Lauren. Ich habe deine Nachricht bekommen. Ruf mich an, sobald du kannst, in Ordnung?" Sie beendete die Verbindung. „Ich werde es auch bei ihr zu Hause versuchen."

Als sie dort ebenfalls nur den Anrufbeantworter erreichte, hinterließ sie die gleiche Nachricht. „Merkwürdig, dass sie an keines ihrer Telefone geht."

„Hast du mir nicht erzählt, dass sie wegen des Stromausfalls die Nacht im Haus ihres Vaters verbringen wollte?"

„Ja."

„Versuch es bei seiner Nummer."

„Der Anschluss besteht nicht mehr." Lauren umklammerte ihr Telefon. „Ich habe ein ganz ungutes Gefühl, Shaun."

„Es klingt wirklich verdächtig." Er atmete aus und trommelte mit dem Finger auf das Lenkrad. „Du könntest den Detective anrufen, der den Fall ihres Vaters bearbeitet. Vielleicht kann er der Sache nachgehen."

„Er ist in Buffalo. Kelly hat mir erzählt, dass er erst heute Abend zurückkommt."

„Kannst du ihn irgendwie erreichen?"

„Vielleicht."

Lauren versuchte, mit ihrer Anwältinnenstimme so offiziell wie möglich zu klingen, und nannte der Frau, die in der Mordkommission das Gespräch annahm, ihren Namen und den Namen ihrer Kanzlei und betonte, wie dringend es sei, dass sie mit Cole sprach, obwohl er verreist war.

„Ich werde versuchen, ihn zu erreichen, aber es kann sein, dass er im Flugzeug sitzt. Könnte Ihnen auch jemand anders helfen, während Sie auf einen Rückruf von ihm warten?", schlug die Frau vor.

Lauren dachte darüber nach. Sie hatte keine Ahnung, wie lange es dauern würde, bis Cole sich meldete, und sie musste mit *irgendjemandem* sprechen. Und zwar schnell. Vielleicht konnte der Ermittler, der ursprünglich für den Fall von Kellys Vater zuständig gewesen war, helfen.

„Ich will definitiv mit Detective Taylor sprechen. Aber wenn Detective Carlson da ist, könnte ich in der Zwischenzeit mit ihm reden."

„Er ist auch nicht im Büro, aber ich müsste ihn erreichen können. Sie hören in Kürze von einem der beiden."

Als Lauren ihr dankte und das Gespräch beendete, ließ Shaun den Wagen an und setzte rückwärts aus der Parkbucht.

„Sie ist in Schwierigkeiten, das fühle ich." Lauren biss sich auf die Lippe und sah auf die Uhr. „Ich warte zehn Minuten. Wenn ich bis dahin weder von Carlson noch von Cole etwas gehört habe, rufe ich bei der Notrufzentrale an."

* * *

Als sein Handy vibrierte, unterbrach Alan seine Tätigkeit. Er war gerade dabei, den Dielenwandschrank in Kellys Haus zu durchwühlen, und riss das Telefon von seinem Gürtel. Das Büro. Er musste drangehen.

Er betätigte die Gesprächstaste und hielt sich das Handy ans Ohr. „Carlson."

„Detective Carlson, hier ist Jennifer aus der Telefonzentrale. Wir haben vor wenigen Minuten den Anruf einer Frau erhalten, die unbedingt mit Detective Taylor sprechen will. Da er nicht verfügbar ist, hat sie nach Ihnen gefragt. Ihr Name ist Lauren Casey. Ich kann Ihnen ihre Nummer geben, sobald sie so weit sind."

Alans Magen zog sich zusammen. Warum sollte Lauren anrufen – es sei denn, es war Kelly gelungen, irgendwelche Notsignale in ihre Nachricht einzubauen. Aber er hatte alles mit angehört. Nichts hatte verdächtig geklungen.

„Detective Carlson?"

„Warten Sie kurz." Er ließ die Wanderschuhe fallen, die er aus dem Schrank gezogen hatte, und ging zur Küche, wo er nach dem Stift und dem Notizblock griff, die auf der Küchenzeile lagen. „Okay."

Die Frau gab die Nummer durch. „Ich habe Detective Taylor auch eine Nachricht mit den Kontaktdaten hinterlassen."

Er unterdrückte den Fluch, der ihm auf der Zunge lag, und versuchte, ruhig einzuatmen. „Okay. Ich setze mich gleich mit ihr in Verbindung."

Alan hieb wütend auf die Beenden-Taste ein. Kelly Warren hatte von Anfang an nichts als Schwierigkeiten gemacht. Je eher er sie loswurde, desto besser.

Aber zuerst musste er Schadensbegrenzung betreiben. Er würde Lauren anrufen und herausfinden, was ihre Besorgnis ausgelöst hatte. Er würde sie beruhigen und dann Taylor anrufen und ihm eine Nachricht hinterlassen, dass er alles im Griff hatte. Zum Glück war der Mann verreist. Aber Romeo würde seine Nase in die Sache hineinstecken, sobald er aus dem Flieger stieg. Gut, dass er gestern Mitch Morgan am Kopierer über den Weg gelaufen war und ihn über die heutige Reise ausgefragt hatte, sonst hätte er nicht gewusst, dass die Landung für sechs Uhr vorgesehen war.

Er drehte sein Handgelenk und sah auf seine Uhr. Zwanzig vor vier. Er hatte also beinahe zweieinhalb Stunden Zeit, um sich um das neue Problem zu kümmern.

Das konnte er schaffen.

Aber das Zittern seiner Hände, als er Laurens Handynummer eintippte, gefiel ihm nicht. Er konnte es sich nicht leisten, nervös zu werden. Er musste sich konzentrieren. Die Einzelheiten bedenken. Das war immer das Geheimnis seines Erfolges gewesen.

Lauren antwortete beim ersten Klingeln.

„Ms Casey, Detective Carlson hier. Wie kann ich Ihnen helfen?" Trotz seiner Magenkrämpfe klangen seine Worte fest. Ruhig. Gefasst.

„Danke, dass Sie so schnell zurückrufen. Ich habe eine Mailbox-Nachricht von Kelly Warren erhalten, die mich beunruhigt. Sie hat davon gesprochen, dass sie eine Verabredung für heute absagen muss, aber ich bin über Thanksgiving in Columbus, Ohio – und das wusste sie. Ich glaube, sie wollte mir mitteilen, dass sie in Schwierigkeiten ist."

Gut. Vielleicht war die Sache doch nicht so dramatisch, wie er gedacht hatte. Die Anspannung in seinen Schultern ließ nach. Ein kleines Kommunikationsproblem konnte er aus der Welt reden.

„Vielleicht hat sie nur ihre Termine durcheinandergebracht, Ms Casey." Er setzte seinen versöhnlichsten Tonfall auf. Der, den er benutzte, um Opfer und Zeugen zu beruhigen. „Ich bin sicher, ihr geht viel durch den Kopf, nach allem, was im Fall ihres Vaters geschehen ist."

„Nein, so chaotisch ist Kelly nicht. Und ich habe erst gestern Abend mit ihr darüber gesprochen, dass wir verreisen. Außerdem hat sie etwas von einem mexikanischen Restaurant gesagt, in dem wir uns treffen sollen. Das passt überhaupt nicht zu ihr. Sie *hasst* mexikanisches Essen."

Seine Finger schlossen sich fester um das Telefon, während er die Wut in sich aufsteigen spürte. Ihre Nachricht hatte so unschuldig geklungen. Und doch hatte sie ihn hereingelegt.

Er würde sie nicht noch einmal unterschätzen.

Aber im Moment musste er erst einmal mit ihrer Freundin fertigwerden. „Mögen *Sie* mexikanisches Essen, Ms Casey?"

„Ich?" Sie klang verblüfft. „Ja. Warum?"

„Kann es nicht sein, dass sie Ihnen einen Gefallen tun wollte, weil sie die Verabredung heute abgesagt hat?"

„Aber ich habe Ihnen doch gerade erklärt, dass wir nicht verabredet waren! Und das wusste sie." Ungeduld – und Verärgerung – ließen ihre Worte schärfer klingen.

„Wissen Sie was, Ms Casey. Ich bin nicht weit von Ms Warrens Haus entfernt." Er starrte auf einen Magneten an Kellys Kühlschrank und versuchte, die Sache positiv zu sehen. Falls ein Nachbar sah, dass jemand in ihrem Haus war, hatte er jetzt einen legitimen Grund, hier zu sein. „Ich fahre kurz vorbei und sehe nach, ob ich etwas Verdächtiges entdecken kann."

„Es kann sein, dass sie die vergangene Nacht im Haus ihres Vaters verbracht hat. Bei ihr gab es einen Stromausfall."

„Dort werde ich auch nachsehen. Die Zentrale hat mir erzählt, dass Sie Detective Taylor angerufen haben, also setze ich mich auch mit ihm in Verbindung. Wir sagen Ihnen Bescheid, wenn wir irgendetwas Verdächtiges finden. Und wenn Sie von Ms Warren hören, lassen Sie es mich bitte wissen." Er nannte ihr seine Handynummer. „Und bis wir Näheres in Erfahrung bringen, machen Sie sich bitte keine Sorgen. Es kann sein, dass es sich um ein ganz einfaches Missverständnis handelt."

Seine Bemerkung wurde mit Schweigen aufgenommen.

„Ms Casey?"

„Ja, ich bin noch dran." Ihre Stimme klang jetzt kalt.

Er versuchte erneut, sie zu besänftigen, indem er den freundlichsten Ton anschlug, den er zustande brachte. Er wollte nicht, dass sie noch mal im Büro anrief und sich beschwerte, er sei nicht auf sie eingegangen. „Es war richtig, dass Sie angerufen haben, um uns Ihre Besorgnis mitzuteilen. Und bitte rufen Sie mich direkt an, wenn Sie noch irgendwelche Ideen haben, was hinter der Nachricht stecken könnte. Egal, zu welcher Tages- oder Nachtzeit. Dafür sind wir schließlich da."

„O.K. Danke." Jetzt lag ein Hauch von Wärme in ihren Worten.

Gut. Er hatte keine Zeit mehr, sie noch weiter zu besänftigen.

„Wir melden uns bei Ihnen." Dann beendete er das Gespräch.

Während er das Telefon in die Gürtelhalterung zurückschob, fiel sein Blick wieder auf den Magneten an Kellys Kühlschrank. Irgendein Kauderwelsch aus der Bibel, nach dem Kreuzeichen auf dem Magneten zu urteilen. Er beugte sich vor, um den Text zu lesen.

Jene, deren Schritte der Herr lenkt, deren Leben vor Gott Gnade findet, mögen stolpern, aber sie werden niemals fallen, denn der Herr hält ihre Hand.

Alan lachte spöttisch über den letzten Abschnitt und wandte sich ab.

Diesmal nicht, Kelly.

Diesmal nicht.

Kapitel 20

„Ich wusste, dass die Verspätung in Buffalo ein Problem sein würde. Das mit dem Anschlussflug wird ziemlich knapp." Mitch sah auf seine Uhr und passte sein Tempo dem von Cole an, als sie die Fluggastbrücke hinunterliefen.

„Stimmt, aber ich habe die Probleme mit der Mechanik lieber am Boden als in der Luft."

„Und ich bin an Thanksgiving lieber zu Hause. Komm." Mitch beschleunigte seine Schritte und schlängelte sich zwischen den anderen Passagieren hindurch.

Cole tat es ihm gleich. Er wollte den Feiertag auch nicht verpassen. Genauso wenig wie den Überraschungsbesuch, den er Kelly morgen abstatten wollte, mit einem Stück Kürbiskuchen in der Hand.

Falls er rechtzeitig zu Hause war, um den Kuchen abzuholen, den er mitzubringen versprochen hatte.

Kurz darauf ließ die Anspannung in Coles Schultern nach, als sie fünf Minuten früher als nötig das Gate erreichten. Aber die Erleichterung hielt nicht lange vor, als sie näher kamen.

„Das sieht nicht gut aus." Mitch runzelte angesichts des überfüllten Wartebereichs die Stirn. „Eigentlich müssten doch alle längst an Bord sein."

„Ich frage mal, was los ist." Cole bahnte sich einen Weg zum Schalter. Eine der uniformierten Angestellten der Fluggesellschaft blickte auf, als er näher kam. „Wir kommen gerade von dem verspäteten Flug aus Buffalo. Welches Problem gibt es hier?"

Die Frau warf ihm einen gestressten Blick zu. „Das Flugzeug ist mit Verspätung hier eingetroffen. Jetzt sind wir mit den Kontrollen fertig, also können die Passagiere gleich einsteigen. Der Pilot geht davon aus, dass er auf dem Flug nach St. Louis etwas von der verlorenen Zeit wieder herausholen kann."

„Danke."

Er schlängelte sich durch die Menschenmenge und gab die Nachricht an Mitch weiter.

„Das ist besser, als ich erwartet hatte." Mitch stellte seine Tasche neben sich auf den Boden und zog sein Telefon vom Gürtel. „Ich glaube, ich höre meine Nachrichten ab und erledige ein paar Anrufe."

„Ich wette, Alison steht auf deiner Liste der Anrufe ganz oben."

„Tja, da erblasst du vor Neid." Mitch wandte sich ab.

Lachend zog Cole sein eigenes Handy hervor. Zwei Nachrichten, seit sie in Buffalo aufgebrochen waren. Nicht schlecht. Er gab seinen Code ein und lächelte noch immer, als die mechanische Ansagestimme Datum und Zeit nannte. Drei Uhr und vierunddreißig Minuten.

„Detective Taylor, hier ist Jennifer aus der Zentrale. Wir hatten einen Anruf von einer Lauren Casey, die sagte, sie müsse mit Ihnen in einer dringenden Angelegenheit sprechen. Als ich ihr sagte, Sie seien nicht verfügbar, bat sie mich, Detective Carlson eine Nachricht zukommen zu lassen. Aber sie wollte, dass Sie sich trotzdem melden. Hier ist die Nummer."

Während die Kollegin die Zahlenfolge nannte, kramte Cole in seiner Tasche nach Stift und Notizbuch, und seine gute Laune war wie weggeblasen. Wenn Lauren versuchte, sowohl ihn als auch Alan zu erreichen, musste es um Kelly gehen. Sie war der einzige gemeinsame Nenner.

Und „dringend" klang nicht gut.

Nachdem er seinen Stift gefunden hatte, spielte er die Nachricht noch einmal ab und notierte die Nummer. Dann wartete er, bis die nächste Nachricht wiedergegeben wurde, die zehn Minuten später eingegangen war, in der Hoffnung, Kellys Stimme zu hören.

Aber dieses Glück hatte er nicht. Es war Carlson.

„Cole, hier ist Alan. Ich habe gerade mit Lauren Casey gesprochen, Kelly Warrens Freundin. Sie hat gesagt, dass Kelly heute eine Nachricht auf ihrem Anrufbeantworter hinterlassen hat und sie sie nicht erreichen kann. Ich habe ihr gesagt, dass ich bei Kellys Haus vorbeifahre und nachsehe. Es ist wahrscheinlich nichts, aber nach allem, was passiert ist, dachte ich, wir sollten lieber auf Nummer sicher gehen. Ich werde auch zum Haus ihres Vaters fahren. Lauren sagt, sie hat vielleicht die Nacht dort verbracht, weil bei ihr zu Hause der Strom ausgefallen ist. Offenbar hat sie bei der Zentrale auch eine Nachricht für dich hinterlassen, also wollte ich dir sagen, dass ich mich darum kümmere. Ich rufe dich an, wenn ich irgendetwas Wichtiges herausfinde."

Mitch stieß ihn mit dem Ellenbogen an. „Sie gehen an Bord."

Er drückte die Kurzwahltaste für Kellys Handy. „Ich muss noch einen Anruf machen."

„Was ist los?"

Er gab Mitch eine knappe Info, während das Telefon klingelte. „Alan sagte, er würde sich darum kümmern, aber das war vor fast einer Stunde. Ich vermute, er hat noch nichts in Erfahrung gebracht, sonst hätte er noch mal angerufen."

Kellys Telefon sprang auf die Mailbox um, und er beendete die Verbindung, ohne eine Nachricht zu hinterlassen. „Kelly geht immer noch nicht dran. Ich versuche es bei Lauren."

„Soll ich Alan anrufen?"

„Ja, danke."

Lauren nahm beim ersten Läuten ab.

„Hallo Lauren, hier ist Cole. Ich habe gerade deine Nachricht bekommen. Erzähl mir, was los ist."

Während sie den merkwürdigen Anruf beschrieb, den Kelly vor fünf Stunden getätigt hatte, zog sein Magen sich zusammen. Die Nachricht war voller Alarmglocken, angefangen mit der nicht vorhandenen Verabredung zum Mittagessen über die Bemerkung mit dem Truthahn bis hin zu dem Vorschlag, zum Mexikaner zu gehen.

„Und das habe ich vergessen, Detective Carlson zu sagen, aber die Sache mit dem Wandern ergibt keinen Sinn." Ein Frösteln ließ Laurens Worte erzittern. „Kelly geht nie wandern, wenn es kalt ist. Sie würde bei dem Wetter, das für St. Louis vorhergesagt ist, im Leben nicht rausgehen."

„Cole." Mitch stieß ihn an. „Letzter Aufruf."

Er bückte sich, nahm seine kleine Reisetasche und folgte seinem Kollegen zur Fluggastbrücke. „Warte eine Sekunde, Lauren." Er drückte die Stumm-Taste. „Hast du Carlson erreicht?"

„Nein, die Mailbox ist angesprungen."

Cole reichte der Angestellten seine Bordkarte, steckte sie anschließend wieder ein und ging die Brücke hinunter, während er sein Gespräch mit Lauren wieder aufnahm. „Ich steige gerade in den Flieger nach St. Louis. Alan ist ein erfahrener Kollege, und es klingt so, als würde er genau das tun, was ich auch tun würde, wenn ich dort wäre. Ich werde ihn und dich wieder anrufen, sobald wir landen."

„Wann wird das sein?"

„Wir sind etwas verspätet … ich würde sagen, so um Viertel nach sechs."

„Sir …" Die Flugbegleiterin hielt ihn zurück, als er in das Flugzeug stieg. „Sie müssen Ihr Mobiltelefon ausmachen und sich so schnell wie möglich setzen. Wir sind bereit zum Abflug."

Er beantwortete ihre Aufforderung mit einem Nicken. „Ich muss Schluss machen, Lauren. Wir starten. Ich melde mich, sobald ich kann."

Während sie sich durch den Gang schoben, berichtete Cole Mitch von dem Telefonat, bis sie bei ihrer Sitzreihe angekommen waren.

Mitch blieb stehen, und zwei steile Falten waren auf seiner Stirn zu sehen. „Vielleicht hat Alan etwas Neues zu berichten, wenn wir landen. Wenn nicht, kümmern wir uns darum."

„Ja."

Die Flugbegleiterin zeigte auf seinen Platz. Er setzte sich und legte den Sicherheitsgurt an – in dem Wissen, dass dies die längste Stunde seines Lebens werden würde.

* * *

Er war wieder da.

Das Piepsen der Alarmanlage im Haus ihres Vaters durchdrang die Stille und löste bei Kelly einen Adrenalinstoß aus.

Mit hämmerndem Herzen spähte sie zu der dämmrigen Treppe hinüber. Das schwache Licht, das zwischen den Ritzen der Rollladenlamellen hindurchgedrungen war, hatte nachgelassen und war dann ganz verschwunden. Sie vermutete, dass die Nacht hereingebrochen war. Das bedeutete, dass Carlson das Haus für vier oder fünf Stunden verlassen hatte. Genug Zeit, damit Lauren ihre Nachricht abhören und entsprechend handeln konnte – vorausgesetzt, sie hatte ihren Anrufbeantworter abgehört.

Kelly betete, dass sie es getan hatte.

Sie konnte hören, wie Carlson im Raum über ihr herumlief. Nach einigen Minuten öffnete sich die Kellertür und er kam die Treppe hinunter. In der Dunkelheit konnte sie seine Züge nicht erkennen, aber seine starre Haltung strahlte eine beinahe greifbare Anspannung aus.

Wortlos kniete er sich neben sie und band sie von dem Regal los, ohne jedoch ihre Handfesseln zu lösen. Dann schnitt er die Plastikfesseln an ihren Füßen durch und zog sie hoch.

Aber nachdem sie stundenlang reglos dagesessen hatte, gehorchten ihre Beine ihr zunächst nicht, als er sie in Richtung Treppe zog. Sie stolperte, aber er ging weiter und schleifte sie rücksichtslos durch den Keller. Am Fuß der Treppe trat er sie brutal.

„Rauf."

Sie versuchte es, aber ihre zittrigen Beine weigerten sich, sie zu stützen. Nach zwei Schritten stolperte sie, und da sie sich nicht mit den Händen abfangen konnte, prallte sie mit der Schulter schmerzhaft auf die Treppe. Sie rutschte hinunter und landete zu Carlsons Füßen.

Er fluchte leise, riss ihren linken Arm hoch und setzte sich in Bewegung. Sie wurde mitgezogen, wobei sie sich bemühte, mit den Füßen Halt zu bekommen und nicht gegen jede Stufenkante zu schlagen, aber ihre Knie, ihre Schienbeine und ihre linke Hüfte bekamen einiges ab.

Als sie oben angekommen waren, ging er weiter in Richtung Flur und ließ sie am Eingang zum Bad liegen. Er hockte sich hinter ihr auf den Boden und sie spürte, wie er an ihren Fesseln zog. Plötzlich war der Druck weg. Ihre Arme waren frei.

„Zieh die Sachen an, die im Bad liegen. Der Knebel bleibt drin. Du hast fünf Minuten." Er zog sie hoch, stieß sie durch die Badezimmertür und schaltete das Licht an, das durch ein Rauchglas gedämpft wurde. Dann lehnte er die Tür an und stellte einen Fuß in den Spalt.

Kelly umklammerte die Kante des Waschtisches und starrte in den Spiegel. Ihr Kinn war jetzt noch blauer angelaufen, und ihre Hüfte und Schienbeine schmerzten. Carlson schien sich nichts mehr daraus zu machen, dass sie verletzt wurde.

Das Ende seines grausamen Spiels musste nahe sein.

Sie kämpfte gegen eine neue Welle der Panik an, während sie die Sachen betrachtete, die er für sie herausgelegt hatte. Jeans. Wollsocken. Flanellhemd. Handschuhe. Mütze. Skijacke. Wanderschuhe.

Warum wollte er, dass sie diese Outdoorkleidung anzog?

Sie versuchte sich zu konzentrieren und die Situation zu analysieren. Als sie Lauren angerufen hatte, hatte Carlson ihr befohlen zu sagen, sie sei wandern gegangen. Zu diesem Zeitpunkt hatte sie gedacht, das sei eine spontane Ausrede gewesen, eine Information aus einer Überwachung, die sich als unerwartet praktisch erwies. Aber vielleicht war es anders. Vielleicht hatte er die ganze Zeit vorgehabt, sie irgendwo in den Wald zu bringen, sie zu töten und dort liegen zu lassen, sodass es aussah wie ein Wanderunfall.

So wie er den anaphylaktischen Schock wie einen Unfall hatte aussehen lassen.

Nur würde Lauren das nicht glauben. Ihre Freundin wusste, dass sie niemals bei Kälte wandern ging. Cole würde es auch nicht akzeptieren, egal, wie gut Carlson das Verbrechen vertuschte. Er würde nach Beweisen dafür suchen, dass es kein Unfall war. Und nach dem Täter.

Aber Carlson war ein Meister darin, seine Spuren zu verwischen. Niemand hatte ihn verdächtigt, ihren Vater umgebracht zu haben, und auch mit dem beinahe tödlichen Allergieanfall hatte ihn keiner in Verbindung gebracht. Und sie war sicher, dass er diesmal *besonders* sorgfältig sein würde. Cole und Lauren mochten ahnen, dass es Mord war, aber ohne Beweise konnte Carlson wieder davonkommen.

Als sie daran dachte, wurde ihr ganz schlecht.

„Du hast noch drei Minuten."

Als sie Carlsons kalten Kommentar hörte, wurde sie aktiv. Wenn sie sich weigerte, würde er sie zweifellos selbst ankleiden – und wahrscheinlich nicht sehr sanft.

Sie benutzte die Toilette und zog dann, so schnell sie konnte, die Sachen an, die er für sie ausgewählt hatte. Aber die Wanderschuhe zu schnüren war ein Problem. Ihre Finger waren immer noch zu taub, weil ihre Handgelenke so lange eingeschnürt gewesen waren, und außerdem zitterten sie.

Plötzlich stieß er die Tür auf und sie zuckte zusammen. Er hatte jetzt seine Waffe in der Hand und betrachtete sie, wie sie auf dem Toilettendeckel saß und an den Schnürsenkeln hantierte. „Beeil dich."

Im Lichtschein konnte sie seine Augen sehen. Und ihr Herz setzte einen Schlag aus, als sie die flackernde Wut darin bemerkte.

„Ich habe übrigens deinen kleinen Plan durchschaut."

Sie erstarrte und ihr stockte der Atem.

„Deine Freundin hat mich um Hilfe gebeten."

Oh Gott, bitte nicht! Die Möglichkeit, dass Lauren sich an Carlson wenden könnte, wenn sie Cole nicht erreichte, war ihr nicht einmal in den Sinn gekommen.

„Ja. *Mich.* Was hältst du davon?" Ein freudloses Lächeln verzog seine Mundwinkel. „Sie hat sich Sorgen gemacht wegen deiner Nachricht. Sie hat mir erzählt, dass es keine Verabredung zum Mittagessen gab und dass du mexikanisches Essen hasst. Das war sehr schlau, Kelly. Aber es wird dir nichts nützen. Dieses Spiel ist vorbei. Geh in die Küche." Er trat beiseite und gab ihr ein Zeichen, auf den Flur hinauszugehen.

Sie erhob sich, wobei sie sich am Waschtisch abstützte, und ging langsam den Flur entlang, während ihre Gedanken sich überschlugen. Ohne Cole oder die Polizei, die nach ihr Ausschau hielten, war sie verloren. Sie musste versuchen, irgendetwas zu tun, um sich zu retten.

Als hätte er ihre Gedanken gelesen, sagte er, als sie die Küche betraten: „Damit wir keine Wiederholung der Treppenepisode haben, machen wir, was wir schon mal gemacht haben. Leg dich auf den Boden und streck die Arme zu den Seiten aus."

Jetzt musste sie sich wehren. Wenn er sie erst einmal gefesselt hatte, war sie hilflos. Und er würde sie nicht erschießen – nicht, nachdem er so viel Sorgfalt darauf verwandt hatte, keine verdächtigen Spuren an ihrem Körper zu hinterlassen. Die Waffe sollte sie einschüchtern, sonst nichts. Das war für sie ein Vorteil.

Sie sah sich verstohlen in der Küche um. Die Kaffeekanne stand in ihrer Reichweite. Wenn sie sie packte, sich umdrehte und sie ihm an den Kopf warf, konnte sie ihn vielleicht lange genug ablenken, dass sie seine Beine fassen und ihn aus dem Gleichgewicht bringen konnte. Vielleicht ließ er die Waffe fallen und …

Plötzlich hakte er einen Fuß um ihren Knöchel und zog ihr Bein weg.

Sie verlor das Gleichgewicht, fiel nach vorne und landete hart auf dem Boden.

Er war sofort über ihr, presste seinen Handballen in ihren Nacken, und ihre Wange traf so heftig auf den Boden auf, dass ihr die Tränen kamen.

„Wir spielen keine Spielchen mehr, Kelly."

Obwohl die Tränen ihren Blick trübten, sah sie, wie er die Pistole anders anfasste, den Arm hob und heruntersausen ließ. Der Kolben schlug gegen ihre Schläfe.

Sterne explodierten hinter ihren Augen, und sie sah nur noch ein grelles, weißes Licht.

Dann wurde es dunkel.

* * *

Die Mikrowelle klingelte, und Vincentio erhob sich von dem Platz, den Teresa am Tisch für ihn gedeckt hatte. Sie war bereits nach Hause gefahren, um die Thanksgiving-Feier vorzubereiten, die sie morgen mit ihrer großen Familie begehen würde.

Eine Feier, wie sie sich Vincentio auch für sich selbst gewünscht hätte.

Stattdessen würde er seine Truthahnmahlzeit morgen alleine essen. Selbst das *Romano's* war geschlossen.

Obwohl das Essen, das Teresa für ihn dagelassen hatte, appetitlich duftete, hatte er keinen Hunger. Sein Tag war schon morgens durch den Besuch der beiden Beamten verdorben worden, und er hatte sich den ganzen Nachmittag über nicht gut gefühlt. Vielleicht bekam er eine Grippe.

Oder es war einfach der Herzschmerz.

Vincentio zog die Plastikfolie von den Scaloppini und stellte den Teller auf den Tisch. Ein Glas Wein half vielleicht.

Er trat an das gut gefüllte Regal an der gegenüberliegenden Wand und ging die Flaschen durch. Er würde einen besonderen Jahrgang für heute Abend wählen, um seine Stimmung zu heben.

Während er seine Wahl traf und nach einer Flasche toskanischen Spitzenweines, dem Chianti Rufina Riserva griff, zuckte seine Hand, als plötzlich die Türglocke erklang.

Er drehte sich in Richtung Foyer um und runzelte besorgt die Stirn. Wer machte denn unangekündigt am Abend vor Thanksgiving einen Besuch?

Ohne den Wein aus dem Regal zu nehmen, durchquerte er die Küche und ging zur Haustür. Er hatte nicht mehr viele Feinde, aber er war es von Geburt an gewohnt, vorsichtig zu sein – vor allem unter verdächtigen Umständen. Und der Zeitpunkt dieses Besuches war verdächtig.

Das Licht im Eingangsbereich brannte nicht, und er schaltete es auch nicht ein. Stattdessen ging er zur Tür und spähte durch den Spion, der einen Weitwinkelblick auf die gut beleuchtete Veranda bot. Das Gesicht des Besuchers war verzerrt, aber er hatte keine Mühe, ihn zu erkennen.

Es war Marco!

Vielleicht würde er Thanksgiving ja doch nicht alleine verbringen!

Voller Hoffnung zog er die beiden Riegel beiseite, drehte den Schlüssel im Schloss und lächelte, als er die Tür öffnete.

Marco, den Teddy in der Hand, erwiderte sein Lächeln nicht. „Wir müssen reden."

Vincentio klammerte sich an seine Hoffnung und bat seinen Sohn, hereinzukommen. „Das Wohnzimmer ist rechts."

Schweigend trat Marco ein und ging bis zur Mitte des Foyers, wo er sich zu ihm umwandte, seine Haltung breitbeinig und trotzig. Als wäre er gekommen, um sich mit ihm zu streiten. „Hier ist genauso gut. Ich bleibe nicht lange."

Vincentio schloss die Tür, und die Schwere in seiner Brust raubte ihm den Atem. Er musste sich hinsetzen, aber dann würde Marco ihn überragen. Das war keine Position, die man einem Gegner gegenüber einnahm.

Und sosehr er es auch bedauerte, es war eindeutig, dass sein Sohn in diese Kategorie fiel. Sein Herz hatte sich nicht erweichen lassen.

„Wie du willst." Vincentio ging zu der Anrichte mit Intarsien, die an der Wand stand. Isabella und er hatten sie bei ihrer Reise nach Venedig gekauft, als sie mit ihrem einzigen Kind schwanger gewesen war. Er legte eine Hand darauf, um sich abzustützen, und straffte die Schultern.

„Erstens will ich deine Geschenke nicht." Marcos Augen funkelten, als er den Plüschbären auf ein Sofa mit geschnitzten Beinen warf, das an der gegenüberliegenden Wand stand. „Zweitens will ich, dass du nicht noch einmal zu mir nach Hause kommst. Nie wieder. Und drittens habe ich etwas dagegen, dass die Polizei mich anruft, weil sie deinen jüngsten Auftragsmord untersucht."

Der Boden schwankte unter Vincentios Füßen. Die Detectives waren bei *Marco* gewesen? „Was sagst du da?"

Sein Sohn warf ihm einen vernichtenden Blick zu. „Zwei Ermittler aus St. Louis haben mich gestern auf der Arbeit angerufen."

„Hast du mit ihnen gesprochen?"

„Ja. Ich habe sie in der Mittagspause getroffen. Es klingt so, als würdest du wieder dein Unwesen treiben, Dad." Sein bitterer Tonfall verwandelte das letzte Wort in einen Schimpfnamen.

Wut brodelte in Vincentios Magen. „Was haben sie dir erzählt?"

„Alles." Er stemmte die Hände in die Hüften und funkelte ihn an. „Du hast den Tod all dieser Menschen zu verantworten, die gegen dich ausgesagt haben. Darunter auch James Walsh, ein unschuldiger Zuschauer, der nur versucht hat, das Richtige zu tun. Selbst nach mehr als dreißig Jahren hast du noch Rache geübt. Ich weiß nicht, was in deiner Brust schlägt, aber ein Herz ist es nicht." Seine Lippen verzogen sich angewidert. „Wie kannst du eigentlich mit dir selbst leben?"

Vincentio ballte seine Hände zu Fäusten. „Du hast doch keine Ahnung! Diesem Mann habe ich es zu verdanken, dass ich achtundzwanzig Jahre im Gefängnis verbracht habe."

„Nein." Marco trat näher und blieb nur wenige Zentimeter vor ihm stehen. Die Wut verdunkelte seine Augen, bis sie ganz schwarz wirkten. „Du hast achtundzwanzig Jahre im Gefängnis verbracht, weil du ein *Verbrecher* bist. Du hattest es verdient, dort zu sein. Und solltest es noch immer sein, wenn man bedenkt, wie viele Menschen deinetwegen gestorben sind."

„Ich habe nie jemanden getötet." Vincentios Worte klangen gepresst. Beinahe erstickt.

„Einen Auftragskiller zu engagieren ist genauso, wie selbst den Abzug zu betätigen. Vielleicht sogar noch schlimmer. Eine Waffe auf jemanden zu richten, dazu braucht man wenigstens Mut. Jemanden dafür zu bezahlen, dass er deine Drecksarbeit für dich erledigt, das ist feige."

Glühender Zorn kochte in seinem Inneren hoch. Vincentio hob die Hand und schlug seinem Sohn hart ins Gesicht. Marcos Kopf flog seitwärts, aber er wich nicht zurück. Er starrte ihn nur an, und seine Miene war so kalt wie das Eis, das an diesem Feiertagsvorabend bereits den Boden bedeckte.

„Das ist die Rossi-Methode, nicht wahr, Dad? Die zu bestrafen, die dir die Stirn bieten. Selbst wenn sie recht haben. Gewalt löst ja so viele Probleme." Der Sarkasmus schärfte seine Worte, die bei Vincentio so tiefe Wunden schlugen wie ein Messer.

Vincentios Finger begannen zu kribbeln, und er schob die Hand in die Tasche. In all den Jahren, bevor er ins Gefängnis gegangen war, hatte er seinen Sohn nicht ein einziges Mal geschlagen. Wie hatte er so tief sinken können?

Weil Alan Carlson den Auftrag vermasselt hatte, für den er so gut bezahlt worden war.

Das war die Wahrheit. Walshs Tod wäre längst vergessen, wenn der Mann nicht übermütig geworden und in Urlaub gefahren wäre. Die Ermittlungen wären nicht wieder aufgenommen worden und die Polizei wäre nicht in sein Haus gekommen. Die Tür zu einer Wiedervereinigung, die durch Vincentios Besuch bei seiner Schwiegertochter einen Spaltbreit offen gestanden hatte, wäre ihm nicht vor der Nase zugeschlagen worden.

Wieder spürte er die Wut, die ihn durchströmte – aber er unterdrückte sie, so gut er konnte. Er musste einen letzten Versuch machen, zu seinem Sohn durchzudringen.

„Ich habe niemanden getötet, Marco."

Der Blick seines Sohnes traf ihn wie ein Schlag. „Kannst du mir in die Augen sehen und sagen, dass du nichts mit dem Tod von James Walsh zu tun hattest?"

Er starrte zurück. „Wenn ich Ja sagen würde, würdest du mir glauben?"

„Nein."

„Stattdessen glaubst du diesen Polizisten."

„Sie verstoßen nicht gegen das Gesetz. Sie vertreten es. *Das* ist ein ehrenhafter Beruf."

„Du hast doch keine Ahnung davon, was Ehre ist." Er presste die Worte zwischen zusammengebissenen Zähnen hindurch. „Ich kann nicht glauben, dass du ein Rossi bist."

„Ich wünschte, ich wäre keiner."

Zu jedem anderen Zeitpunkt wäre diese Beleidigung inakzeptabel gewesen. Aber um seines Enkels willen kämpfte Vincentio gegen seine Wut an. Mit seinem verletzten Stolz konnte er später hadern.

„Ist dir jemals der Gedanke gekommen, dass ich mich während der Jahre im Gefängnis geändert haben könnte?"

„Nein." Die Antwort seines Sohnes kam wie aus der Pistole geschossen. „Und alles, was ich heute gehört habe, ist Beweis genug dafür, dass du es nicht getan hast."

„Ich sehe, dass die Polizei dich gegen mich aufgehetzt hat, und das gerade jetzt, als ich die Hoffnung hatte, wir könnten noch einmal neu anfangen."

„Ein Neuanfang war nie eine Möglichkeit. Und nur damit du es weißt: *Sie* haben mich nicht gegen dich aufgebracht. Das hast du selbst getan. Vor langer Zeit." Der Ekel vor seinem Vater ließ Marcos Gesicht fleckig aussehen. „Und, wen hast du dazu gebracht, es zu tun, Dad? Irgendeinen Widerling in St. Louis, der sich einen schnellen Dollar verdienen wollte?"

Die Frage überrumpelte Vincentio. Warum interessierte sein Sohn sich dafür, wie die Tat ausgeführt worden war? Es sei denn …

Eine neuerliche Welle der Wut erfasste ihn, und sein Griff um die Kante der Anrichte verkrampfte sich. „Diese Detectives wollten, dass du heute herkommst, oder?"

„Nein, das war meine Idee. Ich wollte mich vergewissern, dass du meine Nachricht bekommst."

„Aber sie wollten, dass du mich ausfragst."

„Nein. Das habe ich angeboten."

Vincentio sog scharf die Luft ein, als hätte ihm jemand einen Schlag in die Magengrube versetzt. „Du würdest gegen deinen eigenen Vater arbeiten?"

„Wenn er ein Verbrecher ist, ja. Also hast du jetzt noch einen Verräter in deinen Reihen. Willst du auf mich auch einen Auftragskiller ansetzen?"

„Raus." Vincentio brachte das Wort nur mit Mühe heraus.

„Mit Vergnügen." Marco durchquerte den Raum, öffnete die Tür und drehte sich noch einmal um. „Nimm nie wieder Kontakt zu mir auf. Und möge Gott deiner Seele gnädig sein."

Mit einem scharfen Klicken schloss er die Tür hinter sich.

Ganze dreißig Sekunden blieb Vincentio stehen, wo er war.

Dann wurden seine Beine schwach und er fing an zu zittern. Er hielt sich an der Anrichte fest, schleppte sich daran entlang und sank auf den antiken Stuhl am anderen Ende.

Er hatte seinen Sohn verloren.

Und er würde nie am Leben seines Enkels teilhaben.

Eine erdrückende Last legte sich auf ihn, vereint mit dem schneidenden Schmerz eines Verlusts, der umfassend und endgültig war. Er beugte sich vor, schlang die Arme um seinen Oberkörper und wiegte sich langsam vor und zurück, bis der Schmerz so weit nachgelassen hatte, dass sein Verstand wieder funktionierte.

Zwei Dinge waren klar.

Es würde keine Familienzusammenführungen an Feiertagen geben. Niemals.

Und Alan Carlson würde dafür bezahlen.

Kapitel 21

Sobald die Flugbegleiterin das Einschalten elektronischer Geräte erlaubte, nahm Cole sein Handy wieder in Betrieb. Er hatte eine Nachricht – von Mark Rossi. Die hörte er zuerst ab.

„Detective Taylor, ich habe mit meinem Vater gesprochen. Er hat nichts zugegeben, und ich hatte kein Glück, als ich versuchte, ihm irgendwelche Informationen zu entlocken. Aber nachdem ich mit ihm gesprochen habe, bin ich überzeugter denn je, dass er hinter dem Tod von James Walsh steckt. Tut mir leid, dass ich Ihnen nicht mehr bieten kann."

Eine Sackgasse. Es überraschte Cole nicht, aber er hatte sich mehr erhofft.

Er tippte Kellys Nummer ein. Nach dreimaligem Läuten sprang die Mailbox an. Als Nächstes versuchte er es bei Alan. Der Mann ging beim zweiten Klingeln dran.

„Hier ist Cole. Ich habe deine Nachricht bekommen und mit Lauren Casey geredet. Was gibt es Neues?"

„Nichts. Ich bin bei beiden Häusern vorbeigefahren und habe sogar durch die Garagenfenster geschaut. Ihr Auto ist weder bei dem einen noch bei dem anderen Haus, und an ihr Handy geht sie nach wie vor nicht dran."

„Ich weiß. Ich habe es gerade selbst versucht." Das Gurtzeichen über seinem Sitz erlosch, und Cole stand auf, um seine kleine Reisetasche aus dem Gepäckfach zu holen.

299

„Ich bin auf dem Weg zu einem Treffen mit einem nervösen Informanten in der Mordsache, dann mache ich Schluss bis nach dem Feiertag. Soll ich sonst noch etwas tun, bevor ich in den Feierabend gehe?"

„Nein, ich übernehme jetzt. Danke."

Cole schob sich den Gang hinunter und trat auf der Fluggastbrücke einen Schritt zur Seite, um auf Mitch zu warten. Als sein Kollege erschien, setzte er sich wieder in Bewegung und bemerkte, dass Mitch wie er selbst auch seine Krawatte während des Fluges abgelegt hatte. „Ich habe gerade mit Alan gesprochen. Er hat nichts gehört. Kelly geht immer noch nicht ans Telefon. Ich rufe Lauren an, sobald wir in der Wartehalle sind."

Dort angekommen, stellte er seine Tasche ab und wählte Laurens Nummer.

Wieder nahm sie beim ersten Klingeln ab. „Irgendwelche Neuigkeiten?"

„Nein. Alan hat nichts Verdächtiges bemerkt, weder bei Kellys Haus noch bei dem ihres Vaters, und ihr Auto ist bei beiden nicht zu sehen." Er massierte seine verspannten Nackenmuskeln. „Ich möchte in ihr Haus und mich umsehen, aber ein Durchsuchungsbeschluss dauert zu lange."

„Ich kann dir die Erlaubnis geben. Ich weiß, wo Kelly einen Ersatzschlüssel aufbewahrt, und ich habe eine Vollmacht für Notfälle. Ich würde sagen, das hier ist einer."

„Das sehe ich auch so. Über die Bürokratie mache ich mir später Gedanken." Er bückte sich, um seine Tasche aufzuheben, und gab Mitch mit einer Kopfbewegung ein Zeichen, ihm zu folgen, als er in Richtung Hauptterminal ging. „Wo ist der Schlüssel?"

„Unter einer Statue des Heiligen Franziskus im Garten. Die Statue steht in der Mitte des Gartens mit Steinen drum herum, und der Schlüssel ist in eine winzige Plastiktüte gewickelt. Sie hat mir gesagt, dass sie den neuen Schlüssel dort versteckt hat, nachdem sie die Schlösser hat austauschen lassen. Cole … meinst du, wir sollten noch mehr Leute informieren?"

„Ja. ich werde eine Fahndung nach ihrem Wagen rausgeben, sobald ich aufgelegt habe. Im schlimmsten Fall können wir überlegen, ob wir ihr Handy per GPS orten lassen."

„Vergiss es. Ihr Handy ist uralt. Sie hat es schon seit fünf oder sechs Jahren und es ist ein ganz einfaches Modell."

Super.

„Na gut. Wir werden andere Wege finden."

„Hältst du mich auf dem Laufenden?"

„Ich rufe an, sobald ich irgendetwas weiß. Wir sprechen uns später." Er beendete das Gespräch.

„Fährst du zu Kellys Haus?" Mitch ließ sich hinter Cole zurückfallen, damit eine junge Mutter mit einem Säugling und einer Windelpackung auf dem Arm sich in entgegengesetzter Richtung an ihm vorbeischieben konnte.

„Ja. Und beim Haus ihres Vaters schaue ich auch vorbei. Carlson sagte, Kelly hätte vielleicht die Nacht dort verbracht, weil es bei ihr zu Hause einen Stromausfall gab. Ich kann dich aber erst beim Büro vorbeifahren, damit du deinen Wagen holen kannst."

„Soll ich mitkommen?"

Cole warf ihm einen Blick zu. „Wir sind seit vierundzwanzig Stunden unterwegs. Du musst k.o. sein."

Mitch zog eine Schulter hoch. „Vor ein paar Monaten hast du mir auch geholfen, als Alison in Schwierigkeiten war."

„Sie ist meine Schwester."

„Und du bist bald mein Schwager. Dafür hat man doch eine Familie."

Cole schluckte und konzentrierte sich auf die Tastatur seines Telefons. „Danke. Jetzt gebe ich erst einmal die Fahndung raus. Und hoffentlich finden wir in Kellys Haus etwas, das uns einen Hinweis darauf gibt, wo sie ist."

* * *

Ein plötzlicher Ruck, gefolgt von einem explosionsartigen Schmerz in ihrem Kopf, ließ Kelly wieder zu Bewusstsein kommen. Als sie die Augen öffnete, war jedoch alles rabenschwarz.

Aber sie konnte ein Vibrieren spüren. Und ein Summen. Wie von einem Motor.

Sie befand sich im Kofferraum eines Wagens.

Kelly kämpfte gegen die Benommenheit an, die ihren Verstand vernebelte, und versuchte, sich gegen die Schlaglöcher zu stemmen, aber sie rutschte immer weg, so als läge sie auf einer glatten Oberfläche. Und was war das kratzende Gefühl um ihren Hals?

Sie hatte keine Ahnung, wie viel Zeit verstrich, bis sie ihr Ziel erreicht hatten, aber plötzlich rutschte sie nicht mehr hin und her und das Vibrieren hörte ebenfalls auf. Sie hörte das leise Klicken einer sich öffnenden Fahrzeugtür. Noch ein Klicken, als sie sich wieder schloss. Ein Schlüssel wurde ins Schloss des Kofferraums gesteckt. Sie spürte, wie die Klappe sich hob.

Das Licht im Kofferraum ging nicht an, und der Himmel war schwarz. Weder Mond noch Sterne waren zu sehen, es war also offensichtlich bewölkt. Aber auch wenn das Gesicht über ihr im Dunkeln lag, erkannte sie die leise Stimme deutlich. Zu deutlich. Und sie jagte ihr einen Schauer über den Rücken.

„Wir sind beinahe am Ende, Kelly."

Carlson beugte sich herunter und schob die Arme unter ihre Knie und Schultern. Dann hob er sie aus dem Kofferraum und lehnte sie an den Wagen. Ihren eigenen Wagen, das erkannte sie jetzt, bevor die Welt sich drehte und ihre Knie unter ihr nachgaben. Er packte sie mit einer Hand, als sie wegsackte, und hielt sie fest, während er mit der anderen Hand das kratzige Etwas um ihren Hals lockerte.

Auch wenn ihr Blick getrübt war, verstand sie jetzt, warum sie so viel herumgerutscht war. Sie war von den Zehen bis zum Hals in eine riesige Plastikmülltüte gehüllt.

Und sie hatte genügend Krimis gesehen, um zu wissen, warum.

Carlson wollte keine Spuren in ihrem Kofferraum hinterlassen, die nahelegten, dass sie gegen ihren Willen hierher gebracht worden war, anstatt selbst zu fahren.

Er zog die Tüte herunter. Als er zu ihren Füßen kam, schnitt er die Plastikfessel durch und entfernte die Handtücher, die ihre Knöchel geschützt hatten. „Steig raus."

Nachdem sie gehorcht hatte, stopfte er Tüte, Handtücher und Fesseln in den Rucksack, den er auf der Kofferraumklappe abgelegt hatte. Dann zog er ihr die Mütze vom Kopf und die Duschkappe darunter, von der ihre Haare umgeben gewesen waren. Auch sie verschwand in dem Rucksack, bevor er die Strickmütze wieder über ihren Kopf zog und ihre Haare hineinsteckte. Dabei berührte er mit den Fingerknöcheln ihre geprellte Schläfe, sodass ein stechender Schmerz durch ihren Schädel fuhr, und sie stöhnte wieder.

Er beachtete sie gar nicht.

Während er ihr Auto abschloss, den Schlüssel in die Tasche ihrer Jacke steckte und seinen Rucksack aufsetzte, blickte sie sich um. Sie versuchte, wieder klar zu sehen. Sie waren in einer abgelegenen Ecke eines Schotterparkplatzes, umgeben von Wald. Auf solchen Plätzen parkte sie oft, weil dort Wanderwege begannen.

Ihre Theorie war also korrekt gewesen. Er wollte einen Wanderunfall inszenieren.

Ein eisiger Windstoß erfasste sie, und sie fröstelte, als Carlson ihren Arm nahm und sie auf den dunklen Wald zu zerrte.

Als er den Fußpfad betrat und sie hinter sich herzog, wusste sie, dass dies ihre letzte Wanderung sein würde, wenn nicht noch ein Wunder geschah.

* * *

„Ich habe noch einen Auftrag für Sie." Vincentio drückte mit der rechten Hand das Telefon an sein Ohr und spreizte die Finger seiner Linken auf dem Schreibtisch.

„Ich bin immer gerne zu Diensten."

Ja, das war er. Zu einem bestimmten Preis. Aber Vincentio war bereit, den Mann für diesen speziellen Auftrag fürstlich zu entlohnen. Vor allem, weil er ein vertrauenswürdiger Kollege war, ein Mann mit gutem Urteilsvermögen, dessen Rat er leider in den Wind geschlagen hatte, als er Carlson für den Walsh-Auftrag auswählte. Ein Mann, der seine Loyalität und Zuverlässigkeit schon oft unter Beweis gestellt hatte.

„Zuerst möchte ich, dass Sie überprüfen, ob unser Freund in St. Louis seinen Plan, das Problem zu lösen, bereits ausgeführt hat. Wenn er das getan hat, nützt er uns nichts mehr. Er hat mir große Schwierigkeiten bereitet und Dinge getan, die ich nicht gutheiße. Das hat Konsequenzen. Drücke ich mich klar aus?"

„Sehr klar."

„Gut. Ich will, dass es schnell erledigt wird und ohne Pannen. Keine Fragen. Keine Spuren, die sich zurückverfolgen lassen. Und es muss innerhalb der nächsten vierundzwanzig Stunden geschehen. Ich bezahle fünfzig Prozent mehr als sonst. Können Sie das veranlassen?"

„Der Zeitrahmen ist eine Herausforderung … aber ich kenne jemanden in der Gegend, von dem ich glaube, dass er es schafft. Einen Profi. Ich werde mich sofort mit ihm in Verbindung setzen."

Vincentio entging nicht die leichte Betonung des Wortes *Profi*, ein Seitenhieb wegen seiner folgenreichen Entscheidung für einen Amateur im Fall Walsh. Er ließ es durchgehen. „Gut. Ich veranlasse die Zahlung, sobald ich aufgelegt habe. Morgen haben Sie das Geld. Sagen Sie mir Bescheid, wenn der Auftrag erledigt ist."

„Natürlich." Die Verbindung wurde unterbrochen.

Es war nur ein Anruf nötig, um die Zahlung zu veranlassen. Dann legte Vincentio das billige Prepaid-Telefon, das er sich am vergangenen Wochenende für Notfälle zugelegt hatte, beiseite. Er lehnte sich zurück, die Ellenbogen auf die Armlehnen des Sessels gestützt, den er vor drei Jahren bei einem kleinen Lederwarengeschäft im sizilianischen Agrigento bestellt hatte.

Marco hatte behauptet, er wäre ein Mörder. Aber für ihn war es einfach ein Geschäft, Bestrafungen vorzunehmen. Damit beschützte er die Familienehre. Das kostete Leute das Leben, ja, aber nicht ohne Grund. Das Töten in seiner Welt war nicht so sinnlos wie die willkürliche Gewalt, von der heutzutage ständig in den Nachrichten berichtet wurde.

Trotzdem … dies würde sein letzter Auftragsmord sei. Er hatte alle Rechnungen beglichen. Er hatte keine Feinde mehr.

Abgesehen von seinem Sohn.

Seine Kehle war wie zugeschnürt, und er nahm das Glas Wein, das er sich nach Marcos Besuch eingeschenkt hatte. Er trank einen Schluck, und die Flüssigkeit fühlte sich weich und warm an. Er hob das Glas erneut an seine Lippen. Isabella und er hatten abends immer bei einem Glas Wein zusammengesessen, nachdem Marco zu Bett gebracht worden war. Es war der schönste Teil des Tages für ihn gewesen. Voller Liebe. Vertraut. Angefüllt mit leisem Lachen und zärtlichen Berührungen. Viel besser, als alleine Wein zu trinken.

Aber das war jetzt sein Los für den Rest seines Lebens, dank der Unfähigkeit von Alan Carlson, die dazu geführt hatte, dass die Polizei bei seinem Sohn auf der Matte stand – und damit seine Hoffnung auf eine Beziehung zu seinem Enkel endgültig zerstörte.

Seine Finger schlossen sich fester um den Stiel des Weinglases und er hob es in einem spöttischen Salut auf den Mann, der alles verdorben hatte.

„Auf Nimmerwiedersehen, Carlson."

Und dann trank er auf das baldige Lebensende dieses Mannes.

* * *

Cole steckte den Schlüssel in Kellys Schloss und drehte den Türknauf. „Zuerst gehen wir einmal zügig durch die Räume und sehen, ob uns irgendetwas sofort auffällt."

Ohne auf Mitchs Antwort zu warten, schaltete Cole eine Lampe an – wenigstens war der Strom jetzt wieder da – und ging in Richtung Küche. Sie war tiptop aufgeräumt, wie immer. Kein Geschirr in der Spüle, keine Unordnung auf der Küchenzeile, die Dosen mit Mehl, Zucker und Tee in Reih und Glied. Es sah genauso aus wie bei seinen vorigen Besuchen.

„Wohnt hier wirklich jemand?" Mitch sah sich in dem makellos sauberen Raum um.

„Sie ist sehr ordentlich."

„Ach was!" Mitch ließ den Blick noch einmal in die Runde wandern. „Wenigstens dürfte es dadurch leicht zu erkennen sein, ob etwas in Unordnung ist. Soll ich im Keller nachsehen, während du dich hier oben umsiehst?"

„Ja." Cole zeigte nach rechts. „Das ist die Tür."

Während Mitch sich auf das Untergeschoss konzentrierte, sah Cole in den Schlafzimmern nach. Beide schienen unberührt, ebenso wie die Wandschränke in beiden Räumen. Auch im Badezimmer fiel ihm nichts auf. Er schaltete das Licht in Kellys Arbeitszimmer ein. Eine Staffelei stand so, dass das Licht des großen Fensters während des Tages darauffiel, und trotz seiner Besorgnis entlockte die reizende, halb fertige Illustration einer Elfe, die einen Pilz als Tisch benutzte, ihm ein Lächeln. Wie die anderen Räume war auch ihr Arbeitsplatz gut organisiert. Die Pinsel waren der Größe und Form nach sortiert, die Farbtuben standen in Farben gruppiert in einem Plastikeimer, Stapel aus verschiedenen Papiersorten teilten sich den Platz auf den Regalen zusammen mit ihrer Kamera, Malerpaletten waren …

Sein Blick wanderte zur Kamera zurück. Sie hatte ihm erst vor Kurzem erzählt, dass sie nie ohne ihre Kamera wandern ging. Aber hier lag sie. Noch ein Indiz dafür, dass heute keine Wanderung auf ihrem Programm gestanden hatte.

Er ging in den Flur und von dort aus zum Wohnzimmer. Auch dieses Zimmer sah genauso aus wie bei seinem letzten Besuch. Kein Möbelstück war verrückt, und nichts lag herum. Auf dem Couchtisch mit seiner Glasplatte stand nur die kleine Bronzefigur eines Mannes, der ein Kind an der Hand hält. Er hatte die Figur schon vorher bemerkt.

Auch in dem winzigen Eingangsbereich kam ihm nichts verdächtig vor. Er hoffte, dass Mitch mehr Glück gehabt hatte, und ging zurück in die Küche. Als er an dem Garderobenschrank vorbeikam, öffnete er die Tür, blickte kurz hinein und machte Anstalten, sie wieder zu schließen.

Doch dann erstarrte er.

Der Platz, an dem sie ihre Wanderschuhe aufbewahrte, war leer.

„Irgendwas Interessantes gefunden?" Mitch gesellte sich zu ihm.

„Ja." Er zeigte auf den leeren Fleck. „Ihre Wanderschuhe sind weg, aber ihre Kamera nicht."

Mitch kniff die Augen zusammen. „Und das ist merkwürdig, weil …?"

„Sie bewahrt ihre Wanderschuhe immer hier auf. Da sie nicht da sind, deutet es darauf hin, dass sie doch zu einer Wanderung losgezogen ist. Aber sie hat mir erzählt, dass sie nie ohne ihre Kamera wandern geht. Sie macht Fotos mit Ideen für ihre Illustrationen. Außerdem wandert sie nie bei kaltem Wetter."

Mitch zuckte mit den Schultern. „Vielleicht hat sie einfach beschlossen, die Schuhe heute anzuziehen."

„Nein, sie trägt sie wirklich nur zum Wandern. Auch das hat sie betont."

„Hast du ihre anderen Schränke überprüft?"

„Hier bewahrt sie sie auf, Mitch. Alles hat seinen Platz, wie sie einmal zu mir gesagt hat." Er zeigte auf das Wohnzimmer hinter sich. „Hast du jemals ein ordentlicheres Haus gesehen?"

„Das ist ein Argument."

„Wenn sie also nie bei Kälte und ohne ihre Kamera wandern geht, warum braucht sie dann ihre Wanderschuhe?"

Zwei steile Falten erschienen auf Mitchs Stirn. „Also gut. Gehen wir in Gedanken noch mal einiges durch. Du bist immer noch überzeugt, dass jemand ihr absichtlich Erdnüsse in den Kaffee getan hat, richtig?"

„Richtig. Aber Rossi schien diese Neuigkeit zu überraschen. So, als gehörte das nicht zu seinem ursprünglichen Plan. Das könnte bedeuten, dass derjenige, der Kellys Vater getötet hat, nervös wurde, weil Kelly die Selbstmordtheorie infrage stellte und zu viel Staub aufgewirbelt hat."

„Und sein Auftraggeber sollte nicht mitbekommen, dass etwas bei dem Fall furchtbar schiefgelaufen war."

„Das glaube ich. Rossi ist dafür bekannt, dass er keine Fehler duldet."

Mitch lehnte sich mit einer Schulter gegen die Wand und schob die Hände in die Hosentaschen. „Das könnte erklären, warum der

Mörder es das erste Mal auf Kelly abgesehen hatte – aber warum sollte er ihr jetzt *wieder* etwas tun wollen? Jetzt, wo wir eine Verbindung zwischen Kellys Vater und Rossi hergestellt haben, würde ein weiterer Zwischenfall unseren Freund in Buffalo doch nur noch mehr in Verdacht bringen. Das wäre das Letzte, was dem Täter lieb sein kann."

„Stimmt." Cole seufzte. „An der Stelle komme ich auch nicht weiter. Es ergibt keinen Sinn."

Einige Sekunden verstrichen, und dann wurde Mitchs Miene nachdenklich. „Okay. Denk an Rossis Haltung, als du ihn angerufen hast und dann während unseres Besuches. Er war nicht glücklich über die Entwicklungen in diesem Fall. Wahrscheinlich hat er Druck auf unseren Mann ausgeübt, damit der ihm die Polizei vom Hals hält. Aber wie sollte unser Täter das tun?"

Cole zuckte mit den Schultern. „Wir würden die Ermittlungen nur dann einstellen, wenn wir einen definitiven Beweis für Suizid hätten."

„Zum Beispiel einen Abschiedsbrief oder einen ähnlich überzeugenden Beweis."

„Ja, aber da war nichts. Die Spurensicherung oder Kelly hätten ihn gefunden."

„Es sei denn, unser Täter wusste etwas, was wir nicht wissen, das eine spätere Entdeckung glaubhaft machen würde."

Cole runzelte die Stirn. „Zum Beispiel?"

„Ich weiß nicht. Aber dumm ist er nicht, so viel steht fest. Er wäre mit der Sache davongekommen, wenn nicht die Tulpenzwiebeln gewesen wären. Und er ist *einmal* ins Haus gekommen; wer sagt, dass er nicht *wieder* reinkommt, um sich umzusehen und Ideen zu sammeln? Mit dem Druck von Rossi im Hintergrund würde er das so bald wie möglich tun wollen."

Als ihm klar wurde, was Mitch da sagte, wurde Cole ganz schlecht. „Vielleicht hat er sich Zutritt zum Haus verschafft, während Kelly zufällig dort war."

„Das würde ihre merkwürdige Nachricht erklären und die Tatsache, dass sie plötzlich verschwunden ist."

Cole fing an, auf und ab zu gehen, während seine Gedanken sich überschlugen. „Es scheint mir etwas weit hergeholt … aber möglich ist es. Also gut, gehen wir mal für den Moment von diesem Szenario aus. Wenn er Kelly im Haus über den Weg gelaufen ist, muss er sie loswerden. Aber er würde nicht wollen, dass es wie Mord aussieht. Er war auf Rossis Geheiß schon mit der Schadensbegrenzung beschäftigt, also würde er nicht *noch* mehr Verdacht erregen wollen."

„Richtig." Mitch fuhr sich mit der Hand über sein Gesicht. „Um den Mord an John Warren so sauber auszuführen, muss er gut recherchiert und ihn überwacht haben. Ein Teil dieser Überwachung betraf wahrscheinlich auch Kelly. Das bedeutet, er kennt ihre Gewohnheiten – was erklären würde, woher er von der Erdnussallergie und ihren Wanderungen wusste."

„Und er könnte versuchen, mit einem Wanderunfall ihren Mord zu vertuschen." Coles Tonfall war grimmig. „Nur hat er zwei entscheidende Tatsachen übersehen – die Kamera und ihre Abneigung gegen Kälte." Er zog sein Telefon vom Gürtel. „Die Zentrale muss dafür sorgen, dass die Fahndung auch in den angrenzenden Kommunen ankommt und bei der Naturschutzbehörde und den Park Rangers rund um St. Louis. Wenn wir recht haben und er es wie einen Unfall aussehen lassen will, dann muss er ihren Wagen an einem gut sichtbaren Ort stehen lassen, damit er keinen Verdacht erregt. Ich muss Lauren anrufen und fragen, ob Kelly noch einen zweiten Schlüssel zum Haus ihres Vaters hat." Er fing an, seine Hosentasche nach ihrer Nummer zu durchsuchen.

Mitch berührte seinen Arm. „Du weißt, dass wir hier ziemlich viel spekulieren, oder?"

Cole musste nicht erst daran erinnert werden.

Ein Muskel zuckte an seinem Kiefer. „Hast du eine bessere Idee? Wenigstens ergeben die einzelnen Puzzleteile bei diesem Szenario ein Ganzes."

Eine Weile sagte keiner von beiden etwas. Dann ließ Mitch die Hand sinken. „Wir könnten ihr Handy orten lassen."

„Es ist zu alt, um GPS zu haben."

Mitch presste die Lippen aufeinander. „Okay. Ich kümmere mich um die Fahndung, während du Lauren anrufst." Er griff zu seinem Handy an seinen Gürtel, während er in den Flur hinaustrat.

Cole zog Laurens Nummer heraus und tippte sie ein.

Sie verschwendete keine Zeit für eine Begrüßung. „Gibt es etwas Neues?"

„Noch nicht. Ich bin jetzt in Kellys Haus. Ihre Wanderschuhe fehlen, aber ihre Kamera ist da."

„Das ist merkwürdig."

„Ich weiß. Ich will im Haus ihres Vaters nachsehen. Weißt du, ob sie hier noch einen zweiten Schlüssel hat? Und kennst du zufällig den Code für die Alarmanlage?"

„Nein. Aber die Maklerin hat beides. Deshalb war Kelly ja auch heute dort. Ein potenzieller Käufer will sich das Haus am Freitag ansehen, und sie wollte sauber machen. Ich kann mich nicht an den Namen der Maklerin erinnern, aber sieh mal in der Schublade neben der Spülmaschine nach. Dort bewahrt Kelly Visitenkarten auf. Ich wette, die von der Maklerin ist auch dort."

Cole war schon auf halbem Weg zur Küche. Dort angekommen, fand er die Schublade, zog sie auf – und fand Denise Woods Karte ganz oben auf dem Stapel. „Ich habe sie."

„Kelly ist in ernsten Schwierigkeiten, oder?" Laurens Worte bebten ein wenig.

„Wenn, dann werden wir unser Bestes geben, um sie da herauszuholen. Ich melde mich, sobald wir mehr wissen. Behalte dein Telefon bei dir, in Ordnung?"

„Auf jeden Fall. Und da ich eine Vollmacht habe, gebe ich dir die Erlaubnis, alles zu durchsuchen, was du für nötig hältst. Wir haben keine Zeit für offizielle Papiere."

„Das sehe ich auch so. Außerdem glaube ich, dass nun ohnehin die Situation ‚Gefahr im Verzug' erreicht ist. Ich melde mich."

Während er sein Mobiltelefon wegsteckte, kam Mitch zu ihm. „Sie geben die Fahndung noch einmal durch, mit dem Schwerpunkt auf Landschaftsbehörden und Forstwirte. Außerdem habe ich Brett die Situation erklärt. Er hat gesagt, wir sollen ihn auf dem Laufenden halten und ihn wissen lassen, falls wir irgendetwas brauchen."

Cole hätte lieber mit seinem eigenen Vorgesetzten zusammengearbeitet, aber der Beamte, der die Vertretung hatte, war ebenfalls ein kluger Kopf. „Gut. Kannst du dich auf dem Weg zu Warrens Haus ans Steuer setzen, während ich versuche, die Maklerin zu erreichen?"

„Klar."

Als sie das Haus verließen und Cole Mitch seinen Wagenschlüssel zuwarf, blieb er unter der Verandalampe stehen, um Denise Woods Nummer einzutippen.

Und er betete, dass John Warrens Haus irgendeinen Hinweis liefern würde, der sie zu Kelly führte.

* * *

Auf halber Strecke entlang des Weldon Spring Wanderpfads begann Alans Handy an seinem Gürtel zu vibrieren.

Ausgerechnet jetzt.

Er zögerte und warf Kelly einen Blick zu. Sie blieb neben ihm stehen und torkelte ein wenig nach rechts. Er fasste ihren Arm fester. Sie war bisher wie ein betrunkener Seemann den Weg entlanggewankt und hatte ihn dadurch deutlich mehr Zeit gekostet, als er erwartet hatte. Auf seinem Fahrrad konnte er die ersten eineinhalb Kilometer dieses einigermaßen ebenen und gut gepflegten Pfades in wenigen Minuten zurücklegen. Er hatte damit gerechnet, dass sie zu Fuß maximal eine Viertelstunde dafür brauchen würden. Ihr langsames Fortkommen machte ihn schon nervös genug. Anrufe konnte er da gerade gar nicht gebrauchen.

Er ließ Kelly auf den mit Blättern bedeckten Boden sinken und riss das Telefon vom Gürtel. Die Nummer des Anrufers war unterdrückt. Kein gutes Zeichen. Es konnte Rossis Mann sein.

Wenn, dann war es ein Anruf, den er nicht ignorieren konnte.

„Ja?" Er sprach leise und sah sich mit Hilfe des Nachtsichtgerätes um, ob es zwischen den kahlen Bäumen irgendwelche Anzeichen für ungewünschte Gesellschaft gab.

„Der Boss will wissen, ob Sie Ihren Plan bezüglich eines gewissen Schriftstückes ausgeführt haben."

„Ist erledigt. Er müsste innerhalb der nächsten Tage entdeckt werden."

„Dann erhalten Sie in Kürze Ihre letzte Teilzahlung. Ich melde mich wegen eines Übergabeortes."

„Was heißt in ‚Kürze'? Ich wollte übers Wochenende wegfahren."

Es folgte eine winzige Pause. „Wohin fahren Sie denn?"

„Kansas City. Aber ich kann meine Pläne ändern."

Wieder ein Zögern. „Nein. Wir finden einen Weg. Ich melde mich."

Die Verbindung wurde unterbrochen.

Alan schob das Telefon in seine Halterung zurück. Wenigstens ließ Rossi sich wegen der Bezahlung nicht lange bitten, nachdem er seinen Teil der Abmachung eingehalten hatte. Und wenn er das Geld erst einmal in der Hand hielt, konnte er die ganze unangenehme Episode vergessen und sich darauf konzentrieren, Cindy davon zu überzeugen, dass sie sich das mit der Scheidung noch einmal überlegte.

Er zog Kelly hoch und setzte sich wieder in Bewegung. Sie zitterte und folgte ihm nur widerwillig und langsam.

Verärgert fuhr er herum, nahm den Rucksack so, dass er nur über eine Schulter hing, beugte sich vor und warf sich Kelly über die andere Schulter. Er ignorierte ihr Stöhnen, das hinter dem Knebel hervordrang. Er musste diese Sache zu Ende bringen. So bald wie möglich.

Zügig schritt er auf dem Pfad aus. Zum Glück war der Weg in einem guten Zustand. Jetzt müsste er schneller vorankommen.

Und wenn alles gut lief, würde Kelly Warren in weniger als fünfzehn Minuten Geschichte sein.

Kapitel 22

„Da kommt er." Mitch zeigte über das Lenkrad auf den Streifenwagen, der John Warrens Straße hinunterraste. „Das war eine gute
Idee, einen uniformierten Kollegen den Schlüssel und den Zugangscode bei der Maklerin abholen zu lassen."

„Ich habe mir überlegt, dass es schneller ist, als wenn sie selbst
herkommt." Er öffnete das Handschuhfach und zog vier Latexhandschuhe heraus, von denen er zwei Mitch zuwarf. „Gehen
wir."

Zwei Minuten später, nachdem sie die Tür aufgeschlossen und
die Alarmanlage deaktiviert hatten, schaltete Cole das Licht in John
Warrens Küche ein.

Mitch sah sich im Raum um. „Nicht ganz so makellos wie bei
seiner Tochter, aber ziemlich nah dran."

„Kelly war hier." Cole zeigte auf einen frischen Blumenstrauß
auf dem Tisch neben einem mit Folie abgedeckten Teller voller
Plätzchen. Er schluckte den Kloß im Hals herunter, der sich plötzlich bildete, und versuchte, sich auf die anstehende Aufgabe zu
konzentrieren. „Sollen wir getrennt suchen, so wie in dem anderen Haus?"

„Ist mir recht."

Während Mitch durch die Tür in der Ecke der Küche verschwand,
nahm Cole sich das Erdgeschoss vor. In dem bescheidenen Wohn-
und Esszimmer schien nichts ungewöhnlich zu sein. Der Duft eines
Putzmittels mit Zitronenduft kam vom Bad herüber, als er den Flur

entlangging, und er streckte den Kopf hinein. Ein einziges, langes rotbraunes Haar lag in der weißen Porzellanspüle. Noch ein Beweis, dass Kelly hier gewesen war.

Er ging weiter und sah in alle Zimmer. Als er den Raum am Ende des Ganges erreicht hatte, schaltete er das Licht ein.

Drei Dinge fielen ihm sofort auf.

Dies war Kellys Kinderzimmer gewesen. Ein Regal mit Pokalen und Urkunden, alle mit ihrem Namen darauf, stand an einer Wand. Aber es gab eine Lücke – vielleicht die Stelle, an der sonst der große Pokal seinen Platz hatte, der jetzt am Rand der Kommode stand? Wenn ja, warum war er heruntergenommen worden?

Das Zweite, was ihm auffiel, war das ungemachte Bett. Das war gar nicht Kellys Art.

Außerdem stand ihre Reisetasche neben der Kommode, und ein grüner Schlafanzug war oben hineingestopft – und nicht ordentlich gefaltet.

Jemand anderes als Kelly war in diesem Zimmer gewesen und hatte ihre Sachen angefasst.

Der Knoten in seinem Magen zog sich fester zusammen.

Cole ging in den Flur zurück und überprüfte das letzte Zimmer. Das Arbeitszimmer ihres Vaters. Er blieb auf der Schwelle stehen und betrachtete den Teppich. Es war klar, dass Kelly ihn während ihres Besuchs gesaugt hatte. Symmetrische Spuren waren in dem hochflorigen Teppich zu sehen, aber es gab auch Laufspuren. In der Mitte des Raumes waren mehrere Fußabdrücke, und es gab Anzeichen dafür, dass jemand zum Schreibtisch gegangen war.

„Cole!"

Als er Mitch rufen hörte, ging er in die Küche zurück und zur Kellertür. Mitch stand am Fuß der Treppe.

„Komm lieber runter. Ich habe etwas Verdächtiges gefunden."

„Hier oben sind auch ein paar Dinge merkwürdig." Er stieg zu Mitch in den Keller hinunter und folgte ihm zu einem Regal.

„Aufgefallen sind mir diese grünen Fusseln auf dem Boden. Als ich mich bückte, fand ich das Haar dort." Mitch zeigte auf eine Stelle am Boden, wo ein weiteres Haar in der gleichen Farbe wie

Kellys auf den grünen Fasern lag. „Und während ich mich bückte, habe ich das hier bemerkt." Er ging in die Hocke und zeigte auf den Pfosten des Regals.

Cole hockte sich ebenfalls hin und begutachtete die Stelle. Das schwere Stahlregal sah aus, als hätte es viele Jahre dort gestanden. Die Farbe war nachgedunkelt, aber an der Stelle, auf die Mitch zeigte, schien es eine schmale Abriebspur zu geben, die das angelaufene Metall ein wenig blank gescheuert hatte.

Er untersuchte noch einmal die grünen Fusseln. „Die haben die gleiche Farbe wie der Flanellschlafanzug, der in ihrem Zimmer in die Tasche gestopft wurde." Er erzählte Mitch auch von den anderen Dingen, die ihm aufgefallen waren. „Das alles gefällt mir nicht."

„Mir auch nicht."

Ein schwaches Klingeln ertönte. Cole legte den Kopf schief und lauschte. „Ist das die Türklingel?"

„Ich glaube, ja."

Er stand auf und ging zur Treppe, die er jeweils zwei Stufen auf einmal nahm, dicht gefolgt von Mitch. Im Eingangsbereich angekommen, sah er durch den Spion.

„Es ist eine ältere Dame. Eine Nachbarin vielleicht?"

„Ich gehe kein Risiko ein." Mitch zog seine Dienstwaffe und ging im Flur hinter ihm in Stellung.

Cole widersprach nicht.

Nachdem er die Riegel beiseitegeschoben hatte, öffnete er die Tür einen Spaltbreit. „Kann ich Ihnen helfen?"

„Ja, junger Mann, das können Sie." Die kleine, sportlich aussehende grauhaarige Dame rückte ihre Brille zurecht und starrte ihn an. „Ich bin Sheila Waters von nebenan, und ich bin sehr beunruhigt über das, was in diesem Haus vor sich geht. Als ich den Polizeibeamten vorfahren sah" – sie zeigte über die Schulter auf den Streifenwagen – „beschloss ich, herzukommen und herauszufinden, was hier los ist. Ich mache mir Sorgen, seit ich gesehen habe, wie dieser Mann ein Auto aus der Garage gefahren hat. In der Garage sollte gar kein Wagen stehen. Kelly hat den von ihrem Vater schon vor Monaten verkauft."

Coles Finger krallten sich um die Türkante. „Was für ein Mann?"

„Ich habe keine Ahnung. Und ich habe auch keine Ahnung, wer *Sie* sind."

„Detective Cole Taylor, Ma'am." Er zog seine Dienstmarke heraus und klappte sie auf.

„Noch ein Detective?" Sie beugte sich vor, untersuchte die Marke, richtete sich wieder auf und atmete geräuschvoll aus. „Was ist nur aus unserem Viertel geworden?"

„Ma'am, wenn Sie gesehen haben, wie jemand Kellys Wagen weggefahren hat, müssen wir uns unterhalten."

„Es war nicht Kellys Wagen. Sie parkt immer in der Auffahrt."

„Wir glauben trotzdem, dass es Kellys Auto war, Ma'am." Kein Wunder, dass der Täter von ihrer Anwesenheit überrascht worden war, wenn sie diesmal nicht sichtbar in der Auffahrt, sondern in der Garage geparkt hatte. Er wandte sich zu Mitch um. „Hol die Spurensicherung her."

„Bin schon dabei."

Die Frau spähte an ihm vorbei in den dämmrigen Flur. „Ist das Detective Carlson da hinten?"

„Nein, Ma'am. Sie kennen Detective Carlson?"

„Natürlich. Er hat Fragen wegen eines Einbruchs hier in der Nachbarschaft gestellt, nur zwei Wochen, bevor der arme John gestorben ist. Und er war anschließend wieder hier, um den sogenannten Selbstmord zu untersuchen. Aber wie ich ihm damals schon sagte, ich kannte John Warren zwanzig Jahre lang, und der Mann hätte sich niemals das Leben genommen." Sie sah ihn an. „Wenn das Kellys Auto war, warum ist der Mann dann damit gefahren? Wo ist Kelly?"

„Das wollen wir gerade herausfinden, Ma'am." Ein heftiger Windstoß erfasste die ältere Frau, und er winkte sie herein. „Kommen Sie doch bitte herein, der Wind ist sehr kalt. Mitch, sagst du dem Beamten draußen, dass er in der Nähe bleiben soll?"

„Okay." Er schob sich zur Tür hinaus, das Telefon am Ohr.

„Ms Waters, *wann* haben Sie den Mann aus der Garage fahren sehen?"

„Ich weiß es nicht genau, aber es war während der ersten Werbepause bei den Sechsuhrnachrichten. Ich bin aufgestanden, um die Jalousien am Fenster vorne herunterzulassen, und da habe ich gesehen, dass das Garagentor offen stand. Er hatte die Scheinwerfer nicht angemacht, was mir seltsam vorkam. Die Straßenlaterne gab genug Licht und ich konnte sehen, dass er eine Brille aufhatte – so wie der Kerl, den ich vorher hinter dem Haus gesehen habe."

„Was für ein Kerl?" Mitch kam wieder herein, als Cole gerade seine Frage stellte.

„Ich glaube, er war von der Telefongesellschaft. Er hatte jedenfalls einen weißen Helm auf und trug auch eine Brille. Seine Haare waren grau meliert, soweit ich das unter dem Helm erkennen konnte." Die Frau legte den Kopf schief und kniff die Augen zusammen. „Wissen Sie, das war wirklich merkwürdig mit diesem Mann. Zuerst habe ich ihn von hinten gesehen, und von der Figur her erinnerte er mich an Detective Carlson. Es war sehr nett, Ihren Kollegen kennenzulernen. Wir haben uns während der Ermittlungen zu dem Einbruch bestens unterhalten und ein paar Brownies zusammen gegessen. Was für ein netter Mann. Und so gut aussehend!"

Cole runzelte die Stirn und warf Mitch einen schnellen Blick zu, während er Sheila antwortete. „Er war tatsächlich heute hier, um nach dem Haus zu sehen, nachdem wir anfingen, uns Sorgen um Ms Warren zu machen. Aber das muss um kurz nach vier gewesen sein."

„Nein. Der andere Mann war vormittags da. Und ich habe ihn auch nur ganz kurz gesehen, weil er gleich hinterm Haus verschwand. Ich dachte, vielleicht hat der Sturm letzte Nacht die Telefonleitungen im Viertel beschädigt."

„Ist Ihnen heute noch irgendetwas aufgefallen, das anders war als sonst?"

„Nein. Erst, als der Streifenwagen vorfuhr. Ist Kelly etwas passiert?"

„Das versuchen wir herauszufinden, Ma'am."

„Machen Sie das. Ich habe das Mädchen aufwachsen sehen, seit sie dreizehn war. Ich will nicht, dass ihr irgendetwas zustößt."

„Wir werden tun, was wir können, damit ihr nichts passiert. Danke, dass Sie hergekommen sind." Cole schob sie sanft in Richtung Tür, die er aufzog.

„Wenn Sie mich noch irgendetwas fragen wollen, kommen Sie einfach rüber."

„Danke, das werden wir."

Als er die Tür hinter John Warrens Nachbarin geschlossen hatte, wandte Cole sich zu Mitch um. „Was hältst du davon?"

„Wir haben jetzt eine konkrete Abfahrtszeit."

„Ich rede von Carlson."

„Sie mochte ihn ganz offensichtlich."

„Nein." Die Ungeduld ließ seine Stimme schärfer klingen, und er fing an, unruhig auf und ab zu gehen. „Ich meine die Tatsache, dass der Telefonmensch sie an ihn erinnert hat."

„Zufall?"

„Was, wenn es mehr ist als das?"

Mitch runzelte die Stirn. „Zum Beispiel?"

„Was wäre, wenn Carlson in die Sache verwickelt wäre?"

Ein Augenblick verstrich, in dem keiner der beiden etwas sagte. „Das ist sehr weit hergeholt. Soweit ich weiß, hat Carlson eine weiße Weste. Er ist ein guter Ermittler. Ich habe ein paar Fälle mit ihm zusammen bearbeitet."

„Ich auch."

„Und sie hat gesagt, er war es nicht, als sie sein Gesicht gesehen hat. Er trug Brille und hatte grau melierte Haare."

„Wusstest du, dass Carlson in Dallas als *verdeckter* Ermittler gearbeitet hat, bevor er zu uns kam?"

Mitch blinzelte. „Nein."

„Er redet auch nicht viel darüber. Aber nachdem er und Cindy sich getrennt hatten, sind wir eine Zeit lang freitags zusammen losgezogen, und er hat mir ein bisschen davon erzählt. Ich hatte den Eindruck, dass er für die Arbeit sehr begabt war."

„Du meinst, wir sollten mit ihm reden?"

Cole zog sein Telefon heraus. „Ja. Und während ich ihn in der Leitung habe, ruf du doch bei der Telefongesellschaft an und frag, ob sie heute jemanden in diese Gegend geschickt haben."

„Ist gut." Er zeigte auf Coles Telefon. „Das könnte ein unangenehmer Anruf werden."

„Ich weiß." Er tippte die Nummer des Mannes ein. „Aber ich mache mich lieber zum Affen, als ein Risiko einzugehen, wenn Kellys Leben auf dem Spiel steht."

* * *

Wer rief ihn denn jetzt schon wieder an?

Alan blieb stehen, rückte Kelly auf seiner Schulter zurecht und kramte sein Handy heraus.

Cole.

Mit dem Telefon in der Hand überlegte er einen Augenblick, ob er das Gespräch entgegennehmen sollte. Er hatte seinem Kollegen bereits gesagt, er habe ein geheimes Treffen mit einem Informanten in Sachen Doppelmord und werde dann ins Wochenende gehen. Er hatte gehofft, das würde Cole davon abhalten, noch einmal anzurufen.

Das Telefon vibrierte weiter. Was konnte es ihm nutzen, wenn er dranging?

Nichts.

Nachdem er seine Entscheidung gefällt hatte, schob er das Telefon in seine Halterung und setzte sich wieder in Bewegung. Er wollte keine weiteren Verzögerungen bei dieser Aufgabe. Wenn er fertig war, würde er zum Anfang des Weges zurückgehen, die knapp fünf Kilometer zum Schnellrestaurant an der Interstate 64 joggen und sich ein Taxi nehmen, das ihn zu seinem Wagen zurückbrachte. Dann würde er zu seiner Schwester nach Kansas City fahren. Sie würde staunen, ihn zu sehen, da sie nur selten miteinander sprachen und er die Nachricht, die von ihr auf seiner Mailbox hinterlassen worden war, ignoriert hatte. Aber sie hatte ihn über den Feiertag eingeladen und würde ihn sicher nicht vor der Tür stehen lassen, wenn er morgen dann doch zum Abendessen erschien. Taylor hatte er ja bereits gesagt, dass er am Feiertag verreist sein würde.

Das Telefon hörte auf zu vibrieren. Endlich.

Vielleicht ließ man ihn jetzt in Ruhe.

* * *

„Geht nicht dran." Cole beendete die Verbindung. „Ich frage mich, ob Cindy von ihm gehört hat."

„Ich dachte, die beiden leben getrennt."

„Das tun sie auch. Aber er hat mir erzählt, sie ständen immer noch in Verbindung und er würde auf eine Versöhnung hinarbeiten. Vielleicht ist er über den Feiertag zu ihr gefahren."

„Es kann nicht schaden, sie anzurufen." Mitch zog ebenfalls sein Handy heraus. „Ich melde mich kurz bei Alison und erkläre ihr, was los ist."

Cole blickte auf seine Uhr und zog eine Grimasse. „Es ist zu spät, um den Kuchen abzuholen."

„Ich glaube, das wird sie verstehen."

Ja, das würde sie. Und er würde es wiedergutmachen, wenn dieser Albtraum vorüber war.

Zwei Minuten später hatte die Zentrale Cindys Telefonnummer in Carlsons Personalakte ausfindig gemacht – zusammen mit der Nummer einer Schwester, von der Cole nichts gewusst hatte. Noch ein Anruf, den sie tätigen konnten, wenn der bei Cindy nichts ergab.

Er gab Cindys Nummer ein und sie nahm ab, als er schon glaubte, der Anrufbeantworter würde anspringen.

Sie hörte sich seine Erklärung an und ihre Reaktion war verhalten. „Ich weiß ehrlich gesagt nicht, warum du glaubst, dass Alan Thanksgiving *hier* verbringen wird?"

Coles Nacken wurde warm. Offensichtlich war er in einen Fettnapf getreten. „Ich hatte den Eindruck, ihr beide ständet noch in Verbindung und könntet vielleicht wieder zusammenkommen."

„Hat er dir das gesagt?"

„Nicht genau mit diesen Worten, aber er hat es angedeutet."

Ein verärgertes Seufzen war durch die Leitung zu hören. „Der Mann ist wirklich gestört! Unsere Scheidung ist seit dieser Woche offiziell – deshalb habe ich an diesem Feiertag viel Grund zur Dankbarkeit."

Cole runzelte die Stirn. „Tut mir leid, wenn ich das, was er gesagt hat, falsch gedeutet habe. Es klang so, als würdet ihr darüber sprechen, euch zu versöhnen."

„*Er* war der Einzige, der davon gesprochen hat. Er war sogar ein paarmal hier und hing vor meiner Wohnung herum. Ich musste ihm mit einer gerichtlichen Verfügung drohen, falls er nicht aufhören würde, mich zu belästigen. Der Mann hatte mehr Probleme, als ich dachte."

Coles Miene verfinsterte sich noch mehr. „Hör zu, ich will nicht in euren Privatangelegenheiten herumschnüffeln, aber wir haben hier eine Situation, die lebensgefährlich sein könnte. Und allmählich haben wir den Eindruck, dass Alan etwas damit zu tun hat. Sind die Probleme, die du erwähnt hast, welche, von denen wir im Rahmen unserer Ermittlungen wissen sollten?"

Einige Augenblicke verstrichen, bevor sie sprach. „Ich weiß nicht. Aber ich will ihm das Leben nicht schwer machen, auch wenn ich froh bin, dass er aus meinem Leben verschwunden ist."

„Das verstehe ich." Cole winkte Mitch näher, der gerade sein Telefonat beendete. „Und wenn die Information, die du uns gibst, uns nichts nützt, behalten wir sie für uns. Mitch Morgan, ein anderer Detective, ist hier bei mir. Nur wir beide. Kann ich dich laut stellen, während wir reden?"

„In Ordnung."

„Warte eine Sekunde." Er betätigte die Stummtaste. „Die Scheidung ist gerade rechtskräftig geworden. Sie musste mit einer gerichtlichen Verfügung drohen, damit Carlson sie in Ruhe ließ. Sie sagt, er habe auch noch andere Probleme gehabt." Er drückte wieder auf die Taste und stellte dann den Lautsprecher an, während er das Telefon vor sich hielt. „Was für andere Probleme meinst du, Cindy?"

„Vor allem Glücksspiel. Er sagt, er hätte jetzt aufgehört, aber das hat er mir früher auch schon mal erzählt."

Cole wechselte einen Blick mit Mitch. „Wie ernst ist die Spielerei?"

„Sehr ernst. Wir haben unser Haus verloren und alles Geld auf unseren Sparkonten. Er hat sogar den Treuhandfonds aufgebraucht, den mein Onkel mir vererbt hat. Das war der Tropfen, der das Fass zum Überlaufen gebracht hat. Als ich ihn verließ, war er nicht nur pleite, sondern hatte auch noch größere Schulden bei verschiedenen Kasinos. Er wollte mich davon überzeugen, dass er sich geändert hat und dass er eine zusätzliche Arbeit bei einem Sicherheitsdienst angenommen hat, um seine Schulden zu begleichen und mein Treuhandkonto wieder aufzufüllen. Vor ein paar Wochen hat er mir einen Kontoauszug geschickt, der ein Plus aufwies, also nehme ich an, er hat diesmal die Wahrheit gesagt. Aber ich bin nicht bereit, mich noch einmal darauf zu verlassen, dass seine Veränderung von Dauer ist."

Cole sah, wie sich Mitchs Gesicht zunehmend verfinsterte.

Seine Reaktion war ähnlich.

„Cindy, das hat uns sehr geholfen. Ich gebe dir meine Nummer, für den Fall, dass du von Alan hörst. Aber wenn, dann sag ihm bitte nicht, dass wir angerufen haben."

„Ist gut. Viel Glück bei eurem Fall."

„Danke." Cole legte auf und schob das Mobiltelefon wieder in seine Halterung. „Die Sache gefällt mir immer weniger."

„Mir auch."

„Alan hat nun ein Motiv, die Erfahrung als verdeckter Ermittler, und genug Gelegenheit, um die Tat auszuführen."

„Und er hat vielleicht dafür gesorgt, dass er selbst den Fall bearbeiten kann – das wäre ein genialer Schachzug."

„Stimmt." Cole atmete aus und fuhr sich sorgenvoll mit den Fingern durchs Haar. „Es wäre das perfekte Szenario für ein perfektes Verbrechen."

„Wenn wir recht haben, ist es jetzt nicht mehr perfekt."

„Das wäre es vielleicht gewesen, wenn Kelly ihm nicht einen

Strich durch die Rechnung gemacht hätte, indem sie ihn bei etwas ertappt hat, was er im Haus ihres Vaters tun wollte. Aber er ist ein methodischer Mensch, und diese Wendung konnte er nicht einplanen. Deshalb hat er ein paar Fehler begangen."

„Von denen uns aber keiner verrät, wohin er Kelly gebracht hat."

Daran musste er nun wirklich nicht erinnert werden. Cole biss die Zähne zusammen und kämpfte gegen die aufsteigende Panik an. „Aber wenn unsere Theorie stimmt, dann steht ihr Auto in diesem Augenblick irgendwo und wartet darauf, gefunden zu werden. Und wir *werden* es finden."

Mitch antwortete nicht, aber das war auch nicht nötig. Cole konnte die Gedanken seines Kollegen in dessen Augen lesen.

Ja, sie würden das Auto finden.

Aber würden sie es *rechtzeitig* finden?

* * *

Endlich.

Sie waren angekommen.

Alan sank auf ein Knie und ließ Kelly zu Boden gleiten. Er stützte die Hände auf seine Oberschenkel und sog mehrmals tief die kalte Luft ein. Er war zwar gut in Form, aber sechzig Kilo fast einen Kilometer weit zu tragen, das hatte selbst seine Ausdauer gefordert.

Eine ganze Minute lang blieb er so knien, während er keuchend atmete und darauf wartete, dass sein Pulsschlag sich verlangsamte. Das tat er schließlich auch, aber nicht so weit, wie er erwartet hatte.

Denn jetzt war der Augenblick der Wahrheit gekommen.

Er musste Kelly töten.

Es gab keine Alternative. Und er hatte schon mal einen Menschen getötet. Er konnte das. Trotzdem … diesmal war es irgendwie anders. Bei ihrem Vater hatte er dem Kohlenmonoxid das Töten überlassen. Und bei dem ersten Anschlag auf Kelly waren die Erdnüsse die Mordwaffen gewesen. Er hatte seinen Opfern keine Waffe an den Kopf halten, ein Messer in den Rücken jagen oder sie erwürgen müssen.

Langsam erhob er sich und ging zu einem kleinen Plateau, das über den Pfad hinausragte und auf dem eine Bank den Wanderern an sonnigen Tagen Rast bot – und einen großartigen Ausblick. Am Rand der Sandsteinklippe blieb er stehen und blickte nach unten. Es mussten mehr als zwölf Meter bis zum Boden sein, und zwanzig Meter vom Fuß des Berges entfernt floss der Missouri River vorbei, dunkel und leise. Er hatte gut gewählt. Hier war nicht viel los – schon gar nicht am Vorabend eines Feiertags und angesichts der Wetterwarnungen, die weitere Unwetter vorhersagten.

Merkwürdig, dass Kelly und er oft Zeit in derselben Gegend verbracht hatten. Sie hatte ihre Wanderungen auf dem Weldon-Spring-Pfad einmal erwähnt, während er den Tod ihres Vaters „untersucht" hatte. Aber er hatte nicht gewusst, dass diese Information sich eines Tages als nützlich erweisen würde.

Er drehte sich um und sah ihre reglose Gestalt. Auf der letzten Wegstrecke war ihr Körper über seiner Schulter erschlafft. Das war ein Vorteil. Wenn sie nicht bei Bewusstsein war, würde es für ihn leichter werden, sie zu töten. Es war dann fast so, als wäre sie schon tot.

Er sah sich schnell auf dem Boden um. Felsbrocken gab es hier jede Menge, wie er von seinen angenehmeren Ausflügen wusste, und mit dem Nachtsichtgerät dauerte es nur wenige Sekunden, bis er einen gefunden hatte, der seine Anforderungen erfüllte. Gleich darauf hielt er ihn in der Hand und testete sein Gewicht. Ja. Der war schwer genug für seine Zwecke.

Nachdem er den Felsbrocken neben Kellys zusammengesunkene Gestalt gelegt hatte, bückte er sich, um die Fesseln von ihren Händen zu schneiden, während sie auf der Seite lag. Als ein plötzlicher Windstoß raschelnd durch die wenigen trockenen Blätter fuhr, die noch an den Bäumen hingen, beschleunigte sich sein Puls und er blickte sich noch einmal um.

Die Luft war rein.

Er zwang seine Nerven, sich zu beruhigen, während er die Fesseln und die Handtücher, die ihre Handgelenke geschützt hatten, in seinen Rucksack stopfte. Dann nahm er den Stein und stand auf.

Es war so weit.

Der modrige Geruch verrottender Blätter stieg ihm in die Nase, und auf einmal wurde ihm schlecht. Aber nicht nur von dem Geruch. Sein Leben war wie diese Blätter – es löste sich langsam auf. Um seine Frau zurückzugewinnen, war er ein Mann geworden, den sie niemals lieben konnte. Er hatte schon einmal getötet, und er würde es gleich wieder tun. Er war keinen Deut besser als die Verbrecher, die er sein ganzes Berufsleben lang gejagt hatte.

Aber Cindy musste das ja nicht erfahren. Niemand erfuhr es. Und er hatte jetzt keine Wahl mehr. Es gab kein Zurück. Kelly konnte ihn identifizieren. Wenn sie am Leben blieb, war sein Leben vorbei.

Seine Hände wurden in den Latexhandschuhen ganz klamm, während seine Finger sich um den Felsbrocken schlossen. Er beugte sich über ihren Kopf und atmete tief ein. Dann hob er den Stein an.

Auf einmal rührte sie sich.

Er griff den Stein fester.

Sie rollte auf den Rücken, öffnete die Augen und starrte zu ihm hinauf.

Die Übelkeit in seinem Magen wurde stärker. Er konnte ihr nicht das Gesicht zertrümmern. Und er konnte auch das Flehen in ihren Augen nicht ignorieren.

Er hatte gedacht, er könnte das hier tun … aber er war kein Mörder. Jedenfalls nicht diese Art von Mörder.

Mit zitternden Armen ließ Alan den Stein sinken und zwang sich, nachzudenken. Sie musste sterben. So wie ihr Vater auch. Aber er musste eine andere Methode finden.

Er ging wieder zum Rand der Klippe. Die Chancen, einen Sturz aus dieser Höhe zu überleben, waren verschwindend gering, selbst ohne vorherige Verletzung. Außerdem war Blitzeis vorhergesagt. Mit ihren Verletzungen und in dem eisigen Wetter würde sie die Nacht nicht überleben. Und dass jemand ihren Wagen vorher entdeckte, war höchst unwahrscheinlich. Auch Wanderer würden in den nächsten zwei Tagen nicht hier entlangkommen, falls es ihr zufällig gelingen sollte, um Hilfe zu rufen.

Vielleicht musste er sie ja gar nicht töten, bevor er sie über die Klippe warf. Vielleicht musste er nur dafür sorgen, dass sie liegen blieb, wo sie auftraf, damit die Natur den Rest erledigen konnte.

Gut. Damit konnte er umgehen.

Er trat wieder neben sie. Sie versuchte aufzustehen, aber ein kleiner Stoß brachte sie wieder zu Fall. Alan stellte sich neben ihre Beine, stellte einen Fuß auf ihren Knöchel, um das Bein zu fixieren, hob den Felsbrocken und ließ ihn auf ihr Knie heruntersausen.

Er hörte das Knirschen von Knochen. Sie zuckte zusammen, und der durch den Knebel gedämpfte Schmerzenslaut, während sie sich unter seinem Fuß wand, zog ihm den Magen zusammen. Aber er hätte ihr den Stein stattdessen ja auch auf den Kopf werfen können. Sie konnte von Glück sagen, dass er für einen direkten Mord nicht kaltblütig genug war.

Nachdem er den Felsbrocken zur Seite geworfen hatte, knotete er den Knebel auf, zog ihn aus ihrem Mund und stopfte ihn in eine Plastiktüte, die er in seinen Rucksack schob. Sie stöhnte leise, und als er sie wieder vom Boden aufhob, hing ihr Bein nutzlos herab. Sie war bei Bewusstsein, aber ihr Blick war vor Schmerzen getrübt.

Die Schwäche in seinen Beinen überraschte ihn, als er zum Rand der Klippe ging und sie auf die Füße stellte, während er sie festhielt, damit sie nicht zusammensackte. Er zog ihre Mütze herunter und warf sie in die Schlucht. Dann riss er ihr einen Handschuh von der Hand und warf den ebenfalls hinunter. Anschließend öffnete er den Reißverschluss ihrer Jacke zur Hälfte und holte tief Luft.

Jetzt war es so weit.

Mit hämmerndem Herzen schluckte er, blickte zum Fluss hinunter und stieß sie über die Klippe.

Endlich war alles still.

Er blickte in den Abgrund hinunter. Es dauerte einen Augenblick, bis er sie erspäht hatte, weiter rechts, als er erwartet hatte, und auf der Seite liegend. Ihr Bein war verdreht. Ihre Jacke war ganz aufgegangen, sodass sie den Elementen noch mehr ausgesetzt war.

Und sie bewegte sich nicht.

Alan schluckte den schalen Geschmack im Mund hinunter, während er zu seinem Rucksack zurückging und ihn hochhob. Mit der Kante des Sportschuhs, dessen er sich bald entledigen würde, glättete er den dichten Teppich aus Blättern. Der Boden war hart und trocken, sodass selbst an den freien Stellen keine Fußabdrücke zu sehen sein würden. Wenigstens das war ein Vorteil für ihn gewesen. Und er hatte auf dem Parkplatz Socken über seine Schuhe gezogen, sodass auch dort keine Spuren einer weiteren Person zu finden waren.

Das Nachtsichtgerät noch auf der Nase, sah er sich ein letztes Mal um. Die Gegend schien unverändert. Als wäre heute niemand hier vorbeigekommen.

Er setzte seinen Rucksack auf und ging den Weg zurück, den er gekommen war.

Er hatte es getan.

Kapitel 23

Deputy Trent Adams unterdrückte ein Gähnen und trank einen Schluck seines lauwarmen Kaffees aus dem Thermobecher, der bei seinen Nachtdiensten zur Grundausstattung gehörte. Acht Uhr abends war zwar nicht gerade Nachtschicht-Zeit, aber es fühlte sich so an. Er und Angie hatten den ganzen Tag damit zugebracht, ihr erstes Thanksgiving-Essen als Ehepaar vorzubereiten. Sie war völlig überdreht, und er war einfach nur geschafft. Was er heute Abend brauchte, war eine ruhige, ereignislose Schicht.

Ein plötzliches, leise prasselndes Geräusch auf seinem Wagendach erregte seine Aufmerksamkeit, und er stellte den Kaffeebecher in seine Halterung zurück. Offenbar hatten die Meteorologen ausnahmsweise einmal recht gehabt. Schade, ausgerechnet während seiner Schicht. Es konnte übel werden, wenn zu viele Leute beschlossen, bei Eisregen auf dem Highway 94 unterwegs zu sein.

Seine Scheinwerfer beleuchteten das Schild, das auf den Eingang zum nächsten Wanderparkplatz verwies, und er fuhr langsamer. Normalerweise würde er weiterfahren. Weldon Spring gehörte zum Gebiet der Forstbehörde. Aber sein Boss hatte nachdrücklich auf eine Fahndung hingewiesen, weil eine Person vermisst wurde, und er hatte Anweisung, jeden Winkel in seinem Gebiet zu überprüfen.

Er bog in die Schotterstraße ein und fuhr auf das Ende des Parkplatzes zu. Er würde eine schnelle Runde drehen und anschließend zu dem Imbiss in der Nähe der Interstate 64 fahren, um Kaffee nachzufüllen. Nach seinem hektischen Tag heute würde er eine stetige Zufuhr von Koffein brauchen, um …

Im Licht seiner Scheinwerfer tauchte ein Auto ganz hinten auf dem Parkplatz auf, und er nahm stirnrunzelnd den Fuß vom Gas. An einem solchen Abend sollte der Parkplatz leer sein.

Er setzte zurück, schlug das Lenkrad in entgegengesetzter Richtung ein und hielt hinter dem Wagen. Es war ein älterer Ford Focus. Dunkelblau.

Wie das Auto in der Fahndung.

Er unterdrückte ein aufgeregtes Flattern im Bauch und blinzelte, um das Nummernschild zu erkennen. Dann drehte er sich auf seinem Sitz zur Seite und rief die Fahndungsmeldung auf seinem Computerbildschirm auf.

Das Kennzeichen stimmte überein.

Ein Adrenalinstoß durchfuhr ihn, als er zum Funkgerät griff.

Es würde nichts werden mit seiner ruhigen Nacht.

* * *

„In diesem Viertel waren heute keine Techniker der Telefongesellschaft unterwegs." Mitch verstaute sein Telefon wieder am Gürtel, während er zu Cole neben den Wagen der Spurensicherung trat, der vor John Warrens Haus parkte.

Ein eisiger Windstoß erfasste die Männer, und Cole spürte ein Stechen wie von kleinen Nadeln auf der Wange. Das hatte ihnen gerade noch gefehlt. Eisregen. Das war genauso schlecht wie das Wetter in Buffalo. Wieder einmal bereute er, gestern Abend ohne Mantel aus dem Haus gegangen zu sein.

„Das überrascht mich nicht." Er schob die Hände in die Hosentaschen und blickte zum Haus hinüber. In jedem Zimmer drang Licht hinter den Jalousien hervor. „Hoffen wir, dass Hank etwas findet."

„Das wird er, wenn es etwas gibt, was er finden kann. Hank ist der beste Mann am Tatort, mit dem ich jemals zusammengearbeitet habe."

„Stimmt, aber er ist launisch. Und griesgrämig."

„Du bist nur sauer, weil er uns rausgeschmissen hat."

„Wir haben doch gar keine Beweise vernichtet."

„Und wir hatten sowieso etwas Besseres zu tun."

Cole warf ihm einen mürrischen Blick zu. „Die Befragung der Nachbarn war ein Reinfall – es sei denn, du hast mehr Glück gehabt als ich. Und mein Anruf bei Carlsons Schwester hat auch nichts ergeben. Sie hat seit Monaten nichts mehr von ihm gehört, und sie erwartet ihn auch nicht zu Thanksgiving."

„Vielleicht finden die Beamten, die Kellys Nachbarn befragen, etwas Nützliches heraus."

„Die hab ich schon gefragt, sie haben auch nichts."

Cole wusste, dass er den uniformierten Kollegen sämtliche Befragungen in der Nachbarschaft von Kellys Vater überlassen konnte, aber er hasste das Gefühl, nutzlos zu sein. Ohne irgendwelche Spuren, denen sie nachgehen mussten, ohne Verdächtige oder Zeugen, die es zu verhören galt, und ohne Beweise, die man analysieren konnte, gab es nicht viel, was Mitch und er tun konnten. Sie brauchten dringend einen Durchbruch oder eine neue Information, mit der sie etwas anfangen konnten.

„Hör zu, wir stehen hier doch nur sinnlos herum." Seine Finger umschlossen den Schlüssel in seiner Hosentasche und er zog ihn heraus. „Ich könnte dich zum Büro bringen, damit du deinen Wagen holen kannst. Ich werde mich an den Computer setzen und sehen, was ich über Alan herausfinden kann."

„Du weißt schon, dass wir mit unserer Idee ganz falschliegen könnten, oder?"

„Vielleicht. Aber es passt alles zusammen. Und er geht immer noch nicht ans Telefon. Wenn er nicht nach Chicago oder Kansas City unterwegs ist, wo ist er dann ..." Sein Telefon fing an zu vibrieren, und er zog es vom Gürtel, um einen Blick auf die Anruferkennung zu werfen. „Die Zentrale." Er nahm das Gespräch an. „Taylor."

„Detective Taylor, wir haben eine Bestätigung vom St. Charles Bezirkssheriff, dass der Wagen, der zur Fahndung ausgeschrieben ist, auf seinem Gebiet gefunden wurde."

Sein Herzschlag stockte, und er umklammerte das Telefon fester. „Ist jemand …" Seine Stimme klang rau und er räusperte sich. „Ist das Fahrzeug leer?"

„Ja."

„Warten Sie." Er schaltete auf stumm und versuchte, ruhig zu atmen, während er Mitch den Autoschlüssel zuwarf. „Sie haben Kellys Wagen. Wir treffen uns in zwei Minuten bei meinem Auto." Ohne auf eine Antwort zu warten, rannte er zu John Warrens Haustür und nahm gleichzeitig sein Gespräch mit der Zentrale wieder auf. „Wo ist der Standort?"

Er hörte zu, während die Beamtin ihm die Information durchgab, und nahm die Stufen zur Veranda hinauf in einem einzigen Satz. „In Ordnung. Bitte bleiben Sie dran." Er öffnete die Tür und lief durch den Eingangsbereich zum Flur. Er fand Hank in John Warrens Arbeitszimmer. „Ich brauche etwas vom hinteren Schlafzimmer. Sofort. Das Kopfkissen und Kleidungsstücke aus der Reisetasche."

„Ich bin da drin noch nicht fertig."

„Gib mir, was du kannst. Genug für die Hundestaffel."

Während der Mann sich leise murrend erhob, wandte Cole sich um und deaktivierte die Stummtaste wieder. „Okay. Stellen Sie mich bitte zu Brett Layton durch."

Während er darauf wartete, dass die Verbindung zustande kam, ging er in das kleine Foyer zurück und fing an, auf und ab zu schreiten.

„Layton hier."

„Sergeant, hier spricht Cole Taylor. Mitch Morgan ist bei mir und wir fahren gleich zum Weldon Spring Wanderweg, wo Kelly Warrens Wagen gefunden wurde. Ich möchte Sie über unsere neueste Theorie in diesem Fall informieren und Sie bitten, uns so bald wie möglich eine Wärmebildkamera und eine Hundestaffel dorthin zu schicken."

Hank erschien wieder, die gewünschten Gegenstände in einer Plastiktüte. Cole nahm sie entgegen und verließ das Haus, um zu dem Wagen zu rennen, in dem Mitch bereits mit laufendem Motor wartete. Währenddessen erklärte er Layton, dem zuständigen Leiter ihrer Einheit, die Situation.

Und die ganze Zeit über betete er, dass Kellys Entführer noch keine Gelegenheit gehabt hatte, seinen tödlichen Plan in die Tat umzusetzen.

* * *

Während der Eisregen zunahm und die Straße und das Erdreich mit einer eisigen Schicht überzog, fluchte Alan. Für die fünf Kilometer vom Parkplatz bis zum Imbiss, bei dem er auf seinen Fahrradtouren oft etwas Kaltes zu trinken gekauft hatte, brauchte er deutlich länger als gedacht. Vor allem, da er versucht hatte, sich von der vierspurigen Autobahn fernzuhalten und sich durch die Wälder zu schlagen. Als er sich der Straßenüberführung an der Interstate 64 näherte, hatte er seine Deckung aufgeben müssen. Doch die Straßen waren menschenleer, abgesehen von einem gelegentlichen einsamen Wagen, der langsam durch den Eisregen vorwärtskroch. Alan rutschte mehr über die Fußgängerbrücke, als dass er gehen konnte, aber endlich kam der Imbiss in Sicht.

Er ging zunächst über den leeren Parkplatz eines kleinen Bürogebäudes und sah sich nach Überwachungskameras um. Die Luft war rein, wie er erwartet hatte. Kleine Geschäfte investierten oft nicht in umfangreiche Sicherheitsvorkehrungen.

Hinter dem Haus fand er den dringend benötigten Müllcontainer. Nachdem er die Plastikmülltüte aus seinem Rucksack gezogen hatte, warf er die Handtücher, die Fesseln, die Duschhaube und die Socken, die er auf dem Parkplatz über seinen Sportschuhen getragen hatte, hinein. Dann knüllte er die Tüte so weit wie möglich zusammen und drückte mit einer Hand gegen den vereisten Deckel des Containers.

Er rührte sich nicht.

Verärgert setzte Alan die Tüte auf den Boden, zog seine Lederhandschuhe höher über die Handgelenke und drückte mit beiden Händen. Endlich zerbrach das Siegel aus Eis. Gut. Er nahm die Tüte, schob den Deckel höher und warf alles hinein. Die Latexhandschuhe würde er beim Imbiss wegwerfen.

Der Eisregen fiel jetzt heftiger, und er duckte sich unter ein Vordach an dem Bürogebäude, während er sein Handy herauszog, um ein Taxi zu rufen. Es konnte eine Weile dauern, an einem Abend wie diesem eins zu bekommen, aber er hatte es nicht eilig. Sein Job war erledigt. Jetzt musste er sich nur noch zu seiner Schwester nach Kansas City begeben – aber heute Nacht würde er nicht mehr so weit fahren. In diesem Wetter höchstens eine Stunde aus der Stadt hinaus. Morgen würde er dann den Rest der Strecke zurücklegen.

Wie vermutet, wollte die Taxigesellschaft sich nicht festlegen, wie lange es dauern würde, bis ein Wagen kam, also ließ er sich auf dem Weg zum Restaurant Zeit. Dort verbrachte er zunächst einige Minuten auf der Toilette, um sich zu waschen und zu sehen, ob seine Verkleidung noch intakt war, und um die Handschuhe zu entsorgen.

Er war höchst erstaunt, als das Taxi bereits zehn Minuten später vor dem Imbiss hielt, als er an einem der Tische am Fenster saß und einen Kaffee trank. Er leerte die Tasse und trat in das Unwetter hinaus, den Kopf gesenkt, um sich vor dem Eisregen zu schützen.

„Da haben Sie sich aber einen ungemütlichen Abend ausgesucht, um auszugehen, Kumpel." Der Fahrer blickte über seine Schulter, als Alan auf der Rückbank Platz nahm.

„Ein ungemütlicher Abend für eine Panne."

„Hatten Sie eine?"

„Ja." Er hatte sich die Geschichte während seines tristen Laufs entlang des Highway 94 überlegt. „Ich hatte mich auf dem Land mit einem Freund zum Kaffee verabredet, und als ich anschließend rauskam, sprang der Wagen nicht mehr an. Meine Frau steckt bis über beide Ohren im Kuchenbacken, sonst hätte ich sie angerufen."

„Kann ich mir vorstellen. Meiner Frau würde ich das zwar nicht sagen, aber ich habe mich freiwillig für diese Schicht gemeldet. Es sind mir zu viele Verwandte bei uns zu Hause. Und der Lärm geht mir auf die Nerven." Er sah auf das Klemmbrett neben sich, auf dem er seine Touren aufschrieb. „Sie wollen nach Chesterfield?"

„Genau. Valley View Apartmenthaus." Der Freund, der dort gewohnt hatte, war vor einigen Monaten weggezogen. Selbst, wenn er dort jemandem begegnen sollte, würde ihn niemand erkennen.

„Gut. Lehnen Sie sich zurück und entspannen Sie sich. Ich bringe Sie hin, aber bei dem Wetter kann ich nicht sagen, wie lange es dauern wird."

Alan legte den Sicherheitsgurt an und dachte bereits an den zweiten Teil des Plans. Wenn er in Chesterfield war, würde er ein zweites Taxi von einer anderen Firma rufen. Von dem würde er sich zwei Häuserblocks von seinem Wagen entfernt absetzen lassen, unweit von John Warrens Haus. Er würde zu seinem Auto gehen, es in Richtung Kansas City lenken – und anfangen daran zu denken, wie er die letzte Zahlung von Rossi feiern konnte.

Alles lief genauso, wie er es geplant hatte.

* * *

„Da ist die Einfahrt zum Parkplatz." Cole beugte sich auf dem Beifahrersitz vor und spähte durch den Eisregen. Sie hatten Mühe, die Windschutzscheibe vom Eis frei zu halten, obwohl die Heizung voll aufgedreht war. Falls Kelly in diesem Wetter draußen sein sollte, hoffte er nur, dass sie warm angezogen war.

Er weigerte sich, die Möglichkeit in Betracht zu ziehen, dass ihre Kleidung vielleicht keine Rolle mehr spielte.

Die Reifen knirschten auf dem vereisten Schotter, als Mitch bis zum hinteren Ende des Parkplatzes fuhr, wo bereits zwei Streifenwagen des Bezirks St. Charles und ein Fahrzeug von der Forstbehörde parkten.

Coles Telefon begann zu vibrieren, und Bretts Nummer erschien auf dem Display.

Der Abteilungsleiter verschwendete keine Zeit auf Belanglosigkeiten. „Das mit der Wärmebildkamera wird leider nichts. Das Wetter ist zu schlecht, um einen Helikopter loszuschicken. Eine Hundestaffel aus St. Charles ist auf dem Weg zu euch und müsste in etwa fünf Minuten da sein. Einer unserer eigenen Hundeführer ist ebenfalls unterwegs. Und wir haben eine Einheit der Spurensicherung losgeschickt. Ein Streifenwagen ist an Carlsons Haus vorbeigefahren, aber dort war keine Aktivität festzustellen. Und solange wir in Bezug auf ihn nicht mehr haben als Vermutungen, ist das alles, was ich im Moment unternehmen will. Wo sind Sie?"

„Wir sind gerade auf dem Parkplatz angekommen. Wir brauchen Rettungssanitäter vor Ort."

„Ein Wagen ist schon informiert und steht bereit. Halten Sie mich auf dem Laufenden."

Als Brett das Telefonat beendet hatte, sah Cole zu Mitch hinüber. „Er kauft uns die Sache mit Carlson nicht ab."

„Ich kann es ihm nicht verübeln. Es klingt sehr weit hergeholt. Und wir haben keinerlei Beweise."

„Noch nicht."

Mitch antwortete nicht und brachte Coles Auto hinter einem der Streifenwagen zum Stehen. Noch bevor der Wagen ganz stand, war Cole bereits ausgestiegen und lief zu Kellys Fahrzeug hinüber. Ein junger Hilfssheriff trat vor, als er näher kam.

Cole zog seine Dienstmarke heraus und hielt sie dem Mann im Vorbeilaufen hin. „Bezirkspolizei St. Louis." Erst kurz vor dem Auto blieb er stehen. „Sie haben im Kofferraum nachgesehen, oder?"

„Ja. Anweisung von meinem Chef. Mein Dietrich passte, also konnte ich ihn von innen aufmachen. Aber ich hatte Handschuhe an."

„Gut." Als er ein Knirschen hinter sich hörte, wandte Cole sich der Einfahrt zu.

„Das ist eine unserer Hundestaffeln." Der Hilfssheriff winkte das Geländefahrzeug zu sich.

Cole ging zu seinem Wagen zurück, um Kellys Sachen zu holen, doch Mitch kam ihm auf halbem Weg entgegen, die Plastiktüte in der Hand.

Cole nahm sie in Empfang. „Ich hoffe, das bringt etwas. Der Helikopter kann nicht starten."

Ein untersetzter Mann, der eine Sturmhaube über den Kopf

gezogen hatte und Springerstiefel, Cargohose und Thermojacke trug, stieg aus dem Wagen aus. Cole trat vor und nannte seinen Namen.

„Rick Stephens." Der Mann schlug in Coles Rechte ein, dann gab er Mitch die Hand. „Ihr beide seid für dieses Wetter aber nicht richtig angezogen." Er musterte sie, während er die Tür zum Rücksitz öffnete.

„Wir sind gerade erst aus Buffalo eingetroffen. Eine Wanderung durch den Wald stand nicht auf unserer Tagesordnung."

Rick griff in den Wagen, zog eine gefütterte schwarze Windjacke heraus und warf sie Cole zu. „Die dürfte helfen." Er verschwand mit dem Oberkörper im Wagen und holte Gummistiefel und eine Skimaske heraus. „Und die hier auch. Sie werden damit keine Modenschau gewinnen, aber wenigstens hält das Zeug warm."

„Danke."

„Trent!" Der Mann blickte an Cole vorbei. „Sehen Sie mal nach, was für eine Kaltwetterausrüstung Sie für unseren Freund hier auftreiben können." Er zeigte auf Mitch.

Der Hilfssheriff nickte und reagierte sofort auf die Anweisung.

„Also gut." Rick hakte eine Leine in das Halsband des energiegeladenen Schäferhundes ein, der auf der Ladefläche des Wagens hin und her lief. „Bo ist ein hervorragender Spürhund. Wenn das Opfer hier ist, wird er es finden. Sagen Sie mir, was Sie wissen."

Cole gab ihm eine Zusammenfassung der Fakten im Schnelldurchlauf, während er die Arme in die Windjacke schob, die Stiefel anzog und die Skimütze aufsetzte. Mitch tat das Gleiche mit der Kleidung, die der junge Hilfssheriff für ihn organisiert hatte. Auch er zog seine feinen Lederschuhe aus, um in die schlammverkrusteten Arbeitsschuhe zu schlüpfen, die Rick aus seinem Wagen gezogen hatte. Der Hilfssheriff hatte außerdem warme Fleece-Handschuhe für sie beide besorgt, und Cole zog sie dankbar über seine eiskalten Finger.

„Der Wagen wurde das letzte Mal etwa um Viertel nach sechs in Kirkwood gesichtet." Rick sah auf seine Uhr, während er ein Nachtsichtgerät und einen kleinen Rucksack aus seinem Fahrzeug holte.

Er setzte den Rucksack auf und reichte auch Mitch ein Nachtsichtgerät. „Das könnte nützlich sein."

„Ich schätze, er hat fünfundvierzig Minuten gebraucht, um hierherzufahren", sagte Cole.

„Das kommt hin. Dann waren sie vor zweieinhalb Stunden hier." Rick blinzelte in den Eisregen und blickte in die Richtung, wo der Wanderweg begann. Dann wickelte er die Leine um seine Hand, während Bo zu seinen Füßen schnüffelte. „Wenn das Opfer laufen konnte, könnten sie in der Zeit eine ziemlich weite Strecke zurückgelegt haben. Dieser Weg ist über acht Kilometer lang. Wenn sie nicht gelaufen ist, müssen wir vielleicht nicht so weit gehen. Und da das Wetter nicht besser wird, machen wir uns lieber sofort auf den Weg. Ist das der Geruch, den wir suchen?" Er zeigte auf die Tüte in Coles Hand.

„Ja." Cole reichte sie ihm.

Der Mann öffnete die Tüte und kramte darin, dann holte er den Kopfkissenbezug heraus. „Fangen wir hiermit an." Er legte die Tüte mit den anderen Gegenständen auf den Rücksitz seines Geländewagens und ging zu Kellys Auto. Dort ließ er Bo an dem Stoff riechen.

Der Hund fand den Geruch in Sekundenschnelle in der Nähe von Kellys Kofferraum und zerrte an der Leine, um Rick auf den Wanderweg zu ziehen. Cole zog seine Waffe und folgte den beiden, und Mitch schloss sich ihm an.

„Einer von Ihnen kommt mit uns. Und bringen Sie ein Funkgerät und eine Taschenlampe mit." Diese Anweisungen warf Cole über seine Schulter hinweg den Hilfssheriffs zu, während er sich in Bewegung setzte.

Das Eis knirschte unter seinen Füßen, als er dem Hundeführer auf dem Wanderpfad folgte. Die einzigen anderen Geräusche waren das Keuchen des Hundes, der an seiner Leine zog, und das Rauschen des Windes in den Ästen. Der Himmel, der ohne Mond und Sterne bedrohlich schwarz wirkte, bot ihnen keinerlei Licht als Orientierungshilfe. Eine Taschenlampe würde zwar helfen, aber wenn der Täter noch in der Nähe war, würde künstliches Licht ihn auf ihre Anwesenheit aufmerksam machen.

Und dann wäre es für ihn einfacher, sie aus dem Hinterhalt einfach abzuknallen.

Cole umklammerte seine Pistole und hoffte, dass es in dieser Nacht keine Gewalt geben würde.

Aber da Kellys Leben auf dem Spiel stand, würde er nicht zögern, von seiner Waffe Gebrauch zu machen.

* * *

„Wir sind schneller vorangekommen, als ich dachte. Wahrscheinlich hat der Eisregen die ganzen Amateure von der Straße vertrieben." Der Taxifahrer bog auf den Parkplatz des Miethauskomplexes ein.

Alan zog sein Portemonnaie aus der Hosentasche. „Es ist das zweite Gebäude. Sie können bei dem weißen Taurus anhalten."

Während das Taxi langsamer wurde, sah er auf den Taxameter, zog einige Geldscheine hervor und berechnete das Trinkgeld. Ein bisschen mehr als üblich wegen des Wetters und des Feiertags, aber nicht so viel, dass er als Fahrgast im Gedächtnis blieb. Er reichte das Geld über den Sitz nach vorne, als der Wagen zum Stehen kam. „Danke, dass Sie mich so schnell hergebracht haben."

Der Mann nahm das Geld und grinste ihn an. „Ich will schließlich nicht, dass Ihre Frau noch wütender wird, als sie es sowieso schon ist."

Alan war in Gedanken schon bei der nächsten Phase seiner Operation und musste sich erst an die Geschichte erinnern, die er erfunden hatte. „Das weiß ich zu schätzen. Genießen Sie den Feiertag."

„Sie auch."

Er stieg aus und ging auf eines der Gebäude zu, wobei er das Eis als Vorwand nutzte, um langsam zu gehen. Als er beim Bürgersteig angekommen war, verschwanden die Rücklichter des Taxis bereits in der Ausfahrt des Parkplatzes.

Als er sicher war, dass der Wagen fort war, duckte er sich in die dunklen Schatten an der Hauswand und schlich um das Gebäude herum. In der Eckwohnung war kein Fenster erhellt, und er suchte unter einem kleinen Vordach auf der Veranda hinterm Haus Schutz vor dem Wetter.

Als er sein Handy herauszog, um das zweite Taxi zu rufen, fing das Telefon in seiner Hand zu vibrieren an. Angesichts der unerwarteten Bewegung zuckte er zusammen, und beinahe hätte er das Handy auf den vereisten Beton fallen lassen.

Er fluchte leise und hielt das Telefon fester, während er einen Blick auf das Display warf.

Die Nummer war unterdrückt.

Konnte das schon Rossis Mann sein, der ihn wegen der Übergabe anrief? Er hatte zwar gesagt, die Zahlung würde bald erfolgen, aber Alan war davon ausgegangen, dass sie erst nach dem Feiertag eintreffen würde. Es konnte also auch jemand anderes sein, der ihn anrief … aber er wollte nicht riskieren, den Übergabeanruf zu verpassen. Er wollte seine letzte Zahlung möglichst bald in Händen halten.

Er nahm das Telefon ans Ohr. „Carlson."

„Ihre Zahlung ist bereit. Und wir passen uns Ihren Reiseplänen an. Die Übergabe wird morgen früh zwischen zwei und sechs Uhr im Shelford Motel an der Interstate 70 stattfinden, Ausfahrt Warrenton. Nehmen Sie sich ein Zimmer ganz hinten und befestigen Sie einen Zettel an der Tür, auf dem steht: ‚Pizzabote bitte klopfen.'"

Ein Klicken verriet ihm, dass das Telefonat beendet war.

Alan runzelte die Stirn. Das Shelford Motel? Es klang nach einem Ort, an dem die Kakerlaken sich zu Hause fühlten. Die Art von Unterkunft, in der er als Kind schon viel zu viel Zeit verbracht hatte. Warum wählten sie ein solches Loch aus?

Andererseits, was spielte es schon für eine Rolle, solange er sein Geld bekam? Wenn er es erst einmal hatte, konnte er im Ritz absteigen, wann immer er wollte. Zusammen mit Cindy, wenn das Schicksal es gut mit ihm meinte.

Eine Bö wehte ihm den Eisregen ins Gesicht, und er wandte sich vom Wind ab, während er die Nummer der zweiten Taxifirma eintippte. Mit ein bisschen Glück würde er in weniger als einer Stunde in seinem Auto sitzen und unterwegs sein. Und Warrenton war nicht weit. Selbst bei diesem Wetter müsste er die Strecke in einein-halb Stunden zurücklegen können. Dann hatte er noch genug Zeit, um ein bisschen zu schlafen, bevor all seine Geldprobleme gelöst sein würden.

Ein für alle Mal.

Kapitel 24

Ihr Gesicht kribbelte. Nein, es war eher ein *Stechen*.

Während sie sich aus der Bewusstlosigkeit kämpfte, versuchte Kelly ihre Hand zu heben. Ein Schmerz schoss durch ihr Handgelenk, und sie sog scharf die Luft ein. Das wiederum löste einen stechenden Schmerz in ihrem Brustkorb aus. Wie jeder Atemzug, den sie tat.

Sie blieb reglos liegen. Oder so reglos, wie es ihr möglich war angesichts der Schauer, die sie erzittern ließen – und die noch mehr Schmerzen verursachten, die bis zu jedem Nervenende in ihrem Körper auszustrahlen schienen.

Durch den Schleier der Qual hindurch war jedoch eine Sache klar.

Es tat zu sehr weh, als dass sie hätte tot sein können.

Das bedeutete, dass Carlson keinen Erfolg gehabt hatte.

Jedenfalls noch nicht.

Sie biss die Zähne zusammen und versuchte, ihre Position ein wenig zu verlagern, um das Bein zu sehen, das er mit dem Stein zertrümmert hatte. Aber selbst diese kleine Bewegung drohte sie wieder vor Schmerzen in die Dunkelheit versinken zu lassen. *Nein!* Sie musste bei Bewusstsein bleiben. Sie musste denken. Und sie musste glauben, dass Gott noch andere Pläne mit ihr hatte, wenn er sie noch nicht zu sich geholt hatte.

Sie öffnete die Augen und zwang sich, ihre Gedanken zu ordnen. Sie erinnerte sich daran, dass sie gefallen war.

Aber wohin?

Das Brennen in ihrem Gesicht wurde heftiger, und ein neuerlicher Schauer durchfuhr sie.

Was war das gleichmäßig summende Prasseln in den toten Blättern neben ihrem Ohr?

Eisregen. Es musste Eisregen sein.

Eine Welle der Panik schnürte ihr die Kehle zu. Sie befand sich mitten im Nirgendwo in einem Eissturm, und sie war zu schwer verletzt, um sich zu bewegen.

Ihr Zittern nahm zu und verstärkte die Schmerzen.

Denk nach, Kelly! Lass Carlson nicht gewinnen!

Sie unterdrückte ein Schluchzen und versuchte, sich auf einen Plan zu konzentrieren. Aber zuerst musste sie herausfinden, welche Körperteile funktionstüchtig waren – und wie sie diese einsetzen konnte, um sich zu retten.

Sie bewegte ihre Finger. Die rechte Hand funktionierte, aber die linke tat zu sehr weh. Sie versuchte, die rechte Hand von ihrem Körper wegzuziehen. Es gelang ihr. Das bedeutete, dass ihre Handgelenke nicht mehr gefesselt waren. Ihr zertrümmertes rechtes Bein konnte sie nicht bewegen, aber das linke schien in Ordnung zu sein. Und ihre Fußfesseln waren ebenfalls verschwunden. Sie fuhr mit der Zunge durch ihren Mund. Kein Knebel.

Funktionierte ihre Stimme noch?

Sie versuchte zu sprechen. Doch nichts kam heraus außer einem Krächzen. Sie befeuchtete ihre aufgeplatzten Lippen mit der Zunge und versuchte es noch einmal. Besser. Das Geräusch war hörbar. Sie konnte um Hilfe rufen.

Aber *wer* sollte sie hören?

Es war zu dunkel und sie war zu benommen gewesen, als dass sie von ihrer Umgebung viel mitbekommen hätte, als Carlson sie aus dem Kofferraum ihres Wagens geholt hatte. Die Gegend war ihr jedoch sehr einsam erschienen. Kein Ort, den Menschen bei schlechtem Wetter aufsuchten – oder an einem Feiertag. Darauf verließ er sich wahrscheinlich. Außerdem hatte er wohl erwartet, dass sie durch den Sturz umkommen würde … eine bedauernswerte Wanderin, die sich zu dicht an den Rand einer vereisten Klippe gewagt hatte und in den Tod gestürzt war.

Aber sie war nicht tot, und sie würde alles tun, damit es so blieb. Irgendwann würde jemand kommen. Sie musste nur bis morgen früh ausharren. Die Chance, dass sie entdeckt wurde, war dann viel größer. Ihre Stimme würde sie sich auch bis zum Tageslicht aufsparen. Es hatte keinen Sinn, sich im Dunkeln zu verausgaben, wenn kaum eine Chance bestand, dass jemand nahe genug war, um sie zu hören.

In der Zwischenzeit musste sie sich so gut wie möglich warm halten. Sie hatte immer noch ihre Thermojacke an, aber der Kälte nach zu schließen, die von dem vereisten Boden ihren Bauch hinauf kroch, hatte der Reißverschluss sich geöffnet. Es war entscheidend, diese Lücke zu schließen, wenn sie Wärme speichern wollte. Und sie musste etwas finden, womit sie sich vor dem Eisregen schützen konnte.

Kelly spähte in die Dunkelheit hinein. Einige Meter entfernt stand eine Kiefer, deren Umrisse vor dem dunklen Himmel zu sehen waren. Ihre schützenden Äste würden sie vor dem Eisregen abschirmen, wenn sie sich dorthin schleppen konnte.

Ihr linkes Handgelenk und das rechte Bein würden ihr nichts nützen, und die Schmerzen in ihren Rippen brannten bei jedem Atemzug wie Feuer und untergruben ihre Entschlossenheit.

Aber sie wollte nicht sterben. Sie wollte nicht, dass Carlson gewann. Sie wollte nicht, dass dieser Mann ungestraft mit dem davonkam, was er ihrem Vater angetan hatte.

Sie wollte Gerechtigkeit.

Während sie um Kraft und Mut betete, verdrängte Kelly die Schmerzen, so gut sie konnte, und schob den Ellenbogen unter sich. Dann drückte sie sich ein paar Zentimeter hoch, während sie gegen die Tränen ankämpfte. Sie winkelte ihr linkes Bein an, grub die Fußspitze in den Boden und stieß sich ab. Tatsächlich gelang es ihr, sich ihrem Ziel kriechend wenige Zentimeter zu nähern – aber der Preis, den sie dafür bezahlte, war ungeheuer.

Sie konnte die Tränen nicht länger zurückhalten.

Sie würde es nicht schaffen.

Doch, du schaffst das.

Die Stimme war klar und deutlich. So wie sie es gewesen war, als sie wegen der traumatischen Umstände beim Tod ihres Vaters beinahe zusammengebrochen wäre.

Ich bin immer bei dir.

Die wundervollen, tröstlichen Worte aus dem Matthäusevangelium – ihr Halt in jenen Tagen ihres größten Kummers – hallten in ihren Gedanken wider. Ebenso der Vers aus den Psalmen, der seit der Beerdigung ihres Vaters an ihrer Kühlschranktür hing.

Der Herr *war* bei ihr. Er hielt *wirklich* ihre Hand.

Und mit seiner Hilfe würde sie überleben.

Sie stützte sich wieder auf den Ellenbogen, grub die Zehenspitze ein, stieß sich ab und schleppte sich so Stückchen für Stückchen in Richtung Zuflucht.

* * *

„Oh-oh."

Coles Puls fing an zu rasen, als er Ricks ahnungsvolle Äußerung hörte. Nach fünfzehn Minuten auf dem Wanderweg war Bo vom Pfad abgewichen und zu einer Bank gegangen. Jetzt schnüffelte er in Kreisen auf dem Boden herum.

„Was ist?" Cole ging auf den Hund zu. Bo setzte sich, die Ohren gespitzt, in passiver, aber aufmerksamer Haltung.

„Nicht so schnell." Rick packte Coles Arm. „Bo." Er zog an der Leine. „Zurück."

Der Hund gehorchte und trottete zurück, um sich zu Ricks Füßen niederzulassen, während sich vor seiner Schnauze Atemwolken in der kalten Luft bildeten.

„Was ist los?" Cole konnte die Anspannung spüren, die von dem Mann ausging.

„Hier hört die Spur des Opfers auf." Ricks Tonfall war grimmig. „Und wir sind oberhalb einer etwa fünfzehn Meter hohen Klippe."

Es kam Cole vor, als hätte ihm jemand einen Tritt in den Magen versetzt, als er in die Dunkelheit starrte. „Woher wissen Sie das?"

„Ich bin diesen Weg bei schönem Wetter schon viele Male gegangen."

Cole schluckte und streckte Mitch die Hand entgegen. „Gib mir das Nachtsichtgerät."

Wortlos trat Mitch neben ihn und reichte ihm die Sehhilfe. Cole war froh, dass er das Gesicht seines Kollegen nicht sehen konnte.

Er hielt sich das Gerät vor die Augen und schob sich zum Rand der Klippe vor, während er sich wappnete und ein lautloses Flehen zum Himmel hinaufsandte.

Dann blickte er hinunter.

Der Eisregen fiel stetig weiter, obwohl er jetzt nicht mehr so heftig war. Die Sicht hatte sich verbessert, war aber immer noch nicht gut genug. Angesichts des Regens, der grünen Färbung der Umgebung durch das Nachtsichtgerät und der Tränen, die seine Sicht trübten, konnte Cole keine Einzelheiten erkennen.

„Ich sehe nichts."

„Lassen Sie mich mal schauen. Ich bin den Umgang mit dem Ding gewohnt." Rick trat zu ihnen.

Cole gab das Nachtsichtgerät ab und trat einen Schritt zurück.

Der andere Mann kroch näher an die Kante, als Cole für klug hielt, brachte das Gerät vor seinen Augen in Position und blickte dann senkrecht nach unten, wobei er langsam den Kopf bewegte, um alles abzusuchen.

Mit hämmerndem Herzen wartete Cole auf die Worte, die kommen mussten, das wusste er. Kelly war dort unten. Die Spürhunde waren gut ausgebildet. Wenn ihr Geruch am Rand der Klippe endete, war sie hinuntergefallen. Und es passte zu der Theorie mit dem Wanderunfall, die Mitch und er erwogen hatten. Der „Wanderunfall" wirkte noch überzeugender durch die Tatsache, dass der abschüssige Boden von Eis überzogen war. Wer ein bisschen zu nahe an die Kante geriet, konnte den Halt verlieren … und das war es dann.

Menschen überlebten einen Sturz aus dieser Höhe nicht.

„Ich habe sie."

Cole schloss die Augen. Er fühlte, wie Mitch näher kam, und versuchte zu atmen.

„Wo?" Seine Frage klang heiser, als er sich dem Hundeführer näherte.

Rick deutete nach rechts. „Ein paar Meter vor der großen Kiefer." Er ließ das Nachtsichtgerät sinken und reichte es Cole.

Cole atmete tief durch, hielt sich das Gerät vor die Augen und schwenkte es in die Richtung, in die Rick gezeigt hatte.

Diesmal sah er sie sofort. Eine zusammengesunkene, reglose Gestalt in dem kahlen Unterholz, das von der Härte des Winters bereits gezeichnet war.

Ihm wurde ganz übel und sein Blick trübte sich. Er zog das Nachtsichtgerät ein wenig von den Augen, blinzelte die Tränen weg und sah dann wieder hindurch, den Blick auf Kelly gerichtet.

Wenn sie Carlson fassten, würde er den Mann mit bloßen Händen umbringen.

Kelly würde seinen Rachedurst nicht gutheißen. Und Gott auch nicht. Aber so war ihm im Moment zumute. Der Mann hatte jetzt nicht nur einen, sondern zwei unschuldige Menschen auf dem Gewissen. Und wenn es das Letzte war, was er tun würde, Cole wollte diesem elenden…

Er erstarrte.

Hatte Kellys Arm sich bewegt?

Oder sah er nur, was er sehen wollte?

Er hielt den Blick unverwandt auf ihre schlanke Gestalt gerichtet. Und dann sah er, wie sich ihr Bein in winzigen Etappen bewegte.

„Sie lebt!!!" Er setzte das Nachtsichtgerät ab, warf es Rick zu und fuhr zu dem Hilfssheriff herum. „Rufen Sie über Funk einen Notarzt. Wir brauchen ihn sofort!" Dann legte er die Hände um den Mund und rief zum Fuß der Klippe hinunter: „Kelly! Hier ist Cole! Halte durch! Wir kommen runter. Versuch nicht, dich zu bewegen!"

„Cole." Mitch legte beruhigend eine Hand auf seine Schulter. „Hier geht es fünfzehn Meter tief runter."

„Das weiß ich! Aber sie hat sich bewegt! Rick, sehen Sie selbst. Beobachten Sie ihre rechte Hand und das linke Bein."

346

Der Mann hatte das Nachtsichtgerät bereits auf Kelly gerichtet. „Stimmt, ich sehe es auch. Sie bewegt sich wirklich. Mann, das ist erstaunlich. Niemand überlebt einen solchen Sturz."

„Die Rettungsmannschaft ist unterwegs", informierte der Hilfssheriff sie. „Sie kommen über den Katy Trail, etwa anderthalb Kilometer die 94 hinunter. Aber es wird eine Weile dauern, bis sie zu Fuß dort sind."

„Was glauben Sie – wie lange werden sie brauchen, bis sie bei Kelly sind?"

„Zwanzig, fünfundzwanzig Minuten. Bei diesem Wetter vielleicht länger."

„Nicht schnell genug." Er fuhr zu Rick herum. „Gibt es von hier aus einen Weg hinunter?"

„Ja, aber er ist selbst bei gutem Wetter nicht sicher, geschweige denn in diesem Eisregen."

„Wo ist er?"

Der Mann zeigte hinter sich. „Ungefähr dreihundert Meter durch den Wald."

„Ich gehe runter. Zeigen Sie mir den Weg."

„Ich komme mit."

Als er Mitchs Stimme hörte, drehte Cole sich zu ihm um. Er konnte die Züge seines Kollegen im Dunkeln nicht ausmachen, aber seine Stimme klang entschlossen.

„Das ist nicht nötig. Es gibt keinen Grund, warum wir beide das Risiko eingehen sollten."

„Doch, den gibt es. Alison bringt mich um, wenn ich zulasse, dass du dir den Hals brichst."

Cole überlegte, ob er protestieren sollte, entschied sich aber dagegen. Er hatte nichts gegen die Gesellschaft eines Navy-Kampfschwimmers – oder eines Freundes – auf diesem Weg.

„Trent, geben Sie mir Ihre Taschenlampe." Rick streckte die Hand danach aus und gab dem Hilfssheriff Bos Leine. „Halten Sie ihn gut fest. Er wird mir folgen wollen. Ich komme wieder, sobald ich den beiden den Anfang des Weges gezeigt habe."

Rick setzte sich mit raschen Schritten in Bewegung, und Cole schloss zu ihm auf, hoffnungsvoller als noch vor wenigen Minuten, aber bemüht, nicht zu optimistisch zu sein. Rick hatte recht. Kelly mochte gegen alle Erwartungen den Sturz überlebt haben, aber niemand fiel so tief, ohne ernsthafte Verletzungen davonzutragen.

Verletzungen, die möglicherweise tödlich waren.

Und während Cole sich hinter ihrem Führer einen Weg durch die von Eis überzogenen Büsche bahnte, betete er, dass Kellys Verletzungen nicht in diese Kategorie fielen.

* * *

Vincentio kramte in seinem Arzneischrank und betrachtete seinen Inhalt mit düsterer Miene. Wo waren die Säurehemmer? Er hatte doch immer eine Packung dieser Tabletten parat. Und heute brauchte er welche. Es mussten die Scaloppini gewesen sein, obwohl er bei diesem Gericht in der Vergangenheit nie Probleme gehabt hatte. Er würde Teresa fragen, ob sie das Rezept geändert hatte, vielleicht mit einem Gewürz, das er nicht vertrug.

Er runzelte die Stirn und stützte sich auf dem Waschtisch ab, während er versuchte, sich daran zu erinnern, wo er die Packung hingetan hatte. Vielleicht war sie unten? Ja. Genau. Er hatte sie letzte Woche in der Küche gelassen, nachdem er an Sodbrennen gelitten hatte. Aber lohnte sich der Weg die Treppe hinunter und wieder hinauf um – er sah auf seine Uhr – kurz vor elf? Schon der Gedanke an diese Anstrengung ermüdete ihn. Andererseits bezweifelte er, dass er würde schlafen können, wenn er seinen übersäuerten Magen nicht beruhigen konnte.

Resigniert richtete er sich auf und ging auf den Gang hinaus. Seine Schritte waren mühsam, als er in seinem stillen, leeren und einsamen Haus den dunklen Flur entlangging. Einem Haus, das nie vom Lachen seiner Familie erfüllt sein würde oder von klirrenden Weingläsern, die zu einem fröhlichen Trinkspruch erhoben waren. Einem Haus, in dem er niemals die Rolle eines gutmütigen Großvaters spielen würde. Sein Enkel würde nicht einmal von seiner Existenz erfahren, bis er alt genug war, um Marco danach zu fragen.

Und dann würde sein Sohn ihn bei seinem Enkel schlecht machen, bis Jason ihn ebenso verachtete, wie Marco es tat.

Das war nicht die Art Vermächtnis, die ein Mann hinterlassen wollte.

Aber Vincentio war Realist. So hatte sein Leben sich nun einmal entwickelt. Es war, wie es war.

Er hielt sich am Geländer fest und nahm langsam eine Stufe nach der anderen. Isabella hatte immer zweigeschossige Häuser bevorzugt. Deshalb hatte er dieses hier gekauft, als er aus dem Gefängnis entlassen worden war, weil er wusste, dass es die Art Haus war, die sie ausgewählt hätte. Aber die Treppe wurde für ihn immer schwieriger zu bewältigen. Vielleicht war es an der Zeit, umzuziehen.

Am Fuß der Treppe blieb er stehen, um zu Atem zu kommen. Eine Notwendigkeit, die er hasste, aber akzeptierte. Menschen wurden alt. Und kein Geld der Welt konnte die Jugend zurückbringen, die ihm während seiner Jahre im Gefängnis geraubt worden war.

Manche Probleme konnte man mit Geld lösen. Manche Ungerechtigkeiten ausgleichen. Genau das tat sein Geld in diesem Moment. Aber das war am Vorabend eines Feiertages, den man mit seinen Lieben verbringen sollte, ein geringerer Trost, als er erwartet hatte.

Er schaltete das Licht in der Küche ein. Als er die Packung mit den Magentabletten auf der anderen Seite des Raumes entdeckte, ging er darauf zu – bis das plötzliche Klingeln seines Handys die Grabesstille um ihn herum erschütterte.

Mit rasendem Puls blieb er stehen. Dann schüttelte er den Kopf. Ein Rossi, der sich von einem klingelnden Telefon einen Schrecken einjagen ließ. Wie erbärmlich!

Er ging zur Küchenzeile und zog das Telefon aus der Ladestation. Die Rufnummer war unterdrückt, aber er wusste, wer es war. Sein Kollege verschwendete keine Zeit. „Ja?"

„Ich habe die Bestätigung, dass das Dokument überbracht wurde. Außerdem sind die letzten Vorkehrungen getroffen, um die andere Sache zu regeln. Sie wird bis morgen früh erledigt sein."

„Hervorragend." Vincentio nahm die Packung mit den Säurehemmern. „Ich melde mich, falls ich in Zukunft wieder Verwendung für Ihre Dienste habe."

„Ich stehe immer gerne zur Verfügung." Der Mann legte auf.

Vincentio stellte das Mobiltelefon auf die Ladestation zurück, nahm sich vier Tabletten aus der Packung und schob sie sich auf einmal in den Mund. Er kaute sie, während er durch die Küche zurückging und das Licht ausschaltete, erpicht darauf, endlich zu Bett gehen zu können. Vielleicht würde er jetzt besser schlafen als in den vergangenen Nächten, nachdem die Walsh-Sache geregelt war.

Am Fuß der Treppe griff er nach dem Geländer und zog sich die erste Stufe hinauf. Dann die zweite und die dritte. Er blieb stehen und holte tief Luft. Nach unten zu gehen, war viel einfacher gewesen.

Er blickte die verbleibenden neun Stufen hinauf. Vielleicht sollte er eines von diesen Treppenliftdingern kaufen, damit er auf und ab fahren konnte, während er überlegte, ob er das Haus verkaufen sollte. Schade, dass er diesen Lift jetzt nicht hatte. Aber der Wunsch allein würde ihn nicht nach oben bringen.

Er seufzte und setzte seinen Aufstieg fort, eine Stufe nach der anderen.

Fünf Stufen vor dem Ende der Treppe fühlte Vincentio sich plötzlich, als hätte sich ein Sumo-Ringer auf seine Brust gesetzt.

Das erdrückende Gewicht presste ihm die Luft aus der Lunge, und er fasste sich an die Kehle. Seine Beine gaben nach und er sank auf die Treppe. Er versuchte, aufrecht zu bleiben und sich an den Streben des Geländers festzuhalten. Aber seine Hände hatten keine Kraft mehr. Er fühlte, wie er hinunterrutschte … weiter … weiter.

So sollte das Rossi-Vermächtnis – und sein Leben – also enden. Das Herz, von dem sein Sohn behauptet hatte, er habe es nicht, würde ihn im Stich lassen.

Und während die Welt um ihn herum verschwamm, begrüßte er die Dunkelheit.

* * *

Cole sprang den letzten Meter von dem sich in Serpentinen schlängelnden Pfad auf den ebenen Boden hinunter. Sein Fuß knickte um, als er auf einem Stein landete, und er zog eine Grimasse. Er hatte in schlecht sitzenden Stiefeln den ganzen gefährlichen Abstieg gemeistert, und jetzt verstauchte er sich zu guter Letzt den Knöchel? Aber wenigstens waren sie unten. Und der Eisregen hatte aufgehört.

Er ignorierte den Schmerz in seinem Schienbein und zog die Taschenlampe aus dem Rucksack, den Rick ihm gegeben hatte. Er bahnte sich seinen Weg durch kahle Zweige und dichtes Gestrüpp in die Richtung, in der Kelly lag. Mitch war dicht hinter ihm.

Sie sprachen nicht, während sie liefen.

Stattdessen nutzte Cole die Zeit, um zu beten. Inbrünstig.

Als er endlich die Lampe des Hilfssheriffs oben auf der Klippe sah, wo Bo die Witterung von Kelly verloren hatte, kam es ihm vor, als wären sie eine Ewigkeit lang unterwegs gewesen.

Hier hatte er auch einen besseren Eindruck von der Höhe der Klippe – und der Tiefe von Kellys Sturz. Wie konnte sie den überlebt haben?

Aber das hatte sie. Über das Wie musste er später nachdenken.

Er richtete die Lampe auf den Fuß der hohen Kiefer und schwenkte dann in Kellys Richtung. Sobald der Lichtstrahl sie erfasste, fing Cole an, durch das Gebüsch zu rennen, das ihn von ihr trennte. Sie schien sich nicht bewegt zu haben, seit er sie von oben entdeckt hatte, und ihre völlige Reglosigkeit ließ seine Hände zittern. Sie wirkte schlaff. Und leblos.

Als er bei ihr ankam, reichte er Mitch die Lampe. „Halt mal."

„Okay."

Mitch ging um sie herum und sank auf ein Knie, während Cole dasselbe auf seiner Seite tat. Sein Kollege richtete den Lichtstrahl auf ihren Oberkörper, sodass Cole die Frau, von der er gehofft hatte, sie könnte in Zukunft eine Hauptrolle in seinem Leben spielen, aus der Nähe sehen konnte. Ihr Anblick ließ ihn erschauern.

Sie lag halb auf der Seite, halb auf dem Bauch, ihre Haare wirr um den Kopf, und Eisklümpchen hingen in den rotbraunen Strähnen. Ihre Augen waren geschlossen, und ihr leichenblasses Gesicht ließ die blaurote Verfärbung an Kiefer und Schläfe ebenso deutlich hervortreten wie den langen, blutigen Kratzer, der von der Stirn aus quer über ihre Wange verlief.

„Überprüf ihre Atmung und ihren Puls."

Auf Mitchs ruhige Anweisung hin beugte Cole sich über sie und legte seine zitternden Finger an ihren Hals. Nichts. Er drückte den Finger fester auf die Halsschlagader.

Endlich fühlte er ein schwaches, unregelmäßiges Flattern unter seinen Fingerspitzen. *Danke, Gott!* „Ich habe einen Puls."

Er beobachtete, ob ihr Brustkorb sich auf und ab bewegte. Wieder nichts. Wenn es eine Bewegung gab, war sie zu klein, um sie mit bloßem Auge zu sehen. Er bückte sich und legte seine Wange neben ihren Mund und ihre Nase. Er fühlte keinen Atem, aber eine schwache, pulsierende Wärme verriet ihm, dass sie atmete. Gerade so.

„Die Atmung ist da."

„Gut. Sehen wir weiter unten nach." Mitch ließ das Licht über ihren ganzen Körper wandern. Hose und Wanderschuhe waren noch intakt, sodass sie die Haut darunter nicht sehen konnten. Aber ihre Jeans spannte sich über einer Beule an ihrem rechten Knie, und das Bein war merkwürdig verdreht.

„Das habe ich auch bemerkt", sagte Mitch, als Cole ihn auf die Verletzung hinwies. „Aber ich mache mir mehr Sorgen über das, was wir nicht sehen. Gebrochener Schädel, perforierte Lunge, gerissene Milz, gebrochene Rippen." Er leuchtete wieder in ihr Gesicht. „Halte du die Lampe, während ich nachsehe, was Rick in seiner Erste-Hilfe-Ausrüstung hat."

Cole nahm die Taschenlampe, während Mitch den Rucksack öffnete, und versuchte, nicht an den schlimmsten Fall zu denken, der eintreten konnte. Er beugte sich über sie. „Kelly? Kannst du mich hören?"

Keine Reaktion.

Aber vor fünfzehn Minuten war sie noch bei Bewusstsein gewesen. Das musste ein gutes Zeichen sein.

Oder nicht?

„Legen wir die hier über sie." Mitch reichte ihm das eine Ende einer Rettungsdecke. „Sie hilft, die Körperwärme zu speichern, und schützt Kelly vor dem Wind."

Cole nahm die Decke, breitete sie über Kelly aus und schob die Enden anschließend vorsichtig unter sie. „Wie viel verstehst du von Erster Hilfe?"

„Ein paar grundlegende Dinge habe ich als Kampfschwimmer für Notfälle gelernt, aber nicht genug, um in dieser Situation viel tun zu können. Ich würde empfehlen, sie ruhig liegen zu lassen und so gut wie möglich zu wärmen, bis die Experten kommen. Sie müssten eigentlich gleich hier sein." Mitch zeigte auf ihren Oberkörper. „Hast du ihre Jacke bemerkt?"

Wenn er ehrlich war, hatte Cole überhaupt nichts registriert außer Kellys sichtbaren Schürfwunden, ihrem besorgniserregenden schwachen Puls und flachen Atem. „Nein."

„Sie hat vorne ein Loch. So, als wäre die Jacke am Ast eines der niedrigen Bäume dort in der Steilwand hängen geblieben, als sie gefallen ist. Dieser Ast hätte *sie* durchbohren können. Aber stattdessen hat er offenbar ihre Jacke durchbohrt und so ihren Fall gebremst. Und das ganze Gestrüpp hat wahrscheinlich auch geholfen. Nur so kann ich es mir erklären, dass sie überlebt hat." Er betrachtete sie noch einmal von oben bis unten. „Ich würde sagen, das ist fast schon ein Wunder."

Cole berührte Kellys Wange. Er konnte an ein Wunder glauben. Schließlich hatte er inbrünstig genug um eines gebetet.

Und er würde nicht aufhören zu beten, bis er wusste, dass sie nicht nur den Sturz überlebt hatte, sondern dass sie auch *darüber hinaus* weiterleben würde.

Kapitel 25

„Sie sind da."

Als Cole Mitchs Worte hörte, wandte er seine Aufmerksamkeit von Kelly ab und auf den dunklen Wald hinter seinem Kollegen. Ein Licht hüpfte in der Ferne zwischen den kahlen Bäumen auf und ab und zeigte den Standort der Rettungsmannschaft an. „Wird auch Zeit!"

Mitch sah auf seine Uhr. „Wir sind erst seit fünfzehn Minuten hier."

Es fühlte sich an wie eine Ewigkeit.

Coles Blick fiel wieder auf Kelly, während seine Hand auf ihrer Wange und ihrer Nasenwurzel ruhte. Eine so kleine Hautpartie zu wärmen, brachte nicht viel, aber es war besser, als gar nichts zu tun. Wegen der Wahrscheinlichkeit von Rücken- oder Halsverletzungen war es nicht infrage gekommen, sie zu bewegen und nach Verletzungen zu suchen.

Das Geräusch im Gebüsch wurde lauter, und Mitch stand auf und richtete die Taschenlampe in die Richtung, aus der die Sanitäter kamen. „Hierher!"

„Halt durch, Kelly." Cole stützte sich mit einer Hand auf dem Boden ab, und das tote Laub knirschte unter seinen Fingern, als er sich über sie beugte und ihr ins Ohr flüsterte: „Jetzt kommt Hilfe. Du schaffst das."

Seine ermutigenden Worte riefen keine sichtbare Reaktion bei ihr hervor, aber *er* glaubte fest daran, dass sie es schaffen würde.

Er musste einfach.

„Bitte treten Sie beiseite, Sir."

Als er den Befehl hinter sich hörte, strich Cole ein letztes Mal über Kellys kalte Wange, bevor er aufstand und Platz machte.

Der Sanitäter begutachtete Kelly bereits, während er näher kam. „Sie beide …" Er zeigte auf die uniformierten Feuerwehrleute hinter ihm. „Machen Sie Licht für uns."

Einer der Feuerwehrmänner platzierte sich zu Kellys Füßen, der andere an ihrem Kopf. Zusammen bildeten die zwei Lichtkegel der starken elektrischen Scheinwerfer einen beleuchteten Kreis, der beinahe so hell war wie Tageslicht. So wurde jede sichtbare Verletzung in ihren entsetzlichen Einzelheiten deutlich.

Cole tastete nach dem Stamm des kahlen Baumes neben sich und hielt sich daran fest.

Der leitende Sanitäter – Adam, wie sein Namensschild verriet – sank neben ihr auf die Knie und zog die Rettungsdecke fort. Dann griff er nach ihrer rechten Hand und drückte die Finger auf ihr Handgelenk, während er gleichzeitig ihre Atmung überprüfte. „Die Luftröhre ist frei, aber legen wir ihr trotzdem eine Maske an. Hohe Dosis Sauerstoff." Er legte die Finger an Kellys Halsschlagader.

Dass er vom Handgelenk zum Hals griff, bedeutete, dass er Schwierigkeiten hatte, einen Puls zu finden.

Coles eigener Puls erhöhte sich schlagartig.

„Der Blutdruck ist niedrig. Sie braucht eine Infusion, normale Kochsalzlösung. Aber zuerst schneiden wir das Hosenbein auf und schienen das Knie. Das Gleiche gilt für das linke Handgelenk. Dann verlagern wir sie auf die Trage und legen ihr eine Halskrause an." Er leuchtete mit einer kleinen Lampe in jedes Auge, untersuchte die Beule an ihrer Stirn und fuhr vorsichtig mit den Fingern über ihren Kopf. „Keine Hinweise auf einen Schädelbruch."

Er überließ es seinem Kollegen, das Handgelenk zu versorgen, und widmete sich dem Knie. Als er das Hosenbein ihrer Jeans auftrennte und eine umfangreiche, verfärbte Schwellung zum Vorschein kam, wo eigentlich ihre Kniescheibe sein sollte, schloss Cole die Augen und holte tief Luft. Er umklammerte den Baumstamm fester.

„Hast du das zerdrückte Gestrüpp gesehen?"

Es dauerte einen Moment, bis Mitchs leise Frage zu ihm durchdrang. Cole öffnete die Augen, und sein Kollege deutete auf den Rand des Lichtkegels. Es gab eine ungefähr zwei Meter lange, schmale Spur, wo das vereiste Unterholz zerbrochen und heruntergedrückt war. Als wäre etwas darübergeschleift worden.

Oder als habe *jemand* sich dort entlanggerobbt.

Mitch deutete mit einem Kopfnicken auf die Kiefer. „Ich vermute, dass sie versucht hat, Schutz zu suchen." Er schüttelte den Kopf. „Erstaunlich."

Ja, das war es in der Tat. *Sie* war erstaunlich.

Coles Blick wanderte wieder zu Kelly. Die Sanitäter benutzten einen elastischen Verband, um die Glasfaserschienen, die ihr Bein und ihr Handgelenk umhüllten, zu befestigen.

Als sie fertig waren, griff Adam nach dem Spineboard, dem Rettungskorsett, und warf Cole und Mitch einen Blick zu. „Übernehmen Sie beide kurz die Lampen, während wir sie fixieren."

Der Eisregen setzte wieder ein, als Cole einem der Feuerwehrmänner die Lampe abnahm, froh, dass er etwas Nützliches tun konnte. Die Sanitäter legten das Brett neben Kelly, und die beiden Feuerwehrleute stellten sich auf ihrer anderen Seite auf.

„Bei drei. Eins … zwei … drei."

Sie rollten sie auf das Spineboard und befestigten sie mit Gurten.

„Jetzt die Halskrause." Adam sah zu einem der Feuerwehrmänner hinauf. „Setzen Sie sich mit der Flugambulanz in Verbindung. Wenn sie inzwischen starten können, sollen sie sofort einen Helikopter herschicken."

Während er sprach, legte sein Kollege Kelly die Halskrause an. Dann zog er eine Sauerstoffmaske über Nase und Mund, während Adam sich daranmachte, die Infusion vorzubereiten.

Der Eisregen wurde wieder stärker, während die Minuten verstrichen, und nur das Prasseln der Eiskristalle auf den toten Blättern durchbrach die Stille.

Schließlich richtete Adam sich auf. „Gut. Bringen wir sie hier raus. Bringt die Schleifkorbtrage her."

Einer der Feuerwehrleute holte die Plastiktrage, und gemeinsam hievten die vier Männer das Spineboard mit Kelly hinein. Nachdem sie gesichert war, legten die Sanitäter noch eine Thermodecke um Kelly.

„Alles klar." Adam umfasste einen der Handgriffe des Tragekorbes, und die anderen drei Männer nahmen ihre Plätze ein. „Bei drei. Schön sanft. Eins ... zwei ... drei."

Während Cole zusah, hoben sie gleichzeitig die Trage an – ein gut eingespieltes Team, das diese Übung schon oft vollführt hatte. Wenigstens war Kelly in fähigen Händen.

„Bei drei setzen wir uns in Bewegung. So gleichmäßig wie möglich." Er zeigte auf Cole und Mitch. „Halten Sie den Lichtkegel auf unseren Weg gerichtet. Gut. Eins ... zwei ... drei."

Cole ließ den Lichtstrahl seiner Lampe auf den Pfad fallen, als sie ihre Wanderung durch den dunklen Wald begannen. Bei jeder noch so leichten Bewegung der Korbtrage auf dem unebenen Untergrund zuckte er zusammen – und fragte sich, welche zusätzlichen Schäden Kelly selbst durch diese ausgesprochen professionelle Rettungsaktion davontragen würde.

Es war der längste Weg, den er je zurückgelegt hatte.

Als sie aus dem Wald auftauchten, parkten beide Streifenwagen, das Fahrzeug der Forstbehörde und die Hundestaffel neben dem Krankenwagen und einem Feuerwehrfahrzeug. Einer der Hilfssheriffs eilte zu ihnen. „Der Helikopter hat immer noch keine Starterlaubnis."

„In Ordnung." Adam ging weiter auf den Rettungswagen zu, ohne seine Geschwindigkeit zu verringern. „Wir hängen sie ans EKG und geben ihr warme Kochsalzlösung, dann bringen wir sie von hier fort. Wir brauchen eine Unfallklinik. Sagen Sie im Mercy Hospital Bescheid, dass wir auf dem Weg zu ihnen sind."

„Ich nehme an, du fährst mit dem Rettungswagen." Mitchs Bemerkung war eine Aussage und keine Frage.

„Ja." Cole sah zu, wie sie Kelly einluden, während er die geborgte Schlechtwetterkleidung abstreifte und Rick Stephens mit einem schnellen Danke zurückgab.

„Ich lasse mich von einem der Hilfssheriffs zu deinem Auto bringen, dann sehen wir uns im Krankenhaus."

„Warum fährst du nicht damit nach Hause?" Seine Finger kämpften mit den Schnürsenkeln seiner Schuhe. „Ich kann es mir doch morgen holen."

Mitch zog den Schlüssel aus seiner Tasche. „Noch wirst du mich nicht los. Und wenn ich dir folge, ist dein Auto am Krankenhaus, falls du es brauchst." Er zeigte auf den Krankenwagen. „Geh."

Er verschwendete keine Zeit mit Protesten. Aber als er auf die Ladefläche kletterte, rief er Mitch zu: „Danke."

Der andere Mann hob die Hand, dann wandte er sich ab und ging zu dem jungen Hilfssheriff hinüber.

Während der Sanitäter die Tür des Wagens schloss und das Fahrzeug sich in Bewegung setzte, dachte Cole mit Grauen an die Stunden in der Notaufnahme, wo er auf und ab gehen und sich Sorgen machen würde. Und beten.

Er hoffte, er würde sein Auto nicht so bald brauchen.

* * *

War das wieder Coles Stimme? Oder bildete sie sich das nur ein?

Kelly versuchte, die Augen zu öffnen. Es gelang ihr nicht. Also konzentrierte sie sich stattdessen aufs Hören. Das Heulen einer Sirene war das vorherrschende Geräusch, aber im Hintergrund konnte sie das Murmeln männlicher Stimmen hören – keine von ihnen verständlich.

Bis einer der Männer eine Frage stellte. „Wie ist ihr Blutdruck jetzt?"

Es war tatsächlich Cole!

Sie versuchte, gegen die benebelnde Lethargie und die in den ganzen Körper ausstrahlenden Schmerzen anzukämpfen. Sie versuchte noch einmal, die Lider zu heben. Aber sie brachte nur ein kleines Flattern zustande. Und jeder Atemzug löste eine neue Schmerzenswelle aus.

Als sie es das letzte Mal ausprobiert hatte, war ihre Stimme noch funktionstüchtig gewesen – und zu sprechen war nicht allzu anstrengend.

„Cole?" Das gedämpft klingende Wort vibrierte vor ihrem Gesicht, als wäre ihr Mund bedeckt. Sie versuchte es noch einmal. Lauter. „Cole?"

Das Murmeln der männlichen Stimmen verstummte. Sie hörte ein schlurfendes Geräusch. Dann spürte sie eine sanfte Berührung auf ihrer Stirn.

„Kelly?"

War das Cole? Es klang irgendwie nach seiner Stimme, aber angespannter als sonst. Und heiser, richtig kratzig.

Noch einmal versuchte Kelly, ihre Lider zu zwingen, sich zu öffnen. Diesmal gelang es ihr.

Coles Gesicht, nur wenige Zentimeter von ihrem entfernt, war nicht ganz scharf. Aber es war deutlich genug zu erkennen, sodass sie die Furchen in seinen Augenwinkeln und um seinen Mund sehen konnte, ebenso wie die beiden steilen Falten auf seiner Stirn.

„Schön, dass du wieder da bist." Sein Mund zuckte, als wollte er lächeln, doch seine Lippen schienen ihm nicht zu gehorchen.

„Wo …" Sie hatte nicht genug Kraft, den Rest ihrer Frage zu formulieren.

„Du bist in einem Krankenwagen. Kelly … wer hat dir das angetan?"

Das Reden war doch anstrengender für sie, als sie gedacht hatte, aber sein dringlicher Ton verriet ihr, dass sie seine Frage jetzt beantworten musste … für den Fall, dass sie es nicht schaffte. „Carlson. Dad … auch."

Ein Muskel in Coles Kiefer zuckte, und seine Miene verhärtete sich. „Das dachten wir uns."

„Bleiben?" Sie wollte seine Hand ergreifen, aber es tat zu weh, sich zu bewegen.

Als hätte er ihre Absicht gespürt, nahm er ihre Hand in seine. „Darauf kannst du dich verlassen."

„Ich muss wieder nach ihr sehen." Die knappe Anweisung kam von jemandem, der an ihrem Kopfende stehen musste.

Cole drückte ihre Finger sanft. „Die Sanitäter müssen ihre Arbeit machen, aber ich bin ganz in der Nähe. So nah, dass ich nur die Hand ausstrecken muss, um dich zu berühren. In Ordnung?"

„Ordnung."

Er lockerte seinen Griff, und sie vermisste die Wärme seiner Hand sofort. Aber als sie wieder in einer schmerzfreien Bewusstlosigkeit versank, wurde sie von einem Gefühl des Friedens erfüllt. Egal, was jetzt geschah, sie hatte das Ziel erreicht, das sie sich an dem Tag gesetzt hatte, als die Nachricht ihres Vaters mit den Tulpenzwiebeln in der Post gelegen hatte. Sie hatte seinen Mörder identifiziert. Selbst wenn sie nicht in der Lage war, die Sache bis zum Ende zu verfolgen, würde Cole dafür sorgen, dass um ihres Vaters willen Gerechtigkeit geschah. Er war so ein Mann.

Und weil er so ein Mann war, hoffte sie, dass sie nicht nur den Abschluss des Falls erleben würde – sondern auch den Beginn einer innigen Beziehung mit einem ganz besonderen Detective.

* * *

Während der Rettungswagen rückwärts mit dem Heck vor das Tor fuhr, das unmittelbar in die Notaufnahme führte, wandte Cole sich von Adam ab, um sein Telefonat mit Lauren fortzusetzen. „Wir sind gerade beim Mercy Hospital angekommen. Ich gebe dir in ein paar Minuten die E-Mail-Adresse und die Faxnummer durch, da du eine Vollmacht hast, was Gesundheitsfragen betrifft."

„Gut. Ich werde veranlassen, dass sie dir auch Informationen geben." Er hörte sie erleichtert ausatmen. „Was ist mit Carlson?"

„Die Fahndung ist raus. Wir kriegen ihn."

„Ich kann immer noch nicht glauben, dass er das alles getan hat. Er sollte doch Menschen beschützen und nicht töten." Ihre Worte klangen ungläubig – und entsetzt.

„Stimmt." Polizisten wie Carlson widerten ihn zutiefst an. Sie waren die seltene Ausnahme, aber sie schadeten dem Ruf aller anderen Gesetzeshüter.

„Wie schätzt du Kellys Zustand ein?"

Er versuchte, sich zu konzentrieren, während die Sanitäter sich daranmachten, die Türen des Krankenwagens zu öffnen. Er dachte an die schrecklichen Prellungen an Kellys Rippen, die Adam während der Fahrt entdeckt hatte. Die gute Nachricht war jedoch, dass es keine Anzeichen einer perforierten Lunge gab.

„Ich weiß es nicht. Sie war auf der Fahrt hierher ein paar Minuten bei Bewusstsein, und ich habe gesehen, wie sie sich bewegt hat. Aber sie ist über fünfzehn Meter tief gefallen. Sie ist ziemlich mitgenommen." Seine Stimme brach. „Hör mal, ich muss Schluss machen. Bist du sicher, dass ich wieder anrufen soll, sobald wir eine ärztliche Stellungnahme haben? Es könnte mitten in der Nacht sein."

„Es spielt keine Rolle, wie spät es ist."

„Gut. Ich melde mich."

Als er aus dem Krankenwagen kletterte, fuhren die Sanitäter Kelly bereits durch die Flügeltür der Notaufnahme. Kaum waren sie über die Schwelle getreten, kamen zwei Krankenschwestern hinzu, dicht gefolgt von einem Arzt im weißen Kittel. Cole folgte ihnen, als sie Kelly zum Behandlungszimmer schoben, aber in dem engen Raum war es zu voll, deshalb blieb er an der Tür stehen.

„Sind Sie ein Angehöriger?" Eine schwarzhaarige Schwester blieb auf ihrem Weg ins Behandlungszimmer vor ihm stehen.

Er hatte nicht vor, sich hinauswerfen zu lassen, nur weil die Datenschutzregeln es so wollten. Also zog er seine Dienstmarke und hielt sie ihr vor die Nase. „Bezirkspolizei St. Louis."

„In Ordnung. Sie können im Wartezimmer Platz nehmen, dort ist es viel bequemer."

Cole musterte den harten Plastikstuhl in der Ecke des Behandlungszimmers, der nicht gerade einladend wirkte. Außerdem musste er dringend mit Mitch sprechen. Aber er konnte Kelly noch nicht alleine lassen.

„Gleich."

„Wie Sie meinen." Die Schwester verschwand im Zimmer.

Zwanzig Minuten später, nachdem er zugesehen hatte, wie das Krankenhauspersonal eine weitere Infusion gelegt, einen tragbaren Röntgenapparat hereingefahren und Blut abgenommen hatte, wurde er unruhig. Es half ihm nicht zu hören, wie sie sich gegenseitig Begriffe wie neurogener Schock, Trümmerfraktur, subdurales Hämatom oder Wirbelsäulentrauma zuwarfen.

Er schob seine fahrigen Hände in die Hosentaschen und hielt die dunkelhaarige Schwester an, als sie den Raum verlassen wollte. „Sollten Sie sie nicht zum CT oder MRT oder so bringen?"

Sie sah ihn mit einem „Stören Sie mich nicht!"-Blick an.

Er starrte zurück.

Sie seufzte und lehnte sich zu ihm, nicht im Mindesten eingeschüchtert von der Tatsache, dass er sie um Kopflänge überragte. „Wir bewegen sie keinen Zentimeter, bis wir wissen, ob sie stabil genug ist, um bewegt zu werden. Falls Sie es noch nicht bemerkt haben: Wir untersuchen sie auf weniger offensichtliche Verletzungen, prüfen, ob sie Blut im Urin hat, überwachen ihre Vitalfunktionen, machen neurologische Tests und nehmen Blut ab, damit wir Blutwerte und Sauerstoffsättigung einschätzen können. Sonst noch Fragen?"

Er spürte, wie sein Nacken heiß wurde. Er war sich nicht sicher, ob er alles mitbekommen hatte, aber es klang ziemlich umfassend. „Nein."

„Wenn ich Ihnen einen Rat geben darf, suchen Sie sich ein bequemes Plätzchen im Wartezimmer. Es wird eine lange Nacht werden, und sie wird noch eine Weile nicht ansprechbar sein, selbst wenn sie das Bewusstsein wiedererlangt." Die Schwester schob sich an ihm vorbei.

Cole warf einen letzten Blick in das Zimmer. Er konnte nur einen Teil des von der Sauerstoffmaske bedeckten Gesichts sehen, aber es war deutlich, dass Kelly noch bewusstlos war. Die Schwester hatte recht. Er konnte hier nichts ausrichten.

Er nahm den letzten Rest seiner Energie zusammen und brachte

Faxnummer und E-Mail-Adresse der Notaufnahme für Lauren in Erfahrung. Nachdem er sie angerufen hatte, um ihr die Informationen durchzugeben, schleppte er sich schließlich in den Wartebereich.

Er betrat den stillen Raum, der an diesem Feiertagsvorabend leer war bis auf zwei Männer, die ein Stück entfernt saßen. Erstaunt sah er, wie Mitch sich von einem der Stühle erhob.

Auch Jake stand auf.

Cole blinzelte seinen älteren Bruder ungläubig an. „Was machst *du* denn hier?"

„Ich habe auf dem Weg hierher ein paar Telefonate geführt", sagte Mitch.

Jake trat auf ihn zu und legte ihm eine Hand auf die Schulter. „Wie geht es ihr?"

Die tröstende Berührung seines großen Bruders hätte ihn beinahe die letzte Fassung verlieren lassen. „Es ist noch zu früh, um etwas zu sagen. Sie …" Er hielt inne und räusperte sich. „Sie war im Krankenwagen kurz bei Bewusstsein, aber jetzt ist sie wieder bewusstlos. Sie haben gesagt, es kann Stunden dauern, bis wir etwas Genaueres wissen."

„Typisch Notaufnahme." Jake blickte düster drein. „Ich hasse diese Stationen."

„Hört mal … ihr beide müsst aber nicht hierbleiben." Die nächste Bemerkung war an Mitch gerichtet. „Du bist seit mehr als achtundvierzig Stunden auf. Fahr nach Hause."

„Das mache ich auch." Er reichte Cole den Schlüssel zu seinem Wagen. „Sobald Alison kommt und mich abholt."

„Sie ist hier."

Sie drehten sich allesamt um, als sie hereineilte. Ohne langsamer zu werden, ging sie direkt auf Cole zu und zog ihn in ihre Arme. „Bist du in Ordnung?"

Er vergrub das Gesicht in ihren Haaren und brachte nur ein einziges Wort heraus. „Ja."

Sie hielt ihn fest, als spürte sie, dass er einen Augenblick brauchte, um seine Fassung wiederzugewinnen. Und er klammerte sich an sie, diese Frau, die ihr eigenes Trauma erlebt hatte. Das Gleiche galt für Jake.

Als sie sich schließlich von ihm löste, packte sie ihn an beiden Armen und musterte ihn. „Wie geht es ihr?"

„Ich weiß es noch nicht."

Sie ließ ihn los und nahm Mitchs Hand. „Ruf an, sobald du etwas Neues erfährst."

„Das kann noch Stunden dauern."

„Ist mir egal."

Er nickte und versuchte zu lächeln. Es gelang ihm nicht. „Übrigens, es tut mir leid wegen des Kuchens."

Alisons Lippen zuckten. „Du wirst die Gelegenheit bekommen, das wiedergutzumachen. Wir haben Thanksgiving auf Sonntag in einer Woche verschoben." Sie sah zu Mitch auf und betrachtete sein Gesicht. „Du brauchst Schlaf. Komm." Sie zog an seiner Hand, richtete ihre Abschiedsworte aber an Cole. „Ich komme morgen wieder."

„Danke. Euch allen." Cole bezog Mitch mit ein, als er in die Runde blickte. „Ihr seid die Besten."

„Ich hoffe, du erinnerst dich daran, wenn du das nächste Mal meinst, ich sei zu rechthaberisch." Alison warf ihm die Bemerkung über ihre Schulter hinweg zu, während sie Mitch zum Ausgang lenkte.

Als die Tür sich hinter ihnen schloss, zeigte Jake auf ein Sofa an der Wand. „Nicht der bequemste Ort zum Schlafen, aber besser als das Tipi, das wir als Kinder im Garten aufgeschlagen haben. Und keine Mücken. Warum legst du dich nicht ein bisschen hin?"

„Ich könnte sowieso nicht schlafen."

„Du könntest es aber versuchen. Wenn du dich nicht ein bisschen ausruhst, wirst du in sechs oder acht Stunden, wenn Kelly dich vielleicht wirklich braucht, wie ein Zombie herumlaufen. Ich verspreche dir, ich werde die ganze Zeit hier sein und alle fünfzehn Minuten nachfragen, ob es etwas Neues gibt. Ich halte dir den Rücken frei. So wie früher."

Tränen trübten Coles Blick – ein seltenes Phänomen, das in den letzten Stunden mit erschreckender Häufigkeit aufgetreten war.

Er konnte es auf die Belastung und die Müdigkeit und die Sorgen schieben. Und das stimmte zum Teil auch. Aber er wusste auch, dass es eine Folge der Liebe und Dankbarkeit und Erleichterung war. Sein ganzes Leben lang war alles gut geworden, wenn sein großer Bruder die Sache in die Hand genommen hatte. Vielleicht sollte er Jakes Rat befolgen, die Sorgen Gott und seinem Bruder überlassen und versuchen, ein wenig Kraft zu schöpfen.

„Also gut. Ich versuche es."

Er zog sein Sakko aus und knüllte es zu einem Kopfkissen zusammen. Jake warf ihm auch seine Daunenjacke zu, die er noch darauflegte. Dann streckte er sich aus, holte tief Luft und schloss die Augen.

Viel schneller, als er erwartet hatte, fing sein Körper an, sich zu entspannen. Und als der Schlaf ihn überwältigte, war sein letzter bewusster Gedanke ein Gebet.

Bitte, Gott, lass es gute Neuigkeiten geben, wenn ich aufwache.

Kapitel 26

Als es leise an die Tür des Motelzimmers klopfte, wurde Alan sofort wach. Er griff nach seiner Beretta, die auf dem Nachttisch lag, schwang die Füße auf den Boden und sah auf seine Uhr. Halb drei.

Rossis Mann war pünktlich.

Er stand auf und ging auf Socken leise zur Tür. Die Waffe war zwar eigentlich unnötig, aber man konnte nie wissen, was für Typen um diese Zeit in einem Loch wie diesem herumlungerten.

Er blieb neben dem Fenster stehen, das zum Parkplatz hinausging, und lugte durch eine kaputte Lamelle der Jalousie. Sein Auto war das einzige Fahrzeug an diesem Ende des Parkplatzes. Das überraschte ihn nicht. Wenn dies nicht eine klare Anweisung gewesen wäre, hätte er es den meisten anderen potenziellen Kunden gleichgetan und wäre lieber auf der vereisten Straße geblieben, anstatt in dieser Absteige zu übernachten. Als er nach dem Einchecken zum letzten Zimmer gefahren war, hatte er nur zwei weitere Autos gesehen, beide in der Nähe des Büros geparkt.

Er trat ein wenig zur Seite und sah zur Tür hinüber. Das schummrige Licht über dem Eingang hatte vorhin noch gebrannt – eine der wenigen Lampen, die funktionierten –, aber inzwischen hatte diese Glühbirne offenbar auch den Geist aufgegeben. Doch soweit er sehen konnte, stand niemand vor der Tür. Wer auch immer die Lieferung gebracht hatte, war schon wieder in der Dunkelheit verschwunden.

Nachdem er noch einmal den Blick über den Parkplatz hatte

schweifen lassen, drehte Alan den Schlüssel im Schloss, schob den Riegel zurück und zog die verbeulte Aluminiumtür auf.

Der Zettel mit dem Pizzavermerk, den er an der Tür befestigt hatte, war verschwunden.

Aber eine Lieferung war nicht erfolgt.

Er runzelte die Stirn und blickte den überdachten Gang zu seiner Rechten entlang, der zum Büro führte. Er war menschenleer.

Wo war sein Geld?

Wieder wanderte sein Blick zu seinem Wagen. Er blinzelte. War das ein kleines Paket, das halb unter der Beifahrertür verstaut war, vom Büro oder den anderen Zimmern aus nicht zu sehen? Ja!

Alan atmete frustriert aus. Warum hatte der Bote das Päckchen nicht vor der Tür abgelegt? Jetzt musste er auf den vereisten Gehweg hinaus.

Resigniert schloss er die Tür, nahm seine Laufschuhe und zog sie an. Wenigstens trug er noch seine Jeans und das Sweatshirt, das er angezogen hatte, nachdem seine Wanderkluft ein Stück hinter St. Louis in einem Müllcontainer gelandet war.

Eine halbe Minute später ging er wieder zur Tür und öffnete sie, die Beretta in der Hand. Er trat hinaus, schob sich nach links und blickte um die Ecke des Gebäudes.

Niemand war zu sehen.

Wo war die Person, die das Päckchen geliefert hatte?

Alan sah sich erneut auf dem Parkplatz um. Bestimmt würde der Bote doch lange genug bleiben, um sich davon zu überzeugen, dass die Lieferung auch abgeholt wurde, wenn man bedachte, um wie viel Geld es hier ging. Hatte er sich selbst ein Zimmer im Motel genommen? Beobachtete er Alan von einem der dreckigen Fenster aus?

Aber was spielte es für eine Rolle, solange die Übergabe stattfand?

Er ging vorsichtig, als er den glatten Weg vor seinem Zimmer überquerte und zu seinem Wagen trat. Eine kleine schwarze Aktentasche aus weichem Material war hinter den Vorderreifen geklemmt. Alan sank auf ein Knie, griff nach der Tasche und zog daran.

Wenn nicht das plötzliche Knirschen von Eis gewesen wäre, das unter einem Gewicht nachgab, hätte er nie bemerkt, dass er Gesellschaft hatte.

Doch nun fuhr er herum und sah die dunkle Gestalt über sich, und gleich darauf wurde ihm die Waffe aus der Hand getreten.

Alan hechtete danach – aber die glatte Oberfläche des Weges machte ihm einen Strich durch die Rechnung. Er schlug auf dem Eis der Länge nach hin und stieß die Pistole aus Versehen mit der eigenen Hand fort, sodass sie über den gefrorenen Gehweg rutschte. Außer Reichweite.

Er versuchte, die Hand nach der Beretta auszustrecken, aber ein Schraubstock schloss sich um sein Fußgelenk und zerrte ihn zum Wagen zurück. Er drehte sich um, während das Adrenalin durch seine Adern schoss – gerade rechtzeitig, um die Faust zu sehen, die auf seinen Unterkiefer traf und seinen Kopf zurückschnellen ließ. Benommen sah er das Glitzern eine Stahlklinge, nur eine Sekunde, bevor sie unterhalb der Rippen in seinen Brustkorb gestoßen wurde. Mitten in sein Herz.

„Ich habe eine Nachricht für dich." Die Stimme drang wie aus weiter Ferne zu ihm durch. „Die Rechnung ist beglichen."

Alan sank auf dem Gehweg zusammen. Den zweiten Messerstich spürte er kaum noch, und auch nicht mehr den dritten.

Er wusste nur, dass er sein Leben genauso beenden würde, wie er seine Spielerkarriere beendet hatte.

Als Verlierer.

* * *

„Cole."

Als Jakes leise Stimme in seinen vom Schlaf umnebelten Verstand eindrang, bemühte Cole sich krampfhaft, die Augen zu öffnen. Er fühlte sich, als hätte er Schlafmittel genommen, als er die Füße auf den Boden setzte, und versuchte, sich auf seine Uhr zu konzentrieren. Viertel vor vier. Er hatte drei Stunden geschlafen.

Ein Plastikbecher mit Kaffee erschien vor seinem Gesicht, und er griff dankbar danach und hielt ihn mit beiden Händen, während er einen langen Schluck trank. Dann blickte er zu seinem Bruder hinauf.

Bevor er die Frage formulieren konnte, beantwortete Jake sie schon. „Sie ist stabil. Der Arzt ist hier mit einer Zwischenmeldung."

Er wandte den Kopf um. Als ein blonder Mann im weißen Kittel auf sie zukam, machte er Anstalten, aufzustehen.

Der Mann gab ihm ein Zeichen, sitzen zu bleiben. „Bleiben Sie ruhig sitzen. Wir haben alle eine lange Nacht hinter uns."

Jake setzte sich neben ihn, und der Arzt zog sich einen Stuhl heran.

Cole wappnete sich und umklammerte seinen Plastikbecher so fest, dass der Kaffee gefährlich nahe an den Rand schwappte. „Wird sie wieder gesund?"

„Ich glaube, ja."

Es war nicht die zuversichtliche Antwort, die er sich erhofft hatte. Andererseits hätte die Nachricht viel schlimmer sein können.

„Lassen Sie mich zuerst das Positive schildern." Der Arzt rieb sich die Augen, setzte die Ellenbogen auf die Armlehne des Stuhls auf und faltete die Hände vor sich. „Wir haben erwartet, Verletzungen an der Wirbelsäule, am Hals und/oder am Kopf zu finden, aber der Schädel ist intakt. Das Gleiche gilt für die Wirbelsäule und den Hals. Es gibt keine Blutungen im Gehirn, keine Flüssigkeiten und kein Blut im Unterleib, und ihre Nieren scheinen in Ordnung zu sein." Er schüttelte den Kopf. „Ich kann nur sagen, dass sie eine junge Frau mit sehr viel Glück ist. Sie hat schwere Verletzungen, aber ehrlich gesagt dürfte sie nach dem, was die Sanitäter berichtet haben, gar nicht mehr am Leben sein."

Coles Hände fingen an zu zittern, und er stellte den Becher vorsichtig auf den kleinen Tisch neben dem Sofa. „Was meinen Sie mit schweren Verletzungen?"

„Abgesehen von zwei gebrochenen Rippen hat sie eine zertrümmerte Kniescheibe, die operiert werden muss. Aber damit warten wir noch, bis die Schwellung nachgelassen hat. Sie hat außerdem eine schwere Gehirnerschütterung, ein verstauchtes Handgelenk, leichte Erfrierungen an der Nase und den Fingern der rechten

Hand und viele Prellungen. Um einen alten Spruch zu zitieren: Sie sieht aus, als wäre sie von einem Laster überfahren worden. Und ich bin sicher, genauso fühlt sie sich auch."

„Wie ist die Prognose?"

„Keine ihrer Verletzungen ist lebensbedrohlich, es sei denn, es gibt noch Komplikationen."

„Zum Beispiel?"

„Lungenentzündung. Hämatome von den Prellungen. Neue Symptome, die in den nächsten vierundzwanzig Stunden auftreten, würden auf verborgene Schädigungen hindeuten. Wenn nichts davon passiert, ist das größte Problem die Kniescheibe. Sie ist an drei Stellen gebrochen und muss mit Schrauben und Nägeln zusammengeflickt werden. Die Patientin wird Physiotherapie brauchen, aber selbst dann kann es noch sein, dass sie nicht mehr die volle Beweglichkeit erlangt oder die Fähigkeit, ihr Knie ganz durchzudrücken oder anzuwinkeln. Der orthopädische Chirurg kann Ihnen weitere Einzelheiten erklären."

„Ist sie wieder im Behandlungszimmer?"

„Ja. Und sie wird langsam wach, ist aber noch sehr erschöpft und desorientiert. Zum Teil durch die Gehirnerschütterung, zum Teil wegen der Schmerzen. Wir können ihr nicht unbegrenzt Schmerzmittel geben, weil die Medikamente die Atemtätigkeit beeinträchtigen, und eine geschwächte Atmung kann zu einer Lungenentzündung führen. Wollen Sie mitkommen?"

„Ja." Cole nahm seinen Kaffee, erhob sich und wandte sich zu Jake um. „Kannst du bitte Alison anrufen? Und Kellys beste Freundin, Lauren, wenn ich dir die Nummer gebe?"

„Klar."

Cole kramte Laurens Nummer aus seiner Tasche und reichte sie ihm. „Du musst nicht hierbleiben, Jake."

Sein großer Bruder nahm den Zettel und zog sein Handy heraus. „Du musst dich damit abfinden, dass du mich am Hals hast."

Cole versuchte, Jake zu danken, aber er war so bewegt, dass ihm das Wort im Hals stecken blieb. Also nickte er nur und wollte gerade dem Arzt folgen, als Jakes Frage ihn aufhielt.

„Was ist mit deinem Bein?"

Erst jetzt merkte er, dass er hinkte. „Ich habe mir im Wald den Knöchel verstaucht."

„Lass den Doktor nachsehen."

„Ach, das ist nichts!"

„Cole …" Jakes warnender Tonfall wurde von dem Großer-Bruder-Blick begleitet, an den Cole sich von seiner Kindheit her noch so gut erinnerte. Der Blick, der besagte, dass Jake nicht lockerlassen würde, bis er gehorchte.

„In Ordnung. Also gut. Später." Damit setzte er sich wieder in Bewegung in Richtung Behandlungszimmer.

Sein schmerzender Knöchel sollte wahrscheinlich wirklich untersucht werden. Doch er hörte auf, den Schmerz zu fühlen, als er auf der Schwelle zu Kellys Zimmer stand und die dunklen Verfärbungen an ihrem Kiefer und ihrer Schläfe sah, den entzündeten Riss, der quer über ihre Wange verlief, den Tropf an ihrem Arm, den elastischen Verband um ihr Handgelenk und die Umrisse ihres hochgestellten Beines unter einem Laken.

Und das waren nur die Verletzungen, die er sehen konnte.

Er holte tief Luft, um seine Fassung wiederzugewinnen, ging um ihr Bett herum und blieb neben ihr stehen.

Leider sah sie von Nahem noch schlimmer aus. In dem hellen Licht des Krankenzimmers fiel ihre Blässe unter der Sauerstoffmaske noch mehr auf als im Wald. Ihre Augen waren geschlossen.

„Ich dachte, sie wäre bei Bewusstsein." Die Bemerkung war an die Krankenschwester gerichtet, die neben der Infusion stand, aber sein Blick ruhte auf Kelly.

Als er sprach, öffneten sich ihre Augen mit flatternden Lidern. „Cole?"

Ihre Stimme war kaum mehr als ein Flüstern, aber es war der schönste Laut, den er jemals gehört hatte. „Ja." Er beugte sich näher. „Ich bin hier."

Sie blinzelte und runzelte die Stirn. Dann blinzelte sie noch einmal. „Alles iss … verschwommen." Die Worte klangen undeutlich.

„Das macht nichts. Bald siehst du wieder klar."

„Ruu … Paso Cosh an."

Cole lehnte sich vor und nahm ihre unverletzte Hand. „Was, Liebling?"

„Ruf Paso Cosh an."

„Das sagt sie schon, seit sie aufgewacht ist." Die Schwester stellte den Tropf ein.

„Summküü..." Sie drückte seine Finger.

Suppenküche. Das wollte sie sagen. Und *Paso Cosh* musste *Pastor Cosh* bedeuten. Seine Kehle war wie zugeschnürt. Trotz ihrer Verletzungen machte sie sich Gedanken darüber, dass sie ihre Zusage, beim Thanksgiving-Essen für die Obdachlosen zu helfen, nun nicht einhalten konnte.

Wie Mitch gesagt hatte: erstaunlich.

„Mach dir keine Gedanken darüber, Kelly. Ruh dich nur aus."

„Ruu … an. Ja?" Sie sah ihn an, bemüht, scharf zu sehen, und drückte seine Hand fester.

„Ist gut. Ich kümmere mich darum."

Sie lockerte ihren Griff, verzog aber das Gesicht. „Weh."

„Ich weiß." Sein Magen zog sich zusammen, und er strich ihr das Haar aus der Stirn. Die weichen Strähnen waren jetzt trocken, die Eiskristalle längst fort. Er wünschte, er könnte auch ihre Schmerzen einfach so wegschmelzen lassen. Oder sie an ihrer Stelle ertragen. Alles heilen, was gebrochen war. Aber das lag nicht in seiner Macht.

Doch bei ihr bleiben, das konnte er. Ihre Hand halten. Sie trösten. Und das würde er tun – so lange, wie sie ihn brauchte. Sobald er Jake gebeten hatte, noch einmal bei Lauren anzurufen und sie zu fragen, wie er den Pastor in der Suppenküche erreichen konnte. Sobald er seinen Fuß hatte untersuchen lassen und sich im Büro gemeldet hatte, um zu sehen, ob die Fahndung nach Carlson irgendwelche Ergebnisse gebracht hatte.

Und sobald er an diesem Tag mit der so passenden Bezeichnung Thanksgiving ein Dankgebet gesprochen hatte für all das, was ihm heute geschenkt worden war.

* * *

Jemand hielt ihre rechte Hand – fast die einzige Stelle an ihrem Körper, die nicht wehtat.

Kelly schlug die Augen auf. Im Raum war es hell, aber das Licht kam nicht aus einer künstlichen Quelle. Sie blickte vorsichtig nach rechts, ohne den Kopf unnötig zu bewegen. Sonnenschein drang durch die Jalousien vor einem großen Fenster. Also war sie irgendwann im Laufe der Nacht in ein normales Zimmer verlegt worden.

Aber was sie vor allem bemerkte, war Cole, der dicht neben ihrem Bett saß, einen Fuß mit einem Kissen auf einem Stuhl hochgelegt.

„Hi." Mit einem Lächeln und einem sanften Drücken ihrer Hand nahm er den Fuß herunter und stand auf.

Sie betrachtete sein Gesicht. Dunkle Ringe waren unter seinen Augen zu sehen, und der Schatten an seinem Kinn hatte sich in einen ausgewachsenen Drei-Tage-Bart verwandelt. Falten waren auf seiner Stirn, um seine Augen und um seinen Mund herum zu sehen, und seine Kleidung sah aus, als wäre sie eine Woche lang in einem zu kleinen Koffer zusammengequetscht worden.

„Du brauchst Schlaf."

Er zog eine Schulter hoch. „Ich habe gestern Nacht ein paar Stunden geschlafen."

„Das reicht nicht. Fahr nach Hause."

„Guter Rat."

Als sie die Stimme hörte, die ihr irgendwie bekannt vorkam, wandte Kelly ihre Aufmerksamkeit dem Fußende ihres Bettes zu. Als sie sah, dass dort Jake Taylor auf dem einzigen anderen Stuhl des Zimmers saß, blickte sie Cole fragend an.

„Er hat mir gestern Nacht Gesellschaft geleistet."

„Wie spät ist es?"

„Halb neun."

Kelly sah wieder zu Jake hinüber. „Sag ihm, er soll nach Hause fahren."

Seine Lippen verzogen sich zu einem Grinsen. „Weißt du was? Ich gehe auf den Flur, und du tust, was du kannst, um ihn zu überzeugen." Er durchquerte den Raum und ging hinaus, wobei er die Tür hinter sich ins Schloss zog.

„Ich habe versprochen, dass ich bei dir bleibe, und ich halte meine Versprechen." Cole strich mit dem Daumen über ihren Handrücken.

Das wusste sie bereits.

„Von *diesem* Versprechen entbinde ich dich aber jetzt. Du kannst dich doch kaum noch auf den Beinen halten. Es gibt nur drei Dinge, die ich wissen will: Habt ihr Carlson erwischt, was ist mit deinem Fuß, und wie sieht meine Prognose aus?"

Er musterte sie skeptisch. „Bist du sicher, dass du das schon verkraften kannst?"

„Ich bin viel stärker, als ich aussehe."

„Das wird mir allmählich klar." Er lächelte, und etwas von der Anspannung in seiner Miene löste sich. „In Bezug auf Carlson gibt es noch nichts Neues, aber wir haben eine Fahndung nach ihm ausgeschrieben. Es ist nur eine Frage der Zeit, bis wir ihn kriegen. Mein Fuß hatte gestern Abend eine schmerzhafte Begegnung mit einem Stein, aber es ist nur eine Prellung. Bei dir sieht es allerdings leider anders aus."

Sie hörte zu, während er ihre Verletzungen zusammenfasste, und versuchte, das alles zu begreifen. Das Knie war ein Problem, aber abgesehen davon klang es so, als würde mit genug Zeit alles heilen. Phänomenal, wenn man bedachte, wie tief sie gestürzt war.

„Sie wollen mit der Operation noch ein paar Tage warten, bis die Schwellung in deinem Knie zurückgegangen ist. Ich glaube, du musst solange hierbleiben. Aber danach solltest du …" Cole zog sein Mobiltelefon vom Gürtel und sah auf die Anruferkennung. „Da muss ich kurz drangehen, in Ordnung?"

„Natürlich."

Aus dem einsilbigen Gespräch an seinem Ende der Leitung, das hauptsächlich aus „Wo?", „Wann?" und „Ich verstehe" bestand, konnte Kelly nicht viel schließen. Aber der grimmige Tonfall und seine versteinerte Miene sagten ihr, dass es bei dem Anruf um die jüngsten Ereignisse ging.

Er sprach nicht lange, und nachdem er das Gespräch beendet hatte, schob er das Handy in die Gürtelhalterung zurück und wandte sich ihr mit ernstem Gesicht zu. „Das war Mitch. Ein Zimmermädchen hat Carlsons Leiche bei einem Motel ungefähr eine Stunde von St. Louis entfernt neben seinem Auto gefunden. Es wurde mehrfach auf ihn eingestochen. Seine Brieftasche war weg, also scheint es ein Raubüberfall zu sein."

Sie war von der Nachricht so schockiert, dass ihr beinahe Coles Betonung des Wortes *scheint* entgangen wäre. „Du glaubst nicht, dass es ein Raubüberfall war?"

„Nein. Ich glaube, Rossi hat ihn sich vorgeknöpft. Er muss wütend gewesen sein, weil es uns gelungen ist, ihn mit deinem Vater in Verbindung zu bringen. Und das allein deswegen, weil Carlson nicht da war, um dich abzufangen, als du mit der Tulpennachricht bei uns im Büro aufgetaucht bist. Dieses Detail hat Rossi sicher in Erfahrung gebracht. Außerdem wurde während unserer Unterhaltung am Mittwoch deutlich, dass Rossi keine Ahnung von dem Anschlag auf dein Leben hatte. So verdreht seine ethischen Prinzipien auch sein mögen, hat er doch nie gutgeheißen, dass unschuldige Personen bestraft werden. Das muss ein zusätzlicher Punkt gegen Carlson gewesen sein."

Kelly atmete langsam aus und versuchte den Schmerz zu verdrängen, der unter ihren Rippen brannte. „Ich vermute, es wird genauso schwierig sein, Rossi mit Carlsons Tod in Zusammenhang zu bringen wie mit dem Tod meines Vaters."

„Das sehe ich auch so. Die Spurensicherung ist zwar vor Ort, aber ich bezweifle, dass sie etwas finden werden. Die meisten der Auftragskiller, die von Leuten wie Rossi angeheuert werden, sind absolute Profis. Carlson war eine Ausnahme – und er hat dafür bezahlt."

„Aber er war in anderer Hinsicht ein Profi." Sie erzählte ihm, wie er ihren Injektionsstift beschädigt und sich im Café verkleidet hatte, um Erdnüsse in ihr Getränk zu tun, und wie er ihren Vater ausgetrickst hatte, sodass er unwissentlich Alkohol und Tabletten zu sich nahm.

Ein Muskel in Coles Unterkiefer zuckte, als sie fertig war. „Woher weißt du das alles?"

„Er hat es mir erzählt. Er glaubte wohl, er hätte nichts zu verlieren, weil er mich ja ohnehin mundtot machen wollte. Er schien stolz darauf zu sein, wie er alles arrangiert und geplant hat." Sie kämpfte gegen eine aufsteigende Übelkeit an. „Als ich ihn fragte, warum er es getan hat, sagte er, er brauchte das Geld."

„Das stimmt. Wir haben herausgefunden, dass er spielsüchtig war und hohe Schulden begleichen musste. Außerdem kann es sein, dass er eine wahnhafte Störung hatte. Mit anderen Worten, er war ein armer Kerl."

„Mir fallen weniger wohlwollende Bezeichnungen ein, um ihn zu beschreiben." Sie versuchte nicht einmal, ihre Wut und Bitterkeit zu verbergen.

Cole nahm ihre Hand. „Das kann ich verstehen. Aber reden wir von etwas Angenehmerem, in Ordnung?" Er berührte ihre Wange, und seine Finger waren warm und sanft. Als er fortfuhr, hatte seine Stimme einen heiseren, innigen Klang. „Weißt du noch, dass ich vor ein paar Tagen sagte, ich würde gerne den nächsten Feiertag mit dir verbringen, vorausgesetzt, wir haben den Fall deines Vaters abgeschlossen?"

Die Zärtlichkeit in seinen Augen half ihr, das Thema zu wechseln. „Ja. Ich freue mich schon auf Weihnachten."

„So lange musst du nicht warten. Wir haben Thanksgiving auf Sonntag in einer Woche verschoben. Es wäre mir eine Ehre, wenn du mit meiner Familie zusammen feiern würdest."

Ein Glücksgefühl wallte in ihr auf, erweichte den Zorn in ihrem Herzen und linderte ihre Schmerzen besser als jedes Medikament, das ein Arzt verschreiben konnte. „Wenn ich hinkommen kann, nehme ich die Einladung gerne an."

„Wir sorgen schon dafür, dass du hinkommst – wenn du bis dahin aus dem Krankenhaus entlassen bist. Ich habe zwei starke Männer, die ich zu Hilfe holen kann, wenn es sein muss." Er beugte sich vor, bis sein Atem ein warmes Flüstern auf ihrer Wange war. „Aber ich finde, wir sollten mit dem Feiern schon früher anfangen." Seine Lippen näherten sich den ihren. „Und ich weiß auch schon, wie …"

Es klopfte zaghaft an der Tür, und Cole fuhr hoch, als Jake den Kopf ins Zimmer streckte. „Konntest du ihn davon überzeugen, dass er nach Hause fährt?"

„Ich arbeite noch dran."

„Gut." Jake musterte sie beide, grinste und zog sich zurück.

„Der Mann hat vielleicht ein Timing!" Cole warf der geschlossenen Tür einen mürrischen Blick zu.

Sie drückte seine Hand. „Ich weiß noch genau, wo wir aufgehört haben."

Er wandte sich wieder zu ihr um, und als sie das liebevolle Leuchten in seinen Augen sah, tat ihr Herz einen Sprung. „Ich auch."

Als er sich erneut vorbeugte, verschwendete er keine Zeit mehr auf Worte. Stattdessen berührte er ihre Lippen mit einem Kuss, der sanft, zärtlich und vorsichtig war – und viel zu kurz. Sie hob ihre unverletzte Hand, legte sie um seinen Nacken und zog ihn wieder zu sich hinunter.

Er wehrte sich nicht.

Irgendwann trennte er sich zögerlich von ihr und richtete sich auf. „Nur damit du es weißt – das kann ich noch viel besser. Und sobald du wieder auf den Beinen bist, werde ich es dir beweisen!"

„Das ist ein wunderbarer Anreiz, schnell gesund zu werden." Ihre Worte klangen atemlos – und das hatte nichts mit ihren gebrochenen Rippen zu tun.

Er lächelte verschmitzt. „Bist du sicher, dass du hier alleine klarkommst, wenn ich kurz nach Hause fahre, um zu duschen und mich zwei Stündchen hinzulegen?"

„Solange ich weiß, dass du wiederkommst, ja."

„Darauf kannst du dich verlassen. Lieber früher als später." Lächelnd ging er rückwärts zur Tür, zwinkerte und schlüpfte hinaus.

Eine Zeit lang blickte Kelly ihm nach, noch immer ein Lächeln auf ihren Lippen.

Als sie schließlich den Blick abwandte, sah sie, dass ein Sonnenstrahl sich zwischen den Lamellen der Jalousie hindurchgezwängt hatte und einen leuchtenden Regenbogen auf das weiße Laken warf. Sie berührte das Band aus kräftigen, strahlenden Farben, und ihr wurde die Symbolkraft bewusst, die darin lag. Denn so wie das Unwetter draußen durch die Sonne und einen neuen Tag verdrängt worden war, so war auch die Tragödie in ihrem Leben einer helleren, neuen Zukunft gewichen.

Die Straße, die vor ihr lag, würde nicht ohne Hindernisse sein, das wusste sie. Ihre körperlichen Verletzungen würden Monate der Heilung brauchen, und das emotionale Trauma würde sie möglicherweise für immer begleiten. Aber sie war am Leben. Und unabhängig davon, was der nächste Tag brachte, war sie sicher, dass Cole an ihrer Seite sein würde.

Leben und Liebe. Zwei wundervolle Geschenke.

Heute war wirklich ein Tag zum Danken.

Epilog

Viereinhalb Monate später

Cole nahm die Anzugjacke von dem Kleiderbügel auf dem Rücksitz seines Wagens, schob die Arme in die Ärmel und rückte seine Krawatte zurecht. Es war ein bisschen zu warm für diesen förmlichen Aufzug, aber wenigstens hatten die Kinder einen schönen Tag für das Ostereiersuchen.

Eine Erinnerung an ein Osterfest vor langer Zeit tauchte vor ihm auf, und ein Lächeln umspielte seine Lippen, während er auf Kellys Haustür zuschlenderte. Die kleine Alison war damals direkt auf ein Eierversteck zugelaufen, ohne auf Hindernisse auf dem Weg zu achten – darunter eine Schlammfalle, in der ihre Schuhe stecken geblieben waren. Er und Jake hatten sie noch wochenlang damit aufgezogen.

Er grinste noch immer, als er Kellys Klingel betätigte. Vielleicht würde er die Geschichte erzählen, wenn sie nach dem Gottesdienst alle zusammen bei ihr zu Hause zum Brunch zusammenkamen. Und dabei Alisons geheimen Spitznamen „schuhloses Wunder" verraten, den Jake und er damals erfunden hatten.

Andererseits, vielleicht auch nicht. Es könnte sein, dass Alison ihm dann nichts zu essen gab.

Dreißig Sekunden verstrichen, und er drückte wieder auf den Klingelknopf. Er war immerhin zehn Minuten zu früh, und es konnte sein, dass Kelly mit ihrer Frisur oder ihrem Make-up noch nicht fertig war, aber da sie ebenso pünktlich wie ordentlich war, schien es wahrscheinlicher, dass sie seit einer halben Stunde fix und fertig war und auf ihn wartete. Wahrscheinlich war sie in ihrem geliebten Garten. Besser ging es nicht, weil er sowieso vorhatte, sie dorthin zu locken.

Nachdem er auf dem Weg ein Stück zurückgegangen war, stieg er die Stufen hinunter, die in den Garten führten. Als er um die Ecke des Hauses bog, wurde seine Vermutung bestätigt. In der Nähe der Statue des Heiligen Franziskus kniete sie mit einem Bein auf dem Boden, um etwas im Gras zu betrachten. Er wusste, dass diese Haltung ihr erst durch viele Stunden Krankengymnastik und ihre einmalige Entschlossenheit wieder möglich geworden war. Sie stützte sich mit den Händen ab, und der weite Rock ihres geblümten Kleides fiel anmutig um sie herum.

Er blieb stehen und genoss den Anblick, bis das Trillern eines Roten Kardinals ihre Aufmerksamkeit erregte. Kelly hob den Kopf, und Cole konnte einen Augenblick lang ihr makelloses Profil bewundern, bevor sie ihn entdeckte.

Ein strahlendes Lächeln ließ ihr Gesicht aufleuchten, und sie erhob sich. Zu schnell.

Als sie schwankte, legte er mit wenigen langen Schritten die Entfernung zwischen ihnen zurück und nahm ihren Arm.

„Danke." Sie klopfte sich die Hände sauber, und ihr Lächeln verwandelte sich in ein frustriertes Stirnrunzeln. „Aber ich müsste das inzwischen eigentlich auch ohne Hilfe schaffen."

„He." Er strich beschwichtigend über die Falten auf ihrer Stirn und die Wut auf Carlson stieg in diesem Moment wieder in ihm hoch, der Kelly so viele Schmerzen bereitet hatte, als er ihr mit dem Felsbrocken das Knie zertrümmerte. „Das wird schon wieder. Der Arzt hat gesagt, dass du bemerkenswerte Fortschritte gemacht hast."

„Aber es geht zu langsam."

„Vielleicht bist du ja auch zu ungeduldig?"

Sie zog eine Grimasse, dann hob sie in einer Art Zugeständnis eine Schulter hoch. „Schon möglich."

„Sehr wahrscheinlich." Als sie seine Berichtigung mit einem Schmollen bedachte, lachte er leise. „Frohe Ostern."

Ihr Schmollmund wich einem Lächeln. „Danke. Das wünsche ich dir auch. Und weißt du was? Ich habe ein Geschenk gefunden, das besser ist als Ostereier." Sie zeigte auf den Boden.

Er blickte hinunter auf die erste Tulpe der Saison, eine gefüllte, zweifarbige Schönheit. „Eine von denen, die dein Dad geschickt hat?"

„Mhm. Ist sie nicht schön?"

Das Zittern in ihrer Stimme tat ihm in der Seele weh und er zog sie an sich. Ihre Wange lag an seiner Brust und er umfing mit einer Hand ihren Hinterkopf und legte sein Kinn auf ihr weiches Haar. „Das ist sie wirklich. Genau wie die Frau, die sie gesetzt hat."

„Du bist voreingenommen."

„Schuldig im Sinne der Anklage. Aber willst du nicht, dass der Mann, der dich liebt, dich für die schönste Frau der Welt hält?"

Sie löste sich von ihm, um zu ihm aufzusehen, und ihr Blick war fragend. In den Monaten, in denen sie jetzt schon zusammen waren, hatte er nie so offen über seine Gefühle gesprochen, obwohl er jede Menge Anspielungen gemacht hatte. Angesichts des Traumas, das sie zusammengebracht hatte, und all der medizinischen Probleme, mit denen sie hatte fertigwerden müssen, war es ihm klug erschienen, ihre Beziehung langsam wachsen zu lassen.

Aber er war es leid, sich zurückzuhalten. Er mochte *sie* dafür tadeln, dass sie ungeduldig war, aber er konnte ebenso der Ungeduld bezichtigt werden, wenn es darum ging, ihre gemeinsame Zukunft in Angriff zu nehmen.

Er nahm ihre Hand und zeigte auf eine Holzbank neben einem Rosenbusch, der die ersten Triebe zeigte. „Setzen wir uns kurz und genießen wir den Garten, okay?"

Sie warf ihm einen neugierigen Blick zu und blickte dann auf ihre Uhr. „Haben wir denn dafür Zeit?"

„Ich bringe dich in die Kirche, bevor die Orgel den ersten Ton des Eröffnungschorals anstimmt. Vertrau mir."

Sie erwiderte seinen Blick. „Das tue ich."

Die ruhige Überzeugung in ihrer Stimme half, den Anflug von Nervosität in seinem Magen zu beruhigen, während er sie zu der Bank führte.

„Ich habe mich übrigens gestern Abend sehr nett mit einer meiner Cousinen in Rochester unterhalten." Kelly setzte sich und schob ihren seidigen Rock beiseite, um ihm Platz zu machen. „Sie hat mich eingeladen, sie diesen Sommer zu besuchen, damit ich sie alle drei kennenlernen kann."

Er setzte sich neben sie und zwang sich, das Thema zu wechseln – wenigstens vorübergehend. „Ich bin froh, dass du mit ihnen Kontakt aufgenommen hast. Es gibt keinen Grund, die Beziehung nicht zu pflegen, jetzt, wo mit Rossi auch die Vendetta gestorben ist."

Der Kardinal stieß erneut einen Triller aus, und sie hob das Gesicht zum Himmel, gerade als der leuchtend rote Vogel aufflog. Als sie weitersprach, klang ihre Stimme gedrückt. „Ich denke manchmal daran, wie Rossi gestorben ist. Vier Tage hat er dort gelegen, bevor die Haushälterin ihn gefunden hat. Wäre es nicht traurig, niemanden zu haben, dem du so wichtig bist, dass er am Feiertag anruft und sich nach dir erkundigt?"

„Es wäre nur dann traurig, wenn du nichts getan hast, um eine solche Behandlung zu verdienen. Rossis eigene Entscheidungen haben ihm dieses Ende beschert."

„Das stimmt." Ihr Blick wanderte zu den Tulpen ihres Vaters.

Cole rückte näher und legte einen Arm hinter ihr auf die Rückenlehne der Bank. Seine Finger berührten ihre Schulter. Es wurde Zeit, dass er diese Unterhaltung wieder in die richtige Spur lenkte. Sie hatten genug Energie auf einen Mann verschwendet, der bekommen hatte, was er verdiente. „Und hast du jetzt, wo du deine Cousins und Cousinen kennenlernst, noch einmal darüber nachgedacht, deinen richtigen Namen anzunehmen?"

„Eigentlich nicht." Sie neigte den Kopf und betrachtete die Tulpen, und ihre Miene war nachdenklich. „Ich war mein ganzes Leben lang Kelly Warren. Ich bin froh, dass ich jetzt die Wahrheit über meine Herkunft kenne, aber es gibt keinen Grund, warum ich meinen Namen ändern sollte."

„Ich finde schon."

Sie fuhr zu ihm herum, offensichtlich vor den Kopf gestoßen. „Wirklich?"

„Ja." Sein Puls beschleunigte sich, als er in die Innentasche seines Jacketts griff und eine kleine samtene Schachtel hervorzog. „Ich finde, du solltest *meinen* Namen annehmen."

Als sie auf die Schachtel starrte, klappte er sie auf. Ein einkarätiger Solitär an einem goldenen Ring kam zum Vorschein, und jede Facette des Steins funkelte in der hellen Morgensonne.

Sie hob die Hand an die Kehle. „Wow."

Er wartete – aber das war alles, was sie sagte.

Die Luft wich aus seiner Lunge und er schluckte. „*Wow* ist schon mal gut. Aber ich hatte gehofft, ein *Ja* zu hören."

Ein winziges Lächeln zuckte um ihre Lippen, als sie von dem Ring aufblickte und ihn ansah. „Und ich hatte gehofft, eine *Frage* zu hören."

Sie würde es ihm nicht so leicht machen.

Also gut, er konnte es tun. Auch wenn Alison behauptete, seine verbalen Fähigkeiten seien erbärmlich.

Er nahm den Ring aus der Schachtel, und seine Finger zitterten ein wenig, als er ihre Hand ergriff.

„Ich bin nicht besonders gut darin, zum richtigen Zeitpunkt das Richtige zu sagen. Außerdem neige ich dazu, ziemlich direkt zu sein – und nicht sehr diplomatisch. Also, es tut mir leid, wenn es nicht blumig genug ist, aber so ist es nun mal."

Er räusperte sich und drückte ihre Finger. „Auch wenn ich bereits seit Monaten in dich verliebt bin, dachte ich, dass wir beide nach all dem, was passiert ist, Zeit brauchen, um uns zu erholen. Aber ich bin das Warten leid. Ich möchte den Rest meines Lebens mit dir verbringen – lieber früher als später. Du bist alles, was ich mir in einer Frau wünschen könnte, und ich verspreche, dass ich dich von ganzem Herzen lieben werde, solange ich lebe. Also ... willst du mich heiraten?"

Ihr Mund verzog sich zu einem hinreißenden Lächeln. Und noch bevor sie ihm ihre Antwort mit Worten gab, sah er sie in dem Ausdruck der Zärtlichkeit und der Liebe, der in den Tiefen ihrer Augen aufleuchtete.

„Ich glaube, ich werde meinen Namen *doch* ändern."

„Ist das ein Ja?"

Sie legte die Arme um seinen Hals und beugte sich vor. „Du bist der Detective. Was glaubst du?"

Er lächelte und nahm ihre linke Hand, um ihr den Ring anzustecken. Dann zog er sie auf die Füße und in seine Arme.

„Ich glaube, das bedarf noch eingehender Ermittlungen."

Sie grinste und schmiegte sich an ihn. „Ich werde kooperieren, so gut ich kann."

„Darauf verlasse ich mich. Denn dieser Fall erfordert eingehende und intensive Nachforschungen."

Und ohne noch mehr Worte zu verschwenden, kam er zum Wesentlichen.